BAD

AMOUR DANGEREUX

JAY CROWNOVER

BAD

AMOUR DANGEREUX

ROMAN

Traduction de l'américain par
JULIE LOPEZ

Titre original :
BETTER WHEN HE'S BOLD

&H® est une marque déposée par Harlequin

HARLEQUIN
83-85, boulevard Vincent Auriol, 75646 PARIS CEDEX 13.
Service Lectrices — Tél. : 01 45 82 47 47

www.harlequin.fr

ISBN 978-2-2803-5254-3 — ISSN 2271-0256

Ce livre est dédié à tous ceux qui ont
déjà vécu dans le caniveau.
Ce n'est pas l'endroit où vous êtes qui
compte, c'est ce que vous en faites.

« Nous sommes tous dans le caniveau, mais certains d'entre nous regardent les étoiles. »

OSCAR WILDE

Introduction

Ecrire cette série et passer du temps avec ces personnages me rend tellement heureuse. J'aime les défis. J'aime le désordre. J'aime les choses différentes qui me poussent à faire plus et à aller plus loin dans la réflexion.

Je souhaite remercier chacun d'entre vous qui me suivez dans cette aventure excitante. Grâce à vous, je peux m'épanouir, écrire un autre type de livres, et cela compte énormément. J'ai tellement d'idées, d'histoires à raconter, que je me demande si je pourrai toutes les écrire, et je sais que je croulerais sous le poids de ma créativité si j'étais obligée d'écrire la même chose encore et encore. Je vous aime et j'aime l'idée que nous continuons ensemble ce voyage insensé.

Je sais que The Point et les gars qui y vivent ne sont pas pour tout le monde. Je comprends même que Race ne plaise pas à toutes les lectrices puisqu'il est très loin de mes mâles bruts de décoffrage habituels. Alors c'est toujours formidable d'entendre que certains d'entre vous aiment le changement, de décor et de personnages, parce que vous connaissez ça, parce que vous avez vécu dans l'adversité, ou que vous connaissez quelqu'un qui a vécu ça, et vous aimez que le caniveau reçoive autant d'amour que la grande ville bien polie et bien propre. Le côté sombre est amusant… Les gars qui évoluent là sont différents.

J'écrirai toujours sur ce qui m'intéresse, ce qui me parle, ce qui me touche et ce qui me fascine et m'intrigue. Sur ma route, j'ai rencontré beaucoup de gens du monde littéraire qui aiment cette idée.

Je vous laisse donc apprécier ce nouvel épisode de la série BAD... Au nom du chaos, du sang, de la famille, du risque, du hasard, et surtout du changement, car sans lui notre vision n'évoluerait jamais, quel que soit l'endroit d'où nous regardons.

Jay.

Bienvenue dans The Point... où cette fois, la chance sourit aux courageux !

1

Brysen

Il y a des hommes qu'on ne peut pas ignorer. Comme si, autour d'eux, les gens se déplaçaient au ralenti, en noir et blanc, et que ces hommes étaient l'unique point de couleur, la seule personne en mouvement. Race Hartman était de ces hommes-là. Même si la fête battait son plein et qu'une pièce remplie de personnes bruyantes, soûles et excitées nous séparait, même si je doutais qu'il sache que j'étais là, je ne voyais que lui. Grand et blond, doté d'un corps et d'un visage conçus pour rendre la gent féminine folle de désir, il était indéniablement magnifique et délicieux, comme tout ce qui est mauvais pour vous. Je ne voulais pas le regarder, mais je ne pouvais pas m'en empêcher. Il dégageait tout simplement trop d'énergie, de vie, d'audace, et dans mon monde, où tout était gris et sans vie, il représentait un festin sensoriel dont j'étais ravie de me gaver.

Je regrettais l'époque où mes seules préoccupations étaient d'aller en cours et de faire la fête et où je me comportais comme si je n'avais pas le moindre problème. Mais cette période était loin derrière moi. Il fallait que j'arrête de le dévorer du regard comme une idiote et que j'essaie de profiter de cette soirée pendant laquelle, pour une fois, je ne travaillais pas et on n'avait pas besoin de moi à la maison. Ma petite sœur dormait chez une amie et mon père avait accepté de rester à la maison avec ma mère. Je n'avais que rarement l'occasion de me comporter comme une fille normale de vingt et un ans, et j'étais en train de la gâcher en bavant sur le grand frère de ma meilleure amie. Sans doute le pire mec du monde entier sur qui craquer.

— Tu le connais ?

C'était mon amie Adria qui m'avait convaincue de sortir ce soir-là. Dans mon souvenir, on s'amusait plus que ça dans ce genre de soirées. Je bus une gorgée de bière tiède dans mon gobelet en plastique rouge tout en luttant pour empêcher mes yeux de sans cesse se poser sur Race, comme s'ils étaient aimantés par lui.

— C'est le grand frère de Dovie.

— Sérieux ?

Son étonnement était justifié. Tandis que Race avait tout d'un dieu majestueux paré d'or, descendu sur terre pour nous gouverner, pauvres mortels, Dovie Pryce était une rousse ébouriffée, couverte de taches de rousseur et on ne peut plus passe-partout. Mignonne, au mieux, mais pas à couper le souffle comme son frère. C'était aussi la personne la plus gentille au monde. J'aurais pu parier que Race, en revanche, n'avait pas une once de gentillesse en lui.

Mes doigts se resserrèrent sur mon gobelet lorsqu'il tourna la tête et que ses yeux vert mousse croisèrent les miens.

— Sérieux, répondis-je d'une voix plus rauque que d'ordinaire.

— Comment est-ce possible ?

J'aimais bien Adria. Nous étions ensemble en cours de finance d'entreprise et c'était l'une des rares personnes à ne pas m'avoir laissée tomber quand j'avais été obligée de retourner habiter chez mes parents, lorsque tout était parti en vrille avec ma mère. Je ne prenais plus beaucoup de bon temps, ce qui signifiait que je n'avais plus beaucoup d'amis non plus. Cela dit, je n'avais pas l'intention de passer la soirée à tenter de lui expliquer l'histoire compliquée de la famille Hartman. Le récit de la lignée de Race et Dovie n'avait rien de bien amusant, et ce soir-là, je comptais justement m'amuser.

J'avalai d'un trait le contenu de mon verre quand je vis Race se frayer un chemin à travers la foule d'étudiants en train de danser lascivement pour se diriger vers nous. Instinctivement, les gens s'écartaient sur son passage. On aurait dit qu'un champ de force l'entourait, un mélange de classe et d'autorité, que seuls les plus aventureux et les plus téméraires osaient franchir. Je n'étais pas ce genre de personne. C'est du moins ce que je me disais chaque fois que je me retrouvais en sa présence.

Evidemment, j'étais dangereusement attirée par lui, et ce depuis la première fois où il avait déposé Dovie au travail. Mais il n'en saurait jamais rien. Race n'était pas un type bien et je menais une vie assez difficile comme ça sans que j'y ajoute le genre de complications qu'il y apporterait forcément.

Pour garder Race et ces sentiments traîtres à distance, je me comportais comme une vraie peste avec lui. J'étais froide, indifférente, malpolie et parfois purement méchante. J'agissais comme si je le trouvais insupportable, comme s'il n'était qu'une créature infâme et repoussante. Et quand cela ne suffisait pas, je l'ignorais, comme s'il n'était pas digne de mon temps. C'était de plus en plus difficile, et plus je lui envoyais de mépris à la figure, plus il me renvoyait de charme et de pur sex-appeal. Nous nous étions embarqués dans un jeu excitant et j'étais terrifiée à l'idée de perdre la partie. Race me désirait et il n'en faisait pas un secret. Je ne savais pas combien de temps encore je pourrais tenir à distance mon propre désir face aux attaques de ces yeux infiniment verts et de cette sublime tête aux cheveux blond clair. Il m'adressa un sourire à dix mille watts et s'arrêta tout près de moi, de manière à me regarder de haut. Malgré mes treize centimètres de talons, il me dépassait de beaucoup.

— Tiens donc, bonsoir, Brysen.

Je levai les yeux au ciel et portai mon verre à mes lèvres pour dissimuler mon trouble alors que sa voix rauque caressait ma peau.

— Race.

Adria me donna un petit coup de coude dans les côtes. Je me raclai la gorge et inclinai la tête dans sa direction.

— Je te présente mon amie, Adria.

Il tendit sa grande main et serra celle de mon amie, beaucoup plus petite. Adria le dévorait des yeux ; j'imaginai sa culotte déjà trempée s'illuminer d'une enseigne « Bienvenue » clignotante.

— Que fais-tu ici ?

C'était plutôt à moi de lui poser cette question. Il s'agissait d'une fête étudiante, pleine de filles soûles et de première année. Je suivais des cours à l'université au coin de la rue, mais Race avait depuis longtemps troqué son cursus académique contre une autre école, celle de la criminalité et des activités illégales en tout genre. C'était lui qui n'avait rien à faire ici.

— Je sors. Je m'amuse, répondis-je, tentant de garder un ton neutre et indifférent.

Mais s'il avait pu entendre battre mon cœur, il m'aurait tout de suite démasquée.

Il haussa un sourcil blond et esquissa un demi-sourire. Raaah… il avait même une fossette irrésistible sur la joue gauche. Je mourais d'envie de la lécher. J'enfonçai mes ongles dans mes paumes et pris une grande inspiration.

— Surpris que tu saches faire ça, Bry... t'amuser.

Il avait raison. Je ne pus que plisser les yeux et revêtir le masque de reine de glace que je portais toujours en sa présence.

— Et toi, Race, que fais-tu ici ? Tu viens terroriser les pauvres gamins de la fac pour qu'ils te filent leur prêt étudiant ?

Son deuxième sourcil se leva à son tour et le grand sourire qu'il nous décocha manqua de nous faire tomber à la renverse, Adria et moi. Une expression plus sombre apparut dans ses yeux verts, et je faillis reculer d'un pas. Race était dangereux à plus d'un égard, je ne devais pas l'oublier.

— La plupart des jeunes étudiants sont dépourvus de bon sens et adorent les défis. C'est un excellent vivier pour les gens comme moi. Et puis, la saison de football commence la semaine prochaine et j'avais besoin de faire le point avec quelques nouveaux clients.

Son regard glissa du haut de ma coupe au carré jusqu'à la pointe de mes talons aiguilles noirs.

— Je suis resté pour profiter de la vue.

Adria se racla la gorge et nous regarda à tour de rôle.

— Des clients ? A une fête ? Qu'est-ce que tu fais exactement ? demanda-t-elle.

Si seulement elle savait à quel genre d'activités illicites Race se livrait...

Il pencha la tête sur le côté et le sourire aveuglant qu'il brandissait comme une arme s'effaça. Race Hartman possédait de nombreuses facettes, et ce côté plus sombre, plus dur, n'était apparu que lorsqu'il avait décidé de reprendre les rênes d'une organisation criminelle majeure, après avoir joué un rôle décisif dans la chute de son baron, Novak. Race n'était pas un simple mauvais garçon, ou un délinquant, c'était le gangster par excellence. Il montait des coups, faisait des prêts véreux, gérait des paris illégaux, aidait son meilleur ami à démonter et à se débarrasser de voitures volées. Et il veillait à ce que, dans le quartier, absolument tout le monde sache que c'était lui qui faisait la pluie et le beau temps. Il semblait trop mignon pour être aussi horrible, mais grâce à Dovie, je savais à quel point il s'était sali les mains depuis la reprise de l'empire de Novak. Sans mentionner que son nouveau partenaire en affaires était un proxénète, blanchisseur d'argent, totalement froid et impitoyable. Nassir se devait d'être secret et énigmatique, étant donné qu'il gérait la totalité des opérations clandestines de la cité. Apparemment, beaucoup de ses caractéristiques avaient déteint sur Race.

— Je gagne de l'argent, ma jolie.

Et c'était vrai. Je me redressai non sans difficulté sur mes talons trop hauts et tentai de lui cacher l'emballement de mon pouls sous son regard inébranlable. Etre désirée par un homme qui pouvait mettre K-O n'importe qui dans la pièce, ça faisait quelque chose. Il n'y avait aucune raison de s'en réjouir, ou de sentir ses cuisses s'embraser et son cœur s'emballer, mais c'était ce qui m'arrivait. C'était l'effet qu'il me faisait.

Je lui adressai un sourire suffisant et rejetai mes cheveux en arrière.

— Race est une sorte d'entrepreneur.

De ceux qu'on trouve uniquement dans des endroits aussi sombres et délabrés que The Point.

Adria voulait de toute évidence poser plus de questions. Elle ouvrit la bouche, mais avant que le premier mot ne sorte, une énorme détonation retentit et la fête étudiante qui devait me permettre de sortir de mon quotidien douloureux se transforma en émeute.

Je sentis aussitôt une odeur de poudre tandis que la panique éclatait et que les coups de feu s'enchaînaient. J'allais attraper Adria mais une marée de corps affolés se précipitant vers la porte nous sépara en une fraction de seconde. Je sentis des mains puissantes me saisir et me tirer hors de la ruée. Mon visage se retrouva pressé contre un torse dur comme la pierre, et une main immense me fit baisser la tête tandis qu'on me transportait sans ménagement à travers une nuée de corps s'agitant en tous sens.

J'avais le cœur au bord des lèvres et j'entendis un nouveau coup de feu, suivi d'un cri de femme. Race lança des jurons quelque part au-dessus de ma tête et il me relâcha quelques secondes. J'entendis du verre se briser, puis il se redressa et me tira par la main, jusqu'à ce que l'air frais du soir nous enveloppe. Nous marchions sur le carreau de la porte de derrière, qu'il venait de casser pour nous permettre de nous échapper.

Je courais, haletante, en jean slim et talons aiguilles derrière un homme aux jambes deux fois plus longues que les miennes. Cela paraissait tout à fait impossible, mais j'y parvenais tout de même. Il ne s'arrêta qu'après avoir contourné le jardin et traversé la rue. La plupart des autres étudiants participant à la fête s'étaient dispersés et on entendait déjà les sirènes au loin. Je posai les mains sur son torse et le suppliai :

— Il faut retrouver Adria.

Ses yeux presque noirs débordaient d'émotions que j'avais peur de nommer.

— Je ne peux pas être là quand les flics arriveront, Brysen. Je dois partir.

Le souffle coupé, je serrai les poings pour taper sur son torse.

— Aide-moi à la retrouver, Race !

Il secoua simplement la tête et baissa les yeux sur moi.

— C'est seulement pour toi que je m'inquiétais.

Mon cœur se serra, mais déjà, les sirènes se rapprochaient

et il s'éloigna de moi. Je lui attrapai le poignet et me rendis compte que je tremblais si fort que j'avais du mal à m'accrocher à lui.

— Ne me laisse pas, dis-je d'une voix effrayée et confuse.

J'étais désemparée, n'ayant pas l'habitude d'être confrontée aux armes et à la violence. Sa nonchalance face à cette situation me déconcertait.

L'ombre dans ses yeux s'effaça et sa bouche prit une expression sérieuse. Avant que je puisse réagir, ses mains glissèrent sur ma nuque et il m'attira contre lui. Je refermai mes deux mains sur ses poignets et m'efforçai de garder mon calme quand ma poitrine se colla contre son torse. Alors, il m'embrassa furieusement. Et je me laissai faire.

Il faisait nuit, des gens déambulaient, soûls et confus, je m'inquiétais pour mon amie, et j'étais en colère contre lui, comme toujours... mais pour la première fois depuis que je le connaissais, toute cette attirance, tout ce désir vorace, contenus en moi, étaient libérés, et je l'embrassai en retour.

Ce n'était pas romantique, doux ou attentionné. C'était brutal, violent, dur et brûlant, et rien dans ma vie ne m'avait jamais autant plu. Sa langue m'envahissait. Ses dents me râpaient les lèvres. Ses mains me pétrissaient. Et je sentais son érection sous son jean, à l'endroit où nous étions collés l'un contre l'autre. J'aurais dû protester, dire quelque chose pour qu'il arrête, mais je ne pouvais rien faire d'autre que gémir et me frotter à lui comme une chatte en chaleur.

Et juste au moment où j'envisageais de m'enrouler autour de lui, de son corps immense, de me l'approprier, il me lâcha, recula et me planta là, alors que je clignais des yeux comme une idiote. Il secoua la tête et disparut sans un mot. Le regard fixe, je croisai les bras sur ma poitrine et luttai pour ne pas m'effondrer sur place.

— Brysen !

Je relevai la tête et vis Adria qui fonçait vers moi.

— Oh mon Dieu, je devenais folle ! Tu étais où ?

Pour toute réponse, je la pris dans mes bras, espérant surtout que cela calmerait mes tremblements. Mais non.

— Race m'a emmenée à l'écart. Je ne sais pas pourquoi.

Ses yeux s'agrandirent.

— Pourquoi il aurait fait ça ? Personne ne savait où était le tireur.

— Je ne sais pas, répondis-je en secouant la tête. Je l'ai juste suivi. Il ne m'a pas vraiment laissé le choix.

— Un mec a trouvé sa copine avec un autre mec. Tu te rends compte ? Tout ça pour un truc aussi stupide.

Je ne lui ai pas demandé comment elle connaissait l'origine de ce chaos : la police venait d'arriver sur place et ceux qui traînaient encore dans les parages se faisaient bombarder de questions. Il fallait partir.

L'université et la maison où avait lieu la fête se trouvaient dans The Hill. Les coups de feu à l'aveugle, les mecs jaloux et les filles qui trompaient leur copain, c'était plutôt dans The Point. En tout cas, c'était ce que la plupart des gens de The Hill se bornaient à croire. Au final, j'étais exténuée et j'avais encore le goût de Race sur mes lèvres. Ma soirée pour oublier s'était transformée en soirée que je n'oublierais jamais, même si je savais que je ne gagnerais rien à me souvenir de lui. Vivre dans un monde gris n'était peut-être pas si mal, après tout. C'était un peu ennuyeux et fade, mais c'était rassurant.

Je ramenai Adria chez elle et elle m'assaillit de questions sur Race tout le long du trajet. Il la fascinait. Je la sentais sous l'emprise de cette attirance magnétique, naturelle chez lui. Je tentai de lui dire qu'il n'apportait rien de bon, qu'il vivait dans un monde plus éloigné de son futur master en gestion qu'elle ne pouvait l'imaginer. Mais bien sûr, cela ne faisait qu'ajouter à son mystère et à son charme. Quelle gentille fille de The Hill n'a jamais fantasmé sur un mauvais garçon de The Point ? On ne pouvait pas faire plus cliché. Quand j'arrivai chez moi, j'avais mal au crâne et le ventre noué.

Je me garai devant la maison standard de deux étages que mes parents avaient fait construire avant que tout ne s'effondre. J'hésitai vraiment à laisser tourner le moteur et à conduire jusqu'à arriver ailleurs, jusqu'à tomber sur une vie différente. Deux ans plus tôt, je vivais dans un monde joyeux, plein de couleurs et de lumière. J'habitais en colocation avec des copines, j'allais à la fac, je repoussais les mecs qui n'avaient qu'une chose en tête. J'étais naïve, insouciante, et je pensais que rien ne changerait.

Désormais, je vivais de nouveau à la maison, m'occupant d'un parent souffrant d'une crise de dépression paralysante avec tendance à l'automédication, et d'un autre, bourreau de travail, fuyant ainsi tout ce qui n'allait pas dans son foyer. J'étais surtout rentrée pour éviter à ma petite sœur Karsen d'être seule face à la tristesse et à la noirceur ambiantes. A seize ans, c'était une excellente élève ; elle allait partir à la fac dans deux ans. Je me débrouillerais jusque-là. Après tout, mes parents avaient toujours travaillé dur pour garder notre famille sur la ligne ténue entre The Hill et The Point et c'était le moins que je puisse faire en retour. Nous n'avions jamais été honteusement riches, mais nous n'avions pas non plus eu à survivre dans le champ de bataille qu'étaient les rues de The Point. Je sentais que je leur devais au moins ça.

J'entrai dans la maison en soupirant. Aucune lumière n'était allumée, vu que Karsen n'était pas là et que ma mère était sans doute inconsciente dans son lit. Je passai par la cuisine pour prendre une bière, fraîche cette fois, et me traînai jusqu'au bureau de mon père. Il était assis derrière l'ordinateur, comme toujours. Sa tête presque chauve baissée et ses yeux rivés sur l'écran. Fronçant les sourcils, je décapsulai ma bouteille.

— Hé.

Il sursauta et son regard se détourna brusquement de l'écran.

— Brysen Carter, tu viens de me filer une bonne trouille.

— Comment elle était aujourd'hui ?

— Bien, tout va bien, répondit-il après s'être éclairci la gorge et être retourné à son écran.

J'en doutais sérieusement.

— Tu as vérifié comment elle allait ce soir au moins, papa ?

— Brysen, c'est très important. Tu peux attendre un moment ?

Pas vraiment, mais tout passait après son boulot. Sans ajouter un mot, j'enlevai mes chaussures et me dirigeai vers la chambre principale. La porte était entrouverte et la télé allumée. Je poussai la porte et laissai un juron siffler entre mes dents.

Ma mère était affalée sur le côté, en travers du lit. Sa tête dépassait du bord et sa chevelure emmêlée et blonde, presque blanche, comme la mienne, touchait le sol. Une bouteille de vodka vide était posée sur l'oreiller. On entendait un léger ronflement. Je posai ma bière sur la commode et entrai pour la mettre en bonne position. De toute évidence, papa n'avait pas pris la peine de décrocher assez longtemps pour s'assurer qu'elle allait bien. Il l'avait laissée livrée à elle-même, et ça finissait toujours comme ça.

Elle ouvrit péniblement un œil vitreux et marmonna mon prénom tandis que je m'efforçais de la mettre sous la couverture. J'attrapai la bouteille vide et résistai difficilement à l'envie de la briser au sol. Ma mère n'avait pas toujours été comme ça. Elle avait un côté un peu fragile, avec des hauts et des bas niveau moral, mais c'était un accident de voiture qui avait tout changé. Une horrible blessure au dos entraînant une douleur immense et interminable, ainsi que l'impossibilité de retourner travailler l'avaient transformée en cette ombre de femme triste et alcoolisée. Mon cœur se serrait et mon ventre se nouait à chaque fois que je la voyais comme ça, car ce n'était pas une fatalité. Elle pouvait se faire aider, mon père pouvait la soutenir, et peut-être que notre vie reviendrait un peu à la normale. Mais ce n'était pas le cas et je devais faire avec jusqu'à ce que Karsen soit assez grande pour se débrouiller toute seule.

J'éteignis la télé et fermai la porte derrière moi dans un bruit sourd. De toute manière, il aurait fallu une tornade pour la sortir d'un tel sommeil d'ivrogne. Je soupirai profondément et pris finalement le chemin de ma chambre.

Habiter à nouveau chez mes parents en tant qu'adulte était tellement bizarre... Je n'avais pas de couvre-feu ou de règles à respecter, comme quand j'étais adolescente, mais tout dans cette chambre d'enfant me procurait une sensation de mal-être. J'avais l'impression que je laissais une partie de moi à la porte quand je me résignais à passer une autre nuit, un autre jour ici.

Je sortis mon téléphone de ma poche arrière pour retrouver le dernier message que j'avais envoyé à Dovie, dans lequel je lui demandais de m'accompagner à la soirée. Depuis qu'elle travaillait à plein temps dans un foyer pour gamins lâchés par le système, je ne la voyais quasiment plus. En plus de ça, elle vivait avec le seul mec de The Point qui me faisait plus peur que Race. J'allais donc très rarement chez elle et je ne la voyais presque jamais en dehors des cours. Ce soir, elle avait décliné l'invitation, car elle avait des devoirs à faire, mais je me demandais en secret si Bax ne lui avait pas dit de ne pas venir.

Il détestait tout ce qui avait un rapport avec The Hill. Il venait de la rue. Ancien détenu, voleur, il était évident qu'il était plongé jusqu'au cou dans les magouilles criminelles de Race. Shane Baxter avait dans cette partie de la ville une réputation aussi légendaire que celle de son géniteur. L'homme que Race et lui avaient détrôné. Ils étaient plutôt de ceux qu'on n'a pas envie de chercher, mais j'aimais vraiment Dovie. Je bravais donc les eaux troubles et infestées de requins où elle évoluait pour la garder dans ma vie et continuer de la considérer comme ma meilleure amie.

Je retrouvai le SMS et lui renvoyai un message :

J'ai vu Race à la fête ce soir.

Elle répondit quelques minutes plus tard.

Qu'est-ce qu'il faisait là-bas ?

Il a dit qu'il travaillait.

Tu m'étonnes.

Je levai les yeux au ciel en pensant à ce qu'il qualifiait de « travail » et tapai sur le clavier :

Quelqu'un avait un flingue et a tiré à l'intérieur. Race m'a emmenée dehors, mais il est parti à cause de la police.

J'étais encore bien secouée. Et excitée par ce baiser. Comment pouvais-je tant aimer son goût, me sentir si bien avec lui alors qu'il était la dernière chose dont j'avais besoin ?

Elle me répondit d'un ton très pragmatique, caractéristique des habitants de The Point habitués aux situations dangereuses.

Il ne peut pas prendre le risque d'avoir affaire à la police. Comme tout le monde ici. Ça ne me surprend pas qu'il ait décampé. Tout le monde va bien ?

Oui. Tout le monde va bien.

Pourtant non, ça n'allait pas. Savoir que quelqu'un était un criminel, pouvait être complètement malhonnête, et en avoir la preuve sous les yeux étaient deux choses très différentes. Je ne comprenais pas ce monde et ne voulais pas le comprendre. Par conséquent, qu'il soit canon ou pas, qu'il me sorte de la monotonie de ma vie quotidienne ou pas, Race Hartman ne serait jamais un mec pour moi, et cela me rongeait de l'intérieur.

On échangea quelques messages de plus. Moi à propos de rien de particulier, elle à propos des gars. Bax m'effrayait tellement que me trouver en sa présence me rendait nerveuse et anxieuse, et je pense que Dovie essayait de le rendre plus humain, plus sympathique à mes yeux, pour contrebalancer. Quant à Race... il me poussait dans mes derniers retranchements. Je devais redoubler d'efforts pour feindre l'indifférence et ne pas montrer une curiosité hystérique à chaque fois qu'elle le mentionnait. C'était de plus en plus dur.

Je lui souhaitai bonne nuit, ainsi qu'à ma sœur. Karsen était une crème, une fille qui méritait de partir de la maison indemne, sans les cicatrices que l'état actuel de la famille Carter pouvait infliger. C'était une toute petite chose, avec les mêmes cheveux clairs que moi, mais avec les yeux marron de maman au lieu des yeux bleus de papa et moi. Elle était adorable, et quand elle me répondit par un smiley, je me préparai finalement pour me mettre au lit.

J'attendais d'être dans la douche pour m'autoriser à admettre que j'étais seule, triste, dépassée par tout ce que je ressentais et épuisée par cette lutte incessante pour contenir tout ce qui bouillonnait en moi. Dans la douche, je pouvais pleurer sans que personne n'en sache rien. Ce n'était pas la vie que je désirais. Ce n'était pas la vie que je m'étais imaginé mener à vingt et un ans. Mais j'avais dû m'adapter, changer, pour faire ce qui conviendrait à tout le monde, et c'était comme ça. Je n'avais pas le choix.

Je me séchai, passai une brosse dans mes cheveux et enfilai un pantalon de yoga et un haut pour dormir. L'adrénaline commençait à s'évacuer de mon organisme et je m'affalai sur le matelas la tête la première. Mes yeux se fermaient doucement et j'essayais de toutes mes forces de ne pas revivre chaque coup de langue de Race, chaque effleurement de ses dents, quand mon téléphone signala un nouveau message. Il était tard. A cette heure-là, ça ne pouvait être que Karsen. Je me redressai et passai mon doigt sur l'écran.

Ce n'était pas Karsen. C'était un numéro inconnu. Six mots seulement, pas grand-chose, mais la boule au ventre qui me vint après les avoir lus me dit que quelque chose n'allait vraiment pas.

Tu étais si belle ce soir.

Je regardai le message sans bouger pendant quelques secondes avant de répondre :

C'est qui ?

Sincèrement désolé de t'avoir ratée.

Mais qu'est-ce que ça voulait dire ? Je demandai encore une fois qui c'était, et quand je compris que je n'obtiendrais pas de réponse, j'éteignis le téléphone et le reposai sur la table de chevet. Je restai assise dans le noir un long moment, le pouls frénétique, une étrange sensation de malaise me donnant la chair de poule. Frissonnante, je me recouchai, tirant les couvertures par-dessus ma tête.

Parler de « rater » quelqu'un quand des coups de feu avaient été tirés, ce n'était pas drôle et j'étais assez à cran pour ne pas aimer ça du tout. Les questions se bousculaient dans ma tête. Je me demandais pourquoi Race m'avait entraînée à l'arrière de la maison alors que tout le monde s'était rué vers la porte de devant.

Voilà pourquoi je n'avais pas le temps pour un mec comme Race. Avec quelqu'un d'autre, je n'aurais jamais eu à me poser des questions sur ses motivations, les raisons de ses actes. Et qu'est-ce qu'il voulait dire par « C'est seulement pour toi que je m'inquiétais » ? C'était juste parce qu'il me désirait, parce qu'il voulait jouer avec moi, parce qu'il me considérait comme un challenge ? Ça ne pouvait être que ça, non ?

Je n'avais ni le temps ni l'envie de penser à tout ça. Et pourtant, quand je finis par m'endormir, ce n'est pas l'anxiété et l'inquiétude qui m'accompagnèrent au pays des rêves, mais son beau visage et sa bouche parfaite.

2

Race

Je passai le portail de sécurité du garage, ce dernier ressemblant plutôt à un amoncellement de béton et de ferraille, au volant de ma Mustang 1966 rouge cerise, fraîchement restaurée et astiquée. Si seulement le monde extérieur savait quels trésors de puissance mécanique se cachaient derrière l'immonde façade du bâtiment. Des voitures de sport retapées et des voitures de luxe étrangères, le tout valant des millions de dollars, étaient alignées contre les murs. Certaines étaient là pour être réparées ou pour un lifting, mais la plupart attendaient que leur propriétaire règle telle dette ou tel prêt que je lui avais accordé. S'il ne payait pas, je gardais la voiture et laissais ensuite mon meilleur ami la mettre en pièces et s'en débarrasser pour une jolie somme.

Ce système s'était avéré rentable et exploitait à la fois mes points forts et ceux de Bax. Les gens n'aimaient pas qu'on prenne leur voiture. Il était difficile d'expliquer à femme et enfants l'absence du véhicule familial, si bien que mon taux de remboursement moyen était plus élevé que celui du bookmaker ou du prêteur lambda. Bax avait pignon sur rue dans le monde des voitures volées et quand un débiteur ne remboursait pas, c'était un moyen facile de couvrir la perte. Et puis, je crois que Bax avait besoin de l'excitation que lui procuraient les vols de voitures, maintenant qu'il avait une vie plutôt rangée. Nous avions décrété l'interdiction absolue de parler de cet aspect des affaires du garage en présence de ma sœur.

Dovie était une vraie poupée, douce, aimante, généreuse. Elle avait réussi à briser les chaînes et les fils barbelés qui entouraient le cœur de Bax et y avait pris une place permanente. Issue de la rue, elle avait eu une enfance très différente de la mienne et avait très vite appris que la vie n'était pas toujours simple, que les choses que nous faisions dans The Point nous changeaient. Je savais que Bax l'avait mise au parfum sur ce qui se passait dans l'enceinte hautement sécurisée qu'il avait commencé à construire peu après la mort de son père, Novak, l'homme qui avait régné sur la face cachée de la ville d'une main de fer. Mais elle nous aimait assez pour ne pas poser de questions ou se mettre entre nous et nos affaires. Jusqu'à maintenant, ce système fonctionnait pour tout le monde et le business continuait à se développer.

Dovie était une fille géniale et même si, au début, l'idée qu'elle soit en couple avec mon meilleur ami m'avait horripilé, je comprenais maintenant qu'elle avait besoin de quelqu'un comme lui pour assurer sa sécurité ; pour la protéger de cet endroit et de cette vie. Quant à Bax… il avait besoin d'elle pour rester humain, pour avoir quelque chose de vrai, de tangible à quoi se raccrocher, une raison de vivre. Et moi, j'avais besoin d'eux pour finaliser la reprise des activités souterraines de The Point. Bax était mon bras droit. Il avait les connexions à l'intérieur et à l'extérieur des prisons, la réputation et le charisme pour faire bouger les choses. Et Dovie était ma conscience, la flamme qui me rappelait pourquoi quelqu'un comme moi devait reprendre le flambeau derrière Novak.

Dans un endroit comme The Point, il y aura toujours de sales affaires pour alimenter le train-train quotidien. Quand les gens vivent dans un lieu malsain, dangereux, il leur faut des vices pour s'en sortir. Sexe, drogues, argent, jeu, meurtre, et toutes sortes de dangers sont monnaie courante dans ce champ de bataille. Et lorsqu'un tyran, un homme odieux, diabolique, parvient à gérer toutes ces choses… il peut prendre la ville à la gorge et ne jamais lâcher prise. Je n'avais aucune envie de faire ça.

Je comprenais que ces choses-là ne disparaîtraient jamais de The Point, mais tant que j'étais l'homme en charge de leur gestion, de leur distribution à la masse misérable, je pouvais faire d'un endroit si peu civilisé un lieu de vie à peu près tolérable. C'était compliqué et risqué, mais les challenges difficiles m'avaient toujours réussi. Voilà pourquoi je m'étais retrouvé impliqué dans le milieu du crime avec Bax tant d'années auparavant. C'était aussi pour ça que je ne pouvais pas me lasser de Brysen Carter.

Tout en elle était froid, pâle. Son mépris à mon égard semblait presque émaner de ses épaules élégantes chaque fois que nous étions à proximité l'un de l'autre. Ses yeux bleu-gris tentaient de me glacer sur place chaque fois qu'elle me regardait, et sa manière de tendre son corps magnifique quand je m'approchais raidissait toujours une partie bien précise de mon anatomie… Elle était raffinée, parfaite. Elle me rappelait une vie que j'avais jetée aux oubliettes et j'avais besoin d'elle comme j'avais besoin d'air pour respirer. Le fait qu'elle ne me supporte pas, qu'elle me considère de toute évidence comme une ordure, rendait son charme encore plus puissant. Je n'avais qu'une envie, la déshabiller et coller ma peau nue contre la sienne, mais comme Dovie l'aimait beaucoup, je gardais un certain contrôle. Enfin, jusqu'à ce soir.

Alors que je garais la voiture dans le garage après avoir ouvert la porte blindée, je ne pus m'empêcher de frémir derrière le volant en repensant à sa bouche sur la mienne. Brysen Carter était une gentille fille. Une jolie blonde, venant du bon côté de la ville, mais bon sang, elle savait embrasser sauvagement, comme une fille de mon quartier. Cela intensifiait encore ce désir puissant, cette envie féroce qui me dévorait de l'intérieur.

Je refermai la portière et contournai la voiture au moment où Bax sortait de son bureau. Cela ne me dérangeait pas qu'il soit ici aussi tard. Ces voitures, ces vieux bolides de collection, ces modèles classiques délabrés signifiaient vraiment quelque chose pour lui. Il les ramenait à la vie pièce par pièce, ce qui voulait dire que, puisque je vivais en haut dans un loft aménagé, j'entendais parfois les vrombissements des moteurs très tôt le matin. Je lui fis un check et il passa les mains sur son crâne.

Physiquement, nous étions à l'opposé l'un de l'autre. Bax avait les cheveux foncés, les yeux sombres, une étoile noire tatouée à côté de l'œil, une bouche à l'expression dure et sérieuse, et une carrure large et imposante qui lui servait très souvent d'arme. Il ressemblait à un voyou, un gangster, mais ça lui allait bien. Nous étions tous les deux grands — plus d'un mètre quatre-vingts — mais j'étais beaucoup plus mince, élancé, et j'étais né avec toutes les caractéristiques de mon origine aisée. Je pouvais me défendre si les choses tournaient mal, mais je préférais me sortir d'une situation délicate par la parole. Je savais que mon cerveau était ma meilleure arme, même si ça ne se voyait pas de prime abord. J'avais des cheveux blonds ondulés, un peu longs et en broussaille, tombant très souvent devant mes yeux verts. J'avais tout du jeune rentier en vacances. Je le savais, et même si je me sentais comme chez moi dans The Point maintenant, je refusais de changer. Mon apparence amenait les gens à constamment me sous-estimer, et vu que Bax et moi essayions de gérer une ville bâtie sur les ruines d'âmes brisées des années avant notre naissance, je devais profiter du moindre avantage.

Bax porta une cigarette à sa bouche et haussa un sourcil noir.

— Tu as récupéré la thune du mec de la fraternité ?

J'acquiesçai et fis un cercle avec ma tête pour m'étirer.

— Ça ne lui a pas bien plu.

Une des premières leçons que j'avais apprises, c'était que les gens ne jouaient pas parce qu'ils pensaient gagner. Ils jouaient parce qu'ils ne pouvaient pas s'en empêcher. C'était une addiction comme une autre.

— Comment ça, « pas bien plu » ?

Je le regardai en plissant les yeux à travers la fumée qui nous séparait.

— Il a sorti un flingue et tiré plusieurs fois.

Dans une maison remplie de gamins bourrés. Quel idiot, et quelle menace complètement inutile. Qu'on sorte sa quincaillerie devant moi, c'était l'un des risques du métier. Et à moins que l'arme ne soit pointée sur moi, j'avais tendance à simplement l'ignorer.

— Merde. J'ai bien fait de dire à Dovie de pas y aller.

Je secouai la tête et croisai les bras sur ma poitrine.

— Tu lui as demandé de ne pas y aller parce que tu as peur qu'elle rencontre un beau première année qui lui promette une vie meilleure et qu'elle te plante là.

Il grogna et lança son mégot dans une des bouches d'évacuation au sol. Il fit rouler ses épaules massives.

— Elle pourra toujours trouver mieux.

Je ricanai.

— Ce n'est pas son avis.

Elle l'aimait, lui et ses cicatrices, son attitude détestable, son passé sombre et le fait qu'il oscillait constamment entre le sauvage et l'apprivoisé comme un équilibriste sur le fil. Elle aimait absolument tout chez lui. Bax était son idéal, et j'étais surpris qu'il ne semble toujours pas s'en rendre compte.

— Qu'est-ce qu'il s'est passé à la fête ?

— Je ne sais pas. J'ai vu Brysen et ça m'a distrait. J'avais déjà l'argent, donc je pensais que c'était tout bon. Et là, cet idiot s'est mis à mitrailler la pièce et c'est devenu un sacré bordel.

J'avais attrapé Brysen et je m'étais dirigé vers l'arrière de la maison parce que je ne savais pas où se trouvait le tireur, et tous les autres essayaient de sortir par la porte de devant. Je ne pouvais pas accepter qu'il lui arrive quelque chose. En bonus, j'avais eu la chance de poser les mains sur elle. Je me sentais nul de l'avoir laissée comme ça, mais la vie que je menais ne me permettait pas de rester pour discuter avec les flics. J'étais plutôt du genre à filer discrètement dans l'ombre, ces temps-ci.

— Tu t'es juste pointé à cette fête comme ça, sans prendre de précautions ?

Depuis que j'avais décidé de reprendre les choses où Novak les avait laissées, Bax insistait pour que je sois plus prudent. Lui qui était habitué au sang et aux coups de feu, aux coups de poing fendant des visages et aux gens tremblant lorsqu'il entrait dans une pièce, était peut-être à l'aise avec un revolver toujours sur lui, mais moi, je m'adaptais encore à cette nouvelle vie et je n'étais pas tout à fait prêt à donner autant de ma personne à The Point.

— C'était qu'une bande de gamins. C'est bon. Il faudra juste qu'il trouve un autre moyen de payer ses livres et ses bières ce semestre. Il ne représentait pas une vraie menace.

Les gens ne devraient pas risquer ce qu'ils n'ont pas les moyens de perdre. J'avais appris cette leçon à mes dépens.

— Chaque personne devient une menace potentielle si tu as ce qu'elle veut ou si elle te doit quelque chose qu'elle refuse de te donner. Tu dois prendre au sérieux toutes les situations dans lesquelles tu t'engages. Des gamins ont déjà tué pour moins que ça, Race.

— J'en prends note.

— Elle te fait toujours autant d'effet, la blonde glaciale ?

J'éclatai de rire et haussai un sourcil. Il n'était pas vraiment fan de Brysen, mais je pense que c'était surtout parce qu'elle vivait plus près de The Hill que de The Point. Il ne faisait tout simplement pas confiance à ceux qui ne savaient pas à quoi ressemblait la vie dans les bas-fonds. J'étais une exception à cette règle, mais j'avais dû gagner sa considération par la sueur, les larmes et le sang. Je faisais encore des efforts pour regagner sa confiance, ayant fait certains choix difficiles quelques années plus tôt qui l'avaient conduit en prison. Nous étions proches, gérions une entreprise ensemble, il était amoureux de ma sœur, mais je doutais que toutes les plaies que ma trahison avait ouvertes soient entièrement guéries.

— Carrément. Il y a un truc chez elle qui me rend fou. J'ai envie de lui faire des choses pas très catholiques.

Il grogna et releva la capuche de son sweat sur son crâne rasé. Comme s'il avait besoin d'avoir l'air encore plus menaçant.

— Pas vraiment mon genre. On dirait qu'elle va se mettre à hurler à chaque fois que j'entre dans la pièce. Je parie qu'elle ferait une crise si elle se cassait un ongle.

J'aurais peut-être été d'accord avec lui si je ne l'avais pas embrassée. Elle cachait quelque chose sous cette apparence de perfection qu'elle offrait au monde. J'avais senti du désespoir au bout de sa langue, de la passion dans son souffle, et du désir dans sa manière de s'agripper à moi. Du moins, avant que je l'abandonne, car si nous avions été à un moment sur le même terrain de jeu, nous étions désormais dans deux mondes totalement différents. Je n'avais pas pu rester avec elle pour attendre qu'elle retrouve sa copine, et une fille comme Brysen ne voudrait pas d'un mec ayant des priorités aussi tordues.

— Peu importe. Elle est canon et j'aime bien sa manière de me regarder, comme si j'étais un truc dégueulasse qu'elle venait de décoller de sa semelle. Lui courir après n'en est que plus amusant.

Il se mit à rire et sortit de sa poche les clés de son Hemi Cuda, qu'il venait juste de finir de restaurer.

— Tu es complètement taré.

Après tout ce qui nous était arrivé ces cinq dernières années, le contraire aurait été étonnant.

— Passe le bonjour à Dovie.

Il acquiesça en entrant dans sa voiture. Quand il sortit du garage, ce fut dans un vrombissement qui secoua tout le métal contenu entre les murs de béton de la pièce. Le moteur était unique en son genre. Cette voiture n'était pas homologuée. Elle pouvait défier n'importe quel autre véhicule sur la route et elle était imposante, bruyante et menaçante. Une parfaite version acier et chrome de l'homme qui la conduisait.

Je m'assurai que toutes les alarmes étaient enclenchées, montai l'escalier du loft et pris une minute pour ranger l'argent de l'étudiant dans le coffre-fort que j'avais encastré dans le mur. C'était le plus bel élément d'ameublement de tout le loft. Il contenait aussi plein de gains illégaux qui attendaient sagement que Nassir les blanchisse dans ses clubs pour devenir utilisables.

Je n'aimais pas être en affaires avec Nassir Gates. Je ne

lui faisais pas confiance, je détestais sa manière de manipuler et d'utiliser les gens pour parvenir à ses fins. Mais il était la seule personne qui pouvait blanchir l'argent que je gagnais grâce aux paris illégaux. Nassir gérait tous les clubs, tous les lieux de débauche et de vice de The Point. Il organisait des combats clandestins, une légion de filles travaillait pour son compte, et même si je le détestais, j'avais besoin de lui. Je ne voulais pas m'occuper des filles, marchander du sexe, mais quelqu'un devait le faire, et Nassir n'avait aucun sens moral et aucun scrupule à se salir les mains. Notre alliance précaire fonctionnait, pour l'instant. Travailler avec lui, c'était comme marcher quotidiennement dans un champ de mines — dangereux, mortel, plein de menaces cachées que je ne verrais jamais arriver. Je m'attendais toujours à ce qu'il se retourne contre moi.

Je sortis une bouteille d'Oban du congélateur, m'en versai une dose plus que correcte dans un verre à whisky et m'affalai sur le canapé qui me servait aussi de lit. Bien sûr, j'aurais pu déménager, trouver un endroit plus propre, plus éloigné du centre, mais je me plaisais ici. Je me sentais en sécurité. Personne n'entrait dans le garage ou le bâtiment sans que je le sache, et après cette nuit où je m'étais retrouvé à la merci de Novak et ses brutes, la manière dont mon corps avait été brisé, j'avais besoin de ce sentiment de sécurité pour dormir la nuit.

Tout ça était si éloigné du milieu d'où je venais, si différent de la vie que les gens qui connaissaient mes parents et mon passé avaient imaginée pour moi. Je n'étais pas né avec une petite cuillère en argent dans la bouche, mais avec un service complet en or massif m'étouffant dès le premier jour. Mes parents étaient riches. Excessivement, indécemment, monstrueusement riches. Ils menaient une vie de luxe, exempte de tout besoin et de toute difficulté, et se moquaient de tout ce qui arrivait aux gens moins aisés.

Jusqu'à l'âge de seize ans, j'avais été insensible. Présomptueux, pourri gâté, débordant d'égoïsme et de suffisance. Je ne ressentais rien. Je vivais dans une bulle où tout ce que je voulais, tout ce dont j'avais besoin m'était donné immédiatement. Je ne me posais jamais de questions sur le monde extérieur, sur les choses étrangères au portefeuille bien rempli de papa-maman.

Un soir, j'étais sorti avec une fille. La fille en question, je l'avais oubliée, mais je me souvenais parfaitement de tout le reste. Mon père m'avait offert une Mustang Roush pour mon anniversaire. Je me pavanais, je me prenais pour le roi du monde, intouchable et imbattable, jusqu'à ce que je prenne une mauvaise direction et me retrouve perdu sur une route qui passait entre The Hill et The Point. A un feu rouge, je cherchais la bonne direction sur mon téléphone quand la vitre côté conducteur avait été brisée et des mains m'avaient saisi pour me sortir de la voiture. Je me souvenais des cris de la fille, de l'odeur de mon sang tandis que je me débattais sous les coups de poing. Mais plus que tout le reste, je me souvenais de m'être senti vivant.

J'étais nerveux, effrayé, mais je n'allais pas abandonner la Mustang sans me battre. C'était le moment le plus « réel » de toute ma vie. Toute mon insensibilité s'était évanouie. J'avais envoyé un coup de poing, vu le type massif et sombre se plier en deux et tomber de tout son poids sur le sol. Ses os avaient craqué et je m'étais effondré au milieu de la rue, en face d'un garçon pas plus âgé que moi, mais qui semblait avoir vécu cent vies de plus.

Se tenant les côtes, du sang coulant sur son visage et de son nez, Bax m'avait dévisagé. La fille était sortie de la voiture et avait crié qu'elle appelait la police. Et moi, tout ce que j'avais pu faire, c'était m'émerveiller de la rapidité des battements de mon cœur et frémir sous l'effet de l'adrénaline parcourant mon corps.

« J'aurais jamais pensé qu'un mec comme toi pourrait décocher un coup de poing pareil. Même si c'était de la chance. »

C'était le plus beau compliment qu'on m'avait jamais fait. J'avais essuyé le sang et repoussé mes cheveux de mes yeux et lui avais demandé s'il avait besoin qu'on l'emmène à l'hôpital. C'était étrange, il venait d'essayer de me voler ma voiture, il m'avait tabassé, mais c'était un moment décisif de mon existence. Bax, sa vie, son monde m'avaient réveillé et je ne pouvais plus revenir à mon univers de rêve molletonné.

Je ne m'étais pas autant mouillé que lui dans les sales coups. Je n'avais ni sa réputation ni l'attitude qui allait avec. Mais j'étais malin, et nous avions rapidement fait équipe. Je ne volais pas de voitures, je n'enfreignais pas la loi, mais quand il avait besoin d'aide, je le soutenais, et j'aimais me dire que, bien avant qu'il tombe amoureux de ma sœur, j'avais été pour lui la voix de la raison. C'était excitant. Cette vie à la dure m'avait ouvert à un tout nouveau monde. Il y avait des filles, des femmes plutôt, qui m'avaient appris des choses qu'aucun adolescent ne devrait savoir. Il y avait la drogue, l'exaltation et des défis à chaque coin de rue, et ça avait été génial, jusqu'à ce que les choses aillent trop loin.

Bax prenait toujours davantage de risques, Novak l'utilisant de plus en plus. Nous nous étions embourbés dans le marécage des vices de The Point, et j'avais voulu en sortir, nous sauver tous les deux avant que nous ne sombrions. Seulement, Novak était plus rusé que je ne le pensais et bien plus tordu. Il voulait Bax et n'avait aucun scrupule à se servir de moi pour l'atteindre.

Mon père, comme la plupart des hommes riches, ne pouvait pas garder son engin dans son pantalon sur mesure hors de prix. Dovie était ma demi-sœur, née d'une mère junkie qui avait été payée après avoir accepté d'avorter. Personne ne devrait faire confiance à un junkie ; la prochaine dose compte plus que tout au monde. Dovie avait disparu, jusqu'à ce qu'on la retrouve.

Novak l'avait utilisée, tirant profit du besoin qu'avait mon père de garder ses secrets, pour me piéger. Mon père avait payé Novak pour la faire tuer, mais Novak l'avait doublé, enregistrant toute la conversation et m'entraînant dans son jeu tordu et sinistre. Il était hors de question que je laisse quoi que ce soit arriver à quelqu'un de mon sang, à ma sœur, même si je ne la connaissais pas. J'avais donc fait du chantage à mon père, récupéré Dovie et accepté le plan machiavélique qu'avait conçu Novak pour s'attacher Bax à jamais.

Le gangster était malin, mais pas autant que moi. J'avais piégé Bax. Je ne pouvais pas le nier. J'avais trahi mon seul ami et l'avais vendu pour sauver Dovie, pour que mon père se retrouve à la merci de Novak. J'avais conduit Bax dans un traquenard, en sachant que ça finirait mal, mais Bax étant Bax, il avait rendu les choses dix fois pires en fuyant la police. L'arrestation, qui aurait dû déboucher sur six mois de prison au maximum, était partie en couille et il avait été mis à l'ombre pendant cinq longues années. J'avais été obligé de prendre Dovie sous mon aile et de disparaître jusqu'à sa sortie, en attendant le moment de prendre ma revanche. J'avais vécu avec la culpabilité et la menace de Novak au-dessus de ma tête pendant cinq années interminables.

Dès que Bax était sorti de prison, j'étais revenu dans la partie et j'avais repris l'échiquier en main pour tous nous libérer de Novak. Mais une fois de plus, Bax avait fichu son grain de sable en tombant amoureux de ma sœur, dévoilant à son impitoyable père une faille à exploiter. Bax était prêt à se sacrifier et à mettre The Point à feu et à sang si la vie de Dovie en dépendait. Par chance, les choses n'étaient pas allées jusque-là, et tout le monde s'en était sorti, épuisé, brisé et un peu plus mal qu'avant. Mais Novak n'était plus, et nous reconstruisions maintenant les bases, les fondations de cet endroit horrible, une brique graisseuse et souillée après l'autre. Si nous ne le faisions pas, quelqu'un d'autre le ferait.

Mon père m'avait chassé, avec un regard éberlué et paniqué, attendant de voir si j'allais le dénoncer. Il m'avait coupé les vivres, désavoué, il avait fait semblant de ne pas me connaître, tout en sachant que je pouvais à tout moment faire s'effondrer son monde de luxe et d'ostentation. J'avais gardé mes distances pour m'assurer que Dovie serait protégée de lui et de ses machinations désespérées. Mon père savait que Bax vivait avec Dovie et que personne n'arriverait à elle sans passer d'abord par lui, et pour le moment, cela suffisait. Assurer la sécurité de ma sœur était toujours la priorité absolue. C'était l'une des raisons principales, en plus de ne pas avoir de moyen légal de gagner de l'argent, pour lesquelles je menais ces activités.

En toute honnêteté, j'étais né pour les paris. J'avais l'esprit parfait pour être bookmaker et usurier. J'avais une mémoire photographique. Je me souvenais de chaque nom, de chaque visage et de chaque montant prêté et dû. Je n'avais pas besoin d'une feuille de calcul, pas besoin d'écrire quoi que ce soit. Le FBI ne trouverait jamais de petit carnet noir, aucune preuve accusatrice sur mon ordinateur. Tout était dans ma tête, bien en sécurité. Cela rendait aussi les calculs plus simples. J'avais en mémoire une infinité de scores, des kilomètres de statistiques, tous les calendriers et compositions d'équipes, prêts à être utilisés si besoin. C'était pratique pour moi, mais pas pour ceux qui risquaient ce qu'ils n'avaient pas. Comme je n'oubliais rien, il n'y avait aucun moyen d'échapper à une dette, pas de discussion possible sur ce qui était dû. Voilà pourquoi le garage regorgeait de voitures qui attendaient que leurs propriétaires prennent leurs responsabilités.

Je me versai un autre scotch et me déshabillais pour passer sous la douche avant de me coucher lorsque mon téléphone sonna. Il sonnait tout le temps. Les gens voulaient placer des paris, demander de l'argent à n'importe quelle heure du jour ou de la nuit. Mais la sonnerie qui tintait dans le loft était celle de Dovie. Je posai donc mon jean et portai le téléphone à mon oreille tout en bidouillant la douche. Il n'y avait pas de température intermédiaire dans le loft, l'eau était soit brûlante, soit glacée.

— Bax vient de partir. Il devrait bientôt arriver.

Il fallait vingt minutes pour se rendre du centre-ville jusqu'à la banlieue où Bax et Dovie habitaient, ce qui signifiait qu'il pouvait y être en dix minutes.

Elle eut un petit rire. Mon cœur se gonflait à chaque fois que j'entendais la joie qui émanait d'elle désormais.

— Il est déjà à la maison. Je voulais savoir si tu allais bien. Brysen m'a parlé d'une fusillade à la soirée, et Bax m'a dit que tu étais allé récupérer de l'argent sans arme... encore une fois.

Elle me parlait sur un ton réprobateur. Je n'aurais jamais pensé me retrouver dans une situation où ma petite sœur m'encouragerait à porter une arme.

— Ce n'étaient que des gamins. Pas de problème.

— Quand quelqu'un te tire dessus, il y a un problème. Quelqu'un aurait pu être blessé.

Par « quelqu'un », je supposais qu'elle voulait dire « Brysen ». Elles étaient proches et Dovie n'avait pas beaucoup d'amies, alors je comprenais son avertissement subtil. Je devais me montrer plus prudent en choisissant les endroits et les lieux où je gérais mon business.

— J'ai veillé à ce qu'elle s'en sorte indemne.

Dovie soupira.

— Merci, mais je parlais aussi pour toi, Race. Je ne supporterais pas qu'il t'arrive quelque chose.

Nous essayions tous encore de guérir des blessures que la chute de Novak avait causées.

— Je sais, petite sœur. Je sais.

Elle émit un petit bruit et dit quelque chose à Bax, au loin.

— Brysen ne sort pas beaucoup depuis qu'elle a emménagé chez ses parents. Ça craint que sa seule soirée de libre se soit terminée comme ça.

Je passai une main sous l'eau et la retirai aussitôt. Un bloc de glace n'aurait pas été plus froid. Je frissonnai et tournai le robinet dans l'autre sens.

— Pourquoi elle travaille autant ? Je pensais que sa famille était plutôt aisée. Je sais qu'elle vit dans un beau quartier, dans une belle maison.

Dovie soupira à nouveau.

— Je ne connais pas toute l'histoire. A l'époque où elle m'a hébergée, quand mon appartement a été saccagé, j'ai eu le sentiment que c'était elle qui gérait tout à la maison. Elle s'occupe de sa petite sœur. Je n'ai même pas vu ses parents quand j'étais là-bas. Tu devrais savoir mieux que personne qu'il ne faut pas juger les gens en fonction du quartier où ils sont nés.

Elle n'avait pas tort.

— Je vais prendre une douche, là. Tu voulais me dire autre chose ?

— Je t'aime, Race. Ne l'oublie pas.

— Je sais, Dovie. Crois-moi, je le sais.

— Et je crois que Brysen a flashé sur toi.

Cette dernière phrase me fit hurler de rire.

— Dans tes rêves. Elle me déteste.

Mais il y avait eu ce baiser. Un baiser qui n'était qu'une infime manifestation des fantasmes que je nourrissais à son égard.

— Sérieusement. Je parle tout le temps de toi. Quand j'évoque Bax, elle change de sujet, devient nerveuse et bizarre, mais quand je parle de toi, elle me laisse bavarder sans m'arrêter. Vous iriez bien ensemble.

C'était vrai. Et j'aurais donné jusqu'au dernier dollar du coffre-fort rien que pour apercevoir Brysen nue.

— C'est bien que tu continues à rêver.

Elle rit joyeusement et me souhaita bonne nuit. Je posai mon téléphone au bord du lavabo et finis de me déshabiller pour entrer sous l'eau brûlante. Je poussai un sifflement de douleur et laissai la vapeur et la chaleur évacuer la frustration sexuelle accumulée en moi.

Je pouvais la sentir. Ses seins fermes, sa peau douce, et une bouche à la fois avide et délicate. Elle m'avait embrassé comme si elle savait à quel point je voulais qu'elle soit lascive et sauvage avec moi. Je grimaçai lorsque l'eau brûlante tomba en cascade sur mon érection naissante. J'aurais peut-être mieux fait de choisir l'eau froide si j'avais su que des images classées X de Brysen me suivraient sous la douche.

3

Brysen

— Mais c'est quoi son problème ?

J'enfouis mon dernier test, orné d'un énorme D, dans mon sac et secouai la tête. Je sortis de mon cours de théorie mathématique et regardai mon ami Drew du coin de l'œil. Il ne me restait plus qu'un semestre avant d'obtenir mon diplôme en maths, du moins si je réussissais ce cours. Le professeur était bien, mais pour une raison inexpliquée, l'assistant qui travaillait pour lui me détestait, et je voyais ma moyenne chuter en flèche après chaque examen. J'avais essayé d'en parler au prof, mais il m'avait juste assuré que tous les tests étaient notés équitablement et m'avait suggéré d'envisager des cours particuliers.

Je soupirai et repoussai une de mes mèches. Je voulais devenir comptable. Je comprenais les chiffres, j'avais l'esprit vif pour ça, et il n'y avait aucune raison que je ne valide pas ce cours. Drew eut un rire moqueur et passa un bras autour de mes épaules.

— Tu n'aurais peut-être pas dû lui rire au nez quand il t'a demandé de sortir avec lui. Il l'a sûrement pris personnellement.

Je grimaçai malgré moi, car il avait raison sur ce point. Je ne m'étais pas moquée de l'assistant, mais de l'idée que je puisse trouver du temps dans ma vie pour quelque chose d'aussi frivole qu'un rendez-vous. Et si, par miracle, j'avais trouvé une pause dans mon emploi du temps, je ne l'aurais sûrement pas passée avec un mec aux cheveux gras, couvert d'acné et qui était pris d'un tic bizarre dès qu'il me regardait. Je pensais aussi que sortir avec lui n'aurait pas été approprié, étant donné qu'il était impliqué dans le cours et avait son mot à dire sur mes notes. Malheureusement, comme il était aussi étudiant, il n'existait aucune règle stricte pour l'empêcher de me reluquer ou de jouer avec mon futur académique, comme il semblait le faire. Il aurait fallu que je puisse avancer des preuves irréfutables de son comportement, ce qui n'était pas le cas.

— L'idée de sortir avec qui que ce soit est une blague.

Drew me serra légèrement contre lui et me relâcha. J'avais encore deux cours et ensuite, j'étais censée retrouver Dovie avant ses cours du soir. Je travaillais ce soir-là, puis je devais rentrer à la maison pour m'assurer que ma sœur avait fait ses devoirs et que ma mère n'était pas en train de boire jusqu'au coma. Tout cela devenait épuisant et je ne voyais aucune perspective de repos à l'horizon.

— Adria m'a dit qu'un mec à la soirée t'avait tapé dans l'œil. C'est quoi cette histoire ?

Adria parlait beaucoup trop et ne comprenait pas que mon attirance pour Race était mon enfer personnel.

Je me redressai, gênée, et plissai légèrement les yeux. Drew était un mec sympa et mignon, dans un style très américain, cheveux châtains ondulés et yeux bleus. Il avait mentionné à plusieurs reprises que, si je voulais faire évoluer notre amitié, il n'aurait rien contre. Mais encore une fois, je n'avais pas le temps pour un homme dans ma vie et si je regardais les choses en face, même si ça avait été le cas, Drew n'était pas celui que je voulais.

— Rien du tout. Je connais simplement Race par une amie commune. Pourquoi ?

Il haussa les épaules, feignant la désinvolture... et échouant misérablement. Il se frotta la nuque tout en regardant le sol entre ses pieds.

— Elle a juste dit que tu avais l'air fascinée par lui, alors qu'aux dernières nouvelles, tu n'étais intéressée par personne.

Cela ne le regardait absolument pas, et cette succession de questions n'était pas aussi anodine qu'il voulait la faire paraître.

— Ce n'est pas le cas, et même si c'était le cas, ça ne te concernerait pas, Drew.

Il posa une main sur mon épaule et me força à m'arrêter. Je levai les yeux sur lui, prête à lui dire de laisser tomber et de s'occuper de ses affaires, quand il me fit un sourire triste.

— Ecoute, je sais qu'on ne sera jamais que des amis, toi et moi. Tu as été assez claire. Mais je t'aime bien et je tiens à toi, alors je veux que tu saches que Race Hartman ne t'apportera que des ennuis.

Je le savais déjà, mais ça m'agaçait de l'entendre d'un mec comme Drew, qui ne savait rien du monde au-delà de The Hill.

— Race est comme il est. Je ne me fais aucune illusion à son sujet.

Drew soupira et retira sa main de mon épaule.

— C'est un criminel, un gangster. Il fait tabasser les gens qui lui doivent de l'argent et vole leur voiture s'ils ne peuvent pas payer. On dit que c'est lui qui a monté le coup contre Novak et qu'il a fait ça pour récupérer le marché noir que Novak gérait.

Je savais tout ça, et plus encore, car j'étais l'amie de Dovie et je n'avais pas pu ignorer la situation quand elle s'était retrouvée en plein milieu de ces histoires.

— Les gens font ce qu'ils ont à faire pour survivre, Drew. Tout le monde n'a pas une bourse intégrale ou des parents capables de financer ses études à l'université.

Il s'écarta et plissa les yeux.

— Eh bien, puisque tu es si proche de lui, tu dois savoir que ce n'est pas son cas. Ses parents sont de vrais richards et il a eu un compte d'épargne avec lequel il aurait pu acheter cette université une centaine de fois. Il a choisi cette vie. Il avait les mêmes opportunités que nous tous et il les a juste gaspillées en plongeant dans The Point.

Je doutais que ce soit aussi simple que ça, mais je ne voulais pas poursuivre cette conversation. Je passais déjà trop de temps à chasser Race de mon esprit ; je n'avais pas besoin de me disputer avec quelqu'un d'autre à son sujet.

— Je pense que les apparences sont toujours trompeuses. Porter un jugement en se basant sur les rumeurs, ce n'est pas très intelligent, et de toute façon, tout ça n'a aucune importance. Race est juste une connaissance.

Je remontai mon sac sur mon épaule et fis un pas en arrière.

— Je dois aller en cours.

Il me regarda d'un air inquiet et je lui tournai le dos pour m'éloigner de lui. J'en savais beaucoup sur les apparences qui cachaient la réalité, la vérité hideuse derrière la façade. Je ne connaissais pas assez Race pour pouvoir juger ses choix ou sa vie actuelle, mais j'avais assez de bon sens et d'intuition pour savoir que son histoire était plus compliquée que ce que les commérages et les spéculations laissaient entendre, que des circonstances plus graves entraient en jeu.

Mes deux cours suivants, dans lesquels j'avais de magnifiques A, passèrent très vite et je me dépêchai de traverser le vaste campus pour retrouver Dovie pour un café rapide.

Maintenant qu'elle ne travaillait plus au restaurant où

nous nous étions rencontrées, toutes deux serveuses, nous avions du mal à trouver du temps pour nous voir. Je repérai sans problème sa chevelure rousse éclatante et me jetai sur la chaise en face d'elle. Elle m'avait déjà commandé à boire ; c'était dans sa nature d'être aussi généreuse et attentionnée.

Elle me sourit, ses taches de rousseur se plissant sur son nez, et ses yeux, exactement du même vert forêt que ceux de Race, pétillèrent. Etre amoureuse d'un démon lui allait bien, c'était indéniable.

— Salut.

Je ne pus m'empêcher de lui rendre son sourire.

— Salut. Tu as l'air heureuse.

Elle rougit légèrement ; elle ne pouvait pas le cacher, avec ce teint de rousse.

— Je le suis. Et toi ? Comment ça va ?

Comme toujours depuis un an. Je haussai une épaule et la laissai retomber.

— Ça va... Un professeur-assistant est décidé à ruiner ma moyenne, on m'a presque tiré dessus ce week-end, et j'ai reçu un SMS bizarre samedi soir après la fête. Au restaurant, ça ne change pas... et à la maison... Je dois juste attendre que Karsen parte à la fac, conclus-je en soupirant.

Elle pencha la tête et son regard vert mousse se teinta d'inquiétude.

— La vache, Brysen, ça fait beaucoup.

J'eus un petit rire blasé et je sortis mon ordinateur pour regarder mes devoirs et ce que je devais réviser après le boulot, ce soir.

— Ouais.

— C'était quoi, ce message bizarre ?

C'était tout ce qu'elle avait retenu de la tornade de problèmes qu'était ma vie actuelle ?

— Juste un malade me disant que j'étais mignonne et qu'il était désolé de m'avoir ratée.

Elle fronça ses sourcils cuivrés.

— C'est vraiment bizarre. Tu n'as pas reconnu le numéro ?

— Non, et j'ai repoussé plus d'un mec bizarre m'ayant draguée sur le campus ou au restaurant et qui se ferait une joie de jouer avec mes nerfs. De nos jours, c'est facile de trouver le numéro de quelqu'un sur Internet, si on le veut vraiment.

— Je n'aime pas ça du tout, Bry.

Etant donné qu'elle avait été kidnappée, blessée et utilisée comme un pion par Novak pour forcer Bax à lui obéir, je voulais bien la croire, mais ce genre de choses n'arrivait pas dans mon monde.

— Ce n'était sans doute qu'une blague, ou alors c'était destiné à quelqu'un d'autre. Ça m'a juste perturbée à cause de la façon dont la soirée s'est terminée. Les coups de feu, c'est terrifiant quand on les vit en vrai.

Elle se mordit la lèvre et ne manifesta ni accord ni désaccord. J'entrai mon mot de passe et me figeai. L'écran était tout bleu... mauvais signe. Je regardai Dovie par-dessus l'ordi et réprimai une envie de crier.

— L'écran de mon ordi est tout bleu.

Elle cligna des yeux et fit le tour de la table pour voir par elle-même.

— Oh oh.

Je déglutis et l'éteignis pour le rallumer aussitôt. Toujours ce bleu hideux, éblouissant.

— Merde.

— Ce n'est pas bon, ça, dit-elle en me pressant l'épaule.

— Tu n'imagines même pas. Toute ma vie d'étudiante est là-dedans. Mon devoir à rendre demain, toutes mes notes, et si je veux avoir la moindre chance de valider le cours de théorie mathématique, j'ai besoin de tout ce que cet écran bleu vient d'avaler. Je n'y crois pas.

Je résistai difficilement à l'envie de balancer l'engin par terre et de faire des claquettes dessus.

— Tu peux sûrement récupérer ce qu'il y a sur le disque dur.

Elle essayait de rester optimiste, mais ça ne m'aidait pas.

— Ce serait un problème de réglé, mais je n'ai pas les moyens de m'acheter un nouvel ordinateur.

Je n'avais pas eu l'intention de dire ça, mais c'était sorti tout seul.

Dovie était déjà venue chez moi. Elle savait qu'à une époque, mes parents avaient été plutôt à l'aise financièrement. C'était un peu idiot de dire que je n'avais pas de quoi m'acheter un nouvel ordinateur alors que je vivais dans un beau quartier et conduisais une BMW. Mais en réalité, je devais absolument garder mon job au restaurant si je voulais garder ma voiture, et si je voulais finir mes études. Nous n'avions plus d'argent. Entre les frais médicaux de maman et ce que pouvait bien faire papa sur les marchés boursiers, on avait de la chance d'avoir encore de la lumière à la maison.

— Et je n'ai ni le temps ni l'énergie de prendre un deuxième job pour me le payer. Ça craint vraiment.

Je me passai les doigts dans les cheveux et pressai mes paumes sur mes tempes. Tout ce que je ravalais quotidiennement me montait à la gorge, menaçant de m'étouffer. Sérieusement, combien de choses étais-je encore censée endurer ? Pourquoi l'univers essayait-il de me briser ?

— Je peux te faire une suggestion ?

Je levai les yeux vers elle et vis qu'elle faisait tourner une boucle de cheveux entre ses doigts, signe de nervosité. Je savais que je n'allais pas aimer ce qu'elle allait me proposer.

— Bien sûr, tant qu'il ne s'agit pas de tapiner dans le District.

Le District était la zone de The Point où des filles beaucoup plus jeunes que moi exerçaient le plus vieux métier du monde. C'était là que les hommes passaient un bon moment et dépensaient leur argent pour des femmes qui les oublieraient aussitôt qu'elles auraient cet argent en main. Je n'avais jamais vraiment été dans ce coin de la ville, mais il était légendaire et bien trop de filles y échouaient en dernier recours.

Elle me donna une tape sur la main et me fit les gros yeux.

— Ne sois pas ridicule. Ecoute, je sais que Race et toi n'êtes pas vraiment amis.

Elle marqua une pause et je levai les yeux au ciel. Bien sûr que nous n'étions pas amis. Je ne pouvais pas être amie avec un mec que je voulais déshabiller avant de ramper sur son corps.

— Mais il s'y connaît en ordinateurs, mieux que personne. Tu pourrais lui demander d'y jeter un coup d'œil. Je parie qu'il pourrait le réparer sans problème.

Génial. Une solution qui m'aiderait financièrement, mais qui mettrait à l'épreuve ma résistance déjà bien entamée face à son demi-dieu de frère. Comme si j'avais encore une chance après ce baiser. Je ronchonnai dans ma barbe et levai les mains comme pour me rendre.

— Donne-moi son numéro et je l'appellerai.

— Ce n'est plus si facile de le joindre, répondit-elle en faisant la grimace. Il a différents numéros pour les différentes choses qu'il gère et il ne regarde pas souvent son téléphone personnel parce que je suis la seule à l'appeler dessus. Je lui dirai simplement de passer au restaurant et de jeter un coup d'œil à ton ordi.

Encore une preuve irréfutable que je n'avais aucun intérêt à m'enticher de Race Hartman. Que ferais-je avec un mec ayant plusieurs téléphones portables pour gérer ses différentes affaires criminelles dans l'ombre ?

— D'accord. Si tu penses que ça ne le dérangera pas.

— Ça ne le dérangera pas, dit-elle en souriant. Il le fera parce que je lui demande, mais aussi parce qu'il t'aime bien. Et depuis toujours.

— Sérieux ? Je n'ai jamais été très sympa avec lui pourtant.

En réalité, je me démenais pour le décourager à la moindre occasion.

Elle sourit d'un air narquois et prit son sac et son téléphone.

— Race n'est pas facile à comprendre. Les choix qu'il a faits, les choses qu'il a décidé de prendre en main…

Elle s'interrompit et haussa les épaules d'un air désemparé avant de reprendre :

— Il n'a pas peur des défis, des obstacles sur son chemin. Regarde son meilleur ami. Bax ne faisait confiance à personne, ne se souciait de personne, à part de Race. Mon frère fait partie de ces hommes prêts à tout pour arriver à leurs fins.

Merde alors. Voilà qui ne laissait rien augurer de bon quant à ma capacité à garder son charme à distance, mais je n'avais pas le choix. Je n'avais vraiment pas les moyens de m'acheter un nouvel ordinateur.

— Envoie-moi un SMS quand tu auras de ses nouvelles pour me dire vers quelle heure il passera.

Elle acquiesça et me serra dans ses bras. Dovie était comme un rayon de soleil. Je ne comprenais pas comment quelqu'un qui avait été sans cesse blessé, à qui la vie avait toujours donné le pire, pouvait être aussi adorable. C'était une perle et je me sentais très chanceuse qu'elle m'apprécie assez pour m'inclure dans son cercle d'amis bien gardé.

— Merci, Dovie.

Elle ricana.

— Ne me remercie pas tant que tu ne sais pas s'il peut le réparer ou non. En général, les ordinateurs ne survivent pas aux écrans bleus.

J'aurais préféré qu'elle ne me le rappelle pas. Je rangeai aussi mes affaires et me levai. Je devais aller au restaurant et me préparer pour le service.

— Merci quand même d'avoir pensé à une solution qui ne va pas me ruiner.

Nous nous dirigeâmes vers le centre du campus et elle m'arrêta en posant la main sur mon avant-bras juste avant que nos chemins se séparent.

— Ecoute, Brysen.

Ses yeux vert sombre me fixaient d'un air déterminé et sérieux.

— Tu m'as recueillie sans me poser de questions quand ma vie était en lambeaux. Tu as toujours été gentille, tu ne t'es jamais immiscée dans mes affaires, tu n'as jamais posé de questions auxquelles je n'aurais pas pu ou voulu répondre. Si tu as besoin d'aide, dis-le-moi.

Son regard se posa sur le sol puis revint sur moi. Elle reprit :

— Je n'ai pas grand-chose, mais Bax si, et si je lui demande, il donnera sans hésiter.

Elle allait me faire pleurer. Je m'approchai d'elle et la serrai une dernière fois dans mes bras.

— Non, ça va. Je dois juste attendre mon heure. On doit tous faire des sacrifices, j'imagine.

Elle était prête à risquer sa vie et même sa liberté pour rester avec son homme. Moi, j'étais prête à sacrifier mon indépendance et la vision que je m'étais faite de ma vie pour ma sœur.

Je rejoignis ma voiture et conduisis jusqu'au restaurant où je travaillais depuis presque deux ans. Il se trouvait à la limite de The Point et The Hill, si bien qu'on servait une étonnante diversité de clients. Je gagnais pas mal d'argent, et il n'était pas loin de l'université, ce qui m'arrangeait bien. Il m'offrait aussi une pause bienvenue loin du stress de la maison et me donnait l'occasion de rencontrer des gens que je n'aurais pas croisés autrement.

Je me rendis dans la salle de bains du fond pour enfiler ma petite jupe noire et le haut noir trop petit qui constituaient mon uniforme. Tant que nous étions en noir, le patron ne se préoccupait pas de notre tenue, mais j'avais vite compris que plus elle était sexy, plus mon rouge à lèvres était vif et plus mes cheveux brillaient, plus je rapportais d'argent à la maison. C'était tellement rétrograde, tellement sexiste que ça m'irritait, mais j'avais besoin du moindre centime, et être sexy me le garantissait.

Je n'avais rien de vraiment spécial. J'avais une belle peau et de grands yeux bleus, mais les jolies blondes étaient légion, et rien ne me faisait sortir du lot. Le fait que je sois naturellement pulpeuse, ni trop grande ni trop petite, mais avec des formes bien placées, expliquait selon moi mon succès auprès de la plupart de mes récents admirateurs. J'avais un corps canon et je n'avais aucun problème à le mettre en avant si cela me permettait de m'en sortir financièrement et m'évitait d'avoir à danser autour d'une barre ou à m'allonger pour pouvoir payer les factures.

Je donnai un peu de volume à ma coupe au carré asymétrique, vaporisai un peu de parfum sur ma peau et me mis au travail. C'était un jeudi soir, ce qui signifiait que le restaurant serait bondé de jeunes étudiants qui partiraient ensuite dans un quartier ou l'autre pour boire toute la soirée. Les clubs de The Hill comptaient des bars à Martini chics et des boîtes de nuit huppées. Tous les endroits que les jeunes fréquentaient dans The Point étaient clandestins. Il fallait connaître quelqu'un qui connaissait quelqu'un ne serait-ce que pour les trouver. On me racontait des histoires de drogue, de combats ensanglantés, de musique sourde et d'ambiance « tout est permis ». J'étais même allée dans un de ces endroits avec Dovie quand on l'y avait attirée pour voir Bax prendre une raclée par un monstre dopé. Je n'étais à ma place dans aucun des deux quartiers, alors ça ne me faisait ni chaud ni froid de charmer cette foule diverse et de gagner de l'argent en jouant sur les deux tableaux. En fait, cet entre-deux était l'histoire de ma vie : trop pauvre pour être à ma place dans The Hill, et trop riche pour la vie impitoyable de The Point. J'existais quelque part au milieu de tout ça.

Je courus sans répit pendant les premières heures. Ramon, le barman, prenait un temps fou à préparer les boissons, et la cuisine connut plusieurs gros problèmes alors que les commandes s'accumulaient. J'étais bien organisée et je savais très bien gérer mon temps, si bien que, pour moi, tout allait comme sur des roulettes. Quand j'eus le temps de faire une pause et de m'enfiler un taco avant la prochaine vague, je fus surprise de voir Ramon venir jusqu'à la zone des employés où je me cachais. Il avait l'air confus.

— Hé.

J'essuyai la crème fraîche qui avait coulé sur mon menton et haussai un sourcil interrogateur.

— Ça va ?

— Tu prévoyais de voir quelqu'un ici ce soir ?

Je fronçai les sourcils et tirai mon téléphone de mon soutien-gorge, où je le rangeais, pour voir si Dovie m'avait envoyé un message à propos de Race. Il n'y avait rien, juste un message de Karsen qui me demandait de lui rapporter de la glace.

— Non. Pourquoi ?

Il haussa ses sourcils délicatement épilés et fit claquer sa langue en signe de désapprobation.

— Il y avait un mec au bar qui n'arrêtait pas de regarder autour de lui. J'ai dû lui demander cent fois s'il avait besoin de quelque chose, mais il a juste commandé un soda et il est resté assis au bar. Tu es sortie de la cuisine avec une commande et il t'a observée pendant une minute. Et puis il s'est levé pour partir. Je me disais que c'était peut-être un ami.

Je le regardai fixement comme une idiote, bouche bée.

— A quoi il ressemblait ?

Etant donné que Ramon aimait bien plus les mecs que moi en ce moment, je pensais qu'il aurait une description claire et nette à me donner, mais il haussa les épaules.

— Rien de spécial. En fait, c'était bizarre, on aurait dit qu'il voulait passer inaperçu. Il portait des lunettes et une casquette, comme s'il avait voulu changer son apparence. Et il n'a parlé à personne.

Je sentis un frisson parcourir mon dos, et soudain mon taco me parut infect. Bien sûr, il y avait souvent des mecs louches qui essayaient de me draguer ou me jetaient des regards lubriques, mais un tordu qui ne disait pas un mot, plus le SMS, ça, ça me faisait flipper.

— C'est vraiment bizarre.

Ramon acquiesça.

— Oui, c'était très étrange.

— Si tu le revois, tu peux me prévenir ?

— Bien sûr. Il faudrait peut-être que quelqu'un te raccompagne à ta voiture quand tu auras fini ton service.

Je frissonnai de nouveau et acquiesçai d'un air absent. Mon téléphone sonna et je poussai un gémissement en voyant le message de Dovie.

Il sera là à la fermeture. Attends-le.

Génial. Comme si tout le reste ne suffisait pas. Je commençais à douter sérieusement que ma vie puisse encore empirer.

Je lui répondis que je l'attendrais et j'allai m'occuper des clients de fin de soirée qui arrivaient toujours juste avant la fermeture de la cuisine. J'étais en alerte, mes yeux parcourant sans cesse le restaurant. Je n'aimais pas l'idée qu'un type louche rôde dans les parages, m'observant, surtout avec ce SMS bizarre qui me restait dans un coin de la tête. J'avais tendance à penser que je pouvais prendre soin de moi toute seule ; j'étais intelligente et m'estimais débrouillarde, mais je n'avais jamais vraiment eu à éprouver cette théorie. Cette pensée m'effrayait.

Quand ma dernière table eut fini et que les comptes et les tâches de fin de service furent terminés, j'étais épuisée et stressée. J'étais prête à remettre mes vêtements normaux, à aller chercher de la glace pour ma sœur et à rentrer à la maison… enfin, ça, pas vraiment, mais il le fallait bien.

J'attachai mes cheveux en arrière pour dégager mon visage, enfilai mon jean et fourrai mon uniforme dans mon sac pour le laver plus tard. Ramon avait un client qui traînait au bar et tous les gars en cuisine étaient occupés à nettoyer ou bien m'ignoraient. J'allais apparemment devoir marcher jusqu'à ma voiture toute seule pour récupérer mon ordinateur. Malheureusement, à cette idée, mes cheveux se dressaient sur ma nuque et j'étais secrètement déçue que Race ne soit pas déjà là pour m'accompagner.

Je sortis dans la nuit et scrutai le parking. L'atmosphère était plutôt détendue, en général, mais on était tombés à plus d'une reprise sur un mec bourré et violent. La dernière fois, Bax était arrivé juste à temps, et depuis, ça s'était calmé. La réputation du petit copain de Dovie allait loin, mais elle ne travaillait plus ici, et les dégénérés recommençaient à sortir de leur trou.

Je me garais toujours sous l'unique lampadaire, vacillant, du parking et je réprimai un grognement quand je vis qu'il avait justement choisi ce soir-là pour rendre l'âme. Le parking était sombre et la distance qui me séparait de ma voiture semblait faire mille kilomètres au lieu de quelques pas. Mon ventre se noua. J'avais la chair de poule. Après une grande inspiration, je rassemblai mes forces et piquai quasiment un sprint jusqu'à ma BMW. Je posai la main sur la poignée en soupirant et poussai un cri strident lorsque je sentis une main lourde sur mon épaule.

Sans prendre le temps de réfléchir, je hurlai de toutes mes forces, donnai un coup de tête en arrière et pivotai sur moi-même, le genou déjà en position pour causer le plus de dégâts possible. Mon agresseur colla une main ferme sur ma bouche, pressa un bras dur comme fer sur mon buste alors que je me retournais et me plaqua contre la voiture. Je criais toujours derrière sa main et ma poitrine se soulevait, mais quand je vis des yeux verts familiers qui me lançaient un regard furieux, ma panique commença à s'estomper. J'entourai de mes doigts le poignet de la main qui me bâillonnait et m'affalai contre la portière.

— Non, mais ça ne va pas ? !

Race me relâcha et se frotta le menton, là où ma tête l'avait cogné.

Je posai mes deux mains tremblantes sur ma bouche et secouai la tête. Je voulais m'excuser, mais les mots restaient coincés dans ma gorge.

— Dovie ne t'a pas dit que je passerais après ton service ?

Il avait l'air agacé et je ne pouvais pas lui en vouloir.

— Désolée. Je suis nerveuse dans le parking à cette heure-là.

Il leva les yeux sur le lampadaire éteint puis revint à moi et demanda d'un air renfrogné :

— Pourquoi tu es là toute seule aussi tard ?

— Tout le monde était occupé. Tu sais comment c'est, chacun se dépêche pour rentrer au plus vite après la fermeture.

A l'expression qui apparut sur son beau visage, je compris que cela ne lui plaisait pas du tout. Race avait toujours la prestance d'un roi, élégant, resplendissant. Ce soir, dans l'ombre sévère du lampadaire cassé et avec l'asphalte fissuré sous ses pieds, il ressemblait plutôt à un guerrier nordique, à la fois féroce et mécontent. Je n'aurais pas pensé que cela lui irait, mais cet air menaçant allait à merveille avec ses traits parfaits. Quand quelque chose ne lui plaisait pas, il faisait ce qu'il fallait pour y remédier, je le sentais dans son regard.

Je posai la main sur son large poignet.

— Ne t'inquiète pas, Race. J'ai juste besoin que tu m'aides avec cet ordinateur, sinon je serai vraiment mal barrée.

Il m'étudia en silence, essayant de toute évidence de décider quel sujet était le plus urgent, ma sécurité ou cette crise informatique. Heureusement, l'ordinateur l'emporta, mais sa voix était rauque et bourrue quand il me dit :

— Cette conversation n'est pas finie, Bry.

J'acquiesçai sèchement et me penchai pour récupérer l'ordinateur que j'avais rangé sous le siège. Quand je me retournai, je sentis mon visage s'enflammer car, penchée de cette manière, j'avais clairement donné à Race l'occasion de regarder mes fesses sous le meilleur angle. Le vert de ses yeux avait changé, prenant une teinte plus sombre. Je déglutis nerveusement.

— Qu'est-ce qu'il a, cet ordinateur ?

Je le tenais contre ma poitrine, comme pour me protéger tandis que ses yeux couraient sur mon corps. C'était troublant d'être le seul point d'attention d'un homme comme Race. J'avais l'impression qu'il voulait regarder à l'intérieur de moi, comme s'il voulait systématiquement étudier chaque partie de mon être, pour comprendre comment je fonctionnais.

— Je ne sais pas. Je l'ai allumé et l'écran est devenu tout bleu. Je sais que c'est mauvais signe, mais tout ce qu'il me faut pour mes cours est là-dedans, alors je dois faire quelque chose.

Il haussa un sourcil et prit l'ordinateur.

— Tu ne sauvegardes pas tout sur un disque dur externe ou sur une base de données, comme Google Drive ?

Je grognai et posai les mains sur mes yeux.

— Sérieusement, Race ? Si j'étais assez maligne pour faire ça, tu crois que je serais en train de prier pour que tu puisses le réparer ? Rien n'est jamais aussi simple dans ma vie.

Il se contenta de me regarder, sa bouche prenant une moue sérieuse. Je préférais de loin cette expression sur son magnifique visage plutôt que celle qui faisait ressortir sa fossette sexy. Il était beaucoup plus facile de lui résister.

— Tu en as besoin pour quand ?

— J'ai un devoir là-dedans que je dois rendre demain, mais le professeur est plutôt sympa et il me laissera jusqu'à lundi si je lui explique la situation. Ce qu'il me faut absolument, ce sont mes notes de théorie mathématique. J'ai un professeur-assistant horrible qui m'en veut de lui avoir dit non quand il m'a demandé de sortir avec lui. Je vais déjà avoir du mal à valider le cours, alors sans mes notes, je suis fichue.

Ses yeux devinrent encore plus sombres et son froncement de sourcils plus marqué. Son torse large se gonfla et retomba quand il prit une grande respiration.

Les yeux plissés, il me demanda d'une voix encore plus rude que d'habitude :

— Qu'est-ce qui se passe, Brysen ? Pourquoi tout ce que tu me dis ce soir me donne envie de cogner sur des gens ou de défoncer des trucs ?

Je déglutis et frissonnai tandis que nous nous regardions en silence.

— La vie n'est pas toujours rose, Race. Tu dois savoir ça mieux que personne.

Il secoua la tête et recula d'un pas. Je mourais d'envie de tendre la main et de le ramener à moi. Il était si mauvais pour mon self-control.

— Non, c'est vrai. Mais tu es une fille bien et beaucoup trop mignonne. Les choses ne devraient pas être aussi difficiles pour toi.

Elles l'étaient, pourtant, et je devais bien faire avec.

— Tu crois que tu peux le sauver ?

Il recula encore d'un pas et sourit. Quand sa fossette apparut sur sa joue, je me liquéfiai de l'intérieur.

— Quand je m'applique vraiment, je suis doué dans bien des domaines, Brysen.

Le sous-entendu sexuel me donna envie de gémir.

— Quand penses-tu pouvoir me le rendre ?

— Donne-moi ton numéro. J'ai pas mal de trucs à gérer demain, mais je regarderai quand j'aurai fini. Laisse-moi jusqu'à ce week-end.

Ça faisait seulement trois jours. A part en théorie mathématique, je devais pouvoir m'en sortir jusque-là. Je lui donnai mon numéro et fis les gros yeux en voyant qu'il ne sortait pas son téléphone pour l'enregistrer.

— Tu vas t'en souvenir ?

Je me rendis compte que j'avais dit ça d'une voix boudeuse et je m'en voulus.

— Je ne l'oublierai pas, Bry. Tout ce qui te concerne est mémorable.

Ah... Le baiser. Il allait me hanter pour toujours. Je changeai de position, gênée, et me décollai de la voiture.

— Je dois rapporter de la glace à ma petite sœur et vérifier qu'elle a fait ses devoirs.

Il me regarda attentivement et pencha la tête sur le côté. Je ne voulais pas me retrouver au centre de l'attention de Race Hartman ; lui cacher ce que je ressentais devenait alors trop difficile.

— A partir de maintenant, tu te feras accompagner jusqu'à ta voiture.

Ce n'était pas une question.

— J'essaierai.

J'aurais bien aimé lui promettre, mais la vie ne semblait pas disposée à tenir compte de mes préférences, ces temps-ci.

— Fais-le, Brysen.

Son ton suggérait que j'avais tout intérêt à l'écouter.

— D'accord, Race. J'y veillerai.

Il grogna et se retourna pour rejoindre sa Mustang rouge vif. C'était une voiture hyper-sexy pour un mec qui l'était encore plus. Complètement injuste.

— Je t'appelle.

Il partit sans ajouter un mot et je crus que j'allais m'effondrer. Il y a des limites à ce qu'on peut endurer. Ajouter Race à la montagne de problèmes sous laquelle je croulais déjà me donnait l'impression que je n'avais plus de place en moi pour tout garder enfoui. Tout remontait à la surface, tous les sentiments, les émotions que je refusais d'admettre, dont je refusais de m'inquiéter, faisaient sauter les verrous et menaçaient d'exploser. Et personne ne viendrait m'aider à faire le ménage quand je finirais par craquer.

Je soupirai et appelai Karsen pour savoir quel type de glace elle voulait que je lui rapporte.

4

Race

A une certaine période de ma vie, le bruit sourd de poings tapant contre la chair, l'odeur du sang et le son insoutenable de la souffrance humaine me tourmentaient. J'en avais la chair de poule et le ventre noué. Désormais, je voyais ça comme un mal nécessaire, et aussi affreux que cela puisse paraître, ça faisait partie de mon boulot.

J'étais dans la partie arrière du Spanky's, le fin du fin des clubs de strip-tease du District. Les filles qui dansaient là n'étaient pas banales. Elles étaient belles, professionnelles et officiaient en tant qu'hôtesses lorsque la scène s'éteignait et que le club devenait un casino illégal. Le Spanky's avait représenté une poule aux œufs d'or pour Novak. Désormais, Nassir et moi avions la main sur le trésor et nous regardions en ce moment Chuck, le géant afro-américain responsable de la sécurité, tabasser furieusement un client qui n'avait pas gardé ses mains à leur place.

Appuyé contre le mur, les bras croisés, je voyais ce type, qui aurait pu être le père de n'importe qui, se prendre une raclée. Il avait déjà craché quelques dents et son visage était entièrement tuméfié, mais Chuck n'avait pas l'air pressé de s'arrêter et Nassir ne le lui demandait pas. Ses yeux couleur caramel brûlé étaient rivés sur la scène se déroulant devant lui : il prenait au sérieux la sécurité des filles qui travaillaient pour lui, qu'elles soient réglo ou non, et Honor — c'était évidemment un pseudonyme — n'était pas une fille sur qui on pouvait poser les mains sans en subir les conséquences.

Elle était autant à sa place dans le District que Bax dans The Point. Nous partagions un passé sordide et, pour tout dire, j'étais surpris qu'elle ne soit pas elle-même en train de cogner M. Mains Baladeuses, car ça aurait bien été son genre. La victime poussa un grognement, ses yeux bouffis et enflés se révulsèrent tandis qu'il roulait sur le côté en une masse inconsciente. Chuck lui donna un coup de plus du bout du pied et se pencha pour essuyer ses mains ensanglantées sur la chemise déchirée du pauvre type.

Nassir haussa un sourcil noir.

— Tu te sens mieux ?

Chuck grogna et nous regarda tous les deux à tour de rôle.

— Il y a quelque chose dans l'air. Je ne sais pas ce que c'est, mais de plus en plus de gens débarquent et vont trop loin. Il fallait que je marque le coup, pour mettre les choses au clair.

Je croisai le regard de Nassir et il haussa les épaules. Il avait toujours l'air de se rendre à un rendez-vous d'affaires ultra-important. Ses costumes coûtaient plus cher que ma voiture, et son apparence exotique et sa prestance menaçante le rendaient intimidant et tyrannique, le tout sans effort. Je le traitais déjà comme s'il risquait de me poignarder dans le dos d'une seconde à l'autre, mais sa simple présence me poussait à être constamment sur la défensive.

— Qu'est-ce qui se passe ?

Il passa un pouce le long de sa mâchoire et me regarda d'un air pensif.

— Des filles se sont plaintes que les clients ne voulaient pas payer. D'après elles, la rumeur court que nous sommes trop novices, toi et moi. La ville est en train de changer, personne ne la dirige et il n'y a personne à qui rendre des comptes, alors les gens se lâchent et testent les limites.

Je serrai les dents et fronçai les sourcils.

— Qu'est-ce que tu comptes faire ?

— *Nous*, Race. Qu'est-ce que *nous* comptons faire ?

C'était vraiment la dernière personne sur Terre avec qui j'avais envie de traiter, mais ce n'était pas comme si j'avais le choix.

— Qu'est-ce qu'on va faire, Nassir ?

— Mettre immédiatement un point final à toutes ces conneries, dit-il en montrant l'homme à terre. J'ai des noms, des adresses, et celui qui voudra discuter de qui est le chef verra une montagne de douleur lui tomber dessus. Je te conseille de faire pareil si quelqu'un ne te rend pas ce qu'il te doit.

Je n'avais pas encore eu ce problème, mais je n'étais bookmaker que depuis peu.

— Ouais. J'imagine qu'on ne peut pas se permettre de passer pour des faibles.

Les yeux de Nassir se mirent à lancer des éclairs.

— Nous ne pouvons pas être faibles tout court. J'ai attendu trop longtemps que quelqu'un s'occupe de Novak et de ses folies. J'aurais dû m'en charger depuis un bail, mais j'ai attendu, et son poison s'est répandu. Nous n'avons peut-être pas le même point de vue sur tout, Race, mais nous savons tous les deux que quelqu'un doit nourrir le monstre, et tant que des hommes respectables s'en chargent, la ville n'a pas à être sacrifiée à cette tâche.

Je n'aurais pas employé le mot *respectable* concernant Nassir, mais je n'avais pas envie de discuter vocabulaire.

— Comment va Honor ?

Une expression terrifiante traversa son visage. Je ne connaissais pas bien son passé, je ne savais pas d'où il venait, mais je n'avais jamais considéré Nassir comme un simple mec en costume rechignant à mettre les mains dans le cambouis. C'était un homme qui pouvait tuer s'il en sentait la nécessité, qui n'hésitait pas à monter toute une armée s'il pensait que la bataille en valait la peine.

— Elle a la haine.

Je soupirai lourdement.

— J'ai un dépôt d'argent à faire. La saison de football universitaire a commencé.

Il hocha la tête et nous laissâmes Chuck seul pour nettoyer le sol. C'était froid, inhumain, et une partie infime de mon être savait que c'était mal, mais c'était comme ça. Nous allâmes dans le bureau de l'ancien gérant du club et je lui remis les liasses de billets enveloppées. Quand j'étais plus jeune, manier des centaines de milliers de dollars ne signifiait rien pour moi. Aujourd'hui, je regardais Nassir les prendre et les ranger dans le coffre-fort derrière le bureau avec une extrême appréhension. Un des trucs qui craignent vraiment, quand on est criminel, c'est qu'on doit faire confiance à d'autres criminels pour gagner sa vie. Dans l'ensemble, nous n'étions pas vraiment des gens dignes de confiance, et au fond, chacun pensait toujours et d'abord à soi.

Mon inquiétude devait se lire sur mon visage, car Nassir haussa un sourcil et m'adressa un sourire tout sauf rassurant.

— J'ai besoin de toi, Race. Je ne vais pas t'escroquer.

Je lâchai un petit rire sec.

— Et qu'est-ce qui se passera quand tu décideras que tu n'as plus besoin de moi ?

— Tu es intelligent. Tu peux trouver tout seul la réponse à cette question. Au fait, j'ai entendu dire qu'un abruti d'étudiant a sorti un flingue alors que tu venais récupérer ton argent. Tu dois adopter une position ferme quand des trucs comme ça se produisent.

Je soupirai.

— Ce n'était qu'un gamin.

Nassir pointa le doigt sur moi et sa voix prit une intonation extrêmement sérieuse.

— Comme toi. Sauf que toi, tu n'es qu'un gamin qui gère une ville entière. Si quelqu'un déconne avec toi, Race, tu le remets à sa place. Bax a une réputation derrière lui, il a ça dans le sang. Il est né gangster. Toi, tu n'es qu'un gamin qui joue à être un boss du crime. Tu dois prouver que tu es sérieux, que tu es impliqué jusqu'au bout, que ce soit en faisant couler ton sang ou le leur. Il n'y a qu'une seule manière de faire... la nôtre.

Je n'étais pas aussi impitoyable que lui. Je ne pensais pas devenir un jour le genre d'hommes qui ne font que ramasser sans jamais se soucier de ceux à qui ils prennent. Cela me rappelait trop la froideur, la façon de faire déshumanisée et vide de sens de mon père. Je ne voulais pas devenir un de ces types prêts à tuer la chair de leur chair simplement parce qu'il s'agit d'une histoire fumeuse trop pénible à expliquer.

— Je gère mon business, Nassir. Ne t'inquiète pas de ce que je fais ou ne fais pas.

Il grogna et s'assit au bureau, puis posa son menton sur ses mains jointes.

— Ce qui m'inquiète, c'est plutôt que Bax péterait les plombs si tu te faisais bêtement tuer, et que tout ce qu'on a rafistolé ensemble serait ruiné. Et puis le flic viendrait fourrer son nez dans nos affaires, ce qui ne serait bon pour aucun de nous deux.

Le flic, c'était le demi-frère de Bax, Titus King. Il avait joué un rôle décisif dans la chute de Novak et maintenant il me tapait sur le système. Je l'aimais bien. C'était un type bien, un flic dévoué, mais s'il avait su exactement ce que je faisais, ce que Bax et moi gérions en parallèle, il aurait flippé et n'aurait eu aucun scrupule à fermer mon business sur-le-champ. Il nous surveillait toujours de très près, et il en savait plus qu'il ne nous le laissait croire, mais Nassir était un salaud sans pitié, et si Titus s'approchait vraiment de trop près, j'étais persuadé qu'il essaierait de le sortir du jeu.

Je n'avais plus rien à lui dire et ma patience avait atteint ses limites ; je n'avais plus envie de discuter avec cette hyène en costard. Pour moi, ce n'était pas un jeu. Je savais à quel point les choses dans lesquelles je trempais étaient sérieuses, et je les traitais en conséquence. Je n'avais simplement pas l'intention de devenir un Novak en cours de route.

En sortant, je faillis percuter Honor, Keelyn Foster, de son vrai nom. C'était l'une des plus belles filles du monde. D'accord, elle payait très cher pour garder cette apparence, mais dans l'obscurité, je ne voyais pas de différence entre l'artificiel et le naturel. Elle portait une robe noire en soie, ses cheveux longs auburn étaient tout emmêlés et son maquillage épais avait coulé sur son visage. Même dans la lumière faible du club, je distinguais la vilaine coupure sur sa lèvre inférieure et le bleu florissant sur sa pommette haute et élégante.

Je sifflai entre mes dents.

— Ça va ?

Elle grimaça et porta une main à sa joue.

— J'ai déjà été mieux. Nassir a ramené cet idiot à l'arrière ?

J'acquiesçai et la prévins :

— Si Nassir voit ton visage de près, cet idiot va repartir dans un sac mortuaire.

— Tant mieux. C'est ce qu'il mérite, cet enfoiré. Interdiction de toucher, c'est pourtant clair. Il a eu de la chance que je ne le castre pas avec un de mes talons.

Il était impossible de mener cette vie et de ne pas développer une tendance à la violence. Les filles aussi belles ne devraient pas vivre aussi durement. C'était regrettable.

— Il a laissé Chuck s'occuper de son cas, mais je suis sérieux quand je dis qu'il le tuera s'il voit l'ampleur des dégâts. Je crois que le diable a un petit faible pour toi.

Elle leva les yeux au ciel et croisa les bras sur ses seins recouverts de soie. Je connaissais bien son corps nu, je savais qu'elle ne gagnait pas autant d'argent sans raison, mais elle dégageait désormais une dureté qui n'existait pas quand je l'avais quittée, cinq ans plus tôt.

— Nassir est comme un animal sauvage échappé d'un zoo. C'est impressionnant et fascinant de le regarder, mais je préférerais que des barreaux et des vitres nous séparent. Il n'y a pas un milligramme de douceur chez cet homme.

Je haussai un sourcil.

— Ça ne te plaît pas qu'il contrôle le club ?

Elle fit battre ses cils indécemment longs et sa bouche parfaitement ourlée esquissa un demi-sourire. Seule Honor pouvait être aussi belle avec une lèvre fendue.

— Ernie était un plouc et il se laissait facilement manipuler. Il aimait se faire passer pour le chef, mais en réalité c'était nous qui gérions le club. A l'époque, c'était un job amusant que les filles pouvaient faire même avec la gueule de bois et sans aucun effort. Tu montrais un bout de sein et l'affaire était pliée. Nassir ne pense qu'au business, et maintenant les danseuses doivent mériter chaque dollar gagné. Plus question de s'amuser, et sans Novak, n'importe quel mec veut prouver qu'il est le nouveau caïd. Tout est plus dangereux, plus désespéré. Tout le monde veut laisser sa petite empreinte sur la ville.

Elle montra son visage tuméfié du doigt.

— Parfait exemple.

Je détestais ce qu'elle disait, mais c'était vrai.

— Pourquoi tu n'arrêtes pas ? Tu pourrais chercher un job un peu moins dangereux.

Elle me tapota délicatement la joue et dégagea ses cheveux sur le côté.

— Tu as toujours été trop gentil et trop intelligent, Race. Que voudrais-tu que je fasse ? J'enlève mes vêtements pour gagner ma vie depuis que j'ai dix-sept ans. Je n'ai pas fini le lycée. Je n'ai pas de parents riches qui m'attendent à la sortie. Dans quel autre milieu je pourrais me faire mille dollars en une soirée avec pour seul risque un bon père de famille un peu trop entreprenant ? C'est tout ce que je connais.

Je croyais fermement que le savoir continuait à se développer tant qu'on avait le désir d'aller le chercher. Selon moi, il y avait toujours plus à apprendre, mais je ne pouvais pas lui en vouloir de faire ce qu'elle pensait devoir faire pour survivre. Je me penchai pour déposer un baiser sur sa joue tuméfiée.

— Prends soin de toi.

Elle me rendit un baiser sur ma fossette.

— Ça vaut ce que ça vaut, mais je suis contente que tu sois de retour. J'espère juste que tu sais ce que tu fais en traitant avec un requin comme Nassir.

— Moi aussi, mais en général, une seule erreur me suffit pour apprendre ma leçon.

Elle me fit un petit sourire triste.

— Une seule erreur est déjà une erreur de trop dans ce monde, Race. Ce n'est pas The Hill. Ne l'oublie pas.

Je la regardai disparaître dans le bureau où j'avais laissé Nassir. J'aurais aimé qu'on arrête de toujours me renvoyer à mes origines. Je savais que le Spanky's n'était pas The Hill. Tout semblait différent ici, même moi. Seul le temps dirait si j'avais ce qu'il fallait pour que le reste de la ville en prenne conscience.

Je marchai jusqu'à la Mustang et sortis mon téléphone de ma poche. J'appelai Brysen pour savoir quand elle pensait finir le boulot. Son ordinateur était bon pour la casse. On ne pouvait pas le sauver. J'avais extrait autant de données que possible du disque dur grillé et je les avais transférées sur un nouveau MacBook que je lui avais acheté. Je savais qu'elle ne voudrait pas l'accepter, mais je n'avais pas prévu de lui donner le choix. Elle en avait besoin pour la fac et Dovie avait mentionné qu'elle n'avait pas les moyens de s'en acheter un autre. Elle repartirait donc avec le Mac, que ça lui plaise ou non. Et puis, j'avais réussi à récupérer presque tout son bazar de théorie mathématique et j'espérais utiliser cet argument pour la convaincre d'accepter.

Elle me répondit en vitesse qu'elle finirait un peu après minuit. Comme ce n'était que dans une demi-heure, je lui répondis que je l'attendrais sur le parking. Il aurait été plus simple d'entrer et de l'affronter devant témoins, mais je voulais voir si elle m'avait écouté et si elle sortirait du restaurant accompagnée. Je n'aimais pas l'idée qu'elle se déplace seule dans cette partie de la ville. Bien sûr, ma sœur avait emprunté le même chemin, elle avait même pris le bus pour aller au travail et en revenir, mais Dovie connaissait bien la rue et pouvait flairer une menace à un kilomètre. Brysen ressemblait à une princesse de glace sortie d'un conte de fées. Je ne la pensais pas stupide, mais je doutais qu'elle ait la moindre idée de ce qui rôdait vraiment dans l'ombre.

La porte d'entrée du restaurant s'ouvrit et la blondeur éclatante de Brysen se reffléta sur la surface vitrée. Elle portait un T-shirt serré et une petite jupe. Elle n'avait apparemment pas pris la peine de se changer après le service. Un grand latino marchait à côté d'elle. Elle riait de ce qu'il venait de dire et rejeta la tête en arrière. C'était vraiment la plus belle fille que j'avais jamais vue. Il y avait quelque chose de si pur chez elle, de si spontané, que mon cœur se mit à battre violemment. Elle posa la main sur l'épaule de son escorte et pointa du doigt la Mustang. L'homme acquiesça et se pencha pour l'embrasser sur la joue, puis se retourna pour rentrer dans le restaurant.

Elle commença à marcher dans ma direction et j'ouvris alors la portière pour sortir. Je ne sais pas d'où vinrent les phares ni comment j'avais pu ne pas remarquer une autre voiture traînant sur le parking, mais tout d'un coup j'entendis un crissement de pneus, sentis une odeur de caoutchouc brûlé, et une berline s'élança à toute vitesse en direction de Brysen. Je la vis se figer tandis que je partais en courant vers elle. La distance qui nous séparait était trop grande et la voiture fonçait droit sur elle. Je la vis lever les mains en l'air tandis que le moteur vrombissait encore plus fort. Elle était tétanisée, n'émettait aucun son, et je criai alors son nom. Elle tourna la tête d'un mouvement sec pour me regarder et je hurlai de toutes mes forces :

— Bouge !

Juste avant l'impact, pour lui éviter de finir écrasée sur le pare-brise, l'homme qui l'avait accompagnée la percuta sur le côté dans un tacle aérien et tous deux s'envolèrent avant de s'aplatir sur l'asphalte. Je l'entendis crier lorsqu'elle toucha le sol et je me tournai pour tenter de voir la plaque d'immatriculation de la voiture en fuite. Je fronçais les sourcils quand je rejoignis le duo blotti au sol ; la plaque d'immatriculation avait été enlevée, si bien qu'il s'agissait d'un acte prémédité et pas du tout d'un accident. Je secouai l'épaule de l'homme hispano et il leva les yeux sur moi.

— Pousse-toi.

Il souffla et libéra Brysen. Elle me jeta un regard entre ses doigts, qu'elle avait collés devant ses yeux, comme si cela avait pu la protéger d'une voiture lancée à pleine vitesse. Je me baissai pour l'aider à se relever et serrai les mâchoires en voyant la chair ensanglantée sur son bras et ses jambes, là où elle avait heurté le sol.

— Oh mon Dieu, Ramon !

Elle s'écarta de moi et se jeta dans les bras de l'autre. Il la serra contre lui en secouant la tête et marmonna, tout en me fixant :

— C'était dingue. Un chauffard complètement soûl, peut-être ?

Je ne le quittais pas des yeux non plus. Je voulais qu'il relâche Brysen.

Elle recula d'un pas et colla son bras blessé contre sa poitrine avec son autre main.

— Merci infiniment. Tu viens de me sauver la vie.

— Il se passe des choses pas nettes autour de toi, chica. Reste bien sur tes gardes. Trouve quelqu'un pour te protéger, dit-il en pressant son épaule et en me regardant avec insistance.

Nous l'observâmes en train de s'éloigner en silence et elle finit par se tourner vers moi. Je fronçai les sourcils et elle haussa les siens haut sur son front.

— Pourquoi tu me regardes comme si j'avais fait quelque chose de mal ? Ce n'est pas ma faute si ce mec était soûl et hors de contrôle.

Elle avait l'air vexée, mais sa voix tremblait. Elle était terrifiée.

J'inclinai le menton et relâchai la respiration que je retenais sans m'en rendre compte.

— Ce n'était pas un chauffard soûl. La voiture n'avait pas de plaque d'immatriculation, elle avait les phares éteints jusqu'à ce que tu sortes du bâtiment, et elle fonçait droit sur toi. Si ton copain ne t'avait pas plaquée au sol, elle t'aurait renversée intentionnellement. Mais, bon sang, qu'est-ce qui se passe dans ta vie ?

Elle cligna des yeux et mordit sa lèvre inférieure. J'aurais aimé que ce soient mes dents à la place des siennes.

— Mon bras me fait vraiment mal.

C'était compréhensible. Elle avait de méchantes écorchures qui n'arrêtaient pas de saigner. Et à peu près la moitié des gravillons du parking étaient incrustés dans ses plaies.

— Tu veux que je te raccompagne chez toi pour que tu puisses te nettoyer ?

Elle secoua brusquement la tête et demanda dans un murmure :

— Tu pourrais juste m'emmener quelque part où je pourrais me laver un peu ? Je ne veux pas que ma sœur et ma mère me voient comme ça.

Un de ces jours, il faudrait que je découvre toute l'histoire de la vie de cette fille. J'aimais les défis, mais en un mois, le niveau du défi qu'elle représentait était passé de « difficile » à « quasiment impossible ».

— On peut passer chez moi vite fait.

Elle acquiesça énergiquement puis regarda sa petite BMW.

— Je ne peux pas laisser la voiture. Elle ne sera plus là quand on reviendra.

Elle avait raison sur ce point. Je soupirai et lui jetai un regard rapide. Elle n'était pas en forme et elle ne pouvait certainement pas conduire une voiture à transmission manuelle avec un seul bras valide. Je posai la main sur son bras indemne et la guidai vers la Mustang. Je lui ouvris la portière et pris mon téléphone dans ma poche. J'attendis d'entendre la voix nerveuse à l'autre bout du fil avant de demander ses clés à Brysen.

— Aldo ?

— Ouais ?

J'étais sans doute la dernière personne dont il voulait avoir des nouvelles.

— Tu veux un délai pour les deux mille dollars que tu me dois toujours pour le match de l'Alabama du week-end dernier ?

Il y eut un long silence et je vis Brysen lever des yeux curieux sur moi. Je fermai simplement la portière et contournai la voiture. J'essayai de ne pas être trop triste à l'idée qu'elle était probablement en train de saigner sur mon intérieur vintage.

— Qu'est-ce que je dois faire ? demanda Aldo.

C'était une bonne question. Dans ce monde, il n'y avait pas de bonne action sans une faveur en retour.

— BMW noire sur le parking à l'intersection de Paradise et de Loft. Je la veux au garage dans les vingt prochaines minutes. Je laisse les clés à l'intérieur, alors si elle se fait voler dans les cinq prochaines minutes, je la rajoute au total de ce que tu me dois déjà.

Rien de tel qu'une petite motivation pour faire avancer les choses dans mon sens.

— Je suis à l'autre bout de la ville, mec.

— Je te suggère de traverser la ville à toute vitesse, alors.

Je lui raccrochai au nez et marchai jusqu'à la petite voiture de Brysen. Je cachai les clés sous le tapis de sol. C'était un geste risqué, mais je savais qu'Aldo n'avait pas l'argent sous la main pour payer sa dette, et qu'il se débrouillerait d'une manière ou d'une autre pour échapper au remboursement et à ma colère.

Je revins dans la Mustang et regardai ma passagère dans l'obscurité. Elle avait les yeux grands ouverts et les pupilles dilatées. Je me demandai si je ne devais pas m'inquiéter d'une éventuelle commotion cérébrale.

— Ça va ?

Elle fit rouler sa tête de droite à gauche contre le siège en cuir.

— Non. Ça fait un moment que plus rien ne va.

Je fis démarrer la voiture et sortis du parking. Le ronronnement du moteur était étrangement réconfortant. Je la vis se redresser légèrement alors que le sang sur ses jambes commençait à couler sur le tapis de sol. Je voulais lui dire de ne pas s'inquiéter, mais ses mots bourdonnaient dans ma tête comme des abeilles affolées.

— Pourquoi quelqu'un a essayé de te renverser ?

Elle me lança un regard de côté et coinça une mèche de cheveux derrière son oreille.

— Je ne sais pas. Je ne sais pas non plus pourquoi je reçois des messages bizarres, pourquoi on me tire dessus à des fêtes, pourquoi je me plante dans un cours qui ne devrait me poser aucun problème, ou pourquoi je continue à trouver des excuses à mes parents. Je ne comprends vraiment pas comment c'est devenu ma responsabilité de faire en sorte que ma sœur atteigne l'âge adulte en étant le moins traumatisée possible par la situation absurde à la maison. Rien de tout ça n'a de sens, et pourtant ça continue et je n'ai plus aucun contrôle sur ma propre vie.

Elle soupira et je vis ses yeux briller de larmes retenues. C'était sans doute le moment le plus intime, le plus sincère, que nous avions jamais partagé, et je voulais réagir, mais je n'arrivais à penser qu'aux messages bizarres et au fait que les coups de feu tirés à la fête avaient à son avis un lien avec elle. Tout ça prenait une direction qui ne me plaisait pas du tout.

— Quelqu'un te menace, Brysen ?

Ses dents s'enfoncèrent plus profondément dans sa lèvre.

— Je ne sais pas. J'ai reçu un message bizarre après la fête, d'un numéro que je ne connaissais pas. Et après, Ramon, le barman qui vient de me sauver la vie, m'a dit qu'un mec rôdait au restaurant pendant mon service. Je sais que je ne prends pas toujours de pincettes pour repousser certains mecs, mais c'est seulement quand ils sont vraiment lourds et insistants. Ça pourrait être de simples coïncidences, mais après ce qui vient de se passer, je ne sais plus quoi penser.

Nous allâmes au garage et je saisis le code pour ouvrir la porte coulissante. Dès que les barrières métalliques se furent verrouillées derrière nous, elle se détendit enfin. J'avançai la Mustang et fermai la porte. On se sentait isolés, comme à l'intérieur d'une grande boîte en acier. Alors que je contournais la voiture pour l'aider à descendre, je dus me concentrer pour contenir toute la colère et la confusion que ses mots avaient remuées en moi. A la base, je n'aimais pas que des femmes soient menacées ou apeurées, mais s'agissant d'elle, cette fille que j'avais vraiment dans la peau, toute cette histoire me faisait vraiment péter un câble.

Elle me tendit sa main intacte et je l'aidai à se mettre debout, sa poitrine se plaquant contre mon torse. Ses yeux émettaient une petite lueur si séduisante qu'il me fallut un grand effort pour ne pas me pencher et prendre cette lèvre mordillée dans ma bouche. Elle était blessée, effrayée, et elle s'efforçait vraiment de faire comme si elle ne m'appréciait pas du tout. Rien de tout ça n'empêchait mon érection de se durcir un peu plus et mes narines de se dilater face à son odeur excitante.

— Allons retirer ces gravillons de ton genou et de ton bras avant que ça s'infecte.

Elle hocha la tête de manière saccadée et je pris sa main pour la guider jusqu'au loft. Je sentais sa paume trembler contre la mienne.

— Au fait, tu as pu sauver mon ordinateur ?

Après toutes ces émotions, après avoir failli la voir se faire renverser, j'avais complètement oublié la raison pour laquelle je l'avais attendue sur ce parking au départ.

— Non. Impossible de le réanimer, mais j'ai mis presque toutes tes notes de théorie mathématique sur un nouveau disque dur. Tu as raison, c'est un cours facile et tu ne devrais pas le rater.

Elle fit un petit bruit derrière moi et je ne pris pas la peine de lui faire visiter l'appartement, puisqu'il ne se composait que d'une seule pièce, et qu'elle avait tout sous les yeux. Je la conduisis directement dans la petite salle de bains et poussai la porte.

— Génial. Les bonnes nouvelles continuent.

Elle parlait sur un ton si triste, si abattu, que quelque chose se noua dans ma poitrine.

— Je t'en ai acheté un neuf.

Je la poussai légèrement pour pouvoir ouvrir le robinet de la douche.

— Je crois que tu devrais d'abord essayer d'enlever autant de gravillons que possible en te rinçant dans la douche. Par contre, l'eau est soit de la température de la lave, en fusion soit de celle de l'Antarctique, alors il faudra que tu choisisses ce qui fait le moins mal.

Je me penchai en arrière et marquai une pause, car elle me dévisageait avec des yeux bleus immenses de la couleur d'un ciel d'été. J'aurais pu flotter à la dérive dans cet océan bleuté et m'y perdre sans effort.

— Tu m'as acheté un nouvel ordinateur ? demanda-t-elle, presque dans un chuchotement.

— Ouais, et tu vas le prendre, puis tu vas me dire pourquoi quelqu'un t'en veut autant, et ensuite je vais trouver la personne en question et la faire réfléchir à deux fois à ses récentes décisions.

Elle ouvrit la bouche pour protester, ou pour me remercier, mais elle n'en eut pas le temps, car Aldo venait de m'envoyer un message pour me dire qu'il était devant le garage et voulait faire entrer la BMW. Je décidai qu'il lui faudrait en faire beaucoup plus pour moi avant d'être libéré de ses dettes.

— Prends une douche, Bry. Lave-toi et quand je reviendrai, je t'aiderai à enlever le reste des gravillons, je te ferai un bandage et je te renverrai chez toi.

J'étais à moitié sorti de la salle de bains lorsqu'elle posa une main sur mon bras pour m'arrêter. Je baissai les yeux sur sa jolie petite main puis sur ses beaux yeux tristes. J'allais étrangler quiconque était responsable de cette tristesse dans ses yeux.

— Race...

Sa voix se perdit et je n'avais qu'une seule envie, la prendre dans mes bras et l'allonger sur une surface plane pour pouvoir la recouvrir de mon corps. Elle était blessée, et ça aurait été complètement déplacé, mais ma libido s'en moquait.

— Pourquoi tu fais ça ? Je suis amie avec ta sœur, pas avec toi. Je n'ai jamais été sympa avec toi. Pourquoi tu m'aides autant ?

Décidément, tout le monde semblait vouloir questionner mes motivations. Ça commençait à bien faire. Je repoussai les longs cheveux qui tombaient devant son visage et les glissai derrière son oreille délicate. Le geste la fit frémir.

— Je prends soin des miens, Brysen. Que ça te plaise ou non, tu en fais partie.

Je m'éloignai d'elle tandis que sa bouche dessinait un petit « O » de surprise. Je me rapprochais de la réalité de ce que vivait Brysen Carter, et par la même occasion, je faisais tomber ce mur absurde qu'elle avait érigé entre nous. Comme Nassir l'avait dit plus tôt, il n'y avait qu'une seule manière de faire, et c'était la mienne. Peu importait ce qu'elle devait affronter, qu'elle perde le contrôle de sa vie ; elle aurait bientôt toutes sortes de soutiens peu recommandables pour le reprendre. J'espérais simplement qu'elle était prête à s'ouvrir un peu, pour que je ne nous détruise pas tous les deux en abattant sans répit tous ces boucliers qu'elle brandissait sans cesse.

5

Brysen

L'eau brûlait toutes les parties écorchées de mon corps. Sur mes pieds, elle s'écoulait, rose et trouble, emportant les restes du parking, le sang et la saleté. Race ne m'avait pas menti, la douche était bouillante, mais ça me faisait du bien, car j'étais glacée à l'intérieur.

Je ne comprenais pas ce qui se passait, pourquoi quelqu'un voudrait me faire du mal, mais je ne pouvais nier qu'on avait failli me renverser ce soir. En abandonnant ma vie, en essayant de prendre soin de ma famille, il semblait que j'avais réussi à fâcher quelqu'un au point qu'il veuille me faire du tort. Je n'allais jamais nulle part, je restais en dehors des problèmes et je ne m'éloignais jamais du carré de banlieue dans lequel ma vie évoluait. Ça n'avait aucun sens. C'était effrayant et je ne savais même pas par où commencer pour essayer de comprendre. Pour l'instant, j'allais laisser l'eau brûlante enlever autant de sang et de douleur que possible, et essayer de ne pas sauter sur Race, au charme sombre et protecteur. Cela faisait longtemps que personne ne m'avait comptée dans son clan. Ajoutez à cela qu'il était encore plus sexy et attirant quand il se montrait menaçant et révolté en mon nom, et ma détermination vacillait comme une flamme de bougie dans le vent.

Sur le meuble à côté du lavabo fissuré, il avait posé un T-shirt et un pantalon de survêtement que Dovie avait laissés quand elle habitait ici avec lui. Mais je ne les touchai pas et m'enveloppai simplement dans une serviette effilochée qu'il avait négligemment jetée sur le couvercle des toilettes. J'avais encore besoin de son aide pour enlever un caillou de bonne taille de mon coude, et le dessus de mon genou semblait avoir été attaqué à la râpe à fromage. Nettoyer ça allait faire un mal de chien et j'espérais vraiment ne pas me retrouver avec une affreuse cicatrice. En ce moment, je n'avais pas beaucoup d'atouts, et ce serait horrible si la seule chose sur laquelle j'avais toujours pu me reposer, mon apparence, se retrouvait soudain elle aussi compromise. Je tirai la langue en voyant mon reflet dans le miroir et m'essorai les cheveux. J'avais une sale tête, mais elle correspondait bien à ce que je ressentais à l'intérieur.

J'entrouvris la porte et appelai Race. Pas de réponse. Je m'apprêtais à aller explorer l'endroit minuscule où il m'avait emmenée, lorsqu'il apparut soudain devant moi, ses yeux verts pétillant et sa fossette creusant sa joue. Aucun garçon aussi infréquentable que lui n'aurait dû être aussi beau. C'était injuste. Il s'était débarrassé de sa chemise à col boutonné et ne portait plus qu'un marcel blanc. Ses cheveux en bataille lui donnaient un air négligé et sexy. Il avait une bouteille d'eau oxygénée dans la main, et une serviette blanche propre sur l'épaule.

— On va te soigner.

J'acquiesçai et reculai d'un pas dans la salle de bains. La pièce était trop petite, étant donné ma tenue quasi inexistante et mon envie irrépressible de lui grimper dessus. Je sentis mon cœur se gonfler et son regard vert mousse me scruta de la tête aux pieds, s'assombrissant à mesure qu'il contemplait ma peau dénudée.

— Assieds-toi.

Je m'assis sur le couvercle des toilettes et le fixai avec de grands yeux.

— Vas-y doucement.

Ses pupilles se dilatèrent et sa bouche sexy prit une expression sérieuse.

— Qu'est-ce qui se passe, Brysen ? Pourquoi quelqu'un joue avec toi comme ça ?

Je ne pus que secouer la tête et hausser les épaules. C'était une mauvaise idée : la serviette n'était déjà pas bien grande et à chaque mouvement, elle tombait un peu plus bas sur mes seins. Aucun de nous deux ne fit de réflexion, mais nos respirations se modifièrent. La mienne s'accéléra, la sienne devint rauque et profonde.

— Je ne sais pas. Sérieusement. La plupart du temps, je suis une personne plutôt sympa. Je me mêle de mes affaires… Je ne sais pas.

Ma voix n'était qu'un chuchotement qui se changea soudain en un cri perçant lorsque le tissu blanc imbibé d'eau oxygénée entra en contact avec la peau écorchée de mon genou. Je fis un tel bond que ma serviette faillit tomber complètement.

Race ferma brièvement les yeux et s'agenouilla devant moi pour pouvoir prendre mon bras. Il le déplia délicatement et me regarda bien en face.

— Les coups de feu à la fête étaient destinés à moi, pas à toi. J'étais là pour récupérer de l'argent, et le gamin qui me le devait n'était pas content. Pourquoi penses-tu que quelqu'un t'a tiré dessus ?

Ses longs doigts manipulaient avec soin ma coupure. Je le sentis toucher le caillou qui s'y était incrusté et qui ne bougeait pas. Il jura entre ses lèvres.

— Je dois trouver quelque chose pour sortir ce truc.

Tandis qu'il se redressait sans effort, je déglutis et clignai des yeux pour chasser les larmes qui m'emplissaient les yeux.

— Quand je suis rentrée, après la fête, quelqu'un m'a envoyé un message à partir d'un numéro bizarre me disant que j'étais jolie et qu'il était désolé de m'avoir ratée. Ça m'a paru vraiment menaçant, comme s'il m'avait manquée avec une balle, tu comprends ?

Cette histoire me semblait folle, tirée par les cheveux, mais en voyant ses dents serrées et sa mâchoire contractée, je me sentis heureuse de l'avoir partagée avec quelqu'un qui ne balayait pas mon inquiétude d'un revers de la main.

— Tu n'as aucune idée de qui ça pourrait être ?

Je ne pus que secouer la tête. Il me fixa pendant une seconde avant de disparaître et de revenir avec une pince à épiler. Je n'attendais pas ce moment avec impatience, mais avoir ses mains sur moi me changeait les idées. Et être aussi près de lui, respirer son odeur, était une friandise sensuelle à laquelle je n'avais généralement pas droit.

— Garde le bras tendu.

Il prit ma main et la posa sur son épaule avant de s'agenouiller à nouveau devant moi. Il était tellement craquant. Je mourais d'envie de le toucher, de le serrer contre moi et de caresser tout son corps. Je me demandai vaguement s'il réussissait toujours à s'en sortir parce qu'il était impossible de résister à son magnétisme.

J'enfonçai mes doigts dans les muscles de son cou lorsque la pince commença à piquer la blessure. Je jurai, mordis ma lèvre inférieure et m'efforçai de réprimer un cri. Ça faisait mal, vraiment mal, même s'il travaillait lentement et faisait de son mieux pour limiter les dégâts. Je sentis un goût de sang, l'entendis dire mon nom, sentis la brûlure de l'eau oxygénée, puis ses lèvres sur les miennes.

Il avait les mains dans mes cheveux. Sa langue s'enroulait et tournait autour de la mienne. Je fus soudain soulevée des toilettes et me retrouvai collée contre lui, tandis qu'il tombait dos sur le sol dans un bruit sourd. Race n'était pas petit, et la salle de bains n'était pas franchement spacieuse, si bien que j'étais complètement sur lui et que la serviette qui m'avait vaguement recouverte n'était qu'un lointain souvenir. J'étais toute nue, allongée sur lui. Je sentais son érection, dure comme un roc, et le carrelage irritait douloureusement mon genou blessé, mais je le remarquais à peine, car toutes les parties de mon corps en contact avec le sien étaient brûlantes et excitées, et les coupures et égratignures ne comptaient plus. Sous le tissu fin de son marcel blanc, son torse était puissant et chaud. Je voulais me blottir contre lui, plonger en lui, et laisser tomber tout ce à quoi je m'étais raccrochée jusqu'ici. Aussi dangereux que cela puisse être pour moi de fréquenter quelqu'un comme lui, le toucher, me presser contre lui me procurait un sentiment de sécurité qui me montait tellement à la tête que j'étais sûrement en train de l'écraser tant j'essayais de me rapprocher encore plus de lui.

J'entortillai mes doigts dans ses cheveux et l'entendis pousser un grognement dans ma bouche. S'il prenait l'habitude de m'embrasser aussi fougueusement chaque fois qu'il sentait que j'avais besoin qu'on me change les idées, j'allais devoir trouver un moyen d'être plus souvent déprimée en sa présence. Je sentis son corps réagir sous moi, se raidir plus encore à travers le jean qui nous séparait, et ses mains se resserrèrent dans mes cheveux. Race flirtait toujours avec la limite, une ligne infime voilée par cette splendeur de demi-dieu qui dissimulait un cœur plus profond, une part plus sauvage cachée au reste du monde. Il était tellement plus qu'un gamin riche déshérité, tellement plus que le partenaire de crime de Bax, mais c'était si facile d'être aveuglé par sa beauté pure et ses manières suaves que toutes ces facettes étaient aisément ignorées. A cet instant précis, ses mains devinrent plus brusques, sa respiration plus rauque et son regard mêla excitation et noirceur, et il ne fit aucun doute qu'il était capable de me faire des choses pas très respectables... Mon Dieu, comme j'avais envie qu'il me les fasse toutes.

Il s'écarta un peu de moi et passa la langue sur la courbe pleine de sa lèvre inférieure. Ce geste seul aurait pu me faire jouir spontanément, mais il fit courir ses pouces sur les bords de ma mâchoire et renversa un peu ma tête en arrière, puis il se pencha pour m'embrasser délicatement derrière l'oreille. Sa bouche généreuse me léchait, me titillait et semblait connaître tous mes points sensibles. Je tremblais si fort et gémissais avec tant d'impatience... il fallait que je fasse quelque chose pour arrêter de me déliter entre ses mains comme une poupée de chiffon bon marché. Il me maniait comme si je lui appartenais. Comme s'il avait fait ça toute sa vie. Comme s'il voulait me rendre tout ce que j'avais perdu au cours de l'année passée, et j'allais me remettre à pleurer si je ne faisais rien de mes mains ou de ma bouche.

Je m'avançai et me penchai pour coller ma bouche à la sienne et je l'embrassai avec tout le désespoir, toute l'impatience frénétique qui tourbillonnaient autour de nous dans cette pièce minuscule. Je n'avais jamais été prise dans une étreinte aussi passionnée, jamais été aussi excitée dans un cadre si peu romantique, mais rien de tout ça ne comptait, car le contact de Race était électrique et ce moment semblait inéluctable.

Je mordillai sa lèvre, enroulai ma langue autour de la sienne et je respirai en lui. Je m'agrippai à ses cheveux et réprimai mon envie de me frotter contre son érection de plus en plus tenace, là où mes jambes étaient lascivement écartées sur lui. Je n'étais ni une boule d'énergie sexuelle ni une prude timide. J'étais juste une fille normale avec des envies normales, mais quelque chose en lui me faisait perdre la tête, m'enflammait le sang et me donnait envie de faire et de dire des choses auxquelles je n'avais jamais pensé. Voilà tout le danger que représentait Race : me faire vouloir ce que je ne pouvais et ne devais pas avoir.

Il s'arracha à mon baiser vorace et nos regards brûlants de désir se croisèrent. Nous haletions tous les deux comme des coureurs de fond et ne pouvions ignorer la façon dont nos corps réagissaient l'un à l'autre. J'étais trempée, rongée par le désir, et lui dur et tendu à l'extrême. Je crois que tout ce que nous attendions, c'était le feu vert de l'autre. Nue et affalée sur lui, j'ignorais comment j'aurais pu me montrer plus engageante. Soudain, il fit glisser le bout de ses doigts le long de mon cou, descendant vers ma poitrine. Mon cœur fit un bond et mes tétons se durcirent douloureusement, sachant qu'ils en étaient sans aucun doute la destination.

J'exhalai son nom, refermai un peu plus mes doigts sur ses cheveux, me préparant à ce qui allait suivre. Sa bouche sur moi… partout… oui… Mais toute l'ardeur et le désir palpitant entre mes jambes et dans mes veines se figèrent et s'évanouirent lorsque j'entendis sonner mon téléphone quelque part dans la pile de vêtements déchirés et tachés de sang abandonnés par terre. Race était doué, très doué, et j'étais excitée, sans doute plus que je ne l'avais jamais été, mais la sonnerie était celle que j'avais spécialement attribuée à Karsen, et je me rappelai en un éclair que j'aurais dû être rentrée depuis des heures. Je n'avais dit à personne ce qui s'était passé ni où j'étais. Un appel aussi tardif de sa part, alors qu'elle avait cours le lendemain, ne laissait rien présager de bon.

Je m'arrachai si brusquement au corps dur de Race que sa tête heurta le sol dans un bruit sourd. Je fouillai à toute vitesse dans la pile de vêtements, puis me levai, mon téléphone à la main. J'attrapai le T-shirt posé sur le lavabo et sortis de la petite salle de bains.

— Karsen ?

— Brysen, tu rentres bientôt ?

Ma sœur parlait d'une voix tremblante et incertaine. Je m'en voulais terriblement. Je regardai par-dessus mon épaule alors que Race me suivait dans la minuscule pièce à vivre.

— Oui. J'ai eu quelque chose à régler après le boulot et je n'ai pas vu l'heure passer. Je serai là dans vingt minutes. Pourquoi tu n'es pas encore couchée ?

Je l'entendis soupirer puis renifler comme si elle pleurait et je m'injuriai en silence.

— Maman est sortie de sa chambre il y a un moment et elle s'est mise à crier sur papa. Il a fermé la porte du bureau, alors elle est allée dans la cuisine et a commencé à jeter des choses partout. Elle hurlait que personne ne l'aime dans cette maison, qu'elle pourrait juste disparaître et que personne ne s'en rendrait compte. Elle a cassé toute la vaisselle. Je suis allée lui dire que je nettoierais et elle m'a crié que je n'étais qu'une chieuse inutile.

Cette fois, je jurai à voix haute et tirai sur mes cheveux, assez fort pour me faire mal.

— Va dans ta chambre et restes-y. Ignore-la, Karsen. C'est encore une de ses crises.

J'étais persuadée que cette crise se nourrissait de vodka ou autre, mais ce n'était pas une excuse. Ma petite sœur ne méritait pas d'être la cible de ce genre de colère injustifiée.

Je l'entendis gémir légèrement, puis prendre une grande inspiration.

— Je suis désolée. Tu ne devrais pas avoir à te dépêcher de rentrer pour gérer ça.

Je secouai simplement la tête. Il n'y avait personne d'autre pour le faire. Je m'évertuais à bannir l'alcool de la maison, pour tenir loin des mains de ma mère ce qui représentait une arme, mais chaque fois que je tournais le dos, j'avais l'impression qu'une nouvelle bouteille de vodka apparaissait.

— J'arrive tout de suite.

Je raccrochai et me retournai. Race me regardait d'un air curieux. Toute la noirceur ardente de ses yeux avait laissé place à une couleur de pin vert et je ne pouvais échapper à ce regard inquisiteur. Je pris le pantalon de survêtement qu'il me tendait, même si Dovie et moi n'avions pas la même taille. Il fallait que je couvre autant que possible ma peau abîmée. Inutile que je donne à Karsen d'autres raisons de s'inquiéter.

— Je dois rentrer.

Il passa les mains dans ses cheveux en bataille. J'aurais voulu me frotter à lui comme un chat.

— Je vais te suivre.

Je me mordis la lèvre et réprimai un refus automatique. S'il me suivait jusque chez moi, tout cela aurait l'air d'être plus qu'une simple partie de jambes en l'air avortée. Il se dirigea vers le canapé, où il avait posé sa chemise.

— Quelqu'un a essayé de te renverser il y a quelques heures, Bry. Tu crois vraiment que je vais te laisser sortir toute seule ?

Je voulais lui dire que j'appréciais, que cela faisait bien

plus longtemps que je ne voulais l'admettre que personne n'avait veillé sur moi.

— Merci, Race.

Il n'ajouta pas un mot, attendant simplement que je sois prête. Puis il me guida hors de la partie loft du garage, jusqu'à celle qui abritait toutes les voitures. Je n'étais pas spécialiste en mécanique, mais même pour moi, il était évident que ce qui se passait sous le toit de Race allait plus loin que la simple réparation de base. Nous sortîmes et je dus admettre que j'étais surprise et ravie de trouver ma BMW intacte.

— Ça doit être sympa d'avoir des sous-fifres.

Il m'ouvrit la portière côté conducteur et sa fossette apparut. Cette fossette allait définitivement me mener à ma perte. Je le savais bien, et certaines parties de mon anatomie le savaient aussi.

— Je peux m'en passer. C'est l'autorité et le pouvoir de faire bouger les choses qui sont sympas.

Je le regardai en clignant des yeux.

— C'est pour ça que tu fais ça ? Pour le pouvoir ?

Je voulais lui demander comment il pouvait se sentir à l'aise dans une position où l'on pointait des armes sur lui et où on le mettait en danger. Il n'avait pas l'air d'une tête brûlée. Il y avait trop d'activité cérébrale derrière ces yeux vert forêt et sous cette majestueuse chevelure.

Sa fossette se creusa un peu plus et il poussa la voiture sur quelques mètres, faisant onduler les muscles de ses épaules et frémir mon ventre.

— Dans un endroit comme ça, les gens bien ne se bousculent pas. Ce qui veut dire qu'il y a beaucoup de sales affaires qui se trament dans l'ombre et beaucoup de sales types qui les mènent. Je ne suis pas un sale type, Brysen, mais je ne suis pas un type bien non plus. Je suis juste assez des deux pour garder la main sur ces sales affaires et éviter qu'elles ne s'étendent et infectent les quelques bonnes choses qui restent dans cet endroit pourri. C'est pour ça que je fais ça.

Je déglutis et tentai de me dire que cela ne changeait rien ; et pourtant, si. Il me décocha un sourire ironique et se retourna pour rejoindre sa voiture tape-à-l'œil.

— Et puis, il faut bien que quelqu'un soit payé pour faire ça, alors autant que ce soit moi. Je n'ai plus de plan d'épargne.

Les voilà. Ces deux visages qui le rendaient imprévisible et si difficile à cerner. Altruiste et désintéressé, et en même temps, arrogant et désinvolte quant à sa situation actuelle.

Je grimpai dans ma voiture et attendis qu'il ouvre le grand portail en métal pour pouvoir sortir du bâtiment. Il vivait dans un drôle d'endroit. Un décor industriel, plus une forteresse qu'une maison, et en plein centre de The Point, ce qui lui conférait automatiquement un caractère glauque et post-apocalyptique. Malgré les airs qu'il se donnait, Race transpirait une essence de richesse et de raffinement qui faisait tout simplement partie de son patrimoine génétique. Le fait qu'il vive dans un lieu presque dénué de meubles ou de quoi que ce soit pour le rendre accueillant ou chaleureux montrait toute sa complexité. Si ma propre vie n'avait pas été aussi chaotique, il y aurait eu de fortes chances pour que je passe un temps démesuré à essayer de décrypter ses choix de vie.

Nous sortîmes rapidement du quartier, principalement parce que j'étais pressée et inquiète de ce qui se passait à la maison, et aussi parce que j'essayais inconsciemment de distancer l'homme dans sa voiture de sport derrière moi. Je savais que la scène de la salle de bains ne quitterait pas mon esprit de sitôt, et je savais aussi que, si Karsen ne m'avait pas interrompue avec son appel, j'aurais franchi un pas avec Race qui aurait fondamentalement transformé notre relation.

Toutes les lumières étaient éteintes devant la maison quand je me garai dans l'allée. Je pris quelques secondes pour reprendre mes esprits, trouvai un pull sur la banquette arrière pour couvrir mon bras et sortis de la voiture. J'allais simplement agiter la main pour dire au revoir à Race, espérant qu'il ne s'arrêterait pas, mais il se gara et sortit de la voiture, le nouveau Mac dans la main. J'avais complètement oublié l'ordinateur.

Il ne me laissa pas l'occasion de dire un mot. Il fourra l'ordinateur ultraléger dans mes mains, se pencha et posa un baiser long et appuyé sur mes lèvres entrouvertes.

— Ouvre l'œil pour repérer tout ce qui te semble louche jusqu'à ce que je mette la main sur celui qui joue au con avec toi. Transfère-moi tous les messages bizarres que tu reçois, et regarde les notes de cours que j'ai sauvées. Je les ai réorganisées. Je ne sais pas qui donne ce cours, mais c'est manifestement un idiot qui n'aurait jamais dû être titularisé.

Je ne pus que rester bouche bée tandis qu'il repartait vers sa Mustang.

— Race...

Il me regarda par-dessus son épaule. Je ne savais pas quoi lui dire de plus, alors il me sourit et je me contentai de secouer la tête.

— Ça, dit-il en pointant son doigt sur moi puis sur lui, avant d'ouvrir sa portière, ça va arriver. Peut-être pas maintenant, parce que ce n'est pas le bon moment pour toi, et peut-être pas plus tard, parce qu'il se peut que je ne reste pas dans les parages aussi longtemps, mais à un moment, tôt ou tard, ça va arriver. Tiens-toi prête, Brysen.

Comment pouvait-on être prête pour ça ? Je rentrai presque en courant quand j'entendis vrombir le moteur de sa voiture. Je claquai la porte d'entrée derrière moi et me dirigeai vers la cuisine, remplie de tant d'émotions différentes que je pouvais sentir toutes leurs saveurs aigres ou douces sur ma langue.

Ma mère n'avait pas seulement cassé toute la vaisselle, elle avait aussi vidé le frigo et renversé tout son contenu sur le sol et les plans de travail. Tous les placards étaient vides. L'eau du robinet coulait, et il semblait qu'elle avait répandu toute la bouteille de liquide vaisselle sur le sol. C'était un bazar sans nom, un cauchemar complètement inutile qui aurait pu être évité, exactement comme l'état actuel de ma vie. J'avais envie de cogner sur quelque chose, plus précisément sur mes deux parents, mais cela ne m'aurait menée nulle part, alors je serrai les dents et montai pour poser le précieux cadeau de Race sur mon lit et voir comment allait ma sœur. Il me faudrait des heures pour nettoyer la cuisine, mais j'allais d'abord prendre des nouvelles de ma mère et engueuler mon père. Même si cela ne servirait à rien. Rien ne semblait jamais changer.

Je frappai doucement à la porte de Karsen et attendis sa réponse. J'espérais vaguement qu'elle se soit couchée et qu'elle ait oublié la scène d'en bas, mais je n'eus pas cette chance. J'entendis le loquet de la porte s'ouvrir. Elle avait tellement peur qu'elle s'était enfermée dans sa chambre.

— Hé. Ça va là-dedans ?

Ses yeux marron étaient si grands qu'elle ressemblait à un personnage de dessin animé.

— Je suis contente que tu sois rentrée. Tu as vu la cuisine ?

J'acquiesçai et touchai ses cheveux doux.

— Oui. Ne t'inquiète pas, petit lutin. Je nettoierai ça.

Elle secoua lentement la tête et je vis frémir sa lèvre.

— Papa a tout ignoré, Brysen. Il a juste fermé la porte de son bureau et l'a laissée hurler et se déchaîner comme si de rien n'était. Je lui ai crié de venir aider, mais il n'a pas bougé.

Bien sûr qu'il n'avait pas bougé. Il était trop occupé à

s'enfermer dans son bureau et à faire comme s'il n'y était pour rien dans le déclin de notre situation familiale. Et nous savions tous que l'alcool devait bien entrer d'une manière ou d'une autre. Il était passé maître dans l'art de fermer les yeux sur sa part de responsabilité dans la dévastation de cette famille.

— Je crois que c'est dur pour lui. Il faut juste du temps pour s'adapter à une nouvelle manière de vivre ensemble.

C'étaient des conneries, mais j'espérais que Karsen m'aimait assez pour laisser couler.

— Combien de temps ? J'ai l'impression que ça fait déjà une éternité.

Elle prêchait une convertie. Si elle trouvait ça long, alors que je faisais tampon entre elle et la gravité réelle des choses, elle n'avait aucune idée de ce que c'était pour moi.

— Ça va aller, Karsen. Finis tes devoirs. Continue de bien travailler à l'école pour finir major de ta promotion et obtenir une bourse intégrale pour l'université. Une fois que tu seras là-bas, dans le monde réel, tout ce qui se passe ici sera secondaire et tu pourras construire ta vie comme tu l'entends.

Je reculai d'un pas et lui fis un sourire triste. Elle prit mon poignet. Un peu de sa tristesse quitta ses yeux couleur café et elle me sourit en coin.

— Alors, c'est qui ce mec ?

Mince… elle avait dû regarder par la fenêtre quand Race m'avait embrassée.

— Juste un mec.

— C'est lui, ce que tu devais gérer après le travail ?

Ah, on pouvait dire ça, oui. J'allais avoir besoin d'une autre douche, froide cette fois, si j'espérais pouvoir fermer l'œil cette nuit.

— Mon ordinateur a planté et il a essayé de me le réparer. Tu te souviens de Dovie ? C'est son frère.

Karsen eut la même expression d'incrédulité absolue que tout le monde lorsque j'évoquais le lien de parenté entre Dovie et Race.

— Il est mignon.

— Très.

Je ne pouvais pas dire le contraire.

— Il est aussi très compliqué, autoritaire, et je n'ai absolument pas le temps d'essayer de le comprendre. Je vais jeter un coup d'œil dans la chambre de maman, alors finis ce que tu as à faire et couche-toi.

Elle lâcha mon bras et marmonna si faiblement que je l'entendis à peine.

— Merci d'être rentrée à la maison.

Je savais qu'elle ne parlait pas que d'aujourd'hui.

Je sentis mes épaules s'affaisser et un autre soupir soulever ma poitrine. Je n'avais pas vraiment le choix. Il y avait toujours des dégâts à réparer, et apparemment ça n'était pas près de s'arrêter.

6

Race

Impossible de fermer l'œil de toute la nuit. Pas avec le goût de Brysen encore sur ma langue et l'image au ralenti, défilant sous mes paupières fermées, de cette voiture lancée sur elle. J'étais un homme de chiffres par nature et je détestais quand l'addition ne collait pas. Pourquoi une fille innocente, une étudiante sans lien avec un quelconque scandale ou quoi que ce soit de dangereux, se retrouvait-elle soudain au cœur d'une situation menaçante et effrayante ? Cela n'avait aucun sens et je ne détestais rien plus que de ne pas comprendre comment les choses fonctionnaient.

Une odeur de café corsé flotta jusqu'à mes narines et les fit remuer. Un bras sur les yeux, j'étais allongé inconfortablement sur le canapé, ma position habituelle pour dormir. Je n'avais entendu personne monter l'escalier et les deux seules personnes capables de s'aventurer dans mon sanctuaire étaient ma sœur et Bax. Poussant un grognement, je m'assis pour étirer le nœud qui s'était formé entre mes omoplates et clignai des yeux, surpris, en voyant que mon visiteur n'était aucune de ces deux personnes. Je passai vivement les mains sur mes cheveux dressés n'importe comment et bâillai si fort que ma mâchoire claqua.

— Qu'est-ce que tu fais là, Titus ?

L'inspecteur ressemblait assez à mon meilleur ami pour qu'on ne puisse douter qu'ils étaient frères. Titus était plus costaud et ses yeux étaient bleus et pas couleur nuit noire, mais il avait le même visage dur taillé à la serpe, la même moue constante, et les mêmes cheveux noirs. Titus approchait de la trentaine, mais il faisait légèrement plus et avait toujours l'air fatigué. Quelques cheveux blancs poussaient même sur ses tempes, apparus juste après la confrontation fatidique avec Novak. Etre policier dans ce quartier était un job ingrat, et ses épaules déjà lourdes commençaient à montrer des signes d'épuisement.

— Qu'est-ce que tu fais ici, Race ? demanda-t-il.

Il s'éloigna de la kitchenette et me tendit une tasse de café fumante. Je le regardai sans lever la tête et lui répondis :

— Ce n'est pas ce que je viens de te demander ? Tu es rentré comment ?

Il poussa un petit rire et s'assit sur le seul autre meuble de l'espace dépouillé.

— Bax est doué pour entrer par effraction, mais je suis meilleur que lui. Tu vas me dire que tu as des papiers pour chacune des voitures dans le garage et dans le parking en bas ?

Je lui souris et me laissai aller en arrière sur le canapé pour poser mon cou sur les coussins.

— Est-ce une obligation ? Est-ce qu'une de ces voitures a été déclarée volée ?

Nous nous dévisageâmes pendant une longue minute tendue. Il savait qu'aucune ne l'était. C'était ça le truc, quand on prenait la voiture d'un joueur. Mes clients étaient tellement dans la merde qu'il était plus simple de me laisser la voiture que d'essayer de la reprendre. Le vice l'emporterait toujours et je m'y retrouverais toujours.

Titus grogna et ses yeux se rétrécirent légèrement.

— As-tu la moindre idée de ce que tu fais, Race ? Jusqu'où es-tu prêt à aller ? Si les choses tournent mal, tu crois que tu pourras faire comme Bax ? Te retrouver derrière les barreaux, laisser Dovie ici toute seule ? Tu t'es déjà demandé comment tout ça allait finir ?

Je pris une gorgée de café et haussai les épaules.

— Dovie ne sera pas seule tant que Bax sera là, et j'ai appris à mes dépens que même si je planifie une fin parfaite, The Point aura toujours une autre idée. Je suis prêt à aller aussi loin qu'il le faut pour éviter que quelqu'un comme Novak ne se retrouve de nouveau à la tête du quartier.

— Tu es bien conscient qu'en faisant ça, tu cours le risque de devenir cet homme-là, Race ?

Je me débattais tous les jours avec cette question. Comment plonger les mains dans la saleté jusqu'au coude sans que cela change l'homme que j'étais ?

— C'est un risque que je dois prendre.

— Tu sais que le procès du reste de la bande de Novak va enfin commencer. Quel genre de témoins vous ferez ? Bax vole encore des voitures, tu gères toute une entreprise criminelle, et Nassir est tellement insaisissable que seul un idiot lui ferait confiance. Que se passera-t-il quand Benny et les autres sortiront et voudront récupérer la ville ?

J'y avais déjà bien pensé.

— Alors, il faudra qu'ils nous la reprennent, brique par brique.

Nous nous regardâmes encore un moment, puis son torse se gonfla et retomba dans un long soupir.

— Mettre Bax en prison, c'était carrément horrible, Race, mais je l'ai fait. J'espère que tu sais que si tu fais un faux pas, si tu commets une erreur, j'agirai de la même manière et cela ne me posera aucun problème.

Je le savais. J'y comptais. Savoir qu'un homme moral, juste, me tenait à l'œil était un des garde-fous qui empêchaient mon âme d'être tachée par ce que je faisais.

— C'est de bonne guerre. Qu'est-ce que tu fais là, au juste ?

Il posa son café par terre, à ses pieds, puisque je n'étais pas assez civilisé pour posséder quelque chose d'aussi basique qu'une table basse. Il se leva, se redressant de toute sa taille imposante, et marcha lentement jusqu'à la kitchenette pour attraper un dossier en papier kraft que je n'avais pas vu jusqu'à maintenant. Il le lança sur mes genoux et le pointa du doigt.

— Tu reconnais un de ces types ?

Je le regardai d'un air absent, posai mon café entre mes pieds nus, et ouvris le dossier. Un puissant tremblement secoua mon corps et je sentis la bile brûler le fond de ma gorge en voyant le premier cliché sur le dessus de la pile. Un corps brisé, désarticulé. Le cou tordu dans un angle pas naturel, la peau marquée par les bleus et la mort. Je dus cligner plusieurs fois des yeux pour arrêter le défilement d'images dans ma tête et je pris plusieurs grandes inspirations avant de passer au cliché suivant. Encore une fois, le corps avait été malmené, victime d'un passage à tabac brutal, et cette fois il y avait un trou béant et sanglant pile entre les deux yeux ouverts, vides. J'observai les photos en me demandant s'il valait mieux mentir ou dire la vérité. S'agissant de Titus, il y avait de fortes chances pour qu'il connaisse déjà la réponse à la question qu'il me posait.

— Le mec au cou cassé est un gamin qui a perdu beaucoup à un match de Texas A&M il y a une semaine. Quand je suis allé chercher l'argent, il a flippé et sorti un flingue pendant une fête bondée près de l'université. J'ai décampé avant que les flics arrivent. Le deuxième mec s'est montré un peu trop tactile avec Honor, au Spanky's, et la dernière fois que je l'ai vu, Chuck lui avait démontré très clairement pourquoi c'était une mauvaise idée. Il respirait encore quand je suis parti. Il saignait et avait perdu quelques dents, mais il respirait, c'est sûr.

Je mis ces images horribles de côté pour consulter le dossier en dessous. Les deux hommes avaient été retrouvés à quelques heures d'intervalle, derrière deux clubs que Nassir tenait dans des hangars. Je sifflai entre mes dents et refermai le dossier. Le regard bleu et attentif de Titus était fixé sur moi.

— Tu ne penses pas que j'ai quelque chose à voir avec ça...

Il s'agissait plus d'une remarque que d'une question. S'il avait pensé que j'étais impliqué, cette conversation aurait inclus des menottes, pas du café.

— Non, j'étais au courant pour les tirs à la fête, et le mec du club a essayé de porter plainte, mais on l'a envoyé balader quand on a vu le visage de la danseuse. Et puis Nassir est tout, sauf un con fini. Laisser non pas un, mais deux cadavres derrière ses propres clubs, ce n'est pas quelque chose qu'il ferait. Ce que j'en pense, c'est que quelqu'un veut vous envoyer un message à tous les deux... un message auquel vous feriez mieux de prêter attention. Quelques voitures qui disparaissent, de l'argent qui change de mains, c'est facile à ignorer. Mais des corps qui tombent, des gens qui meurent, c'est bien plus difficile.

Je hochai la tête d'un air absent et passai une main sur ma nuque.

— Un quelconque indice sur qui essaierait de nous faire passer ce message ?

Il haussa les épaules.

— Qui sait ? Quelqu'un qui voudrait tester les limites de l'accord que vous avez mis au point avec Nassir ? Quelqu'un visant à vous dégager tous les deux ? Quelqu'un qui vous en veut et qui pense qu'il peut monter un coup contre vous ? Par ici, les suspects sont trop nombreux pour être nommés, alors si tu veux jouer, tu ferais mieux d'être certain de remporter la partie.

A vrai dire, perdre n'était pas envisageable, et je jouais toujours pour gagner. Je me levai et étirai les bras au-dessus de ma tête. Je grognai quand ma colonne vertébrale craqua de tout son long. Titus leva les yeux au ciel.

— Pourquoi est-ce que tu vis toujours ici ?

— Parce que je me sens bien ici.

Je ne retournerais jamais vivre dans l'espèce de palais que mes parents possédaient dans The Hill. Vu la vie que je menais, je ne voulais pas faire semblant d'avoir ma place dans une banlieue tranquille, comme Bax et Dovie, et vivre dans un appartement délabré ne valait pas mieux que de dormir au loft. Et puis, j'étais plus en sécurité ici.

— Comment tu peux être bien ici ? Tu n'as même pas de meubles. Tu fais comment quand tu ramènes une fille ? Tu lui demandes cinq minutes pour mettre une capote et déplier le canapé-lit ? Même toi tu ne peux pas te permettre ça, beau gosse.

Il se trompait. J'avais bien assez de succès pour faire accepter ça et tout ce que je voulais à presque toutes les filles qui se présentaient. Le problème, c'est qu'aucune fille ne m'avait suffisamment intéressé pour que je tente de lui faire accepter quoi que ce soit, et ce depuis bien plus longtemps que je ne voulais l'admettre. A part Brysen. Et avec elle, je n'avais pas besoin de lit, pas besoin de grand-chose pour me mettre dans l'ambiance. Le simple battement de ses cils et sa façon de faire la moue suffisaient. Si son téléphone n'avait pas sonné hier, j'aurais très probablement baptisé le sol de ma salle de bains d'une manière tout à fait spectaculaire.

Je ricanai et tendis le bras pour prendre mon jean.

— Qu'est-ce que ça peut te faire, l'endroit où je vis ? Bax se la joue matou d'intérieur, il a une vie heureuse et une copine super. Tu veux faire de moi ton nouveau projet de sauvetage maintenant que ton frère a mis de l'ordre dans sa vie ?

Il me décocha un juron et se dirigea d'un pas ferme vers l'entrée qui surplombait le garage, avant de me lancer un regard renfrogné par-dessus son épaule.

— Je sais que tu n'es pas un sale type, Race. Ta vie est partie en vrille, mais ce n'est pas différent de ce qui est arrivé au reste d'entre nous. Bien sûr, c'était lié à tes choix, mais je te respecte pour avoir fait ce qu'il fallait selon toi pour protéger ta sœur. Je me demande juste combien de temps tu peux avoir les mains sales tout en prétendant vouloir mener une vie propre.

Je ne savais pas quoi répondre à ça. Je ne savais même pas vraiment si c'était possible, mais je comptais faire de mon mieux pour que ça arrive.

— Je me lave les mains quand je rentre chez moi, Titus.

Il éclata d'un rire amer.

— J'aimerais bien que ce soit aussi simple.

Je le suivis jusqu'à l'escalier et lui demandai, au passage :

— Qu'est-ce que tu ferais si une amie à toi était harcelée par quelqu'un ?

Il s'arrêta sur une marche et se retourna.

— Pourquoi tu penses qu'elle l'est ?

— Elle reçoit des messages bizarres, et hier soir quelqu'un a essayé de la renverser en voiture. C'est juste une fille normale. Elle va à l'université, elle vit en banlieue, un peu comme Dovie et Bax. Elle habite même chez ses parents. Ce n'est pas une fille qui devrait se sentir menacée et effrayée. Ça ne cadre pas avec le genre de vie qu'elle mène.

L'inquiétude se lisait sur son visage.

— Elle a un ex remonté contre elle ou quelque chose à regarder de plus près ?

Je haussai les épaules, car je ne savais pas si le professeur-assistant en colère ou la légion de prétendants éconduits pouvaient être assez remontés pour se montrer dangereux.

— Je ne sais pas. J'ai un mec qui me doit plus d'un service qui la surveille pour le moment, mais ça ne me plaît pas. Ça ne colle pas, ce qui veut dire que ça va me taper sur les nerfs jusqu'à ce que je sache tout.

— Fais gaffe à toi. Si tu ajoutes une jolie fille à tous tes problèmes, tu vas te retrouver avec un point faible que n'importe qui verra à un million de kilomètres. Demande à mon frère.

— Je ne sais pas, Titus. Bax a été envoûté par Dovie et tout d'un coup, il a eu assez de motivation pour affronter le monde entier pour elle. D'après moi, quand tu ajoutes une jolie fille, tu donnes à un homme dangereux une vraie raison de l'être encore plus.

Il pencha la tête sur le côté.

— Peut-être. Si tu trouves des infos fiables, un nom, un numéro, une plaque d'immatriculation, appelle-moi et je verrai si je peux faire quelque chose pour toi.

Je le remerciai et le regardai disparaître dans les entrailles du garage. J'étais sûr qu'il mémoriserait toutes les plaques d'immatriculation pour les comparer avec celles des voitures déclarées volées. Titus était un mec bien, mais c'était d'abord un flic. Il nous laisserait peut-être en paix, Bax et moi, tant qu'il n'aurait pas de preuve irréfutable contre nous, mais si nous lui donnions une raison de le faire, il n'aurait aucun problème à nous mettre tous les deux derrière les barreaux. Et je savais que dans sa tête, il le ferait pour notre bien.

Je traînai les pieds jusqu'à la douche de l'enfer et décidai que, après une nuit épuisante pleine de frustration sexuelle, j'allais choisir l'eau version bloc de glace au lieu du feu aujourd'hui. La manière dont mon cou grinçait et craquait plaidait en faveur de l'achat d'un lit pour le loft. Et en vérité, je savais tout simplement qu'avec Brysen c'était loin d'être fini et je ne voulais pas être le naze qui essaierait de la draguer dans un endroit comprenant seulement une chaise, un canapé-lit et une bouteille de scotch au congélateur. Elle méritait mieux que ça. Je pouvais lui offrir mieux que ça, mais après ? Elle partirait et je devrais faire semblant de ne pas vivre cette vie où je devais toujours être sur le qui-vive, avoir toujours plusieurs longueurs d'avance.

En réalité, l'une des raisons pour lesquelles je vivais si simplement, avec le moins d'entraves possible, c'était que je savais ce que ça faisait de tout perdre. J'avais bénéficié de toute l'opulence, de tous les biens nécessaires à une vie matérialiste et déraisonnable. Perdre tout ça ne m'avait pas autant blessé que de réaliser que la famille, l'illusion qui fournissait tout ça, n'était que fumée et mirage. Mon père était coupable d'une tentative de meurtre et ses mains étaient aussi sales que les miennes. Ma mère... je ne savais pas jusqu'où allait sa complaisance et je faisais un véritable effort pour ne pas vraiment le savoir. J'avais encore un parent avec qui je pouvais être dans la même pièce, sans toutefois que mon père l'autorise. Depuis qu'il m'avait désavoué, mes contacts avec eux s'étaient bornés à quelques messages d'un mot.

Quand on n'a pas grand-chose, tout perdre ne fait pas si peur.

Je m'habillai, avalai un bagel rassis pour avoir un peu d'énergie et descendis au garage. Je voulais passer voir

Nassir pour avoir son point de vue sur la découverte des corps. Si nous avions le même ennemi, nous devions mettre en commun nos idées et trouver qui ça pouvait être. En plus, il y avait un combat ce week-end et je voulais savoir quelles étaient les chances de ses boxeurs. Nassir ne faisait jamais rien d'aussi simple que de laisser se battre deux hommes de niveau égal. Il avait toujours un plan pour rendre les choses plus intéressantes, et maintenant que nous étions associés, je devais connaître ses trucs pour être sûr que les cotes et les paris sur chaque boxeur paieraient au plus fort.

Bax parlait avec un des mécaniciens qui bossaient légalement pour lui. L'activité du garage était devenue une affaire rentable et viable depuis qu'il l'avait reprise. Personne ne connaissait aussi bien que lui les vieilles voitures de sport, et ce qui sortait du garage était inégalé en termes de qualité. Il n'avait pas besoin de m'aider en parallèle comme il le faisait, mais je lui en étais reconnaissant.

Il me désigna du menton et son regard se fit insistant.

— Tu as vu Titus ?

— Ouais, et maintenant je vais parler avec Nassir.

— Tu ne penses pas qu'il aurait pu mettre une balle au mec qui a tapé Honor ?

— Je sais qu'il aurait pu le faire, seulement j'y étais et j'ai vu le mec vivant quand je suis parti. Nassir ne tuerait pas un mec pour le jeter derrière son club. Il est cinglé, mais pas à ce point. Quant au gamin…, dis-je en secouant la tête d'un air triste, c'était inutile. C'était juste un sportif idiot qui avait perdu un pari. Il n'y avait aucune raison qu'il se retrouve dans une ruelle avec le cou brisé.

— Qui que ce soit, il ne déconne pas, et je crois que ce n'est que le début.

— Je sais.

— Tu vas réussir à gérer ça ?

— Tout le monde me demande ça sans arrêt... Je ne suis pas sûr d'avoir d'autres options. Si je laisse faire, quelqu'un d'autre va reprendre la ville et la ramener là où Novak l'avait laissée. Sans oublier que, si je fais ça, je prouve à tout le monde que je ne suis vraiment rien de plus qu'un gamin riche qui s'ennuie et qui joue au criminel. Mon ego seul ne supporterait pas ça.

Il eut un petit rire.

— J'ai vu la BMW sur la vidéo d'hier soir. Toi et la blonde glaciale, hein ?

Je levai un sourcil et lui donnai un petit coup de poing sur l'épaule.

— Si j'avais été avec la blonde, je serais de bien meilleure humeur et je n'aurais pas laissé Titus rester aussi longtemps. Elle a des ennuis et je veux juste l'aider. Est-ce que Dovie a déjà mentionné quelqu'un qui embêterait Brysen ?

Il haussa un sourcil et passa le pouce le long de sa mâchoire. L'étoile tatouée à côté de son œil se plissa en même temps que ses yeux tandis qu'il réfléchissait.

— Je ne crois pas, mais je n'écoute pas toutes ces histoires de meufs. Je crois qu'elle crèche chez ses parents ou un truc dans le genre. Pas facile d'avoir un mec si tu n'as pas de quoi l'attirer dans ta piaule.

J'étais d'accord, mais après ce coup de fil hier soir, je commençais à penser que les raisons de son retour chez ses parents étaient aussi complexes et profondes que les miennes concernant ma volonté de garder un doigt sur le pouls de The Point.

— C'est vrai. Je ne sais pas ce qui se passe, mais je vais trouver. Fais peut-être savoir à ma sœur que son amie a un admirateur indésirable et demande-lui de rester vigilante quand elles sont ensemble.

Sa bouche prit une expression grave, et ses yeux une couleur noire terrifiante.

— Si Dovie est blessée parce que quelqu'un cherche des problèmes à sa copine, je buterai tous les responsables.

Très bien. C'était exactement ce que je voulais entendre.

— Personne ne vit dans une bulle, Bax. On doit tous faire attention les uns aux autres parce que personne ne se préoccupe qu'on s'en sorte vivant ou non.

Il émit un grognement d'approbation et retourna à la Jaguar dont il était en train de retirer le moteur. Bax avait toujours été un mec pas très bavard.

Je rejoignis la Mustang et traversai la ville pour arriver à l'ancienne usine de nourriture pour chiens qui servait à Nassir de base opérationnelle principale. C'était le gros club, qui ramenait des gamins de toute la ville. Il était caché, difficile à trouver et on n'y entrait pas sans connaître quelqu'un. L'extérieur était complètement différent de l'intérieur. A la lumière crue du jour, il ressemblait à n'importe quel bâtiment délabré ayant été saisi. Mais la nuit, quand le soleil se couchait et que la vermine sortait pour aller s'amuser, c'était une ruche pleine de vie, comme n'importe quel club à la mode de n'importe quelle grande ville du monde.

Certains soirs, c'était une rave party, d'autres une boîte de nuit. Certains soirs, un club de boxe violent et malfamé. D'autres encore, un lieu de débauche et de sexe. Tout ce que la masse voulait, tout ce que les gens réclamaient, Nassir le leur donnait, et plus encore. C'était vraiment un businessman brillant en plus d'un tueur impassible et d'un monstre sans âme.

Je descendis un escalier bringuebalant qui semblait à peine pouvoir supporter mon poids. Au bout, il y avait une immense porte en métal avec un digicode similaire à ceux installés au garage. Je tapai le code et attendis que celui ou celle qui était au poste de surveillance à l'intérieur ouvre complètement la porte. Les couloirs étaient vides et sentaient la sueur et le sexe. Comme si tous les méfaits commis entre ces murs avaient pénétré dans le béton et imprégné tout l'endroit. Je passai une autre porte sécurisée, traversai l'étage désert de l'usine qui, la journée, avait simplement un air industriel et délabré, passai derrière le bar et gravis un escalier en fer forgé qui montait à l'espace VIP. C'était l'ancienne passerelle de l'usine et le bureau où Nassir passait presque toutes ses journées.

Ce local était très différent de l'ambiance désolée et décrépite du reste de l'usine. Toute la pièce était entourée de vitres fumées opaques, insonorisantes et pare-balles. Des écrans de surveillance recouvraient entièrement le mur du fond, un système qui rivalisait avec celui du garage. Son bureau était un mastodonte laqué noir reposant sur un sol de marbre poli. Nassir était du genre tape-à-l'œil, mais aussi un prédateur mortel. Aucune personne entrant ici ne pouvait s'imaginer qu'elle était là pour un simple rendez-vous d'affaires.

Je m'affalai dans un des fauteuils en face de lui pendant qu'il parlait au téléphone. Ses sourcils sombres étaient bas et ses cheveux se dressaient sur le devant comme s'il les avait ébouriffés, et non plaqués dans son style habituel. Je posai ma cheville sur mon genou et tapai un rythme aléatoire avec mes doigts tandis qu'il me lançait un regard noir. Nassir n'avait pas vraiment l'esprit d'équipe, et maintenant qu'il y avait une inconnue dans l'équation, notre trêve fragile deviendrait peut-être impossible à gérer pour lui.

Il aboya quelque chose dans une langue que je ne comprenais

pas et lança le téléphone sur le bureau avec plus de force que nécessaire. Il s'enfonça dans son fauteuil et me fixa avec des yeux incandescents.

— Si tu me demandes si j'ai flingué ce mec, il se peut que je te mette mon poing dans la figure.

Je souris.

— Tu as une idée de qui pourrait être derrière ça ?

— Quelqu'un de maladroit et de pas très malin. C'était stupide et gratuit.

— Le gamin, c'était en trop.

— Le gamin, c'était pour envoyer un signal très clair.

Je décroisai les jambes et me penchai en avant, les avant-bras sur les cuisses.

— Qu'est-ce que tu veux faire ?

Il grommela quelque chose qui m'échappa et passa les doigts dans ses cheveux sombres.

— Un de mes gars examine les vidéos de surveillance de l'extérieur des deux clubs pour voir s'il y a quelque chose. On doit savoir qui chercher avant de savoir ce qu'on fait.

— D'accord.

Je ne pensais pas qu'on serait d'accord sur cette affaire, mais jusqu'ici, ça allait. Je dois admettre que je ne faisais pas confiance à Nassir, mais tant qu'il ne me donnait pas de raison de douter de son jugement, l'idée de gérer le problème étape par étape me convenait. C'était simplement logique.

— Parlons maintenant des combats de ce vendredi soir.

Son regard caramel devint perçant et sa bouche se resserra.

— Parler de quoi ? J'organise des combats depuis que tu t'occupes de la rue. Ce n'est pas une nouveauté.

— C'est vrai, mais maintenant je m'occupe des cotes et je veux savoir quel tour de magie tu vas utiliser pour avoir un gagnant garanti. Si tu truques le jeu, je veux que les cotes le reflètent.

— Ce n'est pas comme ça qu'on gagne de l'argent, Race.

— Non, mais c'est comme ça que le pari est juste.

— Qui se préoccupe d'un pari juste ?

— Moi, répondis-je, un pouce pointé sur mon torse.

Son air renfrogné s'accentua et il y eut un moment tendu pendant lequel nous nous dévisageâmes sans un mot.

— C'est naïf et stupide. Ce n'est pas là-dessus que repose notre partenariat.

— Ecoute, je t'ai vu monter un combat entre mon meilleur ami et des mecs dopés, des mecs avec des couteaux planqués sur eux, des mecs qui se battaient pour leur vie parce que tu les avais menacés de les tuer eux ou leurs proches s'ils perdaient, et je n'ai pas bougé le petit doigt. Tu veux faire pencher un combat en faveur d'un boxeur, c'est ton problème, et on sait que la foule adore ça. Mais pour ce qui est de l'argent, ce sera un pari juste fondé sur de vraies cotes. Les gains seront plus élevés, mais les mises aussi. Tu peux me faire confiance.

Il ne voulait pas céder. Je le voyais sur son visage et dans sa posture, mais pour une raison inconnue, il avait décidé qu'il était plus simple de travailler avec moi que contre moi. Il inclina donc la tête une seule fois pour acquiescer.

— Kenmore a une déchirure du ligament croisé antérieur en rémission. Il pense pouvoir combattre sans problème, mais l'autre en face sait pour la blessure et fera tout son possible pour en profiter au maximum. Quand bien même, on n'élimine pas aussi facilement un gars comme Kenmore. Il se bat parce qu'il aime ça, pas pour l'argent.

Ça voulait dire que la cote pencherait en faveur de l'autre ; mais si Kenmore arrivait à s'en tirer et à gagner, les gains seraient énormes pour ceux ayant été assez courageux pour miser sur l'outsider.

— Entendu. On se voit samedi.

Je mextirpai du fauteuil et j'arrivais à la porte quand il me rappela.

— Je sais que tu es là-dedans avec moi, Race, mais si le sang doit couler, est-ce que tu es vraiment prêt ?

Je ne connaissais pas vraiment le passé de Nassir, juste qu'il était arrivé sur le devant de la scène au moment où Bax et moi étions aux prises avec Novak. Dans les grandes lignes, il s'occupait de l'animation et de la vie nocturne de The Point, graissait les pattes de qui en avait besoin, et réussissait des trucs que personne d'autre ne pouvait faire. Je ne l'avais jamais vraiment vu poser les mains sur qui que ce soit, ni lever le petit doigt pour blesser quelqu'un, mais il avait quelque chose, une sorte de menace sourde flottant derrière ses yeux étranges, qui laissait deviner un déluge de violence et de chaos contenus n'attendant qu'à être libéré.

— Je suis plutôt du genre à prendre les choses comme elles viennent, Nassir. Je ferai ce que j'ai à faire pour mettre la situation en ordre et faire tourner les choses de la façon que je crois la meilleure. Je ne peux pas te dire ce à quoi je suis prêt ou non, parce que cet endroit tordu et imprévisible nous réserve toujours des surprises. Tu dois juste me croire quand je te dis que je ferai ce qui doit être fait.

— Tu crois que ça suffira ?

— Il faudra bien.

Je fermai la porte du bureau et relâchai une respiration que j'avais retenue sans m'en rendre compte.

Je n'étais pas immunisé contre la violence, contre le combat nécessaire pour s'en sortir dans The Point. J'avais juste le noble espoir que, si un homme privilégiant son esprit plutôt que ses muscles menait la barque, un peu de cette violence perpétuelle s'estomperait. C'était compter sans la nature même de la cité, le moteur même de The Point, qui réclamait le sang de tous en dépit de mes efforts pour calmer le monstre.

7

Brysen

Je fixais mon test avec une incrédulité absolue. C'était juste un C, mais c'était bien au-dessus de toutes les notes que m'avait données le professeur-assistant maléfique. Bien sûr, il s'agissait d'un quiz à choix multiples et non d'une dissertation, si bien qu'il ne pouvait pas compter les points arbitrairement, mais tout de même. Je savais que Race était futé, mais pas à ce point. La manière dont il avait réorganisé mes notes, ses ajouts là où j'avais manifestement du mal, avaient fait toute la différence. Je voulais l'embrasser. Bon, je voulais l'embrasser de toute manière, mais maintenant j'avais une raison valable.

Je sursautai légèrement quand Drew passa un bras autour de mes épaules et siffla en voyant le questionnaire auquel j'étais agrippée comme s'il risquait de s'envoler.

— Comment tu as fait ça ?

Agacée, je me dégageai et rangeai la feuille dans mon sac.

— J'ai travaillé.

— J'imagine que ta théorie selon laquelle le professeur-assistant t'en voulait était fausse, tout compte fait.

Je repoussai des cheveux de mon visage et soufflai, agacée.

— Ce n'est pas comme s'il pouvait me saquer alors qu'on a tous fait le même quiz et que je pourrais comparer mes réponses avec les tiennes ou un truc dans le genre. Mais il finira par faire quelque chose d'objectivement injuste et je pourrai le balancer au doyen de l'université.

Il n'était tout simplement pas encore allé aussi loin.

Drew me bouscula d'un air joueur et je retins un gémissement ; il venait d'effleurer par inadvertance mon bras encore en guérison. Je n'étais que plaies et bleus affreux et je n'arrivais pas à me défaire de l'impression que quelqu'un m'observait, où que j'aille, dès que je quittais la maison. Je n'avais pas reçu d'autres messages, aucune voiture n'avait tenté de me renverser avant de prendre la fuite, mais ma peau était hypersensible et je sentais des yeux posés sur moi. Je détestais ça, et ça me rendait nerveuse et suspicieuse vis-à-vis de tout le monde.

— Qu'est-ce qui ne va pas ? demanda Drew d'une voix perçante, en me prenant le poignet pour m'arrêter.

Depuis qu'il m'avait fait la leçon sur Race, il se montrait plus indiscret, plus insistant avec moi. Je n'aimais pas ça du tout. Je retirai ma main et lui lançai un regard contrarié.

— Je suis tombée en sortant du boulot l'autre soir. Je me suis fait mal et c'est ce côté qui a tout pris.

Il haussa les sourcils et fit la grimace.

— Tu es tombée ?

L'accusation et l'incrédulité dans sa voix étaient évidentes.

Je ne me sentais pas l'obligation de lui fournir des explications, et j'allais le lui dire lorsque Adria apparut soudain et me prit par les épaules. Elle sautillait sur place et parlait si vite que je la comprenais à peine. J'appuyai de mes deux mains sur ses épaules pour la calmer.

— Mais de quoi tu parles ?

Ses yeux brillaient d'excitation.

— J'ai été invitée au combat de boxe !

Un frisson parcourut mon dos. J'y avais été. C'était sanglant et brutal. Barbare et inhumain. Il n'y avait absolument pas de quoi être excitée et sauter sur place.

— N'y va pas, dis-je dans un murmure qu'elle entendit néanmoins et qui stoppa son sautillement.

— Pourquoi ? demanda-t-elle, fronçant les sourcils. Tu sais à quel point c'est difficile d'être invitée à tous ces trucs clandestins dans The Point ? Tu dois connaître quelqu'un qui connaît quelqu'un qui connaît quelqu'un. Je n'y suis jamais allée. Ça a l'air dangereux et excitant !

Pour moi, elle se comportait comme une gamine riche qui s'ennuyait et recherchait le frisson. Bon sang, je ne voulais pas devenir comme ça.

— C'est horrible. Ils se battent dans un cercle devant des gens qui ne sont là que pour voir du sang. Les combats ne sont pas équilibrés et il y a des blessés. Sérieusement, Adria, c'est horrible. Il y a mille meilleures manières de passer un vendredi soir.

Elle rejeta ses cheveux par-dessus son épaule et recula d'un pas. Je n'avais pas remarqué Drew qui regardait l'échange d'un air curieux, mais je le sentis bouger à côté de moi.

— Je crois que tu es juste jalouse, lâcha-t-elle.

Je clignai des yeux, ne sachant que répondre à ça.

— Quoi ?

— Tu as commencé à bosser dans ce restaurant miteux et tu as rencontré Dovie. Et maintenant, tu as tes entrées dans The Point, tu peux aller aux combats de boxe et rencontrer des gens comme Race Hartman. Je crois que tu ne veux pas que d'autres s'incrustent, comme si c'était ton club privé, ou un truc dans le genre.

J'étais tellement sidérée que je ne pus que lever les yeux au ciel.

— C'est n'importe quoi et tu le sais très bien. Je vais au travail et je rentre chez moi. Je ne mène pas une double vie dans The Point à la nuit tombée.

— Je ne sais pas, Brysen. Tu te comportes de plus en plus bizarrement depuis quelques semaines.

Bien sûr, Drew choisit ce moment pour intervenir.

— Tu es plus tendue et plus nerveuse, ces derniers temps.

Bien sûr que je l'étais. Ma vie familiale était un désastre, j'étais en train de me planter dans un de mes cours, j'avais apparemment un harceleur capable de tuer à mes trousses, j'essayais de protéger ma sœur et j'étais obsédée par un mec qui était le pire choix au monde pour moi. Je n'avais pas besoin qu'ils fabriquent des raisons pour expliquer mon comportement, quel qu'il soit.

Je fis un pas en arrière et revêtis la couche de glace que j'avais ciselée ces dernières années, comme une cape de super-héros.

— Les combats, c'est horrible, mais vas-y si tu penses que c'est quelque chose à voir. Je n'ai pas à justifier mon comportement auprès de vous deux, et franchement ça me soûle que vous vous permettiez de parler de ma vie. Vous ne savez rien. Personne ne sait rien.

Je tournai les talons et partis de manière théâtrale tandis qu'ils m'appelaient tous les deux. J'étais douée pour ça. Je mettais cette froideur sur le compte de mes cheveux blonds et de ma démarche aux longues foulées, et puis je m'étais bien entraînée à la maison, à force de faire semblant d'ignorer toutes les choses qui m'inquiétaient. Je devenais experte pour balayer d'un revers de la main tout ce qui me contrariait vraiment. Bientôt, je deviendrais complètement insensible et cette idée me ravissait autant qu'elle me terrifiait. Quand bien même j'aurais adoré que l'addiction et l'instabilité de ma mère ne me fassent plus mal, quand bien même j'aurais été heureuse que mon cœur ne se serre pas chaque fois que Karsen avait les larmes aux yeux, je sentais que renoncer à la brûlure et à l'impatience excitante que j'éprouvais en compagnie de Race ne me plairait pas du tout. Grâce à lui, je me sentais vivante, comme si je n'étais pas attachée au train-train de ma réalité par des chaînes familiales et le poids de mon sens des responsabilités. Ce serait dur de mettre ça de côté, même si je savais que c'était pour le mieux. Nous n'étions pas bons l'un pour l'autre, nous avions chacun des problèmes et des galères, et ça ne rimerait à rien d'en rajouter.

J'assistai à mes derniers cours. Je tombai amoureuse de mon nouvel ordinateur et allai travailler au restaurant. Les vendredis soir étaient toujours assez intensifs, si bien que je courais toute la soirée jusqu'à la fermeture. J'avais reçu d'assez bons pourboires et je comptais les billets en attendant que Ramon m'accompagne jusqu'à ma voiture, lorsque mon téléphone sonna. Karsen était chez une amie pour la nuit, alors je doutais que ce soit elle, et quand je vis le nom d'Adria sur l'écran, je l'ignorai immédiatement. Ramon me fit signe de le rejoindre à la porte d'entrée et je pris un air renfrogné quand mon téléphone sonna à nouveau. Encore Adria.

Je glissai un bras sous celui de Ramon tandis qu'il scrutait le parking. J'avais encore l'impression que quelqu'un me regardait et cela me donnait la chair de poule. Je passais le parking obscur en revue, lorsque mon téléphone sonna une troisième fois. Je soupirai et passai un doigt sur l'écran.

— Quoi ? aboyai-je.

Ramon ricana tandis que nous nous engagions avec précaution dans le parking.

— Brysen, il faut que tu viennes me chercher.

Elle pleurait et semblait hystérique.

— Quoi ? Pourquoi ?

Elle eut un petit hoquet et j'entendis la foule assoiffée de sang crier et applaudir en fond sonore. Je frissonnai.

— Tu avais raison. C'est horrible. Les gens font peur ici et il n'y a même pas de service de sécurité. Je buvais avec des mecs et maintenant je me sens bizarre et j'ai peur. S'il te plaît, viens me chercher. Personne d'autre ne viendra dans ce coin de la ville aussi tard.

En effet, parce que la plupart des gens étaient assez malins pour savoir que The Point la nuit n'était pas pour les amateurs. Je levai les yeux sur Ramon et il fit non de la tête.

Je soupirai profondément et ouvris la portière de la BMW.

— Bon, je viens te chercher, mais peut-être que la prochaine fois tu m'écouteras.

Elle hoqueta à nouveau et la ligne fut coupée. Ramon fit claquer sa langue avec une mimique de réprobation.

— Tu cherches les ennuis, jeune fille.

— Quelqu'un doit aller la chercher, et je sais exactement où se trouve le club.

— Quelqu'un qui n'est pas poursuivi par un taré qui veut l'écraser peut aller la chercher. Pourquoi tu n'appelles pas ton apollon aux cheveux blonds pour lui demander de le faire ? Un soir de combat, je parie qu'il est déjà dans le coin, de toute manière.

Je me mordis la lèvre.

— Je ne le connais pas assez bien pour lui demander ça.

— Bry... ce mec t'a acheté un nouvel ordinateur et il te regarde comme s'il voulait t'avaler tout entière. Demande-lui d'aller chercher ton amie chochotte et ensuite remercie-le comme il se doit.

C'était tellement tentant, tellement simple. Laisser quelqu'un d'autre gérer un de mes problèmes était cependant un rêve fou dans mon monde, et je ne savais pas ce que je ferais si Race me prenait au mot et allait chercher Adria à ma place. Je tomberais sans doute amoureuse de lui. Comme si je ne l'étais pas déjà à moitié.

— C'est bon. Je vais aller la chercher et je la déposerai chez elle. Elle ferait la même chose pour moi.

Il haussa un de ses sourcils parfaitement épilés et je levai les yeux au ciel.

— D'accord, elle ne le ferait pas, mais je sais à quel point cet endroit craint et je ne peux pas l'abandonner là-bas.

Ramon se pencha pour déposer un baiser sur mon front tandis que je m'installais derrière le volant.

— Sois prudente, Bry. Tu sembles attirer les ennuis en ce moment.

C'était le moins qu'on puisse dire. Et ça craignait, parce que vraiment, au fond de moi, il y avait quelqu'un de bien. Peut-être qu'à un moment, j'avais été gâtée, un peu égocentrique et inconsciente, mais quand je m'étais retrouvée confrontée à la réalité, j'avais fait ce qu'il fallait. Où était passé mon bon karma ?

Tout en conduisant dans The Point, je remarquai cette ligne étrange, presque visible, où les choses passaient de légèrement délabrées à complètement détruites. On aurait dit que tout — les bâtiments, les routes, les lumières, le sol sur lequel tout reposait, et les quelques personnes suffisamment courageuses pour supporter le caractère sauvage de The Point — était devenu l'essence même de cette zone. Il y régnait une obscurité qui n'avait rien à voir avec la nuit. Une atmosphère oppressante qui n'avait rien à voir avec la pollution ou la brume. Une pellicule de saleté qui n'avait rien à voir avec le fait que ce soit un quartier pauvre. C'était vraiment comme si le tissu, les fils de la trame qui composait The Point étaient constitués des pires choses qu'on puisse trouver en un même endroit. Et plus je m'enfonçais dans le cœur de la ville, plus ces fils et ces motifs se précisaient.

Je ne voulais pas me garer et sortir de la BMW devant le club, hors de question de m'exposer ainsi à ces yeux suspects et omniprésents que je sentais sur moi. J'essayai d'appeler Adria pour lui demander de me retrouver devant. Elle ne répondit pas à mon premier appel, ni au suivant, ni à la tornade de messages furieux que je lui envoyai. Je voulais vraiment faire demi-tour et rentrer à la maison, mais le fait qu'elle m'ait dit qu'elle se sentait bizarre après avoir bu avec des mecs, ajouté à ma connaissance des ordures sans morale qui peuplaient ces endroits, faisait que je ne pouvais me résoudre à l'abandonner.

Je garai ma voiture au coin de la rue, fis une petite prière pour qu'elle soit là à mon retour et me dirigeai vers l'usine qui abritait le club clandestin. Il y avait de fortes chances pour que je ne puisse même pas rentrer. La porte avait un digicode et un système de sécurité. La dernière fois que j'étais venue, j'y avais eu accès seulement parce que j'étais avec Dovie.

Je frémis un peu dès que j'eus fermé ma portière. Je sentais ces yeux indiscrets sur moi, j'entendais presque des pas calés sur les miens. Des frissons me couraient sur la nuque. J'accélérai le pas et longeai l'ancienne usine du côté où se trouvait l'escalier délabré menant à l'intérieur. Juste au moment où j'arrivais dans l'allée, une main lourde se posa sur mon bras et je lançai un cri terrifié. J'avais le cœur au bord des lèvres et je sursautai si fort que je tombai sur les fesses.

Je criais toujours lorsqu'un mystérieux liquide imprégna le tissu de mon pantalon.

L'homme qui me dominait était mince et agité. Il avait des cheveux gras qui lui tombaient devant les yeux et semblait aussi effrayé par moi que je l'étais par lui. Il sautait d'un pied sur l'autre et tendait ses mains devant lui, comme pour me tenir à distance. Je fermai brusquement la bouche et le foudroyai du regard.

— C'est quoi ton problème ?

Il s'agita encore un peu et détourna brusquement le regard.

— Je suis désolé, vraiment désolé. Ne dis rien à Race.

Il avait l'air complètement paniqué et, lorsque je me relevai péniblement en poussant un grognement, il bondit en arrière comme si j'allais le poignarder.

— Quoi ?

— Race. Ne dis pas à Race que je t'ai fait peur et que tu es tombée. Je t'ai vue au coin de la rue et il y avait un type, un type baraqué, qui te suivait. Je voulais juste te dire de ne pas t'engager dans l'allée toute seule.

J'essayai en vain de nettoyer un peu mon pantalon.

— Comment ça, un mec me suivait ? Et quel rapport avec Race ?

L'homme passa des mains tremblantes dans ses cheveux sales et tira sur des mèches huileuses, manifestement inquiet.

— Race m'a demandé de garder un œil sur toi. Je lui dois tellement d'argent que je n'ai pas pu refuser. Ce mec, je l'ai vu plusieurs fois. Il te surveille. Il t'a suivie ici ce soir et il était derrière toi quand tu es sortie de la voiture. Cette allée est sombre et isolée, et ce n'est pas un hasard. Je ne voulais pas qu'il t'attrape, ou je ne sais quoi. Race me tuerait sans hésiter, alors j'ai préféré t'arrêter. Je voulais te prévenir.

Il recula de quelques pas et sortit son téléphone. J'essayais encore de réaliser que Race me faisait suivre, quand le type aux cheveux gras marmonna :

— Je vais l'appeler.

Juste à ce moment, mon téléphone sonna. Adria me rappelait enfin.

— Où es-tu ?

J'étais effrayée et furieuse. Ce n'était pas une bonne combinaison.

— Qu'est-ce que tu veux dire ?

Elle avait répondu d'une voix mal assurée, comme si elle était soûle.

— Je suis venue te chercher, comme tu me l'as demandé. Tu es passée où, Adria ?

Je fronçai le nez, l'odeur de ce dans quoi j'avais atterri me montant au visage. Quelle magnifique fin de soirée.

— Je suis partie avec des mecs vraiment sympas. Je vais à un after près de la fac. Tu devrais me rejoindre là-bas.

Oh Seigneur, ayez pitié de son âme. J'allais la tuer. Je serrai les dents et refermai ma main sur mon téléphone si fort qu'elle me fit mal.

— Pourquoi tu m'as demandé de venir te chercher si c'était pour te barrer, Adria ?

Je commençais vraiment à me demander si j'allais encore la considérer comme une amie.

— Oh ! détends-toi, Bry. Il faut que tu sortes plus. Je savais que tu ne nous rejoindrais pas si je te le demandais. Il faut que tu vives un peu. Viens à la fête ! Oh ! et ramène le beau blond. Je l'ai vu se balader dans la foule quand j'étais là-bas. Miam.

Je lui raccrochai au nez et résistai péniblement à l'envie de balancer mon téléphone dans la boue. Je grondai comme une bête et relevai les yeux sur l'homme nerveux qui me regardait.

— A quoi ressemblait l'homme qui me suivait ?

— Ouais, Aldo, à quoi il ressemblait ?

Je me retournai, surprise par la voix grave de Race. Je vis sa tête aux reflets d'or en haut de cet escalier immonde et je ne pus m'empêcher de dévorer avidement son corps des yeux. Il portait un jean sombre roulé au-dessus de bottes de cow-boy noires usées, un sweat à capuche noir près du corps et, par-dessus, un blazer gris foncé qui semblait cher et fait sur mesure. Il avait l'air aussi peu à sa place que moi dans cette allée miteuse.

L'homme, qui devait donc s'appeler Aldo, se mit à faire les cent pas devant moi comme un petit rongeur affolé. J'en vins à la conclusion hâtive que je n'affectionnais pas particulièrement les gens avec qui Race traitait.

— Un mec costaud, de ta taille, mais plus baraqué. J'ai d'abord cru qu'il s'agissait de deux personnes différentes et c'est pour ça que je n'ai rien dit. Il porte soit un chapeau soit des lunettes, et une fois je crois qu'il avait même une perruque. Et il ne conduit jamais la même voiture. Un jour, c'était une camionnette qui la suivait au travail, et ensuite une Volkswagen qui la suivait depuis la fac. Je ne suis pas fait pour ces conneries, Race. J'aime juste parier sur le sport.

Race posa ses yeux verts sur moi, puis sur Aldo. Il inspira profondément avant de soupirer.

— Très bien. Considère que ta dernière reconnaissance de dette est payée.

— C'est vrai ?

Je le sentais presque vibrer d'excitation.

— Ouais, mais la prochaine fois tu devras payer cash, Aldo. Plus de services de ma part.

L'homme acquiesça et partit comme une flèche dans la nuit. Je croisai les bras sur ma poitrine et essayai de ne pas sursauter quand Race s'approcha de moi.

— Tu me faisais suivre et tu n'as pas pris la peine de le mentionner ? J'ai eu une peur bleue toute la semaine en pensant que quelqu'un m'observait.

Race haussa les épaules et se rapprocha encore de moi. Je respirai son parfum et me demandai comment il pouvait donner une odeur si divine à cette ruelle sordide.

— Si Aldo n'était pas un tel bon à rien, tu ne l'aurais même pas remarqué. Je voulais que celui qui joue avec tes nerfs sache que nous l'avons répéré. Qu'est-ce qui t'est arrivé ? Pourquoi tu es toute sale ?

Je devins écarlate et j'espérai qu'il ne le remarque pas.

— Cet Aldo m'a attrapé le bras et m'a fait peur. Je suis tombée.

Il haussa un sourcil et avança une main pour toucher ma joue.

— Qu'est-ce que tu faisais là ?

N'était-ce pas la question de la soirée ?

— Ma copine était vraiment excitée d'être invitée à la soirée. Comme une idiote, j'ai essayé de la dissuader de venir, alors elle m'a piégée en me demandant de venir la chercher. Sauf qu'elle est partie avant que j'arrive et que maintenant je suis recouverte de cette saleté, et j'ai eu la peur de ma vie à cause de ce taré. Ce n'est donc vraiment pas une super soirée.

Il me regarda. Je frémis à nouveau, et cette fois, ça n'avait rien à voir avec le fait de me trouver dans The Point à la nuit tombée, ou le sentiment d'être suivie.

— Je peux l'améliorer.

Ce mec allait m'achever. Je dus littéralement me mordre la langue pour me retenir de gémir. Je demandai :

— Tu ne travailles pas ?

Sa fossette fit son apparition et je sentis ma respiration se bloquer dans ma gorge.

— Un des gars qui se battait est entré dans l'arène blessé. C'était violent à voir, mais il a tout de même réussi à finir vainqueur. Comme ce n'était pas sûr qu'il gagne, la plupart des gens avaient parié sur le perdant. C'était une nuit de collecte, pas de paiement des gains. J'ai fait ma part du travail, mais maintenant Nassir ne veut laisser partir personne avant qu'ils aient raqué.

Son monde était si différent de tout ce que j'avais connu jusqu'à présent, et je ne voulais pas admettre qu'il était fascinant, attirant et dangereux, exactement comme Race.

— Je ferais mieux de rentrer.

Ma voix paraissait forcée, même à mes oreilles. Même en essayant, je n'aurais pas pu prendre une voix moins convaincante.

— On peut faire autre chose. Rentre avec moi, Brysen.

Ce n'était pas une question ; c'était presque un ordre. Et malgré moi, je trouvai ce ton très excitant.

— Je ne crois pas que ce soit une bonne idée. En plus, on n'a même pas abordé le sujet du fou qui me suit partout.

Il se rapprocha encore d'un pas et, d'un doigt, coinça une mèche de cheveux derrière mon oreille. Personne ne m'avait jamais touchée d'une manière aussi tendre, aussi respectueuse. Le fait que cela vienne de cet homme complexe et troublant déclencha un frisson entre mes cuisses.

— Ce mec te harcèlera jusqu'à ce que je mette la main sur lui. Et c'est peut-être une mauvaise idée, mais c'est une mauvaise idée qui va se réaliser d'une manière ou d'une autre, alors à quoi bon se fatiguer à lutter ? Je sais exactement comment utiliser intelligemment toute cette énergie. Laisse-moi prendre soin de toi pendant une nuit, Brysen. Je te promets que tu ne le regretteras pas.

Bien sûr que je ne le regretterais pas. Je le désirais, j'étais prise dans son piège, et quand je l'aurais dévoré tout entier, quand j'aurais pris tout ce qu'il avait à donner, vécu toute la passion et le plaisir qu'il déchaînait en moi, cela me tuerait sans doute de savoir que je ne pourrais jamais plus vivre ça. Je soufflai, refermai la main sur son poignet large, avec la ferme intention de lui dire non, que ça ne valait pas la peine qui suivrait, mais voilà ce qui sortit de ma bouche :

— Je ne sais pas quoi faire de toi, Race.

Sa main chaude glissa sur ma nuque, sous mes cheveux. Sa bouche flottait au-dessus de mes lèvres qui, entrouvertes, l'invitaient.

— Si, tu sais.

Quand il m'embrassa, j'avais pris ma décision. C'était ce que je voulais. Je le voulais. Et cela faisait trop longtemps que je n'avais rien eu à moi seule. Je savais que cela ne donnerait rien de bon, mais en attendant, je voulais vraiment profiter de tout ce qu'il pouvait m'apporter. Y compris sa manière de m'attirer contre lui. D'épouser la courbe de mes fesses. La manière dont sa langue invitait la mienne à jouer, et surtout la façon dont il faisait disparaître tout ce qui me tourmentait. Avec sa bouche sur la mienne, ses mains se baladant sur moi, il n'y avait plus de vie familiale en ruine, de cours de maths raté, de menace non identifiée qui me guettait... Tout ce que je ressentais, c'était de la chaleur, un désir brûlant et désespéré. Cela représentait un répit si bienvenu qu'il m'était impossible de lui résister.

Il recula d'un pas et pressa ma nuque. J'étais à bout de souffle et ses yeux avaient pris cette teinte vert forêt, sexy, profonde et opaque.

— Je ne peux rien t'offrir de classe ou de raffiné. Mais ça fait un moment que je ne pense qu'à toi, et je te promets que ça en vaudra la peine.

Je poussai un soupir et pris la main qu'il me tendait.

— Ça en vaut déjà la peine, Race.

Sa fossette réapparut et il pencha la tête en direction de l'entrée de l'allée.

— Tu es garée où ?

— Au coin de la rue.

Il me lança un regard qui sous-entendait que nous aurions de la chance de retrouver ma voiture en un seul morceau.

— J'ai vu ta copine, celle de la fête. Elle n'a aucune idée de ce qu'elle risque en traînant dans un endroit comme ça. Elle parle fort et se fait remarquer. Ce genre d'attitude appâte les prédateurs. Tous ceux qui sont vraiment d'ici, qui savent comment The Point fonctionne, conscients que moins tu attires l'attention sur toi, mieux tu te portes. Elle a aussi essayé de me mettre la main au paquet quand je suis passé à côté d'elle.

C'était la goutte d'eau qui fait déborder le vase. Adria était rayée de la liste de mes amies. Je lui lançai un regard par en dessous en espérant malgré tout que la matière gluante dans laquelle j'étais tombée ne le tache pas alors qu'il me rapprochait de lui. J'adorais la sensation de ses muscles ondulant contre moi. Je savais que cela me plairait encore plus quand il n'y aurait pas autant de vêtements entre nous.

Je m'arrêtai brusquement quand nous arrivâmes au coin de la rue. Parce que ma poisse était extraordinaire et parce que, bien sûr, c'est ainsi que devait finir ma soirée, la BMW reposait sur le sol, les pneus et les jantes évanouis depuis longtemps. La vitre côté conducteur avait été brisée, signifiant que ma radio et tout ce qui était autour devaient avoir disparu. Heureusement, j'avais enfermé toutes mes affaires de cours dans le coffre, qui semblait épargné.

— Merde, soupirai-je.

Je laissai Race me serrer fort dans ses bras.

— C'est ce qui arrive par ici.

— Ça craint.

Il n'ajouta rien, mais sortit son téléphone et se mit à aboyer des ordres. Il semblait qu'il s'arrangeait pour que quelqu'un vienne remorquer le tas de ferraille jusqu'au garage.

— Encore des sous-fifres ?

Il m'adressa un sourire qui me fit fondre de l'intérieur.

— Ils sont parfois utiles. Allons-y. La Mustang est derrière le hangar.

— Je dois quand même vérifier si mon ordinateur et mes livres sont toujours dans le coffre.

Son regard se fit sévère et il secoua la tête.

— Tu ne devrais pas venir ici avec ce genre de choses. Les gens se font braquer dans leur voiture pour un téléphone, alors pour un ordinateur neuf…

Je grimaçai et allai chercher mes affaires.

— Je ne sais pas du tout ce que je fais dans cet endroit, et pourtant je me retrouve toujours ici, lâchai-je.

Je poussai un soupir de soulagement en voyant le reflet du Mac. Je le ramassai et retournai à mon escorte sexy.

Il me prit la main et y déposa un baiser. J'aurais pu m'évanouir. Personne n'avait le droit d'être aussi charmant. On aurait dit qu'il n'avait aucun défaut, aucune aspérité, même si je savais parfaitement que ce n'était pas le cas.

— Que tu veuilles ou non être ici, tu dois savoir comment te comporter quand tu y es. The Point ne fait qu'une bouchée des jolies filles comme toi.

— Et les jolis garçons comme toi ? The Point n'en fait aussi qu'une bouchée ?

Il m'adressa un regard sombre, différent de celui qu'il avait quand il était excité. Il y avait des ombres dans ce regard, des endroits profonds qui l'avaient marqué, et cela me fit un peu peur. J'eus peur, pas seulement de lui, mais aussi pour lui. Coucher avec Race Hartman n'allait pas sans risques. Je le savais, et l'expression de son visage magnifique me rappelait à cette vérité.

— Oui, jusqu'à ce que le joli garçon ait les dents assez affûtées pour mordre en retour.

Aïe. Cela faisait de lui un prédateur, au même titre que tous ceux qui se cachaient dans l'obscurité et les ombres de ce quartier, et je m'apprêtais à partir avec lui de mon plein gré, pour qu'il « prenne soin » de moi. Apparemment, malgré toutes mes bonnes intentions, je n'arrivais pas à éviter les situations compliquées.

8

Race

Je devais admettre que, jusque-là, cette nuit se révélait géniale sur tous les plans. Voir l'outsider gagner contre cette armoire à glace dopée m'avait fait du bien. Regarder une bande de gens cupides, assoiffés de sang et surexcités se décomposer en réalisant qu'ils avaient misé sur les muscles plutôt que sur les tripes m'avait aussi réchauffé le cœur. C'était un endroit dangereux, corrompu, alors quand l'inattendu se produisait, quand quelque chose de bien et de juste bataillait pour arriver à une victoire durement gagnée, il était difficile de ne pas la savourer dans les moments qui suivaient. Et puis les sommes d'argent engrangées par ce combat redoutable étaient monumentales et largement suffisantes pour que Nassir me fiche la paix à court terme.

Brysen était sur le siège passager de ma voiture et elle rentrait avec moi. Ce seul point plaçait la soirée tout en haut du classement des soirées géniales. Elle était hésitante, cherchait une excuse pour que ça n'arrive pas, mais quand je la regardais du coin de l'œil, elle se mordait la lèvre et rougissait, et je savais que même si elle voulait encore résister à l'attraction, nier l'attirance, elle voulait encore plus s'y abandonner, s'abandonner à moi.

Je posai une main sur son genou. Elle était nerveuse, je le sentais. C'était la seule fille que je connaissais qui pouvait rendre un jean sale et un T-shirt noir tout simple franchement sexy. Il y avait quelque chose dans sa manière de bouger, une grâce et une classe innées qu'elle portait en elle, qui la rendaient unique et attirante. On aurait dit qu'elle savait qu'elle valait beaucoup plus que tout ce qui se passait autour d'elle, mais au lieu de prendre tout ça de haut, avec dédain et rancœur, elle se tenait simplement dans l'œil du cyclone et laissait toute la laideur et la destruction tournoyer autour d'elle, attendant de voir où ça atterrirait. Alors, avec précaution, elle se fraierait un chemin dans les décombres et le désordre pour finir saine et sauve, loin de tout ça.

Elle posa sa main sur la mienne et passa le bout de son ongle sur les veines épaisses. C'était une caresse à peine sensible, mais elle se répercuta dans tout mon corps.

— Tu as plutôt l'air du genre de mec à avoir des mains douces et manucurées. Pas des mains rêches et pleines de cicatrices.

J'avais une vilaine cicatrice sur le dos d'une main venant d'un accident avec Bax alors que nous fuyions la police. L'une de mes phalanges avait été cassée tellement de fois qu'elle était gonflée et décentrée. J'avais de nombreuses entailles et coupures sur les doigts, résultant de différentes bagarres et altercations, plus récemment du combat pour ma vie quand Novak avait envoyé son équipe pour me tuer.

— Et toi tu as l'air d'une fille qui devrait avoir le droit de profiter d'une soirée avec un garçon intéressé sans avoir à rentrer en vitesse à la maison pour s'occuper de sa sœur.

Elle me décocha un regard et s'enfonça dans son siège avec un petit soupir.

— J'imagine que les apparences sont trompeuses.

— Pourquoi tu ne me fais pas un résumé de la situation ?

Elle n'en avait pas envie, je le voyais bien. Me donner ces explications changerait ce que nous nous apprêtions à faire ; une simple partie de jambes en l'air, que nous désirions tous les deux, prendrait une autre dimension. Cela deviendrait une relation plus profonde, et elle n'était pas prête pour ça. Pourtant, après un petit moment, elle soupira longuement et se tourna vers moi.

— Il y a deux ans, j'étais juste une étudiante normale. J'allais en cours, je faisais un peu trop la fête, je menais ma petite vie et je m'éclatais. Depuis toujours, ma mère s'est battue par intermittence contre la dépression. En général, elle réussissait à tenir avec les médicaments, mais il est arrivé quelque chose de grave l'année dernière et elle a perdu les pédales. Elle a arrêté de prendre tout ce qui lui était prescrit et s'est mise à boire. Je ne savais pas ce qui se passait. Mon père non plus apparemment, ou bien il s'en fichait. C'est un bourreau de travail, il passe tout son temps au boulot, ou dans son bureau, à la maison, et oublie carrément qu'il a une famille.

Elle fit un bruit à peine audible et j'eus envie de garer la voiture sur le bas-côté pour la serrer dans mes bras.

— Un jour, maman est sortie, pour aller chercher ma sœur à l'école, je crois. Seulement, elle s'était soignée toute la journée à la vodka et elle était dans un sale état. Elle a provoqué un terrible accident sur la voie express, s'est gravement blessée, et a embouti par l'arrière un 4x4 avec toute une famille à l'intérieur. Elle l'a percuté si violemment qu'il s'est écrasé contre le gros semi-remorque devant lui. La mère et le fils s'en sont sortis, mais le père est mort. C'était horrible. Ma mère a été hospitalisée pendant longtemps et a fini avec toutes sortes de problèmes médicaux. J'ignore comment, mais elle a eu assez de chance pour passer au travers du test d'alcoolémie, soit parce que les flics étaient distraits, soit parce que de l'argent a changé de mains. Quoi qu'il en soit, elle a échappé à une accusation pour conduite en état d'ivresse et son assurance a payé le gros des factures, mais pas tout. D'un seul coup, on n'avait plus les moyens pour ma voiture ou pour mes cours, et la situation à la maison était devenue un cauchemar pour ma sœur. Personne ne veillait à ce qu'elle aille au lycée, qu'elle ait à manger à la maison ou que les factures d'électricité et de chauffage soient payées.

Elle secoua sa chevelure blonde soyeuse et je vis de la frustration et des émotions plus dures monter dans ses yeux bleu clair. Elle était peut-être glacée en surface, mais à l'intérieur un torrent faisait rage. Je la désirais encore plus.

— Je n'allais pas arrêter les cours, pas aussi près de la fin, alors j'ai pris un petit boulot et quelques emprunts pour finir les derniers semestres. Je suis retournée chez mes parents pour garder la situation sous contrôle, autant que possible, jusqu'à ce que Karsen finisse le lycée. Encore une année, je dois juste maîtriser la situation une année de plus. Mais depuis quelque temps, ma mère a ajouté toutes sortes d'antidouleurs à l'alcool et mon père est encore moins présent qu'avant. Je ne sais jamais vraiment ce que je vais trouver quand je passe la porte d'entrée, et ça craint. Je mérite mieux et ma sœur n'a sûrement rien fait pour mériter ce qui est arrivé à notre famille.

Je fis entrer la Mustang dans le bâtiment et vérifiai que le portail se refermait derrière nous. Les lumières de sécurité clignotantes projetaient un reflet bleu éthéré sur Brysen. Tout en elle était pur et raffiné. Bon sang, comme j'avais envie de lui arracher ses vêtements pour la marquer de ma propre impureté. Je voulais enfouir mes mains dans ses cheveux, mordre sa peau, sentir son goût dans ma bouche. Je voulais qu'elle reflète la sauvagerie qu'elle éveillait en moi. Personne ne m'avait jamais autant excité. Peut-être parce que j'étais trop habitué à recevoir sans avoir à demander, et que Brysen ne m'avait jamais donné ça. Je devais toujours lui demander quelle serait la prochaine étape et ses réponses me surprenaient souvent. Elle ne représentait pas un pari gagné d'avance et je crois que le défi la rendait encore plus attirante à mes yeux.

— Les sacrifices qu'on fait pour protéger sa famille, pour bien agir envers ceux qu'on aime, sont parfois lourds à porter.

Je sortis de la voiture et la contournai pour lui ouvrir sa portière. Après l'avoir aidée à se lever, je la plaquai de tout mon corps contre la carrosserie et me penchai pour approcher ma bouche de ses lèvres pulpeuses.

— Je ferais tout pour Dovie, tout. J'ai fait des choses pour elle qui m'ont amané à détester l'homme que je devenais, mais c'était dans son intérêt. J'admire ta capacité à mettre ta vie de côté et à en choisir une autre par loyauté envers ta sœur, mais à un moment, tu dois te rappeler qu'elle va bien devoir apprendre à s'occuper d'elle-même. Elle devra finalement admettre que vos parents sont paumés et avancer dans sa vie. Dovie est tombée amoureuse de la seule personne au monde qui peut la protéger de tout ce que The Point veut lui lancer à la figure. Ta sœur aussi trouvera ce qui est nécessaire à sa stabilité un jour. Elle n'aura pas besoin de toi toute sa vie.

Quelque chose s'enflamma dans ses yeux céruléens, un éclair de douleur, peut-être parce qu'elle réalisait que j'avais raison, mais il disparut aussitôt et elle s'éleva sur la pointe des pieds pour coller sa bouche contre la mienne. Je laissai mes mains glisser sous ses fesses, les plus belles que j'aie jamais vues. Elle était vraiment sublime. Ses courbes, ses vallées n'avaient pas de fin, et partout où mes mains se posaient, elles rencontraient un corps ferme et sexy. Le bref aperçu que j'avais eu d'elle sans sa serviette avait suffi à faire disparaître toutes les images des femmes que j'avais vues nues ces dernières années. Je ne voyais plus que Brysen et sa belle peau pâle, ses seins hauts aux tétons d'un rose parfait, et la partie la plus intime de son corps, tout aussi élégante que le reste. C'était une vraie bombe blonde et mon corps me suppliait d'arrêter de tourner autour du pot et de passer aux choses sérieuses avec elle.

Elle léchait le bout de ma langue, ses mains s'insinuaient dans le col de mon sweat, et son genou frottait sans retenue mon érection qui déformait mon pantalon. J'étais censé améliorer sa soirée, prendre soin d'elle, faire en sorte qu'elle se sente bien, et voilà qu'elle m'excitait tellement que si je ne faisais pas attention, si je ne freinais pas un peu, j'allais décharger avant même d'être en elle.

Je l'embrassai avec force et m'écartai, essoufflé.

— Même si j'aime beaucoup l'idée de te prendre contre ma voiture, étant donné que vous êtes les deux plus belles choses que j'aie jamais vues, je dois te prévenir que cet endroit est aussi surveillé que la Maison-Blanche. Il y a tellement de caméras en train de filmer ce qu'on fait là que je préfère ne pas y penser. Alors si tu ne veux pas de public, il vaut mieux continuer à l'étage.

Elle passa la langue sur sa lèvre inférieure et le haut de ses pommettes rougit délicatement. Peut-être que l'idée d'être prise sur le fait ne lui semblait pas si dissuasive que ça, tout compte fait. Brysen dissimulait un côté sauvage sous son apparente froideur, je le savais, je l'avais senti dans la salle de bains l'autre soir, et je n'en pouvais plus d'attendre de faire fondre les couches de glace autour d'elle. J'avais le sentiment que plus je la connaîtrais, plus je découvrirais des choses qui me plairaient vraiment beaucoup. Elle me fascinait déjà, mon intérêt pour elle était sans limites, et aucune fille à ce jour ne pouvait prétendre à cette distinction.

Je pris sa main et l'entraînai dans le garage. La voix de Titus se moquant de moi résonnait dans ma tête. Comment pouvais-je la séduire et la charmer dans un endroit qui était presque un taudis ? Soudain, mon ascétisme — ne rien vouloir, ne rien posséder qui témoignerait de ce que j'avais fait ces derniers mois pour reprendre le règne de Novak — me parut absurde. J'ignorais ce que j'avais voulu prouver en n'accumulant rien, en ne prétendant à rien, mais en cet instant précis je regrettais de ne pas avoir au moins craqué pour un lit ultra-confortable.

Elle marchait d'un pas assuré et confiant devant moi. Il n'y avait pas d'hésitation dans sa démarche, et après être entrée dans le loft, elle pivota et posa les mains au milieu de mon torse. Je devais admettre que j'aimais son côté audacieux. Il correspondait au mien et j'aimais le contraste avec son apparence toujours impeccable et guindée. Je crois que j'y voyais une sorte de lien entre nous. Je savais que ce qui courait dans mon sang, comment je fonctionnais, et ce qui comptait pour moi ne correspondaient pas forcément à mes gènes raffinés. Elle repoussa ma veste de mes épaules, celle-ci tombant par terre dans un bruit sourd.

Je refermai les mains sur ses poignets délicats et commençai à la faire reculer vers le canapé. Je ne savais pas si elle me donnerait une autre opportunité comme celle-ci et je devais profiter de chaque seconde, de chaque instant, pour lui prouver qu'il ne servait à rien de lutter contre ce qui se passait entre nous. Je voulais qu'elle sente comme moi que c'était inévitable.

Je la fis reculer jusqu'à ce que ses jambes touchent le canapé et elle s'y laissa tomber avec un léger soupir. Ses yeux étaient immenses, de grandes flaques bleues remplies d'un désir ardent et impatient. M'agenouillant devant elle, je lui écartai les jambes pour me placer au milieu et je la sentis frémir contre moi. Je cherchais le bas de son T-shirt quand, me prenant de court, elle le retira d'un geste déterminé. Ses cheveux blonds flottaient comme un halo autour de son visage. Elle haussa un sourcil clair et releva le menton.

— A ton tour, beau gosse.

Je me surpris à émettre un petit rire et exécutai ses ordres en enlevant mon pull. J'aimais sa façon de me regarder, comme si elle voyait au-delà des apparences. Son regard glissa sur mon torse, mes abdos, et revint à mon visage. Elle passa le doigt sur les quelques témoignages de ma dernière rencontre avec les gars de Novak. C'était ma jambe qui avait le plus souffert, devenant un amas noueux de cicatrices et de chair recousue. Si elle n'aimait pas les petites imperfections du haut, ce qui se trouvait au-dessous la ferait partir en courant.

J'effleurai du bout du doigt la peau laiteuse de sa poitrine, au-dessus de son soutien-gorge en dentelle. Les battements de son cœur étaient irréguliers et elle inspira brusquement quand je la touchai. Elle se pencha en avant pour me permettre de dégrafer son soutien-gorge, de la libérer. Elle fit glisser les bretelles le long de ses bras et s'approcha de moi pour coller ses seins nus contre mon torse. Le contact de nos peaux était si bon, comme si nous étions faits pour être l'un contre l'autre.

Je fis courir mes mains le long de la courbe parfaite de son dos et la serrai contre moi pour lui susurrer quelques mots à l'oreille.

— Il va falloir en enlever plus que ça si tu veux que je prenne soin de toi, Bry.

Du bout de la langue, je caressai le lobe de son oreille et elle réagit en serrant les jambes autour de mes cuisses.

— D'accord, chuchota-t-elle d'une voix si douce que mon érection en devint presque douloureuse.

Je la laissai s'écarter juste assez pour me permettre de déboutonner son jean, l'aider à enlever ses chaussures, et je réussis à la déshabiller complètement sans quitter ma place de choix entre ses longues jambes, au cœur de son désir. Tout chez elle était beau, parfait, elle était de ces filles qui font fantasmer les hommes de mille et une manières sans jamais les lasser. Ses beaux cheveux blonds et sa peau soyeuse et diaphane lui conféraient un caractère onirique que peu de filles possédaient. J'aurais pu jouir rien qu'en la regardant.

Je la pris par les hanches et l'attirai au bord du canapé, puis je l'embrassai fougueusement, goûtant son envie de faire l'amour avec moi. Laquelle était visible dans sa manière d'entortiller les doigts dans mes cheveux puis de tirer fermement. Elle n'était pas timide. Je n'aurais pas pu rêver mieux. Je l'embrassai dans le cou, léchant l'endroit où son pouls s'emballait, remontai les mains sur son ventre puis m'arrêtai pour caresser des pouces le dessous de ses seins. Je sentis ses tétons pressés contre moi se durcir comme des diamants. J'embrassai le creux de sa clavicule et me retins de la marquer d'un suçon. Tacher ce paysage pur et immaculé de façon aussi sauvage aurait été un crime. Mais je savais que je le ferais de toute manière.

Je la poussai légèrement en arrière pour poser la bouche sur la pointe de ses seins brûlants. Dans un halètement, elle me tira les cheveux pendant que je la titillais de mes coups de langue, jusqu'à la faire suffoquer. Je la sentais qui devenait moite ; ses cuisses tremblaient, sa poitrine se gonflait et retombait à un rythme effréné. Je la mordillai, j'y allai un peu plus fort, et je ne fus pas surpris de voir qu'elle semblait aimer ça encore plus. Elle m'attirait contre elle et murmurait mon prénom, ses hanches se soulevaient involontairement du canapé au tissu usé, ce qui me convenait parfaitement. J'en profitai pour glisser les mains sous ses fesses et l'attirer vers moi en lui souriant.

— Décollage imminent.

Ses yeux s'agrandirent encore, ce que je n'aurais pas cru possible, et elle mordit sa lèvre inférieure, ce qui faillit faire exploser ma braguette.

Je lui écartai un peu plus les jambes, me penchai plus encore pour lécher le contour de son nombril, puis j'embrassai son bas-ventre frémissant. Je parcourus ensuite du doigt la courbe de sa cuisse, jusqu'à ma cible finale. Je l'entendis gémir, sentis littéralement la chaleur monter en elle tandis que je m'approchais de ce brasier qui criait mon nom. Elle était assez légère pour que je puisse l'approcher de ma bouche impatiente, la tenant fermement tandis que j'enfonçais ma langue dans sa chair humide. Elle avait un goût en parfaite harmonie avec son apparence divine et luxuriante, soyeuse et douce. Son corps était parcouru de frissons, à l'exception de cette partie délicieuse que je savourais. Au passage de ma langue insistante, elle ondulait de plaisir, et ses ongles s'agrippaient de chaque côté de ma tête.

— Race..., dit-elle, me suppliant soit de continuer soit d'arrêter, peu m'importait.

Ce n'était que le début. Son goût, ses gémissements, son corps, tout en elle était enivrant. Je la relevai encore et libérai une main pour en faire meilleur usage. J'écartai encore ses jambes et attrapai entre mes dents la pointe dure de son clitoris. Je n'étais pas particulièrement doux, mais ça n'avait pas l'air de la déranger. Elle se cambra et pressa si fort ma tête entre ses jambes que j'émis un petit rire. Je n'avais jamais été pris dans un piège aussi sexy.

Je faisais tournoyer ma langue sur son clitoris palpitant, je me servais de mes doigts pour jouer avec elle, explorant son intimité, qui se crispait et tressaillait au moindre contact. Je léchais, suçais et lui pressais les fesses. Je sentais l'excitation monter en elle et son corps savourer le plaisir que je lui donnais. Je n'avais jamais vu une fille aussi réceptive. Elle exprimait son approbation, prononçait mon nom lorsque mes doigts baladeurs frôlaient les points les plus sensibles. Elle ne dissimulait rien et ne semblait pas gênée par les manifestations physiques du plaisir que je provoquais en elle. Elle n'était plus que moiteur brûlante, au point que je me demandais si je pourrais aller jusqu'au bout, si je serais à la hauteur. Je ne me souvenais pas d'avoir eu une érection aussi forte, d'avoir éprouvé un désir si violent qu'il en devenait douloureux.

Elle était proche. Je l'entendais émettre de petits gémissements du fond de la gorge. Je le sentais dans sa manière d'inonder ma langue de son désir. Elle lâcha mes cheveux pour agripper ma main qui la tenait par ses fesses fermes. Elle serra mes doigts, je vis ses yeux papillonner et se fermer. Sa bouche s'ouvrit soudain, ses muscles se contractèrent sur mes doigts la pénétrant, et d'un coup toute la tension disparut. Son corps se détendit entièrement, ses bras se refermant mollement autour de mon cou tandis que je levai la tête pour la regarder. Elle glissa sans aucun effort du bord du canapé pour s'asseoir sur moi. Mon sexe gémit presque quand son intimité humide toucha ma braguette.

Ses paupières tombaient lourdement sur ses yeux couleur ciel et son regard était pleinement satisfait. Si j'avais eu les mains libres, je me serais tapé dans le dos d'un air suffisant. Mais je n'eus pas le temps de savourer le travail bien fait, car, de douce et docile, elle devint vigoureusement agressive sans que j'aie pu voir venir ce changement d'humeur.

Elle m'embrassa, enroula sa langue autour de la mienne, aspira le reste de son goût sur mes lèvres, et glissa une petite main entre nous pour s'attaquer à ma boucle de ceinture. Je la poussai un peu en arrière pour que ses épaules reposent sur le bord du canapé et gémis dans sa bouche quand, du bout des doigts, elle effleura mon sexe palpitant.

Je me penchai en arrière pour qu'elle puisse baisser ma braguette et vis ses yeux s'embraser d'approbation. Elle m'embrassa à nouveau et une pensée embarrassante me traversa l'esprit. Je pris son menton dans ma main et posai mon front sur le sien.

— Je n'ai pas de préservatif.

C'était en accord avec mon mode de vie minimaliste du moment. Ne pas avoir de possessions, c'était ne pas en manquer quand elles disparaissaient, et cela incluait l'envie urgente de faire l'amour. Sauf que maintenant, j'étais prêt à tuer pour un petit bout de latex, car si je ne pénétrais pas son corps offert et brûlant dans la seconde, j'étais à peu près sûr que j'allais mourir.

Une main s'enroula sur ma nuque tandis que l'autre caressait de haut en bas mon érection douloureuse qui s'échappait par la braguette ouverte de mon jean. Mon sexe avait l'air furieux et énorme dans sa petite main. Bon sang, le simple fait de la regarder me toucher suffisait à me faire décoller.

— On n'en a pas vraiment besoin.

Je haussai un sourcil et elle pencha la tête sur le côté.

— J'avais une vie plutôt normale et active avant de rentrer habiter chez mes parents. Je suis partante si tu l'es.

Merde alors. Je n'avais pas eu de rapport non protégé depuis un écart à l'adolescence qui m'avait fait pisser du feu pendant un mois. C'était risqué : même si j'avais l'air d'un enfant de chœur, j'avais fait des choses, j'avais été avec des femmes dangereuses, ce qui ne faisait pas forcément de moi un bon pari pour prendre ce risque. Cela dit, ce comportement imprudent remontait à un moment, et je ne faisais jamais la même erreur deux fois, alors j'étais blanc comme neige. Je la désirais plus que je désirais respirer, mais je me sentis obliger de demander :

— Brysen, c'est prendre un gros risque. Tu es sûre ?

Si elle disait non, mon sexe en tomberait à terre, mais je devais respecter son souhait.

Elle me fixa pendant un long moment silencieux. Je voyais presque ses pensées tourbillonner derrière ce regard enflammé. Elle se pencha plus près de moi, ses seins frottant délicieusement contre mon torse. Elle glissa le bout de son nez contre ma joue et s'arrêta à mon oreille. Elle approcha ses lèvres tout contre et murmura :

— Tu me donnes envie de prendre tous les risques, beau gosse.

Puis elle enfonça ses dents dans le lobe de mon oreille et je fus à sa merci.

Je la soulevai juste assez pour retirer mon jean et la reposai directement sur mon érection tendue à l'extrême. Elle était déjà prête et trempée, et elle m'accueillit tout entier. Nous étions liés plus intimement que je ne l'avais été avec aucune fille. Elle pencha la tête en arrière, sa gorge se courba, et je ne pus résister à l'envie de la sucer, de lui laisser une marque.

Elle commença à bouger, se servit de ses appuis sur mes épaules pour monter et descendre tandis que je me relevais légèrement pour aller au plus profond d'elle. J'enroulai ses cheveux dans mes mains et embrassai ses yeux fermés, son nez puis sa bouche. J'adorais l'embrasser. J'adorais son goût et sa manière de me répondre. J'avais eu plus de rapports sexuels que je n'aurais aimé l'admettre, mais je n'avais jamais fait l'amour comme ça. D'habitude, c'était la routine : entre, va et vient, va jusqu'au bout, et va-t'en. Avec elle, il y avait tellement plus que ça. La montée en tension, l'embrasement érotique, sa manière de me tirer à elle, de me demander de lui donner plus sans dire un mot. Sa façon de répéter mon nom encore et encore, de planter les dents dans le haut de mon épaule, assez fort pour me faire grogner de douleur. De me dire d'aller plus fort, plus vite, et quand je ne réagissais pas assez vite, de glisser une main autour de mes bourses pour me donner l'encouragement approprié. Elle osait des choses et ça me rendait dingue. J'allais tomber amoureux d'elle. J'en étais presque sûr. Elle était magnifique, et quand elle jouit une seconde fois, je la suivis de près, tremblant en explosant dans cette fille unique qui, j'en étais sûr, allait déstabiliser encore un peu plus mon monde déjà précaire et incertain.

Je laissai les soubresauts de son corps relâché onduler sur la longueur de mon sexe encore en elle et me relevai pour l'allonger sur le canapé usé. Il me fallut quelques manœuvres pour la porter sans quitter la chaleur de ses cuisses et pour que nous tenions sur le canapé, mais je parvins à rester enveloppé dans ses longues jambes et ses bras enlaçant lâchement mes épaules alors qu'elle me regardait avec des yeux ivres de passion. Je repoussai quelques mèches de cheveux de son visage et caressai de mes pouces ses pommettes.

— Je retire ce que j'ai dit. Tu es bien plus belle que la Mustang.

Elle leva les yeux au ciel et écarta légèrement les jambes pour me laisser m'enfoncer un peu plus en elle.

— J'ai le sentiment de m'être fait un peu avoir dans la vérification de la marchandise, beau gosse. Tu m'as vue deux fois nue, et pourtant tu as réussi à rester quasiment habillé les deux fois.

Je haussai un sourcil et lui souris. Son regard se concentra sur ma fossette et je sentis son sexe se contracter autour du mien. J'étais ravi de lui faire autant d'effet, aussi facilement. Cela rééquilibrait un peu les choses.

— Tout n'est pas joli chez moi, dis-je en posant sa main sur la cicatrice de mon torse. Les gars de Novak se sont acharnés sur ma jambe quand ils recherchaient Bax et Dovie. J'ai eu de la chance qu'ils ne me tuent pas, mais ils m'ont laissé un souvenir à vie de ce qui arrive quand on pense pouvoir défier The Point et gagner.

Elle grimaça et commença à se tortiller sous moi. C'était très agréable, mais elle voulait clairement se lever. Je grognai et me résolus à m'éloigner d'elle pour la laisser se mettre debout. Elle me prit les mains et me fit me lever. J'allais lui demander ce qu'elle faisait, mais soudain, envahissant mon espace, elle tira mon jean et mon boxer jusqu'à mes pieds. Mon sexe récemment satisfait ne pouvait ignorer la vue d'une blonde sexy nue à genoux devant moi, et elle haussa les sourcils quand il tressauta dans sa direction. J'aurais bien aimé hausser les épaules, lui sourire et essayer de la jouer cool, parce qu'elle était vraiment aussi excitante que ça, mais elle me coupa le souffle en penchant la tête vers mon genou mutilé, l'endroit où la peau cicatrisée était la plus laide, la plus bosselée, pour y déposer le plus doux, le plus léger des baisers. Cela provoqua quelque chose au centre de ma poitrine, fit battre mon cœur si fort que je fus surpris que mes côtes ne craquent pas sous le choc.

Elle passa ses doigts sur l'extérieur de ma cuisse, embrassa la partie de mes abdominaux qui se contractait sous mon nombril et se redressa devant moi. Elle entoura à nouveau mon cou de ses bras et pressa sa joue au centre de mon torse. Je ne me souvenais pas d'avoir déjà été enlacé avec autant de douceur. Je posai les mains sur son dos et caressai sa colonne vertébrale.

— Je suis contente que tu ne sois pas absolument parfait physiquement, Race. Essayer de gérer toute cette perfection apparente, c'est bien assez distrayant et difficile comme ça. Savoir que tu as des défauts te rend beaucoup plus humain.

Je l'allongeai à nouveau sur le canapé, la couvris avec mon corps pas si parfait et l'embrassai encore.

— Il y a plus de parties défectueuses chez moi que l'inverse, Bry. Reste avec moi assez longtemps et tu verras.

Elle ne devait pas être pressée de partir, car lorsque je pris son genou dans ma main pour le monter jusqu'à ma hanche, elle leva l'autre de son propre chef, m'ouvrant la voie pour que je me glisse encore une fois en elle. Elle referma les yeux et un sourire discret se dessina sur ses lèvres. Elle se cambra et murmura dans mon cou :

— Merci de prendre soin de moi ce soir.

Elle n'avait pas idée. Alors que je recommençais à bouger, à la posséder de plus en plus fort, elle ne pouvait s'imaginer jusqu'où j'irais pour prendre soin d'elle, et moi non plus.

9

Brysen

J'avais passé la nuit avec Race. Non pas que ce soit vraiment une épreuve d'avoir ses mains très talentueuses et sa bouche sur toutes les parties de mon corps pendant presque toute la nuit. Mais à la lumière crue du jour, le fait d'avoir tout laissé de côté, de m'être éloignée de ce que je savais être le plus raisonnable pour m'accorder ce plaisir égoïste me déstabilisait un peu. C'était la première fois depuis très longtemps que je me sentais vraiment moi-même, que j'avais en main une partie de ma vie que je voulais réellement, et je n'avais pas envie de la gaspiller. Même l'avoir laissé me faire l'amour encore et encore sans protection était une raison de m'en vouloir, mais je prenais la pilule, j'étais responsable de mes propres choix. Si je n'avais plus jamais l'occasion d'être avec Race, au moins je savais que je l'avais eu tout entier, et c'était mieux que tout ce que j'avais connu auparavant. Je crois que le frisson qui en résultait, cette petite part d'inconnu qui allait avec le fait d'être avec un mec comme lui, ajoutait à cette facilité avec laquelle il pouvait m'exciter au plus haut point.

Il s'était décollé de moi ce matin quand son téléphone avait sonné et il avait marmonné des mots comme *gains* et *la marge*. Il avait enfilé un jean sans mettre de caleçon, ce que je trouvais terriblement sexy, m'avait embrassée vigoureusement et dit que Bax se chargeait de la BMW. Et il avait disparu dans une bourrasque de splendeur majestueuse et un au revoir précipité. J'ignorais si je le reverrais bientôt, et franchement cela me convenait, car je n'étais pas sûre de savoir comment gérer ce changement radical dans notre relation. On n'avait jamais été vraiment amis, on ne se connaissait pas au-delà de cette attirance puissante qui semblait nous rapprocher de force, mais plus je le découvrais, plus je réalisais à quel point on se ressemblait. Sa vie revêtait une certaine apparence, mais sous la surface il y avait tellement plus, tellement de choses qui se passaient. Je n'avais pas prévu de lui déballer toute mon histoire, la veille, mais après l'avoir fait, j'avais senti une petite part du fardeau disparaître de mes épaules. Je me sentais soulagée que quelqu'un d'autre sache pourquoi je faisais tout ça à la maison. Si mon sacrifice n'était pas remarqué par ceux pour qui je le faisais, au moins Race savait, et d'une certaine manière, c'était important.

Je pris une douche rapide et brûlante et grimaçai en remettant mes vêtements sales de la veille. J'avais effacé toute trace de maquillage de mon visage, mes cheveux étaient humides et j'avais une marque de morsure très visible au milieu du cou. J'étais l'incarnation même du réveil difficile après une nuit torride et je ne pouvais pas dire que ça me déplaisait. Mes yeux étaient immenses et possédaient une lueur que je n'avais pas vue depuis longtemps… et peut-être même qu'un peu de l'ancienne Brysen me guettait dans leurs profondeurs bleues.

Je ramassai mes affaires, me préparai à ma confrontation avec Bax et partis à la recherche de ma voiture. Le garage bruyant débordait d'activité. Des machines fonctionnaient, de nombreuses voix masculines s'élevaient, une radio jouait du rock puissant, et par-dessus tout ça, des moteurs tournaient et des gaz d'échappement envahissaient l'atmosphère. L'ambiance était si frénétique que j'espérais que personne ne me remarquerait, mais je n'eus pas cette chance. Une fille fraîchement douchée sortant du loft de Race ne risquait pas de passer inaperçue. Je rougis donc en surprenant quelques regards entendus entre les hommes couverts de graisse et d'huile de moteur.

Je repérai la silhouette imposante de Bax qui sortait du bureau. Il avait une cigarette coincée entre les lèvres et le téléphone collé à l'oreille. Il m'aperçut descendant l'escalier en métal et inclina la tête en direction de l'arrière du garage. Tout en lui paraissait sombre et agressif, je ne comprenais pas comment Dovie faisait pour ne pas s'enfuir chaque fois qu'il la regardait. Son simple regard noir suffit à me faire détaler comme un lapin effrayé dans la direction qu'il avait indiquée.

La BMW avait quatre nouvelles roues avec de nouvelles jantes qui semblaient bien plus chères que celles qu'on m'avait volées la veille. Je posai mon sac à main et l'ordinateur sur le siège passager et vis avec surprise qu'un nouvel autoradio avait aussi été installé. Je sursautai lorsque Bax dit « Attention ! » et me lança les clés. Je les attrapai d'une main et le regardai prudemment tandis qu'il s'approchait de moi avec nonchalance. Un anneau de fumée s'échappa de sa bouche et il plissa légèrement les yeux. Il avait une étoile noire tatouée à côté d'un œil, et la façon dont elle se plissait et bougeait était fascinante. Il incarnait le genre d'hommes forgés dans les feux infernaux qui nourrissaient The Point.

— Tu t'es bien éclatée hier soir ?

C'était grossier et ça ne le regardait pas, mais c'était du Bax tout craché.

Je me raclai la gorge et serrai fermement les clés de voiture dans ma main.

— Oui.

Il ôta la cigarette de sa bouche et la jeta par terre, avant de l'écraser sous sa botte et de passer les mains sur son crâne tondu.

— Race flashe sur toi depuis un bout de temps, mais en ce moment, ses affaires et le business dans cette ville ne sont pas très solides. The Point repose sur des bases pourries, et tout pourrait s'effondrer. Il va devoir rester concentré sur son objectif ou des putains d'emmerdes vont lui tomber dessus. Si tu prévois d'être à ses côtés, ça t'entraînera aussi vers le fond.

C'était un avertissement aussi subtil qu'un bulldozer.

— Il m'aide juste un peu. J'ai un problème avec un mec qui me harcèle. Je n'essaie pas de le distraire ou de le mettre en danger.

Sa bouche s'incurva dans un petit sourire, et j'entrevis alors ce qui avait fait craquer Dovie. J'en soupirai presque.

— Avec ton physique, et vu comme il est déjà accro, le simple fait de te voir respirer suffirait à le distraire. Je te dis simplement de garder tout ça en tête quand tu décideras de nous rejoindre là-dedans. Dans The Point, faut voir au-delà de la bonne baise. C'est jamais aussi simple.

J'inspirai brusquement, choquée par son manque de tact, et fronçai les sourcils avec un air renfrogné et prude. Il pencha la tête sur le côté et m'examina pendant quelques secondes.

— Le mec qui te harcèle… tu as une idée de qui ça peut être ? Un ex ? Des ennemis ?

— Non, personne, dis-je en secouant la tête. Je ne suis sortie avec personne depuis un an ou presque. Je vis chez mes parents. Je vais au boulot, à la fac et c'est tout. Je ne suis pas très intéressante. Enfin, j'ai bien rejeté quelques mecs qui m'ont demandé de sortir avec eux et je suis à peu près sûre qu'un prof-assistant veut ruiner mon cursus, mais personne ne m'a jamais ouvertement menacée jusqu'ici.

— Faut croire que tu es assez intéressante pour que quelqu'un veuille vraiment déconner avec toi, et tout le monde peut représenter une menace.

Je soupirai et décollai une partie de mes cheveux mouillés de ma nuque.

— Le prof-assistant est un abruti. Il m'a demandé de sortir avec lui et je l'ai rembarré un peu brutalement. Depuis, je suis convaincue qu'il trafique mes notes et qu'il fait de ce semestre un enfer. C'est la seule personne que j'ai peut-être traitée un peu durement ces derniers temps, mais je ne peux pas prouver qu'il fait des trucs louches.

Bax passa son pouce le long de son menton et haussa un sourcil.

— Tu as parlé de ce mec à Race ?

— Non, c'est juste un étudiant en maths un peu geek. Il est pénible et je suis presque sûre qu'il essaie de ruiner ma moyenne pour que je ne valide pas le cours. Je ne peux pas le prouver, c'est tout.

— Il n'en faut pas beaucoup pour qu'un mec solitaire pète les plombs à cause d'une jolie fille.

Je ne savais pas quoi répondre à ça, alors nous nous regardâmes pendant une longue minute avant qu'il sorte une autre cigarette et la glisse dans sa bouche. Je me raclai un peu la gorge et fis mine d'entrer dans la voiture.

— Merci d'avoir remis des roues sur ma voiture.

— Dis merci à Race.

Bon, j'étais à peu près sûre d'avoir fait ce qu'il fallait la veille, mais je gardai ça pour moi.

— Au fait, Bax...

Ses yeux revinrent rapidement sur moi.

— Ces choses que fait Race, les affaires qu'il gère... il va s'en tirer sans problème, hein ?

Je ne voulais pas vraiment de réponse honnête, mais je savais que j'en aurais une.

Il alluma sa cigarette et haussa ses larges épaules.

— Race est le type le plus intelligent que je connais. Il fait ce qu'il juge nécessaire de faire. Ses choix sont du genre extrême et ils touchent souvent ceux qui l'entourent, et pas toujours en bien. Mais il les assume et ça, ça doit valoir quelque chose, non ?

Je ne trouvais pas ça très rassurant, mais un de ses gars l'appela et je fus abandonnée pour un joint de culasse sauté ou quelque chose comme ça.

Je quittai le garage, la tête encore pleine de la nuit passée, et je pensai au genre de choses qui pourraient arriver à Race s'il n'était pas, en réalité, assez rusé pour rester au-dessus de tout ce qui le menaçait dans The Point. Je l'aimais bien. En fait, je l'aimais vraiment bien. C'était dur de ne pas l'aimer ; il était tout simplement trop charmant et attachant, mais c'était les surprises, ces petits détails cachés, qui le rendaient irrésistible. Je voulais le connaître vraiment, entrer dans cette tête superbe et comprendre comment il fonctionnait. Dommage que je n'aie ni le temps ni la place dans ma vie pour voir comment ça collerait entre nous.

Quand je revins de mon côté de la ville, ma sœur était rentrée, ma mère était dans la cuisine, étonnamment sobre, occupée à faire des sandwichs, et comme d'habitude mon père restait introuvable, même si c'était un jour de week-end. Je gravis l'escalier sans bruit, espérant que mon apparence chiffonnée et malmenée ne causerait pas de scène, et je me changeai dans ma chambre.

Karsen voulait peut-être faire comme si maman allait bien, profiter des brefs moments de lucidité et de sobriété entre ses soûleries et ses crises hystériques, mais cela demandait un effort et, surtout, un état d'esprit que je n'étais pas prête à adopter. J'ignorai le SMS d'excuse d'Adria et répondis à un autre, narquois, de Dovie. Je ne comptais pas cacher le fait que je fréquentais Race, mais je n'allais pas non plus le crier sur tous les toits. Il était canon, on était tous les deux célibataires, j'avais envie de lui depuis si longtemps que j'avais l'impression que ce sentiment faisait partie de moi, et je n'allais expliquer à personne le besoin de simplement l'avoir, même à une Dovie bien intentionnée.

En fait, cela me fit rire qu'un gros dur comme Bax soit aussi enclin qu'une fille à papoter sur la vie sentimentale de son pote. Dovie ne pouvait savoir que par lui que j'avais passé la nuit avec son frère.

Je m'installai sur mon lit pour passer l'après-midi à faire tous mes devoirs et rattraper le retard accumulé après mes déboires informatiques de la semaine dernière. Quelques minutes plus tard, ma sœur frappa et passa la tête dans l'encadrement de la porte. Elle avait un sandwich sur une assiette et un sourire hésitant sur le visage.

— Tu ne veux pas déjeuner avec maman et moi ?

Elle entra, posa l'assiette au bord du lit et s'assit sur un coin du matelas.

— Non. Regarder maman s'affairer dans la cuisine après l'avoir détruite la semaine dernière, très peu pour moi. Je suis surprise que tu sois là, d'ailleurs. Tu ne devais pas passer le week-end avec une copine ?

Que Karsen trouve d'autres endroits pour passer ses week-ends devenait de plus en plus courant, et je ne le lui reprochais pas. Si j'avais eu un endroit pour fuir, je serais partie aussi.

Seulement, je savais que la distance ne réparerait pas les problèmes qui grossissaient en ce moment entre les murs de la maison.

Elle entortilla une mèche de cheveux autour de son doigt et me sourit.

— On m'a invitée à une fête ce soir, alors il fallait que je rentre pour me changer. J'y vais avec Connie et après je dormirai chez elle.

Je haussai un sourcil et la dévisageai. Les paroles de Race me disant qu'elle grandirait, qu'elle commencerait à prendre sa vie en main sans que je sois dans son dos retentissaient en moi.

— Quel genre de fête ?

Les fêtes dans The Hill étaient effrayantes. Pas de la même manière que celles de The Point, où l'on risquait sa peau, mais d'une manière plus insidieuse et sournoise. Les garçons de The Hill ne comprenaient pas quand on leur disait non, et les gamins riches pouvaient se procurer beaucoup de choses qui n'auraient jamais dû être à leur portée. Je n'étais pas la mère de Karsen, et je savais que c'était une fille intelligente, mais je n'avais pas abandonné tout ce que j'avais juste pour la voir être victime d'un beau parleur avec une belle voiture. Je faillis lever les yeux au ciel en pensant à ma propre situation et à mon copain qui, à la base, venait de The Hill.

— Pas de folies. Juste un petit groupe d'amis qui se retrouvent chez ce garçon, Parker. Je le trouve sympa. Il joue au base-ball et Connie sort plus ou moins avec son meilleur ami.

Elle rougit et sembla un peu gênée.

— Il te plaît.

Elle baissa le regard et effleura des doigts mon dessus-de-lit.

— Un peu.

Je soupirai et mis mon ordinateur de côté. Je croisai les

jambes et me penchai vers elle. Je devais admettre que j'étais un peu jalouse. L'époque où je n'étais qu'une fille normale qui avait craqué sur un garçon mignon du lycée me paraissait si lointaine. Mais au fond j'étais heureuse de voir que, malgré tous ces bouleversements dans nos vies, elle pouvait encore se comporter comme une adolescente qui voulait passer du temps avec ses copines et s'amuser.

— A quoi il ressemble ?

Elle ricana et je pris une bouchée de sandwich.

— Pas aussi beau que ton mec, mais quand même mignon.

Je m'étouffai presque avec le morceau de sandwich.

— Ce n'est pas mon mec.

Ce fut son tour de me lancer un regard interrogateur tandis qu'elle se relevait.

— Tu n'étais pas là cette nuit. Tu avais les cheveux mouillés quand tu es rentrée. Et je ne sais pas si tu t'es regardée dans un miroir ce matin, mais tu as un suçon de la taille du Texas dans le cou, et tu souris. Franchement, je suis contente. Il n'y a pas de raison pour que tu n'aies pas un beau mec à tes pieds et ça fait des lustres que je ne t'ai pas vue sourire bêtement comme ça. C'est bien.

C'était hautement inapproprié de la part de ma sœur de presque me taper dans la main pour me féliciter d'avoir couché avec un mec, et je n'avais pas réalisé que je souriais. Oh ! mon Dieu, qu'est-ce que j'allais faire de Race ?

— Fais juste attention, et ne fais rien de stupide quand tu sortiras ce soir, d'accord ?

— Je fais toujours attention, Brysen.

J'aurais aimé pouvoir en dire autant. Elle me laissa à moi-même, et je finis un dossier que j'avais à faire et parcourus mes notes de théorie mathématique. A un moment donné, je m'endormis même pendant quelques minutes. Je dus ensuite me dépêcher de me préparer à partir au restaurant, car cette petite sieste n'était pas prévue. Mais mon corps avait manifestement besoin d'un peu de repos après les efforts de la veille. Je ne me souvenais pas d'avoir déjà eu ce genre de relation sexuelle qui marque tout votre corps longtemps après. C'était une raison suffisante pour craindre d'aller plus loin avec Race. Une fille pouvait vite devenir accro à ce sentiment, et il n'y avait pas de place dans ma vie pour une addiction frivole.

Je descendais l'escalier en toute hâte, essayant d'attacher les cheveux qui me tombaient sur le visage avec une pince, quand je remarquai que mon père était finalement rentré. Il faisait les cent pas entre la cuisine et le salon, le téléphone collé à l'oreille, tandis que ma mère, assise sur le canapé, le regardait avec des yeux vitreux. Elle n'avait pas l'air d'avoir bu, mais le calme de cet après-midi avait quitté son visage.

— Qu'est-ce qui se passe ?

Je posai la question sans vraiment attendre de réponse honnête de l'un comme de l'autre.

Mon père leva une main et je regardai ma mère, qui se contenta de m'ignorer. J'avais envie de les étrangler tous les deux.

J'allais partir, les laisser mariner dans cette atmosphère de malaise et d'insatisfaction où baignait continuellement la maison, quand mon père m'attrapa le poignet devant la porte d'entrée. Je le regardai avec surprise et me dégageai. Sa prise était plus forte que nécessaire, et de près, je remarquai une sorte de désespoir effrayant dans son regard, ce qui me rendit nerveuse.

— Brysen, j'ai besoin que tu me laisses utiliser ta voiture pendant quelques jours.

Je ne pus m'empêcher d'éclater de rire. J'avais tout lâché pour revenir à la maison, pour être là pour Karsen. Les seules choses qui me restaient étaient ma voiture et les cours. Et ces deux choses, je devais me tuer au travail pour les garder.

— Pas question. Je dois aller au travail et je ne vais pas prendre le bus ou chercher quelqu'un pour m'emmener. Qu'est-ce qui ne va pas avec la Lexus ?

Ma mère ne conduisait plus. Elle avait perdu son permis après l'accident, mais mon père avait réussi à garder un joli 4x4 Lexus.

Il me fusilla du regard et fixa son téléphone qui sonnait à nouveau.

— Elle est au garage pour quelques jours. Arrête d'être égoïste. C'est moi qui nourris cette famille, pas toi. J'ai besoin de ta voiture.

Je ris à nouveau et m'étouffai presque cette fois.

— Non.

Je refusais d'avoir cette discussion. Je n'avais pas l'intention d'abandonner ma voiture ; c'était le dernier lien qui me restait avec toute forme de liberté. Plutôt lécher le dessous de ma semelle que de rester coincée dans cette maison sans moyen de m'échapper. En plus, cette voiture, je l'avais méritée et je m'épuisais chaque jour pour la garder. Il n'arriverait pas à me faire culpabiliser de ne pas la lui prêter.

J'ouvris la porte et sortis sans me retourner. Je l'entendis me suivre et je regardai par-dessus mon épaule. Ma mère rôdait d'un pas hésitant sur le seuil. Dès qu'elle le pourrait, je savais qu'elle prendrait une bouteille ; le fait d'être toute seule dans la maison alors que papa s'était enfermé dans son bureau était un déclencheur infaillible. Je n'arrivais même plus à m'en inquiéter, c'était trop habituel désormais. J'étais vraiment furieuse, et quand mon père voulut de nouveau m'attraper par le bras, je tapai sur sa main pour l'écarter. Il recula en me jetant un regard noir.

— Arrête. Je ne te donnerai pas ma voiture, papa. Tu peux prendre le bus, ou marcher, ou je ne sais pas, louer un pousse-pousse. Je ne te laisserai pas me créer d'autres problèmes.

— Je ne t'ai pas créé de problèmes, Brysen.

— Vraiment ? Laisser maman détruire la cuisine et ne rien faire pour l'arrêter ou ne pas te demander si Karsen va bien ou non, ce n'est pas créer des problèmes ? Et qu'est-ce que tu dis du fait que maman ne mette jamais un pied dehors et qu'elle arrive pourtant toujours à trouver une bouteille d'alcool ? Ce n'est pas mon problème non plus peut-être ?

Je secouai la tête et marchai d'un pas déterminé vers la BMW. Je voulais lui dire tout ça, et bien plus encore, depuis longtemps, mais je voyais à l'inclinaison têtue de son menton et à sa manière de plisser les yeux qu'il n'entendait rien d'autre que mon refus de lui donner mes clés. C'était toujours la même histoire ; ni lui ni ma mère n'imaginaient à quel point c'était dur pour moi d'être ici, et ils étaient de toute évidence trop absorbés par leurs propres malheurs et leurs propres décisions déplorables pour s'en préoccuper. C'était exactement pour ça que je ne pouvais pas laisser Karsen seule à la maison, qu'elle ait besoin de moi pour toujours ou non.

Mon père, son portable de nouveau collé à l'oreille, me foudroya du regard tout le temps qu'il me fallut pour sortir de l'allée. J'étais furieuse, frustrée, et plus que tout, je n'en pouvais plus de tout ce cirque. Je ne voulais plus me sentir impuissante et sous-estimée. Arrivée au parking du restaurant, je pris une minute pour regarder autour de moi et m'assurer que personne ne m'épiait ou me suivait. Et une autre pour appeler Race, sur un coup de tête.

Son téléphone sonna dans le vide et je m'en voulus d'éprouver une telle déception. Je ne savais pas ce qu'il pensait après cette nuit, si cela l'avait autant marqué, si cela avait autant changé sa vie que la mienne. Toutefois, avec le malaise qui me rongeait après la discussion avec mon père, je sentais que lui seul pourrait me faire aller mieux.

Ramon me jeta un regard entendu doublé d'un petit sourire pervers quand il m'aperçut. Par chance, je dus immédiatement m'occuper d'une tablée immense et réussis à éviter les commérages ou les questions pendant presque tout mon service. Quand une des autres filles vint me chercher pendant ma pause pour me dire que j'avais une autre table, j'étais grognon, encore énervée par mon père, et je devais avouer que j'étais vexée que Race ne m'ait pas répondu. Je ne comprenais pas pourquoi personne d'autre ne pouvait la prendre, mais elle me dit qu'on m'avait spécialement demandée. Etant donné que quelqu'un me suivait, j'étais nerveuse à l'idée de retourner en salle, ignorant qui m'y attendrait. Dès que j'aperçus cette chevelure dorée et cette fossette séduisante, quelque chose se relâcha dans ma poitrine et j'eus l'impression de respirer à nouveau pour la première fois depuis qu'il m'avait laissée ce matin.

Je m'approchai nonchalamment de sa table et appuyai ma hanche contre la banquette. Il leva son regard vert forêt et ma bouche s'asséchait.

— Hey, lançai-je.

Il me sourit et je dus réprimer un soupir rêveur. Le sourire de Race Hartman aurait dû être illégal. C'était clairement une arme de destruction massive.

— J'ai vu que tu m'avais appelé. Je me suis dit que j'allais passer voir si tout allait bien.

Je clignai des yeux, surprise, et tripotai le bout de mon tablier. Personne ne s'était jamais soucié de moi au point de passer prendre des nouvelles comme ça. Mon cœur avait envie de faire des choses très, très stupides.

— Ça va. Je me demandais juste ce que tu faisais ce soir. Ma sœur n'est pas à la maison, et franchement, je préfère être n'importe où plutôt que là-bas. Je sais que c'est le week-end et que tu as sans doute un million de choses à faire, mais je me disais que j'allais tenter le coup quand même.

Il haussa un sourcil et posa une main sur ma cuisse. Comme j'étais en jupe, sa main reposait sur ma peau nue, au-dessus de ma plaie en voie de guérison, après ma chute dans le parking. Il me fallut un petit moment pour réguler ma respiration, mon sang s'étant échauffé au simple contact de sa paume. Je n'étais pas aussi directe ou audacieuse d'habitude. Mais tout comme la nuit précédente, quelque chose en lui me donnait envie de repousser mes limites, de prendre ce que je voulais : lui.

— Je suis pas mal occupé. Je travaillais quand tu as appelé, j'ai travaillé toute la journée. A quelle heure tu décolles ?

J'avais très envie de lui répondre qu'il ne tenait qu'à lui de me faire décoller, néanmoins je me retins et ris doucement. Mais qu'est-ce qui m'arrivait ?

— Vers 1 heure.

Il se releva brusquement. Nous étions si proches, soudain. Il posa la main sur le côté de mon cou et se pencha pour déposer un baiser sur ma bouche.

— Rejoins-moi au garage. Je t'enverrai le code du portail. Je n'aurai peut-être pas fini à 1 heure, mais si tu viens directement d'ici, tu devrais être en sécurité dans ce coin de la ville, même à cette heure-là.

Je voulais passer la nuit avec lui. Je voulais sentir ce retour de l'ancienne Brysen, comme la veille. J'acquiesçai en silence et son menton toucha mon front. Il passa son pouce sur ma lèvre inférieure.

— Il ne me reste plus personne pour te suivre ce soir, Bry, alors tu dois faire attention à toi, d'accord ?

J'acquiesçai à nouveau et il recula d'un pas.

— Race...

Ses yeux verts pétillèrent et un sourire tranquille se dessina sur ses lèvres.

— ... fais attention à toi aussi.

Je sentais que quelqu'un devait lui dire ça alors qu'il partait faire Dieu sait quoi.

Une expression passa sur son visage, une expression qui fit courir un frisson à la surface de ma peau.

— S'assurer que tout le monde va bien est devenu une priorité.

Il m'embrassa une dernière fois et je le regardai partir avec déjà une terrible, mais si agréable, impatience de le retrouver, même si l'inquiétude s'y mêlait. Dans quoi est-ce que je m'engageais ?

Je finis par une table de mecs bruyants et ne pus quitter le restaurant, escortée par Ramon, qu'à une heure et demie. Bien que fatiguée, je veillai à rester très vigilante en m'approchant de la voiture. Personne ne surgit de l'ombre. Aucun véhicule n'essaya de me renverser, et quand Ramon me laissa avec un baiser sur la joue et un clin d'œil, je me sentais plutôt bien.

Conduire dans The Point n'était jamais une partie de plaisir. C'était toujours triste de voir la manière dont les choses se détérioraient à mesure qu'on s'enfonçait au cœur de la ville. Mais maintenant que j'y passais plus de temps, que je commençais à comprendre le fonctionnement, la manière dont la ville se nourrissait de la vie de ses habitants, j'étais de moins en moins terrifiée par la moindre petite chose remuant dans l'ombre. Je connus un moment proche de la panique quand des phares brillèrent soudain dans mon rétroviseur. Je plissai les yeux et mes mains se resserrèrent automatiquement sur le volant. J'accélérai un peu, tournai au coin de la rue et respirai, soulagée, quand l'imposante silhouette métallique du garage apparut.

J'avançai devant le portail et tapai les chiffres du code que Race m'avait envoyé plus tôt. La voiture qui me suivait continua de rouler sans s'arrêter et mon cœur redescendit à sa place normale dans ma poitrine. Je fus encore plus soulagée quand les gigantesques portes se refermèrent, m'emprisonnant à l'intérieur. Aussi dépouillé que soit cet endroit, avec sa façade industrielle et si peu accueillante, on ne pouvait nier qu'il ressemblait à une forteresse d'acier capable de garder à distance les monstres de la rue. Je pris une minute pour me remettre les idées en place, enlevai mon tablier et m'apprêtais à entrer quand je m'arrêtai en sursaut en entendant grincer les portes vrombissantes derrière moi. Quelqu'un les ouvrait de l'extérieur.

La Mustang bruyante projeta un nuage de fumée quand Race entra dans le parking. Il se gara à côté de la BMW et coupa le moteur. J'agitai une main devant mon visage pour chasser la poussière et contournai l'avant de la voiture pour le rejoindre. Je restai stupéfaite et sentis ma mâchoire tomber quand je l'aperçus. Il grimaça en me voyant et cracha du sang par terre.

Il avait les cheveux hirsutes. La lèvre inférieure fendue. Une plaie béante et sanguinolente ouvrait l'un de ses sourcils et l'une de ses joues était gonflée. Sa chemise à col boutonné était déchirée au cou et striée de traces de sang. Ses deux mains montraient de vilaines écorchures sur le dessus et aux jointures de ses doigts.

— Qu'est-ce qui t'est arrivé ? demandai-je d'une voix si

aiguë qu'on aurait dit que je venais d'aspirer l'air d'un ballon d'hélium.

Il cracha à nouveau et secoua une de ses mains. Je grimaçai tandis que de petites gouttes de sang s'envolaient.

— Juste le boulot.

Il se déplaçait plutôt lentement, mais il semblait stable sur ses jambes tandis qu'il s'approchait de moi. J'allais le prendre dans mes bras, mais il leva les mains et recula d'un pas.

— Laisse-moi me laver d'abord.

Je me renfrognai et le suivis d'un pas décidé tandis qu'il entrait dans le garage. Il ne prit pas la peine d'allumer la lumière, et quand il trébucha légèrement en arrivant à l'escalier étroit qui montait au loft, je m'avançai pour le stabiliser avec mes mains dans son dos. Je le sentis frissonner. Il était définitivement plein de contradictions. A cet instant, il semblait moins beau et majestueux : il était aussi furieux que je l'étais régulièrement.

— Allez, laisse-moi t'aider.

Il grogna un peu, mais ne discuta pas alors que je le guidais dans les dernières marches et à l'intérieur de son appartement vide. Je l'emmenai tout droit dans la salle de bains, allumai l'interrupteur, et lui dis de s'asseoir sur le siège des toilettes pour que je puisse le nettoyer comme il l'avait fait pour moi l'autre soir. Quand je revins avec un gant de toilette propre, il avait enlevé le haut, examinait son visage dans le miroir, et son expression était devenue lointaine et absente, comme s'il ravalait ses émotions.

— Qu'est-ce qui s'est passé ?

Je ne savais pas s'il me répondrait... Surtout si c'était lié à une sorte d'activité criminelle. Mais quand je m'approchai pour frotter le sang séché sur son sourcil, il soupira et s'avachit pour s'appuyer sur le lavabo.

— Je ne comprendrai jamais ce besoin qu'ont les gens de risquer ce qu'ils ne peuvent pas se permettre de perdre.

— C'est un de tes parieurs qui t'a fait ça ?

— Non. Quelqu'un que le mec qui me doit de l'argent a embauché pour essayer de ne pas payer. Ça lui a sans doute coûté plus cher que ce qu'il me doit, et le mec qu'il m'a envoyé était une blague, mais quand même...

Je posai mon index sur la coupure au milieu de sa lèvre inférieure et clignai des yeux.

— Ça ne m'a pas vraiment l'air d'une blague.

Il grimaça et je posai les lèvres sur un bleu qui florissait sur ses côtes.

— Ça pourrait être pire. Ça pourrait toujours être pire. Le mec voulait me tabasser, pas me tuer. Normalement, je m'en tire bien dans une bagarre, mais je ne m'y attendais pas. Ce qui fait de moi un idiot, et je déteste me sentir idiot. Je ne sais pas pourquoi je continue de penser que les gens vont suivre une logique simple dans leurs actions. Rien ne fonctionne comme ça par ici.

— Je crois que les choses ne fonctionnent comme ça nulle part.

Je me déplaçai vers son sternum et l'embrassai là. Sa peau ferme était chaude et résistante sous mes lèvres. Je sentis que son corps commençait à répondre à cette caresse délicate. Ses doigts s'enfoncèrent dans mes cheveux tandis que ma langue s'attardait sur son téton. Son cœur tambourinait.

Je passai les mains sur ses côtes et les posai sur ses hanches, au-dessus de son jean qui tombait si bas que c'en était provocant. Race était mince, sculpté en des lignes claires et des traits pleins. Ses muscles durs se dessinaient nettement au-dessus de chaque hanche, délimitant sa chair ferme et souple. Je voulais la lécher, dessiner toutes les lignes et les courbes de son corps avec le bout de ma langue. Je glissai les mains sous la ceinture de son jean et souris en sentant son sexe dur contre mes doigts. Même de mauvaise humeur, il réagissait très vite, et j'adorais ça. Au moins, tout ce désir sauvage qu'il m'inspirait me semblait un peu plus réciproque.

— A mon tour de prendre soin de toi, murmurai-je en l'embrassant juste au-dessus du cœur avant de m'écarter pour m'attaquer à sa boucle de ceinture.

— Brysen..., dit-il d'une voix rauque et râpeuse. Je ne sais pas jusqu'où je peux aller ce soir.

Je l'emmènerais jusqu'au bout, comme il l'avait fait pour moi, je rendrais tout plus agréable par mes caresses apaisantes et un désir incandescent. Sa ceinture céda assez aisément et il était tellement excité que son jean s'ouvrit facilement autour de son érection palpitante. Il était long, dur, et avait l'air si solide et tellement à sa place quand je le pris dans mes mains. Je vis les muscles de son ventre se creuser, son torse s'élever et s'abaisser dans une grande respiration, et ses yeux, encore une fois, passèrent d'un beau vert à un noir intense et affamé.

Je me mis à genoux devant lui, une position qui aurait dû me rendre nerveuse, me pousser à m'interroger sur ce que j'étais prête à faire pour donner du plaisir à cet homme, mais ce ne fut pas le cas. Je me sentais aux commandes, en charge de ce qui se passait entre nous, et j'aimais la façon dont ses mains durcissaient leur prise en s'enroulant derrière ma tête, tandis que je me penchais pour prendre son sexe entre mes lèvres. Il émit un bruit de gorge profond lorsque je fis tournoyer ma langue autour de son membre gonflé par le désir.

Je retrouvai le goût de Race, à la fois mystérieux et riche. Une ligne de poils dorés parsemait son abdomen, sous son nombril, chatouillant mes doigts quand je les enroulai à la base de son érection, car il m'était impossible de la prendre entièrement dans ma bouche. Il fit un autre bruit et ses doigts se resserrèrent encore sur mon cou et mes cheveux. Je suçais, léchais, le poussais à bout, jusqu'au point où ses hanches se mirent à bouger involontairement et s'éloignèrent de ma bouche. Je voulais utiliser mon autre main, le toucher, le caresser et le pousser au-delà de ses limites pour que toute cette tension, tous ces muscles contractés puissent se relâcher, mais Race en avait assez de recevoir sans donner en retour.

J'émis un bruit de surprise quand il me souleva et me posa au bord du lavabo où il s'était appuyé. Je léchai ma lèvre inférieure, ce qui lui fit pousser un juron, et j'enroulai mes jambes autour de sa taille quand il glissa ses mains impatientes sous ma jupe pour retirer ma culotte.

— Je n'avais pas fini.

Je voulais prendre une voix sensuelle et sexy, mais on aurait plutôt dit celle de Minnie Mouse.

Il me sourit et sa fossette suffit à me rendre toute chaude et humide entre les jambes.

— J'y étais presque, et ce n'est pas ce que je veux. Je te veux, toi.

Il s'avança entre mes cuisses, pencha la tête et scella ses lèvres aux miennes. Je tressaillis légèrement en sentant le goût du sang sur sa lèvre fendue. Une seconde plus tard, il me pénétra en une poussée ferme et j'oubliai tout de sa coupure, pressant ma bouche encore plus fort contre la sienne. Il n'y eut pas vraiment de préliminaires, de montée en tension et de préparatifs comme la veille, mais la pression de la chair, la chaleur quand il bougeait à l'intérieur de moi, me procuraient des sensations délicieuses. J'enroulai mes bras autour de ses épaules nues, essayant en vain de faire attention aux bleus décorant sa peau.

C'était plus primaire que la veille. Il s'agissait d'arriver au but et de se faire du bien. C'était tout aussi intense, aussi puissant et marquant. Mon corps réagissait aussi vite, s'embrasait tout autant et se contractait de l'intérieur de la même manière, et pourtant il y avait autre chose, quelque chose de plus profond. Ce qui transparaissait dans ses yeux et sa façon de me toucher me faisait comprendre que j'étais ce soir avec l'autre Race. Celui qui vivait et travaillait dans The Point. Celui qui avait défié un gangster et avait gagné. Celui qui n'avait pas peur d'enfreindre la loi. Celui qui était meurtri et parfois désespéré parce qu'il pensait faire ce qu'il fallait et que personne ici ne lui en était reconnaissant. Il ne se démenait pas simplement pour me faire plaisir, même s'il était très doué pour ça ; il avait un besoin profond, viscéral, de me faire haleter et gémir contre lui par ses va-et-vient habiles et la caresse de ses doigts inquisiteurs sur ma chair suppliante. Je savais qu'il ne pouvait pas s'en empêcher.

Il passa les mains sous mon chemisier et le tira au-dessus de ma tête. Il déposa un baiser sur chacun de mes seins, et je croisai son regard fiévreux et brûlant tandis qu'il nous regardait bouger ensemble. Il s'agissait pour lui d'oublier ce qui le rendait furieux ; de ne plus être l'homme qu'il pensait devoir être dans cet endroit. Etre avec moi lui donnait aussi le sentiment d'être quelqu'un d'autre, et quand il glissa ses doigts entre mes jambes et me tira un peu plus au bord du lavabo, je ne pus résister à l'avalanche de sensations.

Je murmurai son nom et m'abandonnai complètement dans ses bras et, les dents serrées, il fit de même. Seul quelqu'un d'aussi beau que lui pouvait être aussi séduisant à ce moment-là, dans le frisson de l'orgasme. Je haletais dans son cou et il caressa délicatement le haut de ma tête et mes cheveux sur toute leur longueur.

— Ça va mieux ?

Cette fois, ma voix était rauque, pleine de sexe.

Il rit légèrement et bougea ses mains dans mon dos pour dégrafer mon soutien-gorge.

— Non, mais grâce à toi j'oublie plus facilement à quel point les choses peuvent être pourries ici.

Sérieusement, quelle fille ne voudrait pas entendre ça d'un mec aussi sexy tandis qu'il la soulevait et la portait pour la satisfaire encore un peu plus ? Etre avec lui était censé me permettre de me sentir mieux et plus normale, mais je n'allais certainement pas me plaindre si je pouvais lui rendre la pareille.

10

Race

J'avais mal partout. Chaque centimètre carré de mon corps où les coups s'étaient abattus, chaque partie utilisée pour me défendre, me faisait mal jusqu'à l'os. Je me sentais blessé, abîmé, à l'intérieur comme à l'extérieur.

Le seul endroit qui ne me faisait pas mal était celui où Brysen avait posé sa tête. Elle était endormie, son oreille collée aux battements de mon cœur et sa main enroulée autour de ma taille. Elle était comme le côté froid de l'oreiller, comme le givre sur la fenêtre ; elle apaisait toutes les bosses et les bleus. Là où sa nudité sexy et douce comme du miel aurait dû me brûler, je la ressentais au contraire comme une brise rafraîchissante, transperçant le brouillard et la pollution qui submergeaient habituellement mes poumons. Ses cheveux blond clair me faisaient l'effet d'une soie pure là où ils touchaient ma peau. Et sans aucun effort, elle réveillait mon corps avide sous les draps.

Comme elle restait pour la nuit, me laissait l'avoir toute à moi sans me poser de questions, tandis que j'essayais de calmer toutes les idées noires dans ma tête, je m'étais dit que le moins que je pouvais faire était de déplier le lit et de la laisser dormir dans un semi-confort. Enfin, pour autant que je l'ai laissée fermer l'œil. Elle avait quelque chose d'unique. Quelque chose dans sa manière de se comporter avec moi qui me donnait envie d'entrer en elle, de l'explorer, de voir comment elle fonctionnait et de m'y installer. Elle était comme le plus beau des puzzles, le problème le plus difficile que j'aie jamais essayé de résoudre, et je ne l'en aimais que plus.

Je réfléchissais au meilleur moyen de la réveiller, me demandant si elle aurait peur si je sautais les préliminaires pour simplement poser ma bouche entre ses jambes. Jusqu'ici, elle m'avait surpris. Elle semblait d'accord avec tout ce que je voulais lui faire ou qu'on fasse ensemble, mais étant donné que nous avions seulement effleuré la surface de tout ce que je voulais explorer, je ne savais toujours pas jusqu'où elle me laisserait aller, où étaient ses limites. Je ne pensais pas avoir de limites en ce qui la concernait, et cette idée me réchauffait le sang et réveillait mon érection.

Je passais la main sur son flanc en me disant qu'elle me rappelait toutes les choses raffinées que j'avais laissées derrière moi il y a bien longtemps, quand mon projet de la réveiller en douceur vola en éclats à la sonnerie criarde de mon téléphone resté par terre, dans mon pantalon. J'étais habitué à ce que cette saleté sonne à toute heure du jour ou de la nuit. Les gens voulaient tout le temps me donner de l'argent ou prendre le mien et ils ne regardaient jamais leur montre. Ce à quoi je n'étais pas habitué, c'était à ce que ma mère m'appelle. Elle ne m'appelait jamais. Je n'avais pas entendu cette sonnerie depuis des mois, y compris quand les brutes de Novak m'avaient presque tué et que j'avais fini à l'hôpital. Elle avait fermement adhéré au discours « Race est un petit merdeux » dès l'instant où mon père m'avait déclaré *persona non grata* au château Hartman. Elle n'avait aucune idée de l'homme qu'était réellement son mari et ne voyait aucun problème à gober tous ses mensonges, qui justifiaient selon lui de me désavouer et de voler chaque centime qui était à mon nom.

Brysen marmonna quelque chose et cligna des yeux. Il lui fallut une seconde pour reprendre ses esprits, réaliser où elle était, puis elle posa les mains sous son menton et me fixa à travers ses mèches de cheveux clairs.

— Tu vas répondre ?

Il continuait de sonner.

— Je n'en ai pas vraiment envie.

Elle était nue, blottie contre moi. Mon visage me faisait mal et mon sexe était dur comme la pierre. Il y avait mille et une choses que j'aurais préféré faire plutôt que répondre à ce téléphone.

— Le boulot ?

Je soupirai et attrapai mon téléphone par terre. Elle roula sur le côté et prit l'unique couverture que j'avais jetée sur nous à un moment dans la nuit. Elle était si mignonne, tout ébouriffée et tellement sexy, mais vraiment pas à sa place dans le loft vide. Elle repoussa les cheveux de ses yeux et me regarda avec attention.

— J'aurais bien aimé, lâchai-je.

Je passai un doigt sur l'écran et me déplaçai jusqu'au bord du lit. Seul mon passé pouvait instantanément faire retomber l'érection que Brysen et sa blondeur sexy et froide avaient inspirée.

— Ça fait un bail, maman.

Je ne pouvais pas masquer l'aigreur et la colère dans ma voix et je lus de l'inquiétude dans le regard de Brysen. Je soupirai à nouveau quand elle se leva avec la couverture pour se diriger vers la salle de bains.

— Race…

Ma mère pleurait, proche de l'hystérie, et je me dis qu'il fallait que j'essaie de m'en soucier.

— Qu'est-ce que tu veux ? ne pus-je m'empêcher de demander sur un ton exécrable.

Je ramassai le jean que j'avais jeté par terre.

— Il faut que tu me retrouves au commissariat.

Je marquai une pause.

— Pourquoi ?

Elle hoqueta, puis émit un son digne d'un animal mourant.

— Ton père a été arrêté.

J'éclatai de rire malgré moi. Je l'entendis inspirer profondément et quand je relevai les yeux, Brysen sortait de la salle de bains. Elle était habillée, ce qui était sacrément dommage.

— Ce n'est pas drôle, reprit ma mère, dévastée.

— Pourquoi on l'a arrêté ?

Mon père était un sale type. Un criminel à des niveaux que je n'atteindrais jamais. Je n'étais pas surpris et j'avais du mal à croire que ma mère le soit. Comment pouvait-on être mariée à quelqu'un, passer sa vie avec lui, et ne pas savoir dans quelles affaires sinistres il trempait pour vous couvrir de fourrures et de diamants ?

— Je ne sais pas trop. Le FBI est venu ce matin avant le lever du jour. Ils avaient des mandats et ils ont embarqué ton père menotté. J'ai appelé notre avocat.

Elle éclata à nouveau en sanglots et je fronçai les sourcils quand Brysen désigna l'escalier comme si elle comptait partir sans me dire un mot. Je secouai la tête et lui fis les gros yeux.

— Tous nos comptes sont gelés. Il ne veut même pas aller

au commissariat et m'aider à payer la caution de ton père. Il n'y a plus d'argent.

Le destin était vraiment un salopard quand il s'y mettait.

— C'est le FBI, maman. Tu ne peux peut-être même pas le libérer sous caution.

Pas s'ils voulaient le coincer et l'utiliser contre les derniers membres de la bande de Novak ou lui faire avouer les noms des fournisseurs du gangster. Mon père était impliqué jusqu'au cou, et honnêtement, j'étais surpris qu'ils n'attrapent ce salaud que maintenant.

— Qu'est-ce que je suis censée faire ? Je ne peux même pas rester à la maison.

A sa voix, je sentais qu'elle était perdue et effrayée. Je me levai et marchai jusqu'à Brysen qui me regardait en silence. Je m'arrêtai juste devant elle, glissai une main sur sa nuque et penchai sa tête vers la mienne.

— Je ne vois vraiment pas en quoi c'est mon problème. Je te rappelle que vous m'avez claqué la porte au nez sans même prendre le temps de m'écouter.

Elle ne répondit pas pendant de longues secondes, et je pris le temps de me perdre dans une mer d'un bleu infini.

— Ton père disait que c'était ce qu'on devait faire. Il m'a dit que tu avais été empoisonné par ce garçon, par le mode de vie dans lequel il t'avait entraîné. Tu as fait le choix de disparaître pendant des années, de dilapider le compte épargne de tes études pour une fille quelconque, Race. Ton père m'a dit que couper les ponts avec toi était le seul moyen pour que tu te rendes compte de ce que tu abandonnais. Tu étais censé revenir à la maison.

Cela finit de m'énerver. Je serrai les dents et Brysen caressa les bleus sombres qui se dessinaient sur mes côtes. Les gens qui avaient de l'argent et du pouvoir pensaient toujours avoir le droit de tout contrôler, de manipuler les autres impunément.

Je collai mon front contre celui de Brysen et dis à ma mère sur un ton définitif :

— Tu peux venir en ville et récupérer de l'argent, mais pas pour papa. Je te donnerai assez pour prendre un hôtel jusqu'à ce que tu trouves un plan.

Elle recommença à parler, mais je lui coupai la parole.

— Cette fille quelconque, celle pour qui j'ai dépensé tout l'argent de mes études, ce n'était pas une simple étrangère, maman. C'est la fille de papa, et il a essayé de la faire tuer. La première fois, alors qu'elle n'était pas encore née, et ensuite quand sa mère est réapparue pour essayer de lui soutirer de l'argent. C'est un putain de monstre et j'espère qu'il va balancer des noms rapidement parce qu'il n'arrivera jamais au banc des témoins vivant. En ce qui me concerne, il peut pourrir en enfer avec Novak.

Je raccrochai avant qu'elle ne puisse ajouter autre chose et me penchai pour embrasser cette fille qui parvenait à limiter l'impact des coups durs de mon quotidien. Elle avait un goût de menthe et de petit matin, et quand elle enfouit ses doigts dans mes cheveux et tira, je fis en sorte qu'elle sache que si elle en voulait plus, j'étais plus que disposé à la remettre au lit. Mais alors que je l'embrassais avec passion, la coupure sur ma lèvre commença à me brûler. Je dus m'écarter et je vis une goutte de sang au centre de sa jolie bouche rose. Je l'essuyai avec mon pouce, pensant que c'était exactement pour ça que je devais faire attention à elle. Je ne voulais aucune sorte de sang sur elle, ni le mien, ni le sien, ni celui des rivières écarlates que The Point semblait déverser sans remords.

— Je vais t'accompagner en bas. Le garage est fermé le dimanche, mais Bax sera dans le coin.

Je faisais confiance à mon meilleur ami pour la boucler et ne pas être pénible avec elle, mais je me sentirais mieux, plus gentleman, si je l'escortais à travers cette caverne monstrueuse qu'était le garage. Il demeurait encore un peu de courtoisie au fond de moi, même si elle était enfouie sous des montagnes d'autres choses bien plus rudes.

Sans m'encombrer de chemise ou de chaussures, je pris simplement sa main et la guidai dans l'escalier métallique. Il faisait froid en bas, d'autant plus que j'étais à moitié nu, et je remarquai qu'une des grandes portes métalliques était ouverte. La Hemi Cuda de Bax était montée sur le rack, mais je ne le voyais nulle part. J'allais simplement la conduire jusqu'à la porte ouverte quand elle s'arrêta soudain et libéra sa main de la mienne d'un geste brusque. J'irais sur le pont lui demander ce qui lui prenait quand elle se dirigea d'un pas décidé vers les voitures volées alignées devant le mur.

La flotte hétéroclite que Bax avait collectée pour moi attendait patiemment que les propriétaires paient leurs dettes. Dans l'obscurité, avec les faibles lumières intérieures, on les voyait à peine. Toutefois, avec la porte ouverte et dans la lumière éclatante du matin, il était bien plus évident que la collection mal assortie tranchait avec les œuvres d'art et les restaurations de Bax ou ses réparations de luxe.

— Brysen ?

M'ignorant, elle s'approcha sans hésiter d'un 4x4 Lexus blanc garé parmi les autres cautions.

Ce n'était pas la plus belle voiture du lot. Pas la pire non plus. Je ne comprenais pas pourquoi elle s'était dirigée vers cette Lexus comme un missile à tête chercheuse. Elle se retourna et son regard passa de la lumière d'une belle journée d'été à la furie d'un orage déchaîné.

— Pourquoi tu as cette voiture ?

Je la regardai et cherchai une réponse appropriée. Je pouvais mentir, lui dire qu'elle était juste là pour réparation, mais j'avais la ferme impression qu'elle en savait plus sur les raisons de sa présence que je ne l'aurais voulu.

Je croisai les bras sur mon torse nu et fronçai les sourcils. Je pouvais jouer l'intransigeance et la froideur comme n'importe quel sang bleu.

— Je ne vois pas du tout en quoi ça te regarde, Bry.

Elle en resta bouche bée et un rouge vif lui monta au cou et envahit son visage. Elle s'avança d'un pas sûr jusqu'à moi et enfonça son index tendu au centre de ma poitrine. J'avais un bleu à cet endroit précis et ce geste douloureux me contraria encore plus.

— C'est la voiture de mon père, Race. La voiture qui est censée être au garage, ce qui l'a poussé à réclamer la mienne. Donc oui, ça me regarde au plus haut point.

Je reculai d'un pas et, du coin de l'œil, je vis Bax sortir du bureau. Son visage était dur, et même avec la distance qui nous séparait, je vis à quel point son regard s'obscurcit quand il se posa sur nous. Bax ne laisserait personne mettre le nez dans ses opérations et peu lui importait que la menace soit une jolie étudiante plutôt inoffensive.

Je l'attrapai par le coude et l'entraînai vers le parking de devant, où la BMW était garée à côté de la Mustang.

— Tu sais ce que je fais, Bry. Ne fais pas semblant de ne pas savoir, simplement parce que ça s'est rapproché de chez toi.

Elle serra les lèvres et plissa les yeux.

— Mon père ne joue pas d'argent. Il est programmateur informatique, nom de Dieu !

Toutes sortes de gens pariaient et je ne voulais pas le lui dire, mais les gens dans l'informatique comptaient parmi les plus compulsifs. Ils se croyaient toujours plus forts que les probabilités, au-dessus des règles du jeu. Quand bien même j'aurais voulu l'oublier, impossible de supprimer de ma mémoire l'image d'un homme entre deux âges, me suppliant frénétiquement tandis qu'il me donnait le reste des économies de toute une vie et de son plan retraite pour entrer dans un jeu privé au Spanky's, la semaine dernière. Il me devait plus de trois cent mille dollars et la Lexus ne réduirait pas beaucoup sa dette. J'ignorais alors qu'il s'agissait du père de Brysen, et franchement, ça n'avait pas d'importance. Mon boulot était de prendre de l'argent, pas de sauver des familles ou des pères de leurs propres démons.

— Tout le monde mise sur quelque chose. Football, chevaux, voitures, sa vie, du sexe facile et des drogues dangereuses, l'amour.

Je lui lançai un regard dur avant de reprendre :

— Je ne savais pas que c'était ton père. En général, je ne demande pas les noms ni les détails personnels. Je prends juste l'argent et je place le pari ou je les laisse accéder à une table.

Elle soupira et son regard se détourna brusquement de moi pour se poser sur la porte ouverte.

— Rends la voiture, Race, demanda-t-elle d'une voix basse, tremblante.

Je savais qu'elle était plus choquée par cette révélation sur son père que par le fait que j'avais pris sa voiture. Ça ne voulait pas dire qu'elle comprenait, ou qu'elle me pardonnerait, mais au moins je savais pourquoi elle avait l'air de vouloir me vomir dessus.

Je secouai lentement la tête et lui laissai voir le regret sincère dans mon regard.

— Je ne peux pas faire ça.

Elle souffla entre ses dents et partit d'un pas furieux vers sa voiture.

Je la regardai, fronçant les sourcils, et je lui dis sur un ton impassible :

— Dans ce business, on n'est pas là pour se faire des amis. Je ne cherche pas à connaître leur vie privée. Je prends juste l'argent, et quand ils n'ont pas assez pour me rembourser, je prends autre chose.

Elle n'avait peut-être pas besoin de savoir le reste, mais au point où on en était, je préférais l'informer.

— La Lexus ne couvre qu'une infime partie de ce que doit ton père, Bry.

Une expression passa sur son joli visage et ses yeux me lancèrent un regard plein de tristesse et de colère.

— Si tu avais su que c'était mon père, est-ce que ça aurait changé quelque chose ?

Si elle n'avait pas compté pour moi, je lui aurais simplement menti.

— Non. Je l'aurais quand même introduit à la table, et j'aurais quand même pris la Lexus. C'est ce que je fais.

Elle secoua la tête.

— Va te faire foutre, lâcha-t-elle d'un ton glacial.

Je haussai un sourcil.

— Où tu veux, quand tu veux, ma belle.

Elle ouvrit la bouche comme si elle allait ajouter quelque chose. Je la vis lutter avec les mots qui ne venaient pas, puis elle secoua seulement la tête et marmonna d'une voix si basse que je l'entendis à peine :

— Ton boulot est nul, Race. Je ne pense pas pouvoir accepter ça. Tu détruis des vies.

Elle commençait enfin à comprendre. Je n'ajoutai pas un mot tandis qu'elle grimpait dans sa voiture et partait. Quand les portes se refermèrent derrière elle, j'eus le sentiment de la voir quitter mon monde pour toujours. Je n'aurais jamais dû la laisser entrer dans la forteresse. Ce monde était gris et lugubre. Il n'y avait pas de place ici pour les ciels d'été.

Je sentis Bax et l'effluve âcre de fumée qui le suivait partout s'approcher de moi.

— Y a un problème ?

Je tournai la tête vers lui et haussai les épaules.

— Son père est dedans jusqu'au cou et elle ne savait même pas qu'il aimait jouer aux cartes. Malheureusement, il est nul au jeu et il a une ardoise d'au moins trois cent mille.

— Putain...

— Ouais, elle est sans doute plus furieuse contre lui que contre moi, mais je ne peux pas rendre la Lexus, et ça l'a blessée.

— Si tu la rends, t'auras l'air d'une petite bite.

— Je donnerais surtout l'impression que payer ce que tu dois, ce n'est pas important, et ça, ce n'est pas possible.

— Qu'est-ce qui t'est arrivé, au fait ? Nassir t'a balancé dans l'arène ?

L'arène, c'était le cercle de sang tracé sur le sol de béton et dans lequel des hommes tentaient de se tuer à mains nues pendant que des gamins étudiants dansaient autour sur de la mauvaise électro.

— Marcus Whaler ne voulait pas payer ce qu'il doit. Plutôt que de gérer ses emmerdes, il a payé une brute l'équivalent de la moitié de sa dette pour essayer de me persuader de le lâcher. Ça n'a pas marché, et maintenant Marcus a deux rotules brisées.

— Et la brute qu'il a envoyée ?

— Si Marcus avait eu plus de cash, je serais mort. Le mec n'était pas armé, rien de plus qu'un habitué des salles de sport recherchant le frisson et quelques dollars faciles. Après l'avoir mis à terre, je lui ai dit de contacter Nassir. Il est parfait pour l'arène les soirs de combat, et quand j'ai commencé à parler argent, il a vite oublié sa mission pour Marcus.

— Il faut vraiment que tu te trouves un putain de flingue et que tu le gardes en permanence sur toi, Race. Ces conneries deviennent de plus en plus dangereuses.

Je ne pouvais pas le contredire et je commençais à en avoir ras le bol. Il fallait que j'enfile des chaussures et une chemise. Me balader dans le garage à moitié nu n'arrangeait rien pour mon corps blessé.

— Ouais, je vais proposer à Nassir d'embaucher des collecteurs de fonds. Les grosses affaires, je veux toujours m'en charger, mais les petits trucs, tout ce qui est au-dessous de dix mille, on peut laisser ça à d'autres mecs. J'en ai marre de servir de punching-ball.

Je passai les mains dans mes cheveux et grimaçai quand ce mouvement tira sur les muscles douloureux de mes flancs.

— Tu vas pouvoir gérer si cette meuf ne peut pas encaisser ton taf ?

Je le regardai du coin de l'œil. Je n'avais jamais vraiment été sérieux avec une fille, mais j'aimais bien Brysen, et je la garderais si je le pouvais. Mais ma vie n'était pas faite pour tout le monde, et il fallait qu'elle ait envie d'être ici, dans les tranchées, si notre relation devait évoluer vers autre chose qu'un super plan cul.

— Je ne sais pas. Peut-être.

C'était une question à laquelle je n'avais pas de réponse pour l'instant.

— Je ne peux pas m'inquiéter de ça pour le moment. Le FBI a fait une descente au château Hartman aujourd'hui et a embarqué mon père menottes aux mains. Ils ont gelé tous les comptes et ma mère m'a appelé en panique.

— Conneries. Tu ne vas pas aider cet enfoiré.

Sa voix était descendue d'une octave et je sentais la colère et la haine émaner de son corps massif. Mon père avait tenté de faire tuer Dovie. Bax ne l'oublierait jamais. Si l'occasion se présentait, je savais pertinemment qu'il abattrait mon père sans hésitation parce qu'il aimait Dovie et que c'était tout ce qui avait du sens pour lui.

— Non. J'espère qu'il va balancer Benny et le reste de la bande et qu'ils vont envoyer les leurs pour le saigner tant qu'il est enfermé. Il ne tiendra jamais jusqu'au procès, il n'est pas assez solide.

— Et si le FBI essaie de le planquer en tant que témoin, comme ils l'ont fait pour cette salope qui a vendu Dovie ?

S'ils le plaçaient dans le programme de protection des témoins, je le traquerais et je laisserais Bax s'en prendre à lui sans ressentir la moindre culpabilité. Du moins, c'est ce que je me disais.

— S'ils font ça, je le trouverai et tu pourras faire ce que tu as à faire.

Son regard sombre me sonda pour voir si ce que je disais était vrai. Je haïssais cette méfiance dont il ne pouvait se défaire. Je ne regrettais pas les choix que j'avais faits, qui l'avaient envoyé en prison. Après tout, ça lui avait sauvé la vie, et l'avait libéré de Novak de la seule manière possible. Je regrettais toutefois que cela ait brisé le lien profond que nous avions toujours partagé.

— Ce que j'aurai à faire, ça sera plutôt sale.

— Je sais. En parlant de ça, tu crois que tu aurais quelques heures à me consacrer un jour de la semaine prochaine pour passer à l'université avec moi ?

— Pour ?

Je me frottai la nuque.

— Je crois qu'il est temps que quelqu'un discute avec le prof-assistant qui embête Brysen.

Il ricana et se dirigea vers la Hemi.

— Ça va lui plaire que tu t'en mêles ?

— A priori, non. Mais je vais le faire quand même.

Il posa une main sur l'aile polie de sa voiture et me fixa des yeux.

— Tu ne crois pas que si tu es aussi accro à cette fille, c'est parce qu'elle te rappelle ce que tu as perdu ? Elle est toute classe et bien comme il faut, un peu comme toi avant que je te traîne dans ce merdier.

Je touchai du doigt la coupure au milieu de ma lèvre et réfléchis à sa question. Elle avait effectivement cette apparence bien propre, bien lisse, mais à l'intérieur, elle était dure et téméraire.

— Elle a dû rentrer chez ses parents pour s'occuper de sa petite sœur. Elle a un taré à ses trousses. Elle a un boulot merdique avec des horaires merdiques. Un pauvre mec a décidé de bousiller sa scolarité parce qu'elle ne veut pas coucher avec lui. Elle vient d'apprendre que son père doit une fortune au mec qu'elle se tape et que j'ai pris la voiture de la famille comme caution. De l'extérieur, elle ressemble peut-être à ma vie d'avant, mais à l'intérieur, je crois qu'elle correspond à ma vie actuelle.

Il acquiesça silencieusement et je m'avançai pour lui donner une tape sur l'épaule. C'était comme pousser un mur de béton.

— D'ailleurs, tu ne m'as pas traîné ici. Je t'ai couru après, Bax. J'imagine qu'à l'époque, je pensais encore qu'il y aurait une porte de sortie, au cas où.

Il grogna.

— C'est ça que tu fais ? Ce business avec Nassir, l'argent et les risques ? Tu cherches encore une porte de sortie ?

Etait-ce le cas ? Parfois je ne le savais même plus, mais je savais deux choses qui étaient claires comme de l'eau de roche dans ma tête.

— Tu es là. Dovie est là. Ce qui signifie que si j'ai mon mot à dire là-dedans, je vais faire de ce quartier un endroit où on peut survivre.

— Tu crois que tu vas pouvoir sortir The Point des flammes à toi tout seul, Race ?

Je me retournai en direction de l'escalier.

— Non. Mais je crois que je peux limiter les dégâts, Bax, et c'est tout ce que je veux faire.

Je n'attendis pas sa réponse. J'avais mal et il fallait que je trouve un quelconque analgésique. Je devais appeler Titus pour voir s'il pouvait se renseigner sur la situation de mon père, et surtout, je devais décider de ce que j'allais faire avec Brysen.

J'avais toujours pensé que je pouvais m'occuper de moi-même tout seul, que j'étais plus malin que cet endroit immonde que je considérais comme mon foyer. Désormais, je n'en étais plus si sûr. The Point existait depuis longtemps et avait vu passer toutes les variations du Mal. La seule chose qui semblait changer ici, c'étaient les saisons.

11

Brysen

J'étais tellement furieuse quand j'arrivai à la maison que je dus prendre une minute avant de rentrer. J'étais furieuse contre Race, contre mon père, contre moi-même. Furieuse de ne pas avoir réalisé plus tôt la fuite de mon père devant ce qui se passait à la maison cachait autre chose. Plus que tout ça, j'étais hors de moi à l'idée que mes deux parents m'avaient regardée abandonner ma vie pour rentrer à la maison et essayer de rafistoler la situation alors qu'il était clair maintenant que ni l'un ni l'autre n'avait l'intention d'arrêter la descente aux enfers. Ma mère ne voyait pas l'intérêt de la cure de désintoxication ou d'une aide psychologique, et, manifestement, mon père avait des problèmes d'addiction aussi graves et aussi dévastateurs pour cette famille. Toute cette injustice faisait bouillir mon sang et aiguisait tant les relents acides de la haine dans ma bouche que je ne sentais plus le goût de rien d'autre.

Je claquai la porte de ma voiture avec une force inutile et entrai d'un pas décidé dans la maison, sans plan précis. J'étais remontée par ces nouvelles révélations, et tout ce que je ravalais depuis un an ou presque était en train de se libérer dans ma gorge alors que je l'étouffais d'habitude. Je poussai brusquement la porte d'entrée sans prendre la peine de la refermer et marchai d'un pas féroce vers la porte close du bureau de mon père. Je ne pris pas la peine de frapper, ni de m'annoncer, ni de m'encombrer de quelconques civilités. J'entrai simplement comme une tornade et attaquai.

Il releva brusquement la tête de son écran d'ordinateur et écarquilla les yeux.

— Brysen ?

Je posai les mains au bord du bureau et me penchai au-dessus de lui pour qu'il n'ait d'autre choix que de me regarder, moi et pas l'ordinateur.

— Je sais que tu as perdu la Lexus à cause d'une dette de jeu, papa. Je sais aussi que ça ne couvre qu'une infime partie de ce que tu dois.

Ses yeux s'agrandirent encore, bien que cela parût impossible, et toute couleur disparut de son visage.

— De quoi tu parles ?

Je plissai les yeux et lâchai le bureau pour croiser les bras sur ma poitrine dans une posture défensive.

— Je suis au courant, papa.

— Tu ne sais rien, gamine.

Sa voix s'affûta et, pâles quelques secondes plus tôt, ses joues se couvrirent d'un rouge vif.

— Tout ce que j'ai fait, je l'ai fait pour garder cette famille hors de l'eau depuis l'accident de ta mère. Tu crois que les honoraires de médecin étaient donnés ? Tu crois que les dommages et intérêts qu'on a dû payer à l'autre famille sont tombés du ciel ? J'ai fait ce que j'avais à faire.

— Ouais, mais tu ne t'es pas arrêté, hein ?

Il me foudroya des yeux et je lui rendis un regard encore plus mauvais.

— Combien tu dois, papa ?

Il souffla comme un bœuf et s'avachit dans son fauteuil.

— Ça ne te regarde pas. Tout est sous contrôle.

J'aurais voulu lui lancer quelque chose de lourd à la tête. Il n'avait aucun contrôle sur rien du tout. Ça sautait aux yeux.

— Et maman ? Est-ce qu'elle est au courant, ou est-ce que c'est pour ça que tu ne vois aucun inconvénient à la réapprovisionner régulièrement en alcool ? Elle est déjà en vrac et dépressive, alors tu crois peut-être que lui fournir sa dose te garantira la paix pendant que tu perds tout ce qu'il reste à cette famille.

Il tressaillit et je vis le reflet de l'horrible vérité de mes mots dans son regard. Mais qu'est-ce qui n'allait pas dans cette famille ?

Il poussa un gros soupir et se laissa aller dans son fauteuil pivotant. Puis il se couvrit le visage de ses mains et, soudain, il me parut avoir cent ans. Ses yeux étaient brillants et son expression effrayée.

— Il n'y a plus rien à perdre, Brysen. Mon plan retraite, toutes nos économies, les cartes de crédit et ma voiture, tout est parti. Ça fait des mois que le prêt de la maison n'a pas été payé. Nous avons été saisis un mois après ton retour. Par chance, les banques sont encore en train de se remettre des effets de la récession et sont bloquées. Ça finira par arriver. On devra partir quand la banque prendra la maison.

Je sentis mes poumons se contracter et tout l'intérieur de mon corps se glacer. J'expirai lentement et vis la pièce se brouiller à la périphérie de mon champ de vision.

— Tu es donc en train de me dire que tu sais depuis tout

ce temps que tu vas perdre la maison, que quoi qu'il arrive Karsen va devoir changer d'école et être déracinée ?

Il ne me répondit pas, mais ce n'était pas la peine. La vérité s'exprimait dans tout ce qui s'était passé entre ces murs cette dernière année.

— Tu me dégoûtes, dis-je en secouant la tête.

Je me détournai pour aller chercher ma mère. C'était fini. Je lui dirais qu'il était grand temps qu'elle intègre un programme de traitement dans un centre, et peu importait si je devais prendre deux boulots de plus pour le payer. Le chaos de la famille Carter prenait fin aujourd'hui.

— Brysen.

La voix de mon père était cassante. Je m'arrêtai donc et le regardai par-dessus mon épaule, un pied déjà hors du bureau.

— Comment tu as su ?

C'était une bonne question, non ? Je ris amèrement.

— Race Hartman est le frère aîné de Dovie. On a passé pas mal de temps ensemble ces dernières semaines.

Il sauta de son fauteuil et frappa de ses deux mains sur le bureau.

— Non. Je te l'interdis. Tu ne peux pas fréquenter cet homme. Il est dangereux.

Je le savais, mais jusqu'à présent tout ce danger avait été dirigé contre d'autres personnes, et tout ce qu'il avait fait pour moi, c'était essayer de me protéger et de prendre soin de moi. En ce moment même, entre Race et mon père, Race représentait de loin le moindre mal, même si j'étais furieuse contre lui.

— Non, papa. Il n'est pas dangereux. Les gens comme toi, les gens qui ne savent pas s'arrêter même quand il est clair qu'ils mettent leur famille, leur vie en jeu, sont dangereux.

Race donne juste aux gens comme toi assez de longueur de corde pour se pendre.

Il jura, puis la colère dans son regard devint spéculative.

— A quel point es-tu proche de Hartman, exactement ?

Oh ! mon Dieu, il ne pouvait pas sérieusement me demander ça.

— Non. Il ne va pas oublier la dette ou rendre la Lexus pour moi, papa.

Ce fut son tour d'éclater d'un rire horripilant.

— Oh ! ne sois pas naïve, Brysen. Je me demande plutôt si ton copain tient assez à toi pour que je puisse me sortir vivant de ce trou que j'ai creusé. Race a un associé qui n'apprécie guère de se faire escroquer. Si je ne me présente pas avec au moins la moitié de ce que je dois, il y a de grandes chances pour que tu reçoives un coup de fil de la morgue pour aller identifier mon corps.

Je n'avais même pas les mots pour répondre à ça, alors je m'échappai du bureau et marchai comme un bulldozer en direction de la chambre de mes parents, où je savais que ma mère était encore au lit. Je fus surprise toutefois, en tournant dans le couloir, de la voir dans l'entrée, appuyée contre le mur. Elle pleurait. Ça, ce n'était pas nouveau, mais le fait qu'elle soit sobre et que son regard soit clair et perçant, si.

— Il a perdu la maison au jeu ? demanda-t-elle.

— On dirait bien.

Elle se mordit la lèvre du bas et commença à se tordre les mains.

— Tout est ma faute. Si je n'avais pas bu, si je n'avais pas causé cet accident, rien de tout ça ne serait arrivé.

Etant plutôt d'accord avec elle sur ce point, je ne lui offris aucune platitude réconfortante.

— Eh bien, tu as maintenant l'occasion de faire de meilleurs choix, maman. Tu as besoin d'aide, physique et psychologique. Tu as besoin d'intégrer un programme de désintoxication et de voir un professionnel pour ta dépression. Toute la vodka du monde ne t'aiderait pas à la maîtriser.

Ses sanglots redoublèrent d'intensité.

— Je n'arrive pas à y croire. Comment a-t-il pu nous faire ça ?

J'avais envie de la secouer. Ils portaient chacun une grande responsabilité dans le désastre qui se déroulait actuellement, mais ce n'était plus le moment de chercher le coupable.

— Maman...

Elle m'interrompit par un gémissement.

— Qu'est-ce que vous allez devenir, Karsen et toi ?

A mon avis, il était bien trop tard pour s'en inquiéter, alors je lui dis simplement la vérité.

— Je m'occuperai de Karsen, comme je l'ai fait cette année.

Elle renifla un peu et posa une main sur sa poitrine. Après un moment de silence, elle me fit signe du menton.

— Votre tante Eleanor, au Texas, pourrait sans doute vous loger pendant un moment.

Je serrai les mâchoires. Je n'irais pas au Texas. Il faisait chaud là-bas, c'était loin, et même si je rechignais à l'admettre parce qu'il se trouvait tout en haut de ma liste noire en ce moment, Race n'était pas là-bas, ce qui rendait automatiquement l'endroit sans intérêt.

— Maman, pour l'instant, inquiète-toi pour toi. Je vais m'en sortir et je m'assurerai que Karsen aille bien.

Je savais qu'elle avait eu ses problèmes, qu'elle n'avait jamais vraiment bénéficié d'une bonne santé mentale, mais s'il y avait un moment pour se reprendre et donner le meilleur d'elle-même en tant que mère, en tant que femme qui aimait ses filles, c'était bien maintenant.

— Et l'argent ?

Ouais, voilà qui allait constituer un problème auquel il faudrait que je réfléchisse un minimum pour trouver une solution.

— Cherchons un endroit pour toi et on s'occupera du reste au fur et à mesure, d'accord ?

Elle acquiesça et disparut dans sa chambre. Elle revint quelques secondes après et me tendit deux bouteilles de vodka. L'une était presque vide et l'autre pas encore ouverte. Je soupirai et pris la direction de ma chambre sans lui dire un mot.

Ce fut une journée minable et, en y repensant, j'étais heureuse que Karsen n'ait pas été à la maison pour assister à l'effondrement des derniers remparts fragiles de normalité de notre famille.

J'étais très impatiente de retourner en cours le lundi. J'avais besoin de sortir de la maison et de respirer un peu. Je déposai Karsen à son lycée ; j'étais sûre qu'elle savait que quelque chose n'allait pas, même si elle ne me le demanda pas directement. J'essayai de la distraire en la charriant sur son rendez-vous et sur son petit suçon dans le cou, ce qui me revint à la figure quand elle mentionna que Race avait fait un super boulot en laissant ses marques de possession partout sur ma peau claire. Encore une autre raison d'être sérieusement en colère contre lui et son sex-appeal.

Toute la journée, les mêmes soucis tournèrent dans ma tête et je coupai court à la discussion quand Drew me demanda comment s'était passé mon week-end avec plus qu'une curiosité amicale dans la voix. J'ignorai Adria, faisant comme si elle n'existait tout simplement pas, quand elle essaya de me parler, et je fus à deux doigts de pleurer en voyant mon dernier devoir de théorie mathématique. Après tout ce qui était arrivé, ce fut le gros F sur mon dernier projet qui faillit me faire craquer. Si je n'avais pas aperçu l'œil vindicatif du prof-assistant, si je n'avais pas eu d'autres problèmes plus urgents sur le dos, j'aurais peut-être fait quelque chose d'irréfléchi. C'était un problème à résoudre de plus sur une pile déjà titanesque. D'un autre côté, si je devais arrêter les études pour prendre un autre boulot, rater ce cours et faire plonger ma moyenne n'avait plus aucune importance.

J'évitai Drew et sautai même le café avec Dovie pour aller directement au travail et n'avoir à parler à personne. Je n'étais pas vraiment de bonne compagnie pour les gens civilisés en ce moment et je crois que même mes clients s'en aperçurent. Ramon me jetait des regards de travers et, quand le service se termina enfin, il me harcela et ne me lâcha pas avant que je lui serve une version abrégée de la situation. Je ne lui parlai pas des paris et n'entrai pas dans les détails, mais à la fin du résumé, je tremblais, réprimant tous mes sentiments jusqu'à sentir que c'était tout simplement trop.

Je le laissai me prendre dans ses bras, secouée de frisson et luttant contre les larmes. Il m'embrassa sur le haut du crâne et me dit que tout allait s'arranger. Ce n'était pas vraiment une possibilité et parce que je le savais, j'en tremblai encore plus fort. Quand il m'accompagna jusqu'à ma voiture, j'eus de nouveau le sentiment désagréable que quelqu'un m'observait, et je veillai à rester à l'affût de tout danger imminent dans le parking.

— Et la voiture ?

Je regardai Ramon et fronçai les sourcils.

— Comment ça, la voiture ?

Il haussa légèrement les épaules.

— C'est une bonne caisse. Elle vaut de l'argent. Si tu es vraiment désespérée, tu pourrais la vendre.

Je fixai la BMW puis reposai les yeux sur lui.

— Je n'ai pas fini de la payer.

— Peu importe. Les BMW, c'est des classiques. Les gens riches en veulent toujours. Débarrasse-toi d'elle, finis de rembourser le prêt, et utilise le reste du fric pour trouver un endroit pour toi et ta sœur. Comme ça, tu n'auras plus à t'inquiéter du paiement et tu auras une bouée de secours, même fragile.

Il avait complètement raison et je détestais ça. J'adorais ma voiture. Je la considérais vraiment comme mon dernier lien avec l'indépendance.

— Ça ne me dit toujours pas ce que je vais faire pour trouver l'argent pour ma mère.

Il m'embrassa sur la joue et me fit entrer dans la voiture.

— Tes parents sont des adultes, ma chérie. Ce n'est pas ton boulot de prendre soin d'eux. C'était leur boulot de prendre soin de toi et ils sont incroyablement mauvais pour ça. Tu as beaucoup trop de soucis pour essayer de sauver d'autres personnes que toi et Karsen.

C'était peut-être vrai, mais je ne savais pas comment lâcher prise après m'être autant impliquée et pendant si longtemps.

Je ne voulais pas rentrer à la maison, mais je n'étais pas non plus prête à parler à Race. Lequel, d'ailleurs, n'avait pas essayé de me joindre. Je n'étais pas sûre de ce qu'on avait à se dire, et je n'aimais pas ce goût d'inachevé et d'insatisfaction entre nous. Je devais décider honnêtement si je pouvais vraiment accepter Race et tout ce qui allait de pair avec lui. Je ne mentais pas quand je lui avais dit que son boulot était nul et qu'il ruinait des vies. La seule chose qui me retenait de laisser vraiment tomber, c'était que je voyais bien que, même s'il savait que je disais vrai, il ne prenait aucun plaisir à mener ces activités. Selon lui, il fournissait simplement quelque chose dont The Point avait besoin pour éviter de s'autodétruire.

Le mardi fut presque pareil. Je n'avais pas bien dormi la nuit du lundi, plus à cause de mon désir de me blottir contre un corps chaud et ferme, de sentir cette chevelure dorée contre ma peau, que du stress causé par ma vie instable. Karsen me dit que je ne ressemblais à rien, et il me fallut redoubler d'efforts pour éviter Adria et rembarrer Drew. Je me sentais tellement mal que j'envisageai même d'appeler le travail et de me faire porter pâle, mais étant donné que l'argent était à la racine de tout ce qui n'allait pas en ce moment, je me dis que ce serait une mauvaise idée.

Au milieu de la semaine, j'étais épuisée et j'en avais assez de tourner en rond. J'allais vendre la BMW. J'allais abandonner le cours de théorie mathématique, même si ça revenait à repousser mon diplôme, et je décidai que j'appellerais Race après le service ce soir-là. Je n'en pouvais plus de simplement laisser les choses arriver autour de moi, j'avais besoin de reprendre le contrôle de ma vie. Quand Drew vint me voir avant le cours, je m'arrêtai pour lui parler et même m'excuser d'avoir été aussi expéditive avec lui ces derniers jours, lorsque, à ma grande surprise, le professeur m'interrompit.

Je ne l'aimais pas. Il m'avait ignorée quand j'avais essayé de lui parler du prof-assistant, et chaque fois que je lui avais demandé de vérifier les notes que je pensais injustes, il avait refusé de le faire. Je pensais en secret que cet homme me voyait comme le stéréotype de la blonde stupide qui tentait juste d'obtenir un traitement de faveur. En plus, je n'avais pas de preuves concrètes que mon travail était jugé avec des critères plus durs que pour les autres élèves. Je me disais que si le professeur ne m'écoutait pas, alors essayer de passer par sa hiérarchie ne me mènerait nulle part non plus.

— Mlle Carter, vous m'accorderez une minute après le cours ? Je voudrais vous parler dans mon bureau.

Je soupirai. Je n'avais pas besoin qu'il me dise que je ne validais pas le cours et qu'à ce rythme-là je n'avais aucune chance d'obtenir le diplôme. Je coinçai une mèche de cheveux derrière mon oreille et acquiesçai.

— Bien sûr, professeur Hammond.

Il remonta ses lunettes sur son nez et entra dans la classe. Drew me regardait en fronçant les sourcils et me suivit jusqu'à nos places.

— Qu'est-ce que ça veut dire ?

— Il veut sûrement me faire savoir à quel point je suis mal barrée.

— Ça ne sent pas bon, Brysen.

Il avait raison, mais je n'avais pas le choix. Encore une fois, j'allais lui dire que je m'en voulais d'avoir déchargé tout mon sale caractère et mon stress sur lui cette dernière semaine. Après tout, c'était un mec sympa, et le fait que je lui plaise et qu'il dépasse parfois les bornes à cause de ça ne justifiait pas la méchanceté gratuite. Cependant, ces mots me restèrent sur le bout de la langue lorsque mon ennemi mortel, le prof-assistant maléfique, entra dans la classe. En temps normal, il me regardait directement et souriait d'un air suffisant, complotant ma déchéance académique, mais aujourd'hui il regardait partout sauf vers moi tandis qu'il marchait jusqu'au professeur pour lui dire quelque chose d'une voix trop faible pour que nous l'entendions.

Le professeur fit un bruit étonné tout en regardant l'assistant d'un air choqué, puis il s'éclaircit la voix assez fort pour attirer l'attention de toute la classe tandis que cet idiot d'assistant sortait sans un regard en arrière. J'échangeai un regard perplexe avec Drew alors que le professeur se levait et commençait à faire les cent pas devant son bureau.

— Elliot vient de m'informer qu'il a demandé un transfert.

Il ne sera plus professeur-assistant pour ce cours pendant ce trimestre. Cela me met dans une position assez délicate. Elliot a été seul responsable des notes et de l'évaluation du travail jusqu'à aujourd'hui.

Ah ça oui. Le petit enfoiré. Je réprimai un soupir de soulagement. Peut-être que, sans cet idiot sur mon chemin, j'avais vraiment une chance de faire remonter ma note des enfers de l'échec.

Le professeur se racla encore la gorge et je sentis son regard se poser sur moi sans ciller.

— Elliot a aussi précisé qu'il me faudrait peut-être vérifier quelques devoirs en particulier, dont il pourrait ne pas avoir compris les concepts, et auxquels, en conséquence, il pourrait avoir donné des notes inadéquates. Je vais devoir passer en revue tous les devoirs antérieurs et m'assurer que tout le monde a les notes correctes et que vous êtes tous sur un pied d'égalité avant que nous entamions la dernière ligne droite vers les examens de fin d'année.

Merde alors ! Ce n'était pas possible. J'allais finalement pouvoir respirer un peu. Vraiment ? Je regardai Drew pour partager ma joie excessive, mais il observait la sortie précipitée de l'assistant, les yeux plissés, et ne faisait pas du tout attention à moi. J'étais si excitée que j'attrapai son bras et le serrai, ce qui le fit sursauter et tourner la tête vers moi. Il esquissa un petit sourire. Si nous n'avions pas été au milieu d'un cours, je l'aurais pris dans mes bras, submergée de bonheur.

Je ne vis pas passer le cours et quand je m'approchai du bureau du professeur, il me regarda par-dessus la monture de ses lunettes et haussa les épaules d'un air embarrassé.

— Elliot m'a avoué qu'il s'était montré injustement dur avec vous ce semestre, mademoiselle Carter. Notre rendez-vous peut être repoussé jusqu'à ce que j'en sache plus là-dessus. Je vais revoir tous vos tests, questionnaires et devoirs.

Je penchai la tête sur le côté.

— Sans vouloir vous offenser, monsieur, je vous ai dit à plusieurs reprises qu'il était injuste et que j'avais le sentiment qu'il voulait se venger de moi. Vous m'avez ignorée, moi et mes inquiétudes, pendant tout le semestre.

Il eut la courtoisie de prendre une mine désolée et contrite.

— Le dépit, mademoiselle Carter. Cela arrive chaque semestre. Une jeune femme séduisante n'obtient pas les résultats qu'elle pense mériter, et c'est toujours ma faute ou celle de l'assistant, jamais la sienne. J'ai appris à ne plus y prêter attention. Voilà un bon rappel à l'ordre : il faut prendre garde à ne pas s'enfoncer dans la routine. S'il y a eu des erreurs, je veillerai à ce qu'elles soient corrigées.

— Merci.

J'avais envie de sautiller jusqu'à mon cours suivant tant j'étais excitée. J'étais un peu en retard et je faillis renverser Dovie alors que je traversais le campus à toute vitesse. Elle était coiffée en coup de vent et son chemisier était boutonné de travers. Je m'arrêtai une seconde et le lui fis remarquer tout en lui racontant le dernier développement de mon drame académique.

Elle piqua un fard, sa peau claire rosissant tandis qu'elle corrigeait son apparence. Ses yeux verts pétillaient.

— Je suis tombée sur Race et Bax en allant à mon premier cours. Bax a voulu me saluer dans les formes.

Elle repoussa ses cheveux roux en arrière et me demanda si elle était présentable. Je lui dis que oui, mais je restai bloquée sur ses mots.

— Pourquoi Race et Bax étaient là ?

Cela pouvait être pour tout un tas de raisons, toutes déplaisantes, à n'en pas douter, mais je me souvins alors que le prof-assistant n'avait même pas pu me regarder. A vrai dire, il avait même eu l'air terrifié de laisser ses yeux se poser sur moi, comme si cela aurait eu d'horribles conséquences.

Elle haussa une épaule.

— Bax n'a pas jugé nécessaire de me mettre au courant.

Je pensais savoir exactement ce qu'ils étaient venus faire.

— Ça ne te dérange pas ? Ça ne te rend pas folle qu'il te cache des choses ?

— Non. Si je lui demandais ce qu'il fait, il me le dirait, répondit-elle en souriant. La plupart du temps, je préfère ne pas savoir. Bax mène une vie dangereuse qui me fait peur, mais il la laisse à The Point quand il rentre à la maison, et c'est là que je préfère qu'elle reste. Je lui fais confiance pour ce qui est de faire attention à lui. Pour ce qui est de faire attention à moi aussi, et c'est tout ce qui compte pour moi.

Waouh. C'était soit très sage et mature, soit parfaitement stupide. Elle continua sur un ton assuré :

— C'est pareil pour mon frère.

J'étais légèrement troublée, car elle avait l'air de savoir exactement ce que j'avais fait avec son apollon de frère.

— Ces mecs te prendront tout ce que tu as, Brysen, mais en retour ils te donneront tout ce qu'ils ont. C'est un immense engagement, et tu dois être prête à les laisser, eux et cette vie, t'imprégner complètement.

Je soufflai si fort que les cheveux devant mon visage se soulevèrent.

— Je ne pense pas être dans une situation où je peux donner quoi que ce soit à quelqu'un, encore moins tout donner à quelqu'un comme Race. Son monde me terrifie. Mon père lui doit beaucoup d'argent, Dovie.

La compassion envahit son visage, et ses taches de rousseur ressortirent sur l'arête de son nez.

— Ce n'est pas seulement son monde, Bry. C'est le mien. C'est celui de Bax, et si ton père a fait des paris, c'est un peu le tien aussi. The Point ne fait pas de discrimination, elle contamine tous ceux qui l'approchent, jusqu'à un certain point. Le truc, c'est de ne pas en avoir peur, mais d'adopter cette vie et de s'y faire sa propre place.

Elle me donna un petit coup d'épaule.

— J'ai l'impression que ta place pourrait bien être aux côtés de Race.

— Assise à côté de lui sur son trône brisé ? Ça ferait de moi la reine ?

Elle rit et passa devant moi ; nous étions maintenant toutes les deux très, très en retard pour notre prochain cours.

— Un trône brisé pour un roi brisé dans un royaume brisé. As-tu la trempe d'une reine brisée ? Il t'aime assez pour te laisser entrer, Brysen. Soit tu l'aimes assez pour faire de même, soit tu ne l'aimes pas assez. Il faut que je file, mais pense à ce que je t'ai dit.

J'aimais vraiment Race. Ce n'était pas le problème. Je haïssais tout ce qui venait avec lui, et je ne savais tout simplement pas si je pouvais séparer les deux. Mais ce qui était sûr, c'est que personne dans ma vie n'était intervenu pour m'aider à gérer les problèmes apparemment insurmontables qui s'accumulaient ces derniers temps. Et rien que pour ça, je devais au moins le remercier.

Si j'avais pu faire taire toutes les parties de mon anatomie qui me titillaient et me criaient que, pour montrer ma gratitude correctement, il faudrait que nous soyons nus et collés l'un à l'autre, cela m'aurait vraiment aidée.

J'avais peut-être une immense appréhension et un million

de doutes sur le monde de Race et son rôle dans le fonctionnement de ce monde, mais il semblait que mes hormones ne partageaient aucune de ces inquiétudes légitimes. Et mon cœur naïf était noyé sous les signaux contraires que mon corps et mon cerveau lui lançaient.

12

Race

J'attendis avec impatience que Bax finisse de dévorer ma sœur et m'appuyai contre l'aile de sa voiture. Leur couple me surprenait encore après tout ce temps. Bax était si sombre, si enraciné dans tout ce que cet endroit avait de violent et d'imprévisible, ce lieu dans lequel il avait tout fait pour survivre. Dovie était douce, et malgré les épreuves qu'elle avait été obligée d'endurer, rien n'aurait pu empoisonner toute la bonté en elle. Je savais qu'ils s'aimaient, que rien sur cette Terre, aucun des maux que The Point pouvait causer, ne les séparerait jamais, et c'était beau. Cela faisait aussi d'eux une force redoutable. Dovie avait donné à Bax une raison de vivre, de se battre, et Bax lui avait donné quelque chose qui était tout à elle. Pas un jour ne passait sans que je me dise que j'avais de la chance de les avoir tous les deux de mon côté.

En réalité, j'avais des problèmes bien plus urgents en tête que le fait que Bax ait les mains sous le chemisier de Dovie. Cette petite fouine de prof-assistant avait cédé et commencé à bredouiller dès que je l'avais coincé dans l'amphithéâtre vide. Je ne sais pas si c'était parce que je l'avais pris par le col et secoué comme une poupée de chiffon, ou du fait de la présence silencieuse et menaçante de Bax, mais il s'était aussitôt mis à bafouiller et à pleurnicher, et il avait admis en quelques secondes qu'il plombait volontairement les notes de Brysen. Je crois que si j'avais insisté un peu plus, il se serait pissé dessus, mais les informations qu'il fournissait étaient bien plus précieuses que son embarras.

Je l'avais lâché et lui avais dit qu'il allait changer de classe, ou encore mieux, d'université, et il n'avait pas discuté. Je lui avais conseillé de rester très loin de Brysen. C'est alors qu'il m'avait révélé les raisons de ce harcèlement acharné et de sa détermination à ruiner le semestre de Brysen. Et c'était ça qui me tourmentait. Oui, Brysen avait décliné sa proposition sans prendre de pincettes, mais il insistait sur le fait qu'elle l'avait ensuite harcelé sur les réseaux sociaux. Il m'avait expliqué en bégayant qu'elle lui avait envoyé des messages moqueurs, des e-mails horribles lui disant qu'un mec comme lui n'avait aucune chance avec elle, qu'elle avait posté des trucs méchants sur son Facebook et, de manière générale, l'avait humilié, fait passer pour un idiot. Selon lui, Brysen se comportait comme une parfaite petite peste pourrie gâtée et il avait été sa cible. Il l'avait décrite comme une persécutrice sans prononcer ce mot. Il avait donc riposté de la seule manière qu'il connaissait, en se vengeant sur ses devoirs.

Le problème que me posait ce scénario, c'est que je savais à quel point Brysen était occupée et que j'avais décortiqué son ancien ordinateur. Elle n'avait même pas de compte Facebook, et la seule boîte mail qu'elle utilisait était celle à laquelle tous les étudiants avaient accès, et qui était créée par l'université. La correspondance que j'avais pu récupérer concernait essentiellement des choses ennuyeuses sur les cours et les projets. Je n'avais rien trouvé d'alarmant, rien qui collait avec l'histoire que ce type déballait, mais sa réaction et le fait qu'il avait accepté de partir immédiatement m'amenaient à me poser des questions. Quelqu'un ne se contentait pas de la harceler, mais sabotait aussi sa vie dans l'ombre. Je n'aimais pas du tout ça.

Je levai les yeux et vis Bax qui revenait vers moi. J'allais lui passer un savon pour avoir peloté ma sœur en public et en pleine journée, mais je n'en eus pas l'occasion, car mon téléphone sonna à ce moment-là. Nassir. Je n'avais pas envie de répondre, mais je le fis quand même. Le business c'est le business, après tout.

— Qu'est-ce qui se passe ?

— Il faut que tu te ramènes au District.

Il avait l'air furieux.

— Hein, pourquoi ?

Je fis signe à Bax d'attendre un moment. Il s'appuya contre la voiture et glissa une cigarette dans sa bouche.

— Parce que quelqu'un a tabassé Roxie et lui a demandé de nous passer un message.

Je sentis mes yeux s'agrandir et regardai Bax. Roxie était une fille qui travaillait beaucoup et gagnait bien sa vie. Son histoire avec Bax remontait à longtemps, bien avant qu'elle commence à gagner sa vie avec son corps. Il n'avait pas gardé contact avec elle depuis qu'il était avec Dovie, mais ça allait quand même le rendre fou.

— C'était quoi le message ?

Nassir jura et j'entendis quelqu'un pousser un gémissement rauque de douleur dans le fond. Il aboya à Chuck de trouver ce qui prenait tant de temps au médecin, et revint au téléphone.

— Que c'est juste le début.

— Putain. Est-ce qu'elle a une idée de qui c'était ?

— Elle peut à peine parler. On dirait que quelqu'un lui a piétiné le visage. Tout ce que j'ai compris, c'est qu'elle attendait un client normal, un régulier, et que quand elle est allée ouvrir la porte, ce n'était pas lui. Celui qui a fait ça ne déconnait pas. Elle est dans un sale état.

Personne ne méritait de souffrir comme ça, même quelqu'un faisant un job risqué.

— Je croyais que tu surveillais les filles qui travaillent pour toi, Nassir. Comment ça a pu arriver ?

— Ne crois pas que tu peux remettre en question ma manière de gérer mon business, Race. J'ai effectivement des gens qui surveillent les filles dans la rue. Si elles prennent de nouveaux clients, si on leur demande des trucs bizarres, si elles voient quelque chose de louche, je ne les laisse pas se mettre en danger, ou mettre nos affaires en danger. D'après Roxie, c'était un rendez-vous habituel, il n'y avait pas d'alerte. Qui que soit ce mec, il sait comment fonctionnent les endroits comme le District. Il savait qu'elle ne verrait pas un nouveau client toute seule.

Je jurai à nouveau.

— Avec qui avait-elle rendez-vous ?

Nassir se tut et je l'entendis poser la question. D'autres gémissements s'élevèrent, puis une voix féminine perçante le traita de salaud. Ce devait être Honor, car elle seule osait s'adresser comme ça à Nassir.

— Je crois qu'elle essaie de dire Marcus quelque chose.

Merde alors. Marcus se faisait plein d'amis en ce moment.

— Marcus Whaler ?

Nassir répéta la question, puis fut distrait par l'arrivée du médecin.

— Ouais.

Je soufflai.

— Marcus Whaler est dans un lit d'hôpital en ce moment

même parce que j'ai explosé ses deux rotules à la barre de fer le week-end dernier. Mais qu'est-ce qui se passe, putain ?

— Je ne sais pas, mais ça doit s'arrêter tout de suite.

Le ton de Nassir était passé de furieux à glacial. C'était dans ces moments-là qu'il était le plus terrifiant.

— Bax est avec moi. Je vais passer voir ce que Marcus a à dire. Tu crois que ça pourrait être lié à Novak ? Que ça pourrait être un des gars que le FBI a raté ?

— Je me fous complètement de qui c'est. C'est notre ville maintenant, et je ferai tout ce qu'il faut pour la protéger.

J'étais plutôt d'accord avec lui.

— Envoie-moi un message pour me dire comment elle va.

Je raccrochai et regardai Bax. Ses épaules s'étaient contractées et son regard s'était assombri d'une manière qui me signalait qu'il n'était pas content du tout.

Je rangeai mon téléphone et me frottai la nuque.

— On a tabassé Roxie. Nassir l'a amenée au Spanky's en attendant un médecin. Il dit que c'est assez grave.

Il jeta sa cigarette et s'écarta de la voiture.

— Un de ses clients ?

Sa voix était aussi tranchante que son regard.

— Non. Apparemment, quelqu'un lui a tendu un piège pour nous envoyer un message clair, à Nassir et à moi. On lui a dit de nous transmettre que « c'était juste le début ».

Il me regarda sans dire un mot puis contourna la voiture avant de lâcher :

— C'est ça le problème quand on essaie de gérer un endroit comme The Point : il contre-attaque toujours, et le plus souvent, c'est les innocents qui s'en prennent plein la gueule.

Je grimpai dans la voiture et regardai par la fenêtre tandis qu'il sortait du parking dans un crissement de pneus.

— On va à l'hôpital, lui indiquai-je.

Il ne répondit pas. La voiture s'engagea à toute vitesse dans la circulation.

— Le mec qu'elle devait voir est là-bas. Je veux lui parler.

— Parler, ça sert à rien quand une fille a été blessée, Race.

Je le regardai du coin de l'œil et lui dis :

— C'est le mec qui a essayé de se dégager de sa dette en embauchant une brute pour me travailler au corps. Il n'ira nulle part, Bax. Je lui ai démoli les deux rotules après m'être débarrassé de la petite frappe.

Il tourna la tête pour me regarder et sa bouche dessina un petit sourire.

— Je ne savais pas que tu étais capable de ça.

J'éclatai de rire.

— Ah bon ? Tes côtes ne se sont pas cassées toutes seules le soir où on s'est rencontrés, si ?

Il ricana.

— Ouais, ça m'a surpris. Je pensais qu'avec ton attitude de gosse de riche qui se la raconte, tu étais une proie facile. C'est drôle, rien n'est jamais facile avec toi.

— Non, c'est vrai.

Je soupirai avant de reprendre :

— Tu crois que tout ça en vaut la peine ? Après tout ce qu'on a traversé ?

Il haussa une épaule et la laissa retomber tandis qu'il entrait dans le parking de l'hôpital.

— Ta sœur en vaut la peine. Le garage en vaut la peine. L'absence de Novak en vaut la peine. Toi et Titus qui vous en sortez dans cette tornade de bastons et de balles, ça en vaut la peine, alors je pense que tout dépend de comment on voit les choses. Je suis là depuis trop longtemps pour penser que ça deviendra plus facile, mais maintenant, être au milieu de tout ça a un autre sens. J'ai une raison de faire ce que je fais.

— Et c'est quoi ?

Je connaissais déjà la réponse, mais l'entendre de sa bouche calmerait mes inquiétudes à propos de ma sœur et lui.

— Dovie. Tout ce qui est bon, mauvais et entre les deux, je le fais pour elle, grâce à elle.

— Moi aussi, Bax. Moi aussi.

Il me regarda, et pendant un moment je pense que nous fûmes enfin sur la même longueur d'onde concernant ce qui se passait dans notre monde et le rôle que nous y jouions. Nous étions tous les deux prêts à tout sacrifier pour ceux que nous aimions, et peu importait quel genre d'hommes cela ferait de nous.

Trouver Marcus ne fut pas difficile. Il me suffit de demander où était le mec louche et pleurnichard avec les deux jambes cassées. Et puis, Marcus était un peu un abruti qui ne savait pas trop se faire apprécier. En particulier des jolies infirmières en charge de ses soins. Pour lui, elles n'étaient que des proies. Quand nous entrâmes dans la chambre, il était clair qu'elles lui avaient donné un analgésique très puissant, car au lieu de paniquer ou de crier à l'aide, il m'adressa juste un sourire comateux.

Ses deux jambes étaient plâtrées du milieu de la cuisse jusqu'au pied. Elles étaient suspendues en l'air par une espèce d'installation qui les gardait levées, et il ressemblait plus à une momie qu'à un homme. Un de ses yeux était encore gonflé et refermé là où je l'avais cogné, mais il arborait un grand sourire niais, et je me demandais s'il allait vraiment nous aider.

— Rassssssse.

Mon nom se transforma en un son interminable et ses yeux vitreux se fixèrent sur Bax.

— Tu l'as ramené pour finir le job ?

Bax grogna, appuya une épaule contre l'encadrement de la porte puis lâcha :

— A ce que j'en vois, il a déjà fait du bon boulot tout seul.

— Va te faire foutre.

Bax haussa un sourcil.

— Désolé, mec, tu n'es pas mon genre.

— Marcus, à qui as-tu parlé de ton rendez-vous avec Roxie aujourd'hui ?

Ses yeux voilés par les antidouleurs se posèrent sur moi.

— Comment tu sais pour Roxie ?

En plus d'être un joueur de poker minable, Marcus était marié et avait deux enfants en bas âge à la maison. C'était vraiment un mec en or.

— Quelqu'un s'est pointé chez elle à ta place. Il l'a salement amochée, ce qui a mis beaucoup de gens très en colère. Deux de ces personnes sont dans cette chambre en ce moment même, et tu ne veux pas savoir ce que Nassir fera si tu ne me donnes pas quelques réponses.

Il essaya de secouer la tête, mais elle ne fit que pencher d'un côté puis de l'autre.

— Je ne sais rien. Je n'ai pas pu bouger depuis que l'ambulance m'a ramené ici. En plus, ma femme était souvent dans le coin avec les enfants, alors je n'allais sûrement pas risquer un coup de fil à une pute. Elle aurait pu m'entendre.

Je refermai les mains sur le rail au bout du lit.

— C'était un rendez-vous convenu de longue date, Marcus. Qui était au courant ?

Ses yeux se fermèrent lentement et je le vis grimacer.

— J'ai dû mentir à ma femme et lui dire que j'ai été renversé par une voiture. Va te faire foutre, Race. Qu'est-ce que tu veux me faire de plus ? Je ne vais pas pouvoir marcher pendant au moins quatre mois, et après je vais me retrouver dans un fauteuil roulant pour je ne sais combien de temps.

L'addict typique. C'était toujours la faute de quelqu'un d'autre. C'était ma faute si Marcus avait fait tapis sur une main hasardeuse et avait essayé de bluffer. C'était ma faute s'il avait misé quarante mille dollars qu'il ne pouvait pas se permettre de perdre. Et, bien entendu, c'était ma faute si je n'étais pas resté les bras croisés à me faire tabasser et si je ne l'avais pas laissé s'en tirer sans problème. Rien ne m'agaçait plus que quelqu'un qui tentait de me faire porter le chapeau pour ses mauvaises décisions. J'allais lui dire ça quand Bax ferma soudain la porte derrière lui et s'approcha d'un pas décidé vers la tête du lit. Même drogué comme il l'était, les yeux de Marcus s'agrandirent et la peur envahit son regard vitreux.

Il ouvrit la bouche pour crier, mais Bax fut plus rapide que lui. Il écrasa sa lourde main sur la bouche de l'homme immobile et tira un oreiller de sous sa tête. Il saisit le bouton d'appel des infirmières pour qu'il soit hors de portée et prit les choses en main. J'aurais dû réagir, ou du moins protester, quand il plaqua l'oreiller plat sur le visage de Marcus et appuya. Marcus lui agrippa le bras et lança le haut de son corps vers l'avant en émettant des bruits confus. Ses jambes plâtrées secouaient l'installation qui les tenait en l'air. Bax me regarda et se contenta de hausser les épaules. Qu'aurais-je pu dire, à ce stade-là ?

Bax souleva le coussin et j'entendis la respiration sifflante de Marcus de là où j'étais.

— Un raté qui paye pas ses dettes, c'est une chose. Un merdeux qui trompe sa femme, c'en est une autre. Mais celui qui reste là les bras croisés alors qu'une femme est blessée ne mérite pas de respirer. J'aurai aucun problème à te sortir pour toujours de ta misère, connard.

Bax était naturellement effrayant. Quand il s'appliquait vraiment, il rivalisait avec Satan pour la première place en haut de la chaîne alimentaire du Mal.

Marcus avait des larmes qui lui coulaient des yeux et de la morve au nez quand Bax relâcha sa prise.

— Mais vous êtes complètement tarés, tous les deux !

Je soupirai.

— Non, mais on est complètement pressés.

Je fis un signe de tête à Bax, qui se pencha de nouveau au-dessus de Marcus ; celui-ci leva les mains et secoua violemment la tête d'avant en arrière.

— Ce mec est venu me voir la nuit après mon arrivée ici. Il m'a dit qu'il me donnerait assez d'argent pour payer ma dette si je pouvais lui filer un moyen d'arriver jusqu'à une des filles de Nassir. Je lui ai dit que Nassir était prudent, qu'il savait ce qu'il faisait et qu'il ne laisserait jamais une des filles prendre un nouveau client sans escorte.

Les yeux de Marcus passèrent furtivement de Bax à moi et il déglutit.

— Je lui ai dit que je garderais mon rendez-vous avec Roxie. Qu'il pourrait y aller à ma place s'il me donnait cinq mille de plus.

Bax émit un grondement sourd du fond de sa gorge et Marcus leva les mains en l'air, comme si cela pouvait suffire à éloigner l'homme sombre et dangereux.

— Je ne le connaissais pas. Je ne l'avais jamais vu. Je crois qu'il n'était pas d'ici.

— Il venait de The Hill ?

Marcus cligna des yeux en me regardant comme si la question n'avait aucun sens.

— Non, comme s'il venait d'un autre pays. Il avait un accent.

Bax et moi échangeâmes un regard perplexe. Personne de l'extérieur ne venait exprès à The Point.

— Un accent d'où ? demanda Bax d'une voix rocailleuse.

— Je ne sais pas… honnêtement. Irlandais, écossais, anglais, sud-africain… Laissez-moi tranquille, je vous en supplie.

Il gémit et Bax lui jeta un regard écœuré avant de me rejoindre au pied du lit.

— Où est mon argent ? demandai-je.

Marcus me regarda avec des yeux immenses.

— Quoi ?

Je croisai les bras sur ma poitrine et plissai les yeux.

— Tu viens de dire qu'il t'avait donné assez pour payer ta dette et cinq mille de plus. Où est mon argent, Marcus ?

C'était une toute petite chambre et on ne pouvait pas ne pas remarquer que ses yeux essayaient de se poser partout sauf sur le petit sac de voyage noir que quelqu'un avait négligemment coincé sous la chaise à côté du lit. J'inclinai la tête en direction du sac et Bax alla le chercher. J'entendis la fermeture Eclair, puis il hocha la tête. Je posai une main sur le dessus du pied de Marcus et lui fis un sourire tout sauf sincère.

— J'en ai fini avec toi. Je ne prendrai plus aucun pari pour toi. Ne t'approche pas des filles de Nassir. Ne mets plus les pieds à The Point, Marcus.

Je tirai de toutes mes forces jusqu'à ce que le câble qui soutenait la jambe sur laquelle j'étais appuyé se détache de la poulie. Il y eut un claquement et la jambe plâtrée tomba sur le lit avec une force impressionnante. Marcus poussa un cri perçant. Bax et moi sortîmes alors que des infirmières accouraient. Bax mit le sac sur son épaule et je le suivis jusqu'au parking en silence.

Quand nous fûmes de nouveau dans la voiture, en direction du garage, je ne pus m'empêcher de demander :

— Un mec avec un accent ?

Il ne répondit rien pendant un long moment, puis il secoua légèrement la tête.

— Aucune idée.

— Je vois Titus demain pour lui demander ce qu'il sait à propos de mon père. Je lui poserai la question.

— Je n'aime pas ça.

Nous étions habitués à savoir qui était l'ennemi, à savoir ce qui nous attendait dans l'ombre. Ce retournement de situation n'était pas le bienvenu.

— Moi non plus.

Et je ne voulais même pas imaginer la réaction de Nassir à cette nouvelle part d'inconnu. C'était nous qui étions censés être les nouveaux boss de The Point, pas un obscur personnage avec un accent, assoiffé de vengeance, et aussi doué que nous pour se déplacer dans l'ombre.

Le reste du trajet se fit dans un silence pesant que je ne troublai qu'en tapant un message à Nassir sur mon téléphone, pour le tenir informé. Sa réponse consista seulement en quelques noms d'oiseaux. J'allais ranger mon téléphone quand j'eus la surprise de voir que Brysen était en train de m'appeler. Je pensais qu'elle était encore furieuse contre moi et je prévoyais de la laisser ruminer jusqu'au week-end. Ensuite, je reviendrais à elle, qu'elle ait dépassé sa colère ou non.

— Allô ?

— Tu es où ?

Pas de préambule, et sa voix n'était pas très joyeuse.

— Je me dirige vers le garage. Je vais y passer la nuit.

— Bien, je te retrouve là-bas.

— Euh, d'accord.

Elle raccrocha sans ajouter un mot. Je fixai mon téléphone

avec la stupéfaction la plus totale. Je regardai Bax et il me sourit.

— Elle me retrouve au garage.

— Elle est sans doute au courant de notre visite au prof-assistant.

— Merde.

— Elle avait l'air vénère ?

— Non... Enfin, pas vraiment. Avec elle, c'est un peu dur à dire.

— Je vais te déposer et aller voir si Roxie va bien.

J'acquiesçai.

— Tu ferais mieux de dire à Dovie que c'est là-bas que tu vas.

— Sérieux, mec, tu dois te mettre en tête qu'avec Dovie, c'est du solide. Elle me fait confiance. Elle sait qu'il n'y a plus rien avec Roxie et qu'il n'y aura plus rien. Personne ne compte à part elle.

Il était peut-être follement amoureux de ma petite sœur, mais il était parfois un peu idiot quand il s'agissait des émotions humaines de base.

— Bax, tu couchais avec Roxie et c'est la première personne que tu es allé voir en sortant de prison. Oui, Dovie te fait confiance, mais ça la blesserait d'apprendre de quelqu'un d'autre que tu es allé au District pour voir une nana avec qui tu sortais. Explique-lui juste la situation pour lui épargner un peu de chagrin, d'accord ?

Il se contenta de grogner, mais quand la Hemi s'arrêta devant le portail, j'ouvris la porte et vis qu'il sortait le téléphone de la poche de son sweat à capuche. Je lui dis qu'on pouvait se retrouver plus tard, lui demandai de donner le cash de Marcus à Nassir et tapai le code sur le portail de sécurité au moment où la BMW de Brysen tournait au coin de la rue. Elle franchit le portail et j'allais la suivre à l'intérieur quand une autre voiture passa à toute vitesse dans la rue. Je ne m'en serais pas soucié en temps normal, mais avec tous les problèmes qui tournaient autour de la blonde glaciale comme un groupe de vautours affamés, je ne pouvais pas mettre ça sur le compte d'une simple coïncidence. J'attendis une minute pour voir si la voiture faisait demi-tour et repassait, mais ce ne fut pas le cas.

Les portes se refermèrent derrière moi et je marchai jusqu'à l'endroit où Brysen s'était garée. La BMW était vide et je ne la voyais nulle part. Elle était venue assez souvent pour prendre la porte latérale et entrer directement dans le garage. Je ne savais pas si c'était bon ou mauvais signe qu'elle m'attende dans mon espace, mais je n'avais pas peur d'elle et peu importait ce qu'elle avait à me dire. Je n'étais pas prêt à la laisser partir. Je savais qu'il y avait de sérieux obstacles à franchir avant que je puisse dire qu'elle m'appartenait, mais ça n'empêchait pas tout ce qu'il y avait de primitif en moi de vouloir qu'elle soit mienne.

Je pris le chemin du loft et m'arrêtai net quand j'atteignis l'entrée. Elle était assise les jambes croisées au milieu du lit que je n'avais pas pris la peine de replier en canapé. Elle avait la bouteille de whisky givrée dans une main et un verre à moitié plein du liquide ambré dans l'autre. Ses cheveux platine étaient coincés derrière ses oreilles et son regard bleu poudré était rivé sur le mien. Rien que ça suffisait à faire tressaillir mon sexe, mais le fait qu'elle porte une de mes chemises et apparemment rien d'autre rétrécit mon champ de vision à quelques points précis et fit affluer tout le sang de mon corps à la zone sous ma ceinture.

Elle prit une gorgée de whisky et je dus réprimer un grognement quand elle lécha une goutte qui restait sur sa lèvre du bas.

— Est-ce que tu vas faire du mal à mon père, Race ?

Je soupirai lourdement et avançai nonchalamment jusqu'au

lit pour lui prendre la bouteille. Je baissai les yeux sur elle et marmonnai :

— Je ne t'ai encore jamais menti, Bry, et je ne vais pas commencer maintenant. Même si ça te pousse à remettre tes vêtements et à partir.

Elle pencha la tête sur le côté et finit son verre.

— J'ai besoin de savoir la vérité.

— Je ne sais pas ce qui va arriver à ton père, Brysen. Il doit beaucoup d'argent et il devra finir par trouver un moyen de payer. Je peux te dire une chose : les hommes morts ne payent pas, donc même si au final on doit avoir une petite discussion avec lui, on n'ira pas plus loin que lui faire comprendre de façon très claire qu'il ferait mieux d'allonger les billets. Pour l'instant.

C'était tout sauf rassurant et j'étais sûr qu'elle allait paniquer à nouveau et partir, alors j'enlevai le bouchon du whisky et but ce qu'il restait en une longue gorgée. Je dus souffler entre mes dents pour éteindre la brûlure de l'alcool. Je sentais dans mon haleine un goût de fumée et de terre.

— On n'a pas d'argent, Race. La maison est saisie, il a perdu son plan retraite au jeu, et tu as déjà la voiture. Il n'y a plus rien.

Elle avait l'air si triste, si abattue, que tout ce que j'avais envie de faire, c'était de la prendre dans mes bras et de lui murmurer que tout s'arrangerait, mais comme je l'avais dit, je n'allais pas commencer à lui mentir maintenant.

— Ça arrive plus souvent que tu le penses.

C'était nul, mais c'était la triste et dure réalité, et ça faisait longtemps que je n'avais plus la migraine à force d'entendre la même histoire encore et encore. Mais cette fois, il y avait quelque chose de plus profond que du jugement et de la déception dans ses yeux bleus. Et face à ce regard, je sentis un élan de remords fendiller la coque d'acier dans laquelle je m'enveloppais quand il s'agissait du business. Je lui disais sans cesse que je voulais prendre soin d'elle et la protéger, et pourtant voilà que je lui causais indirectement toutes sortes de peines. Pour la première fois, j'éprouvais un véritable sentiment de regret par rapport à ce que je faisais dans The Point ; elle avait déjà dû endurer tant de souffrance à cause de mauvais choix faits par d'autres.

Elle soupira à son tour et se pencha pour poser son verre vide par terre. Ce mouvement me fournit une vue parfaite sur ses fesses dénudées, et cette fois je ne pus retenir un grognement. Elle haussa les sourcils et se mit sur ses genoux pour pouvoir me rejoindre de l'autre côté du lit. Elle s'arrêta juste devant moi. Elle releva le menton et ses yeux bleus me pénétrèrent, directs et inflexibles.

— Es-tu la raison pour laquelle le prof-assistant maléfique a changé de cours ? Le professeur va réévaluer tout mon travail du semestre et je vais sans doute le valider.

Je posai la main sur sa joue et caressai du pouce la douce courbe de sa lèvre inférieure.

— Tu es une fille super. J'en ai assez que la vie te malmène. Il faut qu'on parle du prof-assistant, Brysen. Il y a des trucs qui ne collent pas.

Elle grimaça, mais tourna la tête pour déposer un baiser au creux de ma paume, que je ressentis jusqu'au plus profond de mon âme, dans cette zone qui n'était pas tachée par la vie que j'avais choisie.

— Est-ce que tu essaies de prendre soin de moi, Race ?

— J'essaie. Pour l'instant, mon taux de réussite est de cinquante-cinquante.

Elle eut un petit rire sec et posa les mains de chaque côté de ma taille.

— Pourquoi ? Pourquoi, avec tout ce que tu as dans ta vie, tu veux m'ajouter dans le lot, en sachant que je ne serai peut-être pas capable d'accepter ça ? Je ne suis pas Dovie. Je ne viens pas de la rue, Race. Ta vie me fait peur.

Je laissai tomber la bouteille de whisky, sans m'inquiéter qu'elle se casse. Je passai les doigts dans ses cheveux doux comme de la soie, au niveau de ses tempes, et lui relevai la tête pour que nos regards se mêlent et qu'elle ne puisse détourner les yeux.

— Je sais, mais tu es là quand même et c'est pour ça que je te veux dans ma vie. Tu rends toutes les choses hideuses un peu moins dures à regarder.

Je m'approchai encore pour qu'elle ressente mes mots contre sa bouche entrouverte plus qu'elle ne les écoute.

— Et franchement, ta vie fait aussi peur que la mienne en ce moment.

Elle expira et se redressa sur ses genoux pour que nos bouches se touchent presque.

— Je voulais vraiment me convaincre que je pouvais te détester. Je voulais que tu sois la pire chose au monde pour moi, mais dès que j'essaye de m'en persuader, je me rends compte qu'au final tu es la meilleure chose dans ma vie.

Je frottai ma bouche contre la sienne, laissai le bout de ma langue effleurer le haut de sa lèvre supérieure, ce qui la fit tressaillir et serrer le tissu de ma chemise.

Je lui dis dans un élan précipité :

— Je ne suis pas un type très bien, mais je sais différencier le bien du mal. J'en ai assez que le mal l'emporte toujours par ici, et j'en ai assez que le mal essaie de te dévorer vivante, alors je ferai absolument tout ce que je peux pour m'assurer qu'il ne te touche pas.

J'avais fini de parler. Elle était presque nue, elle était magnifique, et elle était venue à moi. J'avais la ferme intention de l'embrasser et de l'allonger sur le lit, mais elle me prit de court en faisant remonter ses mains dans mon dos, en se redressant et en posant sa bouche sur la mienne. Le whisky lui donnait un goût grisant d'alcool vieilli en fût de chêne, mais derrière, sa saveur était acidulée et sucrée, comme le meilleur bonbon que je pouvais imaginer. Mes pensées d'avant sonnaient encore plus vrai. Je n'étais pas près d'en avoir fini avec elle, et à ce rythme-là je doutais d'en avoir fini un jour. J'étais plus que disposé à tomber amoureux d'elle, et quand elle se pencha en arrière pour nous attirer tous les deux sur le lit, je craquai littéralement pour elle. Et rien n'aurait pu me rendre plus heureux.

13

Brysen

Je n'avais eu l'intention ni de le séduire ni de le tenter. Mais quand je l'avais vu debout devant le portail, lumière étincelante parfaitement sereine et majestueuse dans un endroit si morne et sombre, mes motivations avaient changé instantanément. Il y avait quelque chose de si évident dans les deux peaux qu'il revêtait avec une telle facilité : celle d'un sang bleu d'une beauté irrésistible, et celle qu'il portait le plus souvent, d'un roi de la rue écorché et impitoyable. Les deux me montaient à la tête.

Tant de questions sans réponses et tant d'obstacles semblaient s'élever entre nous. En réalité, quand j'analysais tout ça, tandis que je me déshabillais en me rendant dans la petite pièce dépouillée qui me semblait plus accueillante et familière que la maison pleine de mensonges dans laquelle je vivais depuis un an, je voyais que Race était la seule personne qui avait toujours été complètement honnête envers moi. Il était aussi la seule personne dans mes souvenirs récents qui s'était démenée pour faire quelque chose pour moi, au lieu d'attendre que je débarque pour sauver la situation. Je ne pouvais plus nier que cela suffisait à me donner envie de lui grimper dessus et de m'enrouler autour de lui si fermement qu'aucun de nous ne pourrait s'échapper.

J'étais impatiente qu'il soit au moins aussi déshabillé que moi, mais quand il retira sa chemise, au lieu d'admirer tous ces muscles saillants qui me pressaient contre le matelas, je me retrouvai à passer les mains sur les bleus qui avaient pris une couleur vert jaunâtre. C'était toujours là, sous son vernis brillant et impeccable. La dureté de l'homme qu'il était vraiment. Cette dualité qui faisait de Race Hartman celui qu'il était. J'écartai les jambes tandis qu'il les poussait de son genou et je haletai quand il serra son corps plus étroitement contre le mien. J'enroulai un bras autour de ses épaules et glissai l'autre dans le peu d'espace qu'il restait entre nous pour aller travailler sa ceinture et le devant de son jean. Je le sentais palpiter au rythme de nos battements de cœur effrénés et je savais qu'il était excité, prêt. Je l'entendis gémir quand mes doigts entrèrent en contact avec sa peau impatiente et ardente. Je n'avais jamais rien vu qui vibre et déborde autant de vie et de vitalité que Race. Je voulais le manger tout entier.

Il fit glisser de mes épaules la chemise que je lui avais empruntée et lécha ma peau le long de ma clavicule. Il répéta sa caresse en sens inverse et s'arrêta au milieu. Quand il releva la tête et me montra cette fossette sexy, je sentis un frisson envahir tout mon corps. A la manière dont le vert de ses yeux s'était assombri, je sus qu'il avait senti ma réaction. Je devais me débarrasser de son pantalon avant qu'il ne me fasse perdre la tête, ce qui était son intention, à mon avis, mais il baissa la tête et prit l'un de mes tétons durcis dans sa bouche.

Ce ne fut pas seulement la chaleur de sa bouche ou le tournoiement de sa langue autour de mon téton qui me firent arquer le dos au-dessus du lit. Mais sa manière de toucher l'autre avec douceur et respect, sa façon de ronronner contre ma peau frissonnante comme si j'étais une sorte de dessert délicieux dont il avait été privé jusqu'à maintenant. C'était comme s'il allait utiliser tous les outils sensoriels à sa disposition pour me savourer, et mes mains en tremblaient, ce qui rendit ma tâche consistant à sortir son érection imposante hors de sa prison de jean plus difficile que prévu.

— Race ?

C'était une question et une plainte.

Il se contenta de grogner et leva la tête de mon sein tout en se hissant sur un bras pour m'aider à enlever le reste de ses vêtements. J'avais toujours les bras dans sa chemise et quand je m'agitai pour en sortir, il secoua la tête, envoyant des mèches de cheveux blonds devant ses yeux brillants et sombres, pleins de désir.

— J'aime bien te voir entortillée dans mes affaires.

Il attrapa mes jambes de chaque côté de lui et les enroula autour de sa taille. Quand il se baissa à nouveau sur moi, la partie dure et brûlante de son anatomie était pressée contre ma chair frémissante et prête à fondre. Je voulais soulever les hanches pour le forcer à entrer en moi, mais il posa une main sur le côté de mon visage et dessina de son index le sourcil que j'avais haussé en interrogation.

— On ne va pas faire ça comme ça, Bry.

Il embrassa le haut de ma joue, puis ma tempe. Je frottai mes mains de haut en bas sur ses côtes, en faisant attention à son corps toujours en rémission.

— Qu'est-ce que tu veux dire ?

Il répéta ces baisers délicats et apaisants de l'autre côté au moment où mon corps se cambrait involontairement contre le sien. Je sentais à quel point il était prêt, c'était évident aux perles d'excitation chaudes et humides contre l'intérieur de ma cuisse, mais pour une raison que j'ignorais, il se tenait à distance.

— Un coup d'un soir et au revoir. On ne va pas se faire ça l'un à l'autre. Je me fous complètement des raisons, au final tout ce qui m'importe c'est que tu sois là, et tant que tu es là, je ne te donnerai aucune raison de le regretter.

Son regard brûlait le mien et il m'embrassa. Avec sa bouche, avec tout son corps quand il entra finalement en moi. Il m'embrassa avec ses mains quand elles prirent mon visage entre leurs paumes rugueuses pour que je ne puisse pas détourner le regard. Et il m'embrassa avec quelque chose de plus profond, qui avait plus de sens, tandis que je sentais son cœur sauter et danser contre le mien. Je soulevai les hanches pour l'accueillir encore plus profondément dans mon corps criant de désir, et je resserrai mes jambes autour de lui.

— Ce n'est pas toujours facile. Tu n'es pas toujours facile, mais je n'ai encore rien à regretter, Race.

Je goûtai ces mots quand son souffle les renvoya en moi et nous haletâmes l'un contre l'autre tandis qu'il plaçait ses mains de chaque côté de ma tête et commençait à bouger en moi. Faire l'amour avec Race était toujours différent. Chaque fois que nos corps se connectaient, je sentais que chacun laissait des morceaux de soi à l'autre. Je vis son regard s'assombrir encore, sentis un accroc dans sa respiration alors que nos peaux glissantes se frottaient l'une contre l'autre.

J'enfonçai les dents dans le lobe de son oreille, embrassai la peau sensible derrière, et enfouis le nez dans le creux de son cou tandis que je sentais mon corps frémir et s'agiter sous lui. Son rythme s'accéléra et une de ses mains disparut entre nous. Ses coups de reins se firent plus pressés, et les muscles et les veines du bras qui le soutenait se contractèrent et gonflèrent dans une démonstration de force enivrante. Je voulais lui dire de ne pas s'embarrasser avec d'autres caresses, car j'y étais presque. Ses mots et sa façon de me regarder, de se pencher sans cesse pour m'embrasser, de faire l'amour à ma bouche aussi consciencieusement qu'au reste de mon corps, tout cela m'amenait déjà presque à l'orgasme. Je sentais à quel point j'étais embrasée, à quel point ma chair brûlait de désir tandis qu'elle l'aspirait en moi, et la pièce entière exhalait le sexe et le whisky de luxe. C'était terriblement érotique.

Mais Race, égal à lui-même, avait besoin d'aller toujours plus loin. Il chatouilla mon nombril avec son doigt, ce qui me fit glousser dans la courbe de son épaule. Puis ses doigts habiles plongèrent à l'endroit où nous étions joints et dans les replis humides de mon sexe, droit au but. Il utilisa son pouce pour appuyer sur mon clitoris et en même temps souleva ses hanches pour pouvoir entrer plus profondément encore. J'en eus le souffle coupé et je ne pus garder les yeux ouverts sous la vague de plaisir et d'émotion qui m'engloutissait. Je criai peut-être son nom, ou perdis peut-être connaissance une seconde, car soudain il accéléra pour arriver à l'orgasme et poussa un grognement de plaisir dans ma bouche, tandis qu'il s'affaissait et unissait nos lèvres dans un dernier baiser enflammé.

Nous restâmes ainsi pendant un long moment. Rassasiés et apaisés. L'idée qu'il y avait bien plus que du sexe entre nous semblait doucement s'installer. Je dus finalement me tortiller un peu pour pouvoir respirer, car s'il n'était pas très corpulent, il était quand même costaud et lourd, et je ne voulais pas rester coincée dans la zone humide du matelas. Il rit quand je le lui dis et il nous fit rouler vers l'autre côté du lit, se retrouvant au-dessous cette fois-ci. Il m'aida à me défaire de sa chemise désespérément froissée et il réussit je ne sais comment à nous garder collés l'un à l'autre. Je n'allais pas m'en plaindre, j'aimais le sentir contre moi, et sa façon d'enrouler des mèches de mes cheveux autour de ses doigts tout en caressant mon dos avec de grands mouvements délicats de sa paume.

— Je peux te poser une question ? demanda-t-il.

Ma joue était posée contre son cœur et j'entendis sa question vibrer à travers moi. Je bâillai et me frottai le nez contre mon oreiller vivant, dur comme la pierre.

— Est-ce que ça va me mettre en colère ? Parce que je me sens plutôt très bien, et ça ne m'arrive pas si souvent.

Il jura et sa main baladeuse atterrit sur mes fesses nues. Il leur donna une petite tape et ricana. La vibration se diffusa dans mon corps et je frissonnai de plaisir.

— Pourquoi tes parents t'ont donné un prénom d'homme ? Tu es clairement une fille très féminine, et Brysen, on dirait le prénom du gamin qui te pique ton argent de poche en primaire.

Je gigotai un peu et soupirai contre lui tandis que sa main s'aventurait plus bas.

— J'étais censée être un garçon. A la dernière échographie, le technicien a cru voir un truc entre mes jambes, alors mes parents ne s'attendaient pas à avoir une fille. Ils avaient déjà peint la chambre en bleu et choisi un nom. Et puis j'ai débarqué, et je crois qu'ils étaient trop paresseux ou pas assez impliqués pour changer de prénom.

Je haussai les épaules et l'embrassai sur le torse.

— Je le détestais quand j'étais petite, mais j'ai appris à l'accepter. J'ai été un peu obligée de m'y faire quand Karsen est arrivée et qu'ils lui ont aussi donné un prénom de garçon.

Il bougea légèrement ses jambes et je sentis son sexe s'agiter en moi. J'étais prête pour un somme, mais apparemment Race, dans toute sa splendeur surnaturelle, était prêt pour la deuxième mi-temps. Je levai la tête et posai mon menton sur le dos de ma main, en appui sur son cœur. Je haussai les sourcils et lui décochai un petit sourire.

— Sérieux ?

Il me montra sa fossette et je grognai, car c'était un moyen infaillible de me faire craquer. Je sentis ma chair, dans laquelle il était blotti, se resserrer autour de lui en une invitation explicite. Il leva les bras au-dessus de sa tête, m'offrant un festin visuel de muscles qui me mettait l'eau à la bouche.

— Comme je l'ai dit, tu as peut-être un nom de garçon, mais tu es complètement féminine, dit-il avec un regard concupiscent qui para tout mon corps dénudé de chair de poule. Alors tes parents ont toujours été un peu à la ramasse ?

Je ne me faisais pas à son habitude de faire de l'après-sexe un moment de partage de nos passés, mais il m'apaisait tout en m'excitant et j'étais trop détendue pour débattre de la pertinence du moment et de l'endroit.

— Je n'y ai jamais vraiment pensé. On a toujours eu une belle maison, et Karsen et moi avions toujours des vêtements neufs et allions dans une école plutôt bien. On n'a jamais été riches comme les gens de The Hill, mais on était loin d'être pauvres. Je ne savais rien de The Point ou de l'autre côté de la rue avant l'accident de ma mère. Quand elle a perdu son travail, je crois que les choses ont vraiment commencé à se dégrader pour mes parents. On était toujours plus ou moins seules, Karsen et moi, de toute manière. Alors j'ai juste fait ce que je pensais devoir faire.

— Tu essayais de garder la famille unie.

J'acquiesçai et bougeai légèrement les hanches, ce qui le fit haleter. J'aimais bien avoir ce genre de pouvoir sur quelqu'un qui était capable de démanteler tous mes doutes sans lever le petit doigt. C'était aussi un peu grisant de savoir que j'exerçais un tel magnétisme sexuel sur un homme aussi puissant que Race.

— J'ai pensé pendant longtemps que je leur devais ça. Ils avaient pris soin de moi, du moins en surface. C'était donc à mon tour de rentrer à la maison et de prendre soin d'eux, mais je n'avais pas réalisé qu'ils souffraient de blessures qu'ils s'étaient eux-mêmes infligées.

Il grogna et remua les hanches d'un air impatient. Mon ventre était parcouru de picotements délicieux ; c'étaient les préliminaires les plus enivrants, les plus doux et intimes que j'avais jamais eus. Je tournai la tête, caressai des lèvres le bord de son téton et l'observai se durcir en réponse.

— Comment ta mère a fait pour échapper à une accusation alors qu'elle a tué quelqu'un en conduisant en état d'ivresse ?

Je frottai le bout de mon nez contre son bouton de chair et soupirai profondément.

— Elle s'est blessée au dos. Elle a été hospitalisée pendant très longtemps. Je crois que personne n'a jamais vraiment prouvé qu'elle était ivre. Aucun test sanguin n'a été fait sur elle. La famille de la victime a reçu des dommages et intérêts, et je crois que mon père leur a proposé un pot-de-vin. Ils venaient de The Point, ils l'ont sûrement accepté et sont passés à autre chose. Je vivais de mon côté quand tout s'est effondré, si bien que je ne sais que ce qui s'est passé ensuite. Tout ça a été une sale histoire du début à la fin.

Sa main revint me caresser les fesses tandis qu'une de ses jambes déplaçait mon genou sur le côté. Je le sentais gonfler et durcir en moi.

— Est-ce que ta mère a toujours été aussi ingérable ?

Son autre main glissa sous mes cheveux pour caresser ma nuque. Son pouce massait les muscles de mon cou et je me frottai contre lui comme une chatte.

— Elle a toujours été imprévisible et d'humeur changeante. C'était presque amusant quand on était petites. Je ne savais pas qu'il s'agissait de dépression ou que c'était dangereux avant le début de l'adolescence. Elle a été sous traitement pendant un moment, mais quand mon père a commencé à travailler de plus en plus, je crois qu'elle a arrêté de prendre ses cachets et s'est tournée vers l'alcool pour essayer d'attirer son attention. Elle est au courant pour ses paris et elle a accepté de se faire aider pour ses propres addictions. Maintenant, je dois juste trouver comment faire pour payer. L'endroit le moins cher qui pourrait l'aider demande quand même quinze mille dollars par patient.

Il se racla la gorge et je l'entendis presque penser. J'aurais dû me douter que le cerveau de Race était aussi brillant et complexe que tout le reste de sa personne.

Il m'embrassa sur le haut de la tête et passa les mains sur la courbe de mes fesses et le long de mes hanches, ses caresses légères semant des frissons et des picotements sur leur passage. Je sentais les muscles de mon sexe se tendre et l'enserrer involontairement. Avec un petit gémissement, je poussai sur mes mains plaquées sur son torse et baissai les yeux sur lui. J'adorais la façon dont ses yeux passaient d'une couleur à une autre. Il ne pourrait jamais cacher combien il me désirait, et à cette idée mon cœur se gonfla. Il était agrippé à mes hanches et je pouvais sentir que son érection était maintenant complète. Ses joues se teintèrent de rouge et il me sourit. Il ressemblait à un souverain des temps anciens, satisfait après la conquête d'une terre étrangère.

Avant qu'il ne puisse me retourner et nous faire rouler à nouveau, je pris son visage bien trop beau entre mes mains. Je caressai sa fossette avec mon pouce et haussai un sourcil.

— Et toi ?

Il fronça les sourcils.

— Comment ça, et moi ?

Pourquoi tous les garçons étaient-ils aussi têtus ? D'accord, il était hyper-excité et prêt à passer à l'action, mais je n'allais pas lui servir tout mon passé sur un plateau et ne rien attendre en retour.

— Et toi, comment elle était ta famille ?

Il soupira et secoua la tête.

— Ma famille, c'est Bax et Dovie. Même le frère de Bax, Titus, dans une certaine mesure, mais ça s'arrête là. Mon père est un salopard sans aucune morale, aux tendances meurtrières et je pensais que ma mère était trop délicate pour l'admettre. Il s'est avéré qu'elle aime vraiment ce monstre à l'exclusion de tous les autres. Au mieux, je la tolère. J'ai honte que leur sang coule en moi.

Je savais qu'il existait des dissensions dans sa famille, qu'il avait été renié et qu'il y avait eu des problèmes avec son père qui refusait de reconnaître Dovie, mais je ne pensais pas que l'aversion de Race pour ses parents était aussi forte et aussi profonde.

— Je suis désolée.

— Tu n'as pas à être désolée. J'étais un abruti, un gosse de riche pourri gâté quand je vivais avec eux. Il m'a fallu me faire une place dans le monde, trouver ma vraie famille et mon vrai foyer, pour comprendre à quoi tenait vraiment la vie.

Ses yeux brillèrent malicieusement et une de ses mains passa de ma hanche à la courbe de ma cuisse avant de disparaître dans mon intimité humide et déjà prête.

— Je sais apprécier une bonne chose quand elle me tombe dessus, Brysen. Ne t'inquiète pas pour ça.

J'aurais bien répondu, mais il utilisait le bout de ses doigts pour jouer avec mon clitoris, et mon cerveau choisit de se concentrer sur le plaisir qu'il me procurait et sur son regard sexy et insistant. Je ne pouvais plus rester assise sur lui alors que nous étions en train de nous exciter mutuellement. Je crois que c'était son intention. Je déplaçai mes mains pour les poser sur la ligne dessinée de ses abdominaux et me mis à bouger lentement au-dessus de lui, tandis que ses doigts s'agitaient entre mes cuisses, intensifiant toute l'excitation de nos corps se mouvant l'un contre l'autre. Je sentis son ventre se contracter et il pinça l'un de mes tétons. Bon sang, qu'il était doué pour faire plusieurs choses à la fois ! Il excellait dans tout ce qu'il entreprenait, et tandis que je remuais sur lui, et qu'il me caressait, me câlinait jusqu'à ce que j'atteigne un nouvel orgasme étourdissant, je me demandai si tout ce talent suffirait à effacer son côté sombre qui, je le savais, ne se cachait pas bien loin.

Il m'épuisa. Nous restâmes éveillés toute la nuit, et il ne me laissa un peu de répit que lorsque je lui dis que je devais au moins envoyer un message à Karsen pour la prévenir que je ne rentrerais pas. Je ne pus dormir que bien après le lever du soleil et, preuve que j'étais exténuée, le bruit montant du garage lorsque les gars vinrent travailler ne me dérangea même pas.

Je finis par ouvrir péniblement les paupières quand le matelas s'enfonça à côté de mon épaule et qu'une tasse de café apparut devant mes yeux. Je sentis un baiser sur ma tempe et me relevai à grand-peine, repoussant mes cheveux de mon visage.

Race portait un jean foncé et un pull gris à col en V. Ses cheveux étaient humides et il n'avait pas pris la peine de se raser. Il était à croquer, mais son visage était sérieux.

— Bonjour.

Je bus une gorgée de café et réalisai que j'étais assise nue sur le lit alors qu'il était tout habillé. J'essayai de remonter la couverture sur moi, mais il rit et la mit hors de portée.

— Si tu avais des cours ce matin, tu les as ratés.

Et merde.

Il croisa les bras sur la poitrine et baissa les yeux sur moi avec l'expression que je commençais à connaître : celle qui disait que quelque chose n'allait pas.

— Tu te souviens quand je t'ai dit hier soir qu'on aurait à discuter du prof-assistant ?

Comment pouvais-je me souvenir d'autre chose que de toutes les merveilles que ses mains et sa bouche m'avaient faites toute la nuit ?

— Tu veux bien me lancer une chemise ou quelque chose ? Peut-être que ça me rafraîchira la mémoire.

Il haussa un sourcil et alla fouiller dans l'unique placard. Il revint avec un T-shirt noir que j'enfilai. La prochaine fois que je me déshabillerais pour l'attendre sur le lit, il faudrait que je pense à laisser mes vêtements à portée de main.

Une fois couverte, je coinçai mes cheveux derrière les oreilles et lui lançai un regard interrogateur.

— Qu'est-ce que tu veux me dire sur le prof-assistant ?

— Il a très vite avoué qu'il avait volontairement baissé tes notes pour tenter de ruiner ta moyenne. Chaque petit détail qu'il pouvait trouver, il l'utilisait pour t'enlever des points.

Je ricanai. Race faisait bien quinze centimètres de plus que mon ennemi juré, et en aucun cas un universitaire habitué aux débats savants n'aurait pu tenir tête à toute l'arrogance confiante et à l'intensité d'un gars comme Race. Ajoutez Bax, qui avait l'air d'un criminel sans même le vouloir, et je trouvai impressionnant qu'Elliot l'assistant n'ait pas fait ses valises et déménagé pour un autre Etat après les menaces.

— Quel naze. Juste parce que je n'ai pas voulu sortir avec lui.

Race grimaça.

— Non, c'est de ça que je veux te parler. Il était vexé que tu lui dises non, mais ce n'était pas vraiment un problème jusqu'à ce que quelqu'un lui envoie des messages et des mails en se moquant de lui, en dévoilant sa vie privée pour le ridiculiser et l'humilier.

J'étais stupéfaite.

— Quoi ?

— Quelqu'un se faisant passer pour toi lui a envoyé des trucs vraiment méchants. Des trucs violents qui auraient énervé n'importe qui. C'était partout sur les réseaux sociaux, en plein sous son nez. Il t'a saquée pour se venger.

Je faillis laisser tomber la tasse de café sur le lit.

— Je n'ai pas fait ça. Je ne ferais jamais une chose pareille. Je n'ai même pas de Facebook ou de Twitter et je ne lui ai jamais envoyé de message ! Je lui ai peut-être envoyé un mail pour les cours, mais c'est tout.

J'avais désespérément besoin qu'il me croie. Je ne voulais pas qu'il me pense responsable de ce qui m'arrivait alors qu'il m'avait défendue.

— Bry, calme-toi.

Il passa la main dans mes cheveux et la laissa tomber sur mon épaule.

— J'ai passé ton ordinateur au peigne fin pour récupérer des données. Je sais que tu n'y es pour rien, mais ça n'empêche pas que quelqu'un se faisant passer pour toi l'a fait. Quelqu'un a essayé de te renverser, et maintenant quelqu'un essaie de foutre ta vie en l'air d'une manière plus insidieuse. De toute évidence, cette personne est sérieusement obsédée par toi, et j'ai besoin de savoir qui c'est.

— C'est complètement fou.

— Je sais. Je dois voir Titus à propos de certaines choses,

et après je vais apporter ton vieil ordinateur à un ami pour voir s'il peut sortir plus d'infos que moi. Je vais aussi lui demander s'il peut trouver d'où étaient envoyées les données du « faux toi ».

Je ne pouvais que le regarder bêtement. Je ne savais pas quoi dire. Il toucha mon menton avec le dos de sa main et fit claquer sa langue.

— Ne t'inquiète pas, on va arranger ça.

— Avant ou après que je perde tout ?

— Si quelqu'un veut te prendre autre chose, il faudra d'abord qu'il me passe dessus.

Il posa sa bouche sur la mienne puis se redressa et passa les mains dans ses cheveux, ébouriffant ses mèches blondes.

— Au fait, j'ai peut-être une idée pour t'aider avec ta mère.

J'eus un mouvement de recul automatique et balançai mes jambes au bord du lit.

— Je ne vais pas t'emprunter quinze mille dollars, Race. Je ne pourrai jamais les rembourser, et l'idée de te prendre autant d'argent alors qu'on couche ensemble me donne la nausée.

Il jura et croisa les bras sur sa poitrine large.

— On fait plus que coucher ensemble, mets-toi ça dans ta jolie tête dès maintenant. Et tu sais que je ne le disais pas dans ce sens. Un des mecs qui me doivent de l'argent a ses entrées dans un centre de désintoxication. Ça ne sera pas dans le meilleur quartier de la ville, mais je pense pouvoir faire quelque chose.

Je laissai tomber ma tête sur mes genoux.

— Désolée. C'est juste que je n'ai pas l'habitude que les gens me viennent en aide. C'est une réaction instinctive. Et puis, cette situation est vraiment pourrie, et je ne veux pas t'entraîner là-dedans.

Je poussai un petit rire et le regardai en penchant la tête.

— Ce mec, c'est encore un de tes sous-fifres ?

Il grogna et se dirigea vers la kitchenette pour prendre ses clés.

— Non. Un mec plutôt normal qui aime parier sur le base-ball. Mais son équipe a fait une année merdique et maintenant il est dans le pétrin. Il a essayé de s'en sortir, mais tout ce qu'il a fait jusqu'ici, c'est creuser un peu plus son trou. Si je lui laisse une chance de s'en tirer en trouvant une solution pour ta mère, je crois qu'il sautera sur l'occasion. Je ne te promets rien, mais ça vaut le coup d'essayer.

Il revint vers moi et me donna un baiser qui m'incita à me frotter contre lui.

— Je t'appelle bientôt pour te tenir au courant.

Je le regardai partir nonchalamment et restai là à méditer sur la nouvelle orientation de ma vie. Comment, alors que j'étais bloquée et pétrifiée dans une existence qui n'était que l'ombre de ce qu'elle aurait dû être, m'étais-je retrouvée au beau milieu d'une vie pleine de dangers aux côtés d'un homme comme Race ? J'étais très heureuse qu'il veuille s'impliquer pour essayer de réparer tout ce qui avait volé en éclats ces dernières années, mais cela me rendait aussi méfiante.

Race savait manifestement résoudre les problèmes, il avait toujours réponse à tout, mais quand je lui avais demandé ce qu'il en était de l'avenir de mon père, il était resté vague. J'appréciais Race, je n'étais sans doute pas très loin de tomber amoureuse de lui, mais je ne saurais pas comment gérer la situation s'il finissait par faire du mal à mon père. Il me semblait que je devais toujours me battre avec cette contradiction quand il s'agissait de lui. Il pouvait faire quelque chose d'aussi merveilleux que de m'aider à fournir à ma mère les soins dont elle avait désespérément besoin, puis changer de cap et menacer mon père. Je ne pouvais pas me faire à l'idée d'avoir des sentiments pour un homme capable de faire ces deux choses en même temps.

Décidant que je ne trouverais pas de réponse concrète à ce dilemme pour le moment, voire jamais, je me tirai du lit et allai prendre une douche afin de me rendre présentable pour la journée. Je remis mes vêtements de la veille et décidai de sécher le reste des cours de la journée et de simplement aller au travail ce soir. Je cherchai partout quelque chose à manger dans l'espace minuscule de Race, en vain. Je ne savais pas comment il pouvait vivre comme ça. Il y avait bien des avantages à mener une vie simple sans s'encombrer de choses inutiles, mais il gardait cette voiture impressionnante et j'avais vu comment il s'habillait. Il menait une vie minimaliste à l'extrême, et je le connaissais assez bien désormais pour savoir qu'il y avait une raison à cela.

Mon estomac gargouillant ne me permettant plus de me balader dans le loft sans rien manger, je descendis l'escalier jusqu'au garage. Bax sortit immédiatement la tête de son bureau quand il m'aperçut. Apparemment, Race n'était pas la seule personne à garder un œil sur moi, dans le coin. Il m'adressa un signe du menton puis s'apprêta à repartir dans son bureau quand je l'appelai. Il se retourna et appuya une épaule musculeuse contre l'encadrement de la porte.

Je marchai vers lui et, laissant de côté toute la peur et toutes les questions que j'avais à son égard, je passai une main derrière sa taille et le serrai contre moi. Je le sentis se raidir et se reculer.

— Mais qu'est-ce que tu fous ?

Ses sourcils étaient hauts sur son front et l'étoile tatouée à côté de son œil tressautait. Bax n'était apparemment pas le genre de mec qu'on pouvait serrer dans ses bras dans un élan de gratitude.

— Je voulais juste te remercier d'avoir obtenu de cet abruti qu'il se retire de mon cours. Oh et tu ne connaîtrais pas quelqu'un qui serait intéressé pour acheter ma voiture ? Je dois encore en rembourser une partie, mais je devrais retirer assez de la vente pour prendre un petit appart quelque part, pour ma sœur et moi.

— Dis merci avec des mots, pas avec des gestes. Tout ce que j'ai fait, c'est me montrer. Race était furieux et le gars l'a senti. Quelqu'un qui plombe ta vie comme ça ne veut pas seulement te blesser, mais carrément foutre en l'air ta vie de l'intérieur.

Je me mordis la lèvre.

— Race dit que c'est quelqu'un qui est vraiment obsédé par moi.

Il acquiesça, le regard sombre et sérieux.

— On dirait bien.

Bon, je ne pouvais rien y faire pour le moment, pas avant d'avoir au moins une idée de qui ça pouvait être.

— Tu me diras pour la voiture ?

— Je vais voir. Les BMW se vendent toujours, mais tu sais que Race va péter les plombs si tu te débarrasses de cette voiture et si tu viens habiter dans le coin.

— Race ne peut pas régler tous mes problèmes. Il m'aide déjà bien assez comme ça.

Bax grogna et se retourna pour rentrer dans son bureau, mais pas avant de m'avoir dit d'une manière très terre à terre :

— Si tu lui présentes un problème, il va essayer de le régler. C'est ce qu'il fait pour les gens qui comptent pour lui, et si tu le laisses pas t'aider, il prendra les choses en main de toute façon. Ne le force pas à agir dans ton dos pour avoir une excuse pour te mettre en colère contre lui après coup. Ce serait pas juste, et vous êtes tous les deux trop intelligents pour ça.

— En quoi ça te regarde, Bax ?

Il me foudroya du regard par-dessus son épaule et je le vis fouiller dans ses poches pour prendre ses cigarettes.

— Race et moi, on a une longue histoire. En grosse partie bonne, mais avec aussi pas mal de trucs mauvais. J'aime sa sœur et grâce à elle, je sais ce que c'est d'aimer au point de pouvoir détruire toute la ville pour quelqu'un. Race supprimera tout ce qui représentera une menace pour toi, alors tu dois faire attention à lui. Etre avec des mecs comme nous... C'est comme être amoureuse d'un flingue chargé dont tu es le cran de sécurité.

Je voulus lui dire que je n'étais pas amoureuse de Race et que plus rien en moi ne pouvait lui servir de sécurité, mais les yeux sombres de Bax voyaient la vérité, alors je ne me fatiguai pas à mentir. Je fis simplement demi-tour et partis, me demandant comment je pouvais être la sécurité de Race si je ne savais même pas comment me servir d'une arme.

14

Race

— Ton père est un sacré numéro.

Je tapotais impatiemment des doigts sur la table et observais Titus d'un œil torve tandis qu'il engloutissait un hamburger et des frites. Il avait rejeté sa cravate par-dessus son épaule et il avait de la moutarde sur le menton, mais il parvenait encore à garder un air dur et impressionnant, d'une manière différente de Bax. Il semblait aussi complètement épuisé, comme s'il n'avait pas vu de lit ou fait une bonne nuit depuis des jours.

— Tu me dis ça à moi, marmonnai-je.

Nous étions dans un restaurant décrépit en face de son commissariat et l'endroit grouillait de flics. Certains portaient l'uniforme, d'autres non, et tous me regardaient de travers, se demandant manifestement ce que je pouvais bien faire parmi eux. C'était comme inviter le loup à dîner avec le troupeau et ça ne leur plaisait pas du tout. Ça m'aurait peut-être plus dérangé si Titus avait eu l'air de s'en inquiéter, mais il ne faisait que se goinfrer alors que j'essayais de lui soutirer des informations à propos de mon père. Ma mission aurait été plus simple s'il avait arrêté de changer de sujet pour parler des corps retrouvés et de qui avait pu agresser Roxie.

— Tu n'as vraiment aucune idée de qui pourrait être derrière ça ?

Il posa cette question la bouche pleine de frites, et je levai les yeux au ciel.

— Est-ce que tu crois vraiment que si c'était le cas, je ne te l'aurais pas dit, à toi ou à Bax ? Il est furieux à propos de ce qui est arrivé à Roxie. Quant à Nassir, il n'aime pas que quelqu'un perturbe ses affaires. Dans les deux cas, si je savais quelque chose, on aurait déjà un cadavre quelque part.

Il manqua de s'étouffer et prit sa boisson.

— Tu ne peux pas me dire des trucs comme ça, Race. Je suis flic.

Je me contentai de hausser les épaules.

— C'est la vérité.

— C'est peut-être vrai, mais dire des trucs pareils, ça s'appelle de la préméditation.

— Personne ne sait rien, Titus.

Il m'observa en silence pendant quelques secondes, puis remit sa cravate en place. Il s'essuya le visage et les mains avant de pousser sur le côté le plateau complètement vide.

— Ton père croit qu'il peut jouer sur les deux plans. Il croit qu'il peut donner juste assez au FBI pour se garantir la protection des témoins, mais pas toutes les infos, pour être quand même couvert par rapport aux gars de Novak qui sont encore vivants.

Je ricanai. Ça ressemblait bien à mon père. Il cherchait toujours un moyen de tourner la situation à son avantage.

— Le FBI a gelé tous ses biens.

— C'est plutôt normal dans une affaire qui rentre dans

la loi RICO. Les criminels ne sont pas autorisés à utiliser de l'argent sale pour payer leur défense.

— C'est quoi les chances qu'il s'en tire et rejoigne le programme ?

Titus jura et fronça les sourcils.

— Novak n'étant plus là, le procureur risque moins de se déchaîner sur Benny et le reste de l'équipe. Il s'intéresse plutôt à de la chair fraîche.

Je ne manquai pas le sous-entendu dans sa voix ni la manière dont ses yeux bleus soutenaient mon regard.

— Ton père pourrait donc très bien témoigner devant le grand jury, puis disparaître.

Je sentis mes dents du fond se resserrer.

— Il a essayé de faire tuer Dovie.

Titus se laissa aller contre la banquette et hocha la tête.

— Je sais, mais le système judiciaire met la priorité sur le trafic d'armes, de drogue et de sexe que gérait Novak. Ils veulent les connexions de son réseau et ses fournisseurs, et pour les obtenir, ils font des offres à des gens comme ton père et Benny pour les inciter à parler.

Je grognai.

— Offrir une nouvelle vie à mon père est déjà inacceptable, mais si Bax apprenait que Benny a bénéficié de ce genre de traitement de faveur, il deviendrait fou.

Sa bouche prit une expression sévère et son regard se durcit.

— Je sais. C'est pour ça que je ne lui ai toujours rien dit. Le FBI pense que ta mère en sait plus que ce qu'elle dit. Ils l'ont fait venir deux fois pour l'interroger.

— Je ne crois pas qu'elle savait. Elle l'a juste suivi aveuglément.

Titus me fixa. Putain, c'était déjà assez insupportable de penser que mon père était capable de tuer sa propre descendance. Si ma mère avait su et qu'elle était restée plantée là sans rien faire... Ma famille était vraiment complètement pourrie.

— Dans les deux cas, mon père ne peut pas s'en tirer comme ça.

— Si, s'il obtient une offre.

— Le FBI peut le mettre dans le système, Titus, mais je le retrouverai.

Il jura dans sa barbe.

— Race, ne me sors pas ce genre de conneries, surtout quand je sais que tout ce que tu mijotes impliquera mon crétin de frère.

Sur ce, je changeai de sujet. J'en avais assez que le mal envahisse tout ce qui composait ma vie, et mon père faisait définitivement partie du mal.

— Bon, le mec qui harcèle ma copine est passé au stade supérieur. En plus de vouloir la blesser physiquement, il a essayé de détruire sa vie de l'intérieur. Il a presque réussi à bousiller tout son semestre, ce qui lui aurait fait rater son diplôme.

Il pencha la tête sur le côté.

— Ta copine ?

— Ouais, ma copine.

Elle l'était bel et bien. Elle représentait le lien parfait entre la personne que j'étais avant et celle que je devais être pour survivre. Et je n'allais sûrement pas la laisser filer alors qu'avec elle c'était si simple et si agréable de redevenir moi-même.

— Tu es sûr qu'elle n'a pas un ex en colère ou peut-être un ancien ami à qui elle a fait un sale coup ? Quand un harceleur fait l'effort de détruire la vie de l'objet de son obsession, c'est en général pour essayer d'isoler la victime, pour la forcer ensuite à se tourner vers lui pour demander de l'aide.

— Elle jure que personne dans son passé n'a de raison de ruiner sa vie.

Il passa son pouce le long de sa mâchoire et je pus presque voir son raisonnement de flic à l'œuvre dans sa tête.

— Qui que soit cette personne, elle a emmagasiné une énorme colère contre elle et la considère manifestement comme une cible, comme une sorte de figure importante dans sa vie. Et le reste de sa famille ? Est-ce que le harceleur pourrait s'en prendre à elle pour les punir eux ?

Je clignai des yeux une fois, puis deux, et sentis la peur s'installer dans mon ventre.

— Son père me doit plus de trois cent mille dollars et sa mère est un déchet alcoolique émotionnellement instable. Il y a de quoi être vraiment énervé contre eux et le faire payer à Brysen.

Il acquiesça d'un air sombre.

— Est-ce qu'elle te laissera fouiller dans le linge sale de la famille ?

— Elle sait déjà, pour son père et l'argent. Elle m'a dit que sa mère cherchait à se faire soigner. Je crois qu'elle a causé un accident vraiment grave il y a un an, dans lequel un homme a été tué.

Dès que les mots sortirent de ma bouche, nous restâmes sans bouger, prenant pleinement conscience de la situation. Je jurai et Titus se pencha en avant.

— Est-ce qu'il y a eu des survivants ?

— Oui. Brysen m'a dit que seul le père avait été tué.

— Une famille en deuil est déjà un bon point de départ. Laisse-moi chercher le rapport d'accident et je verrai ce que je peux sortir comme info.

— Merci, Titus.

— En retour, tu me transmettras toute info sur l'homme mystérieux à l'accent.

— Si j'entends quelque chose, je te le ferai savoir.

Nous allions tous les deux nous lever de la banquette quand il m'arrêta en posant une main lourde sur mon épaule.

— Cette affaire avec ton père, je laisserais tomber à ta place, Race. La pire punition pour ce genre d'ordure serait de vivre quelque part dans l'Iowa, avec une indemnité versée par le gouvernement lui permettant de mener une vie de classe moyenne. Une vie où il ne serait personne et ne posséderait rien, et c'est bien pire que la mort pour un homme comme lui.

J'allais lui répondre que seule la mort était appropriée pour un homme prêt à tuer son propre enfant juste pour éviter des questions embarrassantes, lorsque la porte d'entrée s'ouvrit brusquement et qu'un agent en uniforme entra en courant.

— A qui est la Mustang ?

J'échangeai un regard avec Titus et me levai.

— La Mustang 1966 est à moi.

— J'ai déjà appelé les pompiers, mais vous voudrez peut-être aller voir. L'engin était complètement en flammes quand je suis arrivé dans le parking.

J'utilisai absolument tous les jurons que je connaissais et sortis à toute vitesse du restaurant, Titus sur les talons. Sans surprise, une foule entourait ma voiture tandis que des flammes jaune-orange s'élevaient au-dessus de la peinture rouge cerise. L'odeur d'essence et de fumée était presque étouffante et quelques agents tentaient d'éloigner la foule du brasier.

— Race.

Je regardai Titus du coin de l'œil et grondai :

— Ne dis rien. Putain, j'adorais cette voiture.

Il m'ignora. On entendait des sirènes au loin.

— Quand tu as tellement d'ennemis que tu ne sais même plus de qui tu dois te protéger...

Il marqua une pause pour être sûr que je comprenais ce qu'il disait.

— C'est que tu es dans une situation vraiment très dangereuse.

Je grimaçai tandis que les flammes chauffaient tellement que le pare-brise se cassa et s'effondra à l'intérieur de la voiture. Elle était fichue, et une petite partie de mon cœur en était brisée. C'était la première voiture que je m'étais achetée sans l'argent de mon père. Elle était en mauvais état avant que Bax ne fasse des merveilles sur elle. C'était la seule chose qui m'appartenait vraiment, et ce depuis le tout début. Et maintenant, ce n'était plus qu'un tas de métal noirci et de caoutchouc fondu. J'en avais mal au cœur et je sentais la rage couler en moi.

— Tu penses que c'est l'homme à l'accent ou c'est en rapport avec ta copine ?

Je n'en avais aucune idée, et dans les deux cas, peu importait. Celui qui avait fait ça allait me le payer. Je ne répondis rien. Je serrai fermement les mâchoires tandis que le camion de pompiers entrait dans le parking et projetait de l'eau à haute pression sur le tas de ferraille qui était autrefois ma magnifique voiture. La foule se dispersa et il ne resta plus que Titus et moi dans le parking. Il me donna une tape sur l'épaule et me secoua légèrement.

— Le commissariat a des caméras. Je vais voir si on a des images de lui ou une plaque d'immatriculation. Laisse-moi te ramener au garage.

Je soufflai faiblement et passai les mains sur mon visage.

— D'accord.

Je devais encore aller voir mon pote spécialiste en informatique pour l'ordinateur de Brysen, mais je ne pouvais pas le faire sans voiture. C'était une bonne chose qu'on ait justement un surplus au garage.

Je montai dans la banale berline de flic et fermai les yeux. Je me massai les tempes le plus fort possible. L'attaque de la Mustang me ramenait à toutes mes pensées sombres et à la peur de perdre ce qui comptait pour moi. J'étais obsédé par une fille qui avait un psychopathe à ses trousses, ma sœur était amoureuse de l'homme le plus dangereux de The Point, et mon partenaire en affaires était capable de me tuer sur un coup de tête. Tout ça me donnait l'impression que ma peau était trop étroite pour mon corps, et une nervosité bourdonnante ébranlait ma capacité à contrôler la situation et à rationaliser les problèmes. The Point déciderait de mon destin, mais si quelque chose arrivait à Dovie, à Brysen, ou même à mon meilleur ami apparemment invincible, ça me briserait, et je le savais.

Quand nous arrivâmes au garage, c'était la fin de l'après-midi et presque toute l'équipe de Bax était sur le point de partir, mais son Hemi était toujours dans le parking. Je ne voulais pas avoir à expliquer pourquoi j'étais avec Titus et pas dans ma voiture, mais Bax marchait déjà dans notre direction en fumant une cigarette, le téléphone à l'oreille. Il jeta un regard écœuré à la berline quelconque de son frère puis nous regarda.

— Comment tu veux rattraper quelqu'un avec cette merde ?

Il donna un coup de pied dans l'aile, mais s'écarta quand Titus tenta de lui balancer un coup de poing en pleine tête.

— Tu ne dirais pas ça si tu voyais ce qu'elle a sous le capot. C'est une voiture de flic, crétin, elle est censée se fondre dans la masse.

Bax ricana et jeta sa cigarette par terre.

— Elle est où, la Mustang ?

Je passai les mains dans mes cheveux et tirai sur les mèches claires, frustré.

— Fondue dans le parking du resto en face du commissariat.

Ses yeux sombres faillirent lui sortir de la tête et il me regarda, bouche bée. Je soupirai et lâchai d'un ton abrupt :

— Titus va voir si celui qui l'a flambée apparaît sur la vidéosurveillance, mais je ne sais pas si c'est rapport à mon boulot ou si c'est le taré qui en veut à Bry.

Il haussa un sourcil.

— Si ça, c'est pas de la poisse…

— Ouais. Je dois récupérer une voiture pour le reste de la soirée. J'ai des choses à faire.

Il frotta le bord de son pouce sur son menton, d'un geste étrangement similaire à celui de Titus, et me dit d'un ton neutre :

— Pourquoi tu demandes pas à ta meuf de te vendre la BMW pour laquelle elle m'a demandé de trouver un acheteur aujourd'hui ?

Je sentis ma colonne se raidir brusquement et mes dents se serrer.

— Quoi ?

Impossible de ne pas percevoir la surprise et l'irritation contenues dans mon unique mot.

Bax me lança un sourire suffisant et demanda à Titus d'ouvrir le capot de sa berline.

— Elle a dit qu'elle avait besoin de la vendre pour prendre un appart pour elle et sa sœur, à cause de son père qui est une grosse merde, tout ça. Je lui ai répondu qu'elle devait voir avec toi, parce que avec la thune de la caisse elle pourrait juste se payer un truc pourri.

— Elle ne va pas déménager dans les quartiers malfamés avec sa sœur.

Il n'en était pas question.

— Je lui ai dit que c'était ce que tu dirais. Finalement, elle a des couilles d'affronter cette situation de merde sans flipper de se sacrifier. Je la trouve un peu trop classe pour se salir les mains, mais si elle vient se mettre là-dedans avec toi, je serai plutôt content de m'être planté sur elle. Le sang, ça ne part pas facilement. Ça tache.

— Bon Dieu, Bax, grommela Titus.

Bax haussa simplement une épaule.

— C'est la vérité.

— Traîner avec vous deux, ce n'est bon ni pour ma tension artérielle ni pour ma carrière.

La voix de Titus montrait qu'il ne plaisantait pas.

Je plissai les yeux en regardant Bax et lui demandai :

— C'est ce que tu dis à Dovie ? Que le sang est dur à nettoyer ?

Son regard sombre était comme un puits sans fond. Sans fond, sans fin et sans lumière.

— Ta sœur en est tout à fait consciente, Race. Elle s'en rappelle chaque fois qu'elle s'habille et recouvre cette putain de cicatrice que Novak a laissée sur sa poitrine. Elle le voit chaque fois que je rentre d'un endroit où je n'aurais pas dû aller et qu'elle ne veut pas me poser de questions parce qu'elle sait que la réponse lui fera peur. Le sang fait partie de cette vie, et Brysen doit le savoir si elle compte rester.

J'ignorais si elle comptait rester, mais je pouvais admettre sans problème que je le souhaitais. Je savais que la retrouver à la maison le soir après toutes les saletés qui me tournaient autour dans la journée serait un moyen infaillible de garder la tête hors de l'eau croupie de The Point. Avoir quelque chose à perdre comme son amour… ce serait une immense motivation pour garder intactes les parties de moi qui étaient simplement Race. Avec elle, je n'avais pas besoin d'être Race le bookmaker,

Race l'usurier, Race le tueur à gages. J'étais juste un mec normal voulant rendre heureuse une fille normale.

— Est-ce que le but, ce n'est pas plutôt de tenir le sang à distance de ceux qui comptent ?

Je ne crois pas que Bax m'entendit, car il avait la tête dans le compartiment moteur de la berline. Quand il se releva, il souriait à son frère.

— C'est un V10. Qui a réussi à l'intégrer à ce tas de ferraille sans que le tout explose ?

Une ombre passa sur le visage de Titus.

— Gus.

Les yeux de Bax s'assombrirent encore.

Gus avait été comme un père pour Bax. Propriétaire du garage, il m'avait donné un endroit où me cacher quand j'étais revenu pour prendre ma vengeance sur Novak. Il gérait aussi une partie du business de Novak, pour tout ce qui était voitures volées, et quand ce dernier avait appris la trahison du mécanicien surdoué, il l'avait fait descendre. Juste devant moi. Pendant que Benny et le reste de sa bande me tabassaient, me cassaient la jambe, cognaient ma tête contre le béton encore et encore, jusqu'à ce que ma vision soit troublée par le sang et que je perde presque conscience. J'avais quand même réussi à distinguer un des hommes de main de Novak viser Gus avec un fusil de chasse et lui faire un trou en plein corps.

Bax lâcha un grognement sourd et passa une main sur son visage. Il ferma le capot de la berline et sortit une cigarette.

— Tu vois pourquoi je te dis que les gens auxquels tu tiens doivent connaître le goût du sang, Race ? Même s'ils savent comment tout ça fonctionne, des merdes leur tomberont dessus, peu importe qui gère l'endroit.

Cette conversation me déprimait et j'avais déjà le cafard à cause de ma Mustang. Je partis après avoir dit à Bax qu'il n'avait pas intérêt à aider Brysen à se débarrasser de sa voiture, et les frères se mirent à parler moteur et puissance comme si la mort et le sang n'étaient pas des sujets d'intérêt majeur pour eux. Je savais qu'affronter la mort précoce d'une personne qu'on admirait et respectait faisait partie de la brutalité de la vie d'ici. Mais je n'arrivais pas à accepter qu'on ne puisse même pas prendre au moins quelques secondes pour reconnaître à quel point c'était insupportable.

C'était peut-être parce que j'avais vu Gus mourir, peut-être parce que je me sentais encore coupable d'être l'unique raison pour laquelle Novak avait visé le mécanicien, mais penser à lui et à son meurtre me déprimait et réveillait des souvenirs amers en plus de tout ce que j'avais déjà à gérer.

Je récupérai un jeu de clés dans le bureau de Bax et décidai de prendre une Chevy Stingray flambant neuve appartenant à un dermatologue qui m'avait bêtement emprunté de l'argent pour rembourser ses prêts étudiants. Etant donné que je faisais payer un taux d'intérêt de trente-cinq pour cent, je ne voyais pas à quoi il avait pu penser, mais la voiture était chouette et possédait une touche sexy en plus d'être rapide. Si le dermato ne payait pas ce qu'il me devait, je la garderais peut-être. Je n'avais pas le cœur à retaper une autre voiture vintage. C'était trop dur de les regarder brûler.

Je pris l'ordinateur en panne de Brysen et appelai mon pote Stark pour lui dire que j'étais en route. Stark était le meilleur spécialiste en matériel informatique. Il n'avait pas dû voir la lumière du jour depuis plus de cinq ans, vu qu'il était toujours collé devant un jeu ou autre, mais il pourrait trouver tout ce qui m'avait échappé. J'étais donc décidé à braver son royaume peuplé de chips et de sodas riches en caféine pour quelques réponses. Stark était en fait la seule personne de The Hill avec qui j'avais gardé contact. Lui aussi avait autrefois été mis à l'écart par ses parents aisés. Bon, le fait qu'il soit désigné comme menace à la sécurité nationale après une intervention du ministère de la Sécurité intérieure n'avait pas aidé. Ce scandale avait d'ailleurs alimenté les discussions de la haute société pendant des mois. Il s'était avéré que pirater une base de données sécurisée de la NSA pour voir ce que le gouvernement surveillait n'était pas une idée géniale.

Heureusement pour lui, Stark était un vrai génie et il avait réussi à trouver une entreprise de développement de logiciels qui le payait une fortune pour avoir accès à son super-cerveau. Il gagnait presque autant d'argent que moi simplement en répondant aux e-mails que l'entreprise lui envoyait.

Je me garai devant une maison tout à fait respectable située en bas de The Hill. Quand Stark ouvrit la porte, je dus admettre qu'il ne ressemblait pas aux autres pirates informatiques ou fanas de jeux vidéo que j'avais rencontrés. Il était plus petit que moi d'une dizaine de centimètres, avait des cheveux bruns qui tiraient sur le roux et portait des lunettes noires à la Buddy Holly sur son regard gris perçant. Tout ça était plutôt normal et basique. Sa musculature l'était moins. Il était gonflé comme un héros de film d'action et sans doute assez costaud pour bien se défendre dans l'arène de Nassir contre n'importe quelle brute dopée. L'autre détail qui lui éviterait toujours d'être catalogué comme geek, c'était sa peau recouverte d'encre.

Des tatouages colorés partaient de ses clavicules et s'enroulaient sur ses bras massifs et jusqu'au dos de ses mains. Je ne comprenais pas quel thème illustraient tous les dessins et personnages, mais l'ensemble très brillant et détaillé ne laissait pas du tout croire que Stark était un homme bien élevé, doux, qui gagnait sa vie en s'amusant sur Internet. Il ressemblait autant que Bax à un voleur ou à un criminel.

— Hé, mec. Merci de jeter un coup d'œil à ça pour moi.

Je lui donnai l'ordinateur portable et le suivis dans la grande maison obscure. Il y avait des appareils électroniques et des câbles partout, et aussi des écrans et toutes sortes de télés dans tous les coins. Je voyais bien un centre de commande de vaisseau spatial ressembler à ça. J'acceptai la bière qu'il me proposa et m'assis dans un immense fauteuil en cuir inclinable placé devant une télé de la taille d'un écran de cinéma.

Stark s'assit sur le canapé et commença à taper sur le clavier de l'ordinateur.

— Qu'est-ce que je recherche exactement si le disque dur est mort ?

Je haussai les épaules.

— Tout ce qui ne devrait pas y être. Ma copine se fait harceler, et le mec qui fait une fixation sur elle lui pourrit la vie. Il a créé une fausse adresse e-mail, un faux profil Facebook, et même un faux numéro de téléphone pour se faire passer pour elle. Qui que ce soit, il a déjà réussi à trop s'immiscer dans sa vie.

Il me regarda par-dessus l'écran.

— Tu as une copine ?

— Pourquoi ça étonne tout le monde ?

Il eut un rire moqueur.

— Ça fait longtemps que je te connais, Race. Je me souviens que tu étais plutôt du genre à enchaîner les filles avant de traîner avec Bax et de commencer à t'amuser avec des voitures plutôt qu'avec des pom-pom girls.

Je m'affalai dans le fauteuil et ricanai.

— Ça a changé quand j'ai appris que j'avais une petite sœur, qu'elle avait vécu dans des conditions horribles et qu'elle se battait pour survivre chaque jour. Disons que ça m'a donné une autre vision des filles avec qui je perdais mon temps.

Non pas que j'aie jamais vécu comme un saint à un moment

donné de ma vie, mais à la seconde où j'avais rencontré Dovie, où je l'avais prise sous mon aile, j'avais veillé à ce que chaque fille avec qui je couchais, avec qui je déconnais, connaisse la chanson. J'étais avec elles pour une seule chose et elles devaient l'accepter. C'était une des raisons principales pour lesquelles j'avais su dès le départ que Brysen était différente. Elle n'avait pas cédé à mon charme, à mes numéros de drague rodés, et ce simple fait m'avait donné envie de la séduire. Sans compter que malgré son aversion feinte à mon égard, je savais pertinemment que je la voulais pour bien plus que du sexe. Je voulais que ses yeux bleu ciel me regardent en héros, je voulais qu'elle me sourie parce que je la rendais heureuse, et je voulais que toute cette jolie peau pâle rosisse et s'échauffe parce que je l'excitais et qu'elle me désirait autant que je la désirais.

— Comment va Dovie ?

Il tapait plus vite sur le clavier et émit un son puis fronça les sourcils.

— Bien. Elle a un job qu'elle adore et qui lui rapporte pas mal d'argent. Elle va à l'université pour obtenir un diplôme, et malgré tout ce que je pensais savoir sur elle et Bax, ils ont l'air de former un couple parfait. Ils font en sorte que ça marche. Elle est heureuse, elle le rend heureux, enfin, heureux mais version « Bax ». Et je crois que c'est tout ce que je peux demander en tant qu'ami et frère.

Il secoua la tête et eut un petit rire.

— Toi qui deviens sérieux avec une fille, c'est une surprise, mais Bax qui se case, c'est tout simplement incroyable. J'étais persuadé qu'il serait déjà en prison pour perpète, pas en train de jouer au papa et à la maman.

Je répondis sans hésiter :

— Il a de la chance et je crois qu'il a plus de neuf vies.

Stark marmonna son approbation et leva les yeux sur moi, les sourcils toujours froncés.

— Toutes sortes de logiciels malveillants ont été téléchargés sur cet ordinateur, Race. Le disque dur en a effacé une partie quand il a planté, mais il reste des traces partout.

— Comment ça ?

— Il y a un logiciel de traque de saisie, du code écrit, qui permet de voir à distance tout ce que voit la caméra. Il y a un logiciel miroir pour que tout ce qu'elle regarde sur son écran soit projeté sur l'écran de l'autre utilisateur. Chaque fois qu'elle se servait de cet ordinateur, absolument tout ce qu'elle faisait était traqué. C'était une porte grande ouverte sur la vie de ta copine.

Je ne pus que le fixer bêtement. Comment avais-je pu passer à côté de tout ça en cherchant ses cours ?

— Tu déconnes ?

— Pas du tout. Quelqu'un qui aurait voulu déterminer d'où étaient envoyées toutes les infos de ses faux profils aurait été dirigé vers cet ordinateur et cette adresse IP. Qui est assez proche d'elle pour avoir pu installer tout ça là-dedans sans qu'elle le sache ou qu'elle se pose des questions ? Des programmes comme ceux-là prennent beaucoup d'espace et énormément de temps à installer. Elle a dû lui donner son ordinateur de son plein gré pour lui permettre d'installer ces trucs.

— Je n'y crois pas.

— Moi non plus. C'est de la surveillance digne de Big Brother. Je n'ai rien vu de pareil en dehors du domaine militaire ou gouvernemental. Vous avez affaire à un vrai taré complètement obsessionnel.

J'avais envie de prendre l'ordinateur et de l'exploser en mille morceaux. Mais plus encore, je voulais trouver celui qui terrorisait et violait l'intimité de Brysen pour lui ôter la vie de mes propres mains. Quand je trouverais qui c'était, une barre de fer et des rotules brisées seraient une douce caresse à côté de ce que je comptais lui faire.

– Est-ce que tu as un moyen de remonter jusqu'à l'autre ordinateur ?

– Si son disque dur n'était pas complètement détruit, j'aurais sans doute pu. Elle a eu de la chance que ce truc soit vieux et qu'il ait planté. Impossible de dire depuis combien de temps tous ces programmes tournaient en arrière-plan.

Il n'y avait aucun moyen de savoir depuis quand Brysen était dans sa ligne de mire, et ça me donnait des envies de meurtre. J'aimais toujours utiliser ma tête en premier, mais à cet instant précis, mon cœur et ce que j'avais de plus primitif réclamaient du sang. J'allais tout faire pour la garder en sécurité. Et la réflexion pouvait aller se faire foutre.

15

Brysen

C'était bien plus dur que je ne l'aurais cru. Cela faisait longtemps que ma mère n'en était plus une pour moi, mais j'avais quand même le cœur serré en la regardant signer tous les papiers qui l'enfermeraient dans cet établissement pendant trois mois, sans contact avec le monde extérieur. Elle avait l'air effrayée et ses mains tremblaient. Karsen tentait d'essuyer discrètement les larmes qui coulaient sur ses joues, et j'essayais juste de tenir le coup. L'établissement n'avait pu l'accueillir que très tôt ce matin, et Karsen et moi avions encore une journée entière de cours à affronter ensuite.

Le type avec qui Race avait organisé tout ça nous aidait de mauvaise grâce à expédier le processus. Il avait manifestement enfreint les règles et encourrait de graves ennuis si quelqu'un apprenait comment ma mère avait obtenu une place dans ce centre de soins. Il avait répété pas moins de cinq fois que, si elle enfreignait la moindre règle, ne prenait pas les médicaments, ou faisait le moindre faux pas, on la ficherait à la porte, mais que sa dette envers Race serait tout de même effacée. Ma mère se contenta de hocher la tête comme une marionnette et assura à tous ceux qui voulaient bien l'entendre qu'elle était prête à se faire aider.

Je me demandais si elle se rendait compte que se faire aider signifiait regarder en face le fait qu'elle avait volé la vie d'un homme et qu'elle ne retrouverait rien de son ancienne existence quand elle sortirait d'ici. Je n'avais pas beaucoup vu mon père depuis les révélations sur ses paris, mais désormais il n'essayait plus de cacher les avis de saisie et les avertissements des banques et organismes de crédit immobilier qui remplissaient la boîte aux lettres.

Cela faisait deux semaines que les choses avaient évolué entre Race et moi. Deux semaines pendant lesquelles il avait manœuvré pour que ma mère puisse être acceptée ici. Deux semaines pendant lesquelles il avait insisté pour qu'un monstre avec une balafre sur le visage et une perpétuelle mine renfrognée — qu'on appelait simplement Booker — me suive partout où j'allais. Deux semaines pendant lesquelles la banque avait envoyé le dernier avis de non-paiement de la maison nous informant que nous n'avions que jusqu'à la fin du mois pour payer ou partir. Et, plus important encore, peut-être, deux semaines pendant lesquelles je m'étais rendu compte que, quand je ne voyais pas mon blond sexy, ma vie me paraissait encore plus pourrie et qu'il me manquait horriblement.

Entre la cure de ma mère à gérer, la nécessité de trouver où Karsen et moi allions habiter et la révision de ma situation à la fac, maintenant que j'étais de nouveau sur les rails, je n'avais pas eu le temps de voir Race. J'avais voulu y remédier ce week-end, mais c'était la soirée de combats dans le principal club de Nassir et il y avait aussi un match de play-off, si bien qu'il n'avait pas été disponible. Quand j'avais réussi à le joindre sur l'un de ses nombreux téléphones, j'avais été rassurée de voir que cette séparation ne le réjouissait pas plus que moi, et il avait exigé que je m'adresse à Booker si quelque chose me paraissait suspect. J'avais déjà dû remettre mon ordinateur portable au géant et attendre nerveusement tandis qu'il le tripotait et cherchait Dieu sait quoi. Si un logiciel espion avait été téléchargé sur cet appareil, il n'avait pas réussi à le localiser, ce qui avait semblé rassurer un peu Race, mais n'avait pas suffi pour que je me sente un peu moins violée.

Je n'étais pas opposée à l'idée d'avoir sur le dos un homme qui donnait l'impression de pouvoir arracher la tête de quelqu'un juste parce qu'on l'aurait regardé de travers. Ce qui m'embêtait, c'était plutôt qu'il ne parle pas et ne semble pas enchanté par son rôle de baby-sitter. Il avait quelques années de plus que moi et était bien plus grand que Bax et Race. Ses cheveux bruns et courts, ramenés au-dessus de son large front, faisaient encore plus ressortir la cicatrice qui débutait en haut de son sourcil et découpait tout un côté de son visage, jusqu'à sa mâchoire. C'était vraiment dommage, car c'était un très bel homme. Il avait de beaux yeux perçants, d'un bleu acier, si pâles qu'ils paraissaient argentés et réfléchissants ; un visage fort, ciselé d'une manière extrêmement rude et virile. Sans cette cicatrice, il aurait vraiment pu rivaliser avec Race dans la catégorie des mecs sexy, et cela ne me plaisait guère que ma petite sœur n'arrête pas de lui lancer des regards furtifs quand elle croyait que personne ne la regardait.

— Ne t'inquiète pas, maman. Ils vont te donner le bon traitement et t'aider à te remettre sur le droit chemin.

Je posai la main sur son épaule et m'efforçai de ne pas tressaillir quand je la sentis trembler sous mes doigts.

— C'est la bonne chose à faire, complétai-je.

Karsen hocha la tête et se mordit la lèvre. Elle avait l'air si jeune, si fragile, que cela me contrariait qu'elle se retrouve impliquée là-dedans. Ma mère surprit mon regard sur ma sœur et murmura pour que moi seule puisse l'entendre :

— Qu'est-ce que vous allez faire ? La maison… il n'y a plus d'argent.

Elle semblait sincèrement bouleversée par la situation, et il me fallut me maîtriser pour ne pas lui rappeler qu'il était trop tard pour s'en inquiéter. Si elle n'avait pas conduit sous l'emprise de l'alcool, si elle avait fait plus d'efforts pour poursuivre son traitement, si elle avait quitté mon égoïste de père avant d'en arriver là, j'aurais peut-être pu accepter sa honte et ses regrets. Mais en l'occurrence, cela me donnait juste mal au ventre et j'étais partagée entre incrédulité et exaspération.

— Ne t'en fais pas pour nous. Je trouverai une solution.

Elle finit de remplir la paperasse et tendit l'épaisse pile de formulaires à une femme en blouse qui rôdait autour de nous, observant ce moment familial maladroit. Elle nous informa que nous avions cinq minutes pour nous dire au revoir et que maman serait ensuite emmenée dans sa chambre. Karsen cessa d'essayer de cacher ses larmes et prit notre mère tremblante dans ses bras. Je l'entendis lui dire qu'elle l'aimait et ma mère lui dit la même chose. Quand elles se séparèrent, ma mère se tourna vers moi et je secouai simplement la tête. Je voulais qu'elle se fasse aider et qu'elle soit capable d'offrir à ma sœur une figure parentale saine, mais je ne voulais pas faire comme si nous étions là par hasard.

Je lui pris la main et la serrai.

— Je veux vraiment que tu obtiennes l'aide dont tu as besoin, maman. S'il te plaît, ne gâche pas cette opportunité. Tu n'en auras pas d'autres.

Race finirait par être à court de personnes à qui il pouvait soutirer des faveurs, et si ma mère gaspillait cette chance de remettre en ordre sa vie et sa santé mentale perturbées, je ne pourrais plus rien faire pour tenter de sauver cette famille.

Karsen s'appuya contre moi et je passai un bras autour de ses épaules alors que notre mère s'éloignait. Elle nous regarda par-dessus son épaule et le corps mince de Karsen trembla contre le mien. Elle était trop tendre pour ça. Comment allais-je pouvoir l'arracher à une jolie maison de banlieue pour l'installer dans un taudis en plein cœur des quartiers chauds si elle ne pouvait même pas accepter qui ma mère était vraiment ?

— Ça va aller.

Je voulais la rassurer, mais je parlais d'une voix triste et fatiguée.

— Je l'espère. Ça fait un moment que ça ne va pas bien.

Ses paroles me tordirent le ventre, et je la serrai contre moi.

— J'en suis vraiment désolée.

Elle soupira et me donna un coup de coude, comme quand nous étions plus jeunes et que nous nous bagarrions.

— Tu as toujours fait tout ce que tu pouvais pour entretenir l'illusion que tout allait bien, Brysen, mais si personne d'autre dans la famille ne veut faire d'efforts pour préserver la façade, alors les fissures apparaissent. Ce n'est pas ta faute.

— Non, mais je ne nous laisserai pas tomber.

Ses yeux couleur acajou se mirent à briller.

— Je le sais.

Je la fis sortir de la salle d'attente de l'établissement, qui ressemblait moins à un hôpital qu'à un joli spa où des dames de classe moyenne viendraient passer l'après-midi. Quand nous arrivâmes sur le parking, je mis mes lunettes de soleil et remarquai que Karsen posa aussitôt les yeux sur la grosse camionnette noire garée à quelques places de ma BMW.

— Pourquoi est-ce que ce type te suit partout, déjà ?

Elle ne cherchait pas à cacher qu'elle dévisageait la brute

assise derrière le volant et je n'aimai pas la façon dont il lui sourit de toutes ses dents, tel un loup affamé. Elle m'avait demandé à plusieurs reprises pourquoi cet homme sombre et son énorme camionnette semblaient toujours être dans les parages, où que nous allions, et, les réponses bateau ne suffisant plus, je lui dis la vérité.

— Parce que Race se fait du souci pour moi. Quelqu'un m'espionnait par l'intermédiaire de mon ancien ordinateur et a essayé de me faire du mal après le travail. Race connaît des gens très effrayants, dont Booker, et il espère que ce pseudo-garde du corps tiendra mon harceleur à distance.

Je m'étais carrément effondrée en apprenant la vérité sur mon ordinateur. J'avais pleuré pendant une heure, puis j'avais crié sur Race lorsqu'il m'avait demandé qui pouvait bien y avoir téléchargé ce logiciel espion. Si je l'avais su, je ne me serais pas retrouvée dans cette situation pourrie. Après lui avoir raccroché au nez et avoir failli creuser un trou dans le sol à force de faire les cent pas, je m'étais sentie coupable d'avoir relâché ma frustration sur la seule personne qui essayait de m'aider. Avant que je puisse l'appeler pour m'excuser, il m'avait envoyé un texto avec une photo de Booker en pièce jointe pour me dire que j'avais une nouvelle ombre. Cette montagne allait me suivre où que j'aille, que cela me plaise ou non. Puis il m'avait envoyé un autre message pour me prévenir que si je m'avisais de lui raccrocher au nez à l'avenir, il serait à ma porte en dix minutes et que je n'aimerais pas le résultat. Cela m'avait énervée qu'il me menace, mais je savais bien d'où il venait, alors j'avais simplement répondu que j'étais désolée et que j'avais hâte qu'il se présente à ma porte.

Bien entendu, Karsen, avec son esprit romantique et fantasque, se concentra uniquement sur un détail de mon explication.

— Alors Race est ton petit copain, maintenant ?

Je lui décochai un regard en biais et déverrouillai la voiture. Après que nous eûmes attaché nos ceintures, je répondis :

— Je ne crois pas que Race soit vraiment du genre petit copain.

Elle tourna la tête sur le côté et regarda par la fenêtre. Il me fallut une seconde pour prendre conscience qu'elle avait les yeux rivés sur le rétroviseur et la camionnette derrière nous.

— Mais il a envoyé quelqu'un pour te protéger et il a aidé maman, et puis il t'appelle et t'envoie tout le temps des messages, et je sais que quand tu ne rentres pas à la maison après le travail, tu passes la nuit avec lui. Alors si ce n'est pas ton petit copain, qu'est-ce que c'est ?

Je n'étais pas sûre d'avoir la réponse à cette question. Il était bien des choses, pas seulement pour moi, mais en général.

— Il compte pour moi et je sais qu'il tient à moi. Ça fait longtemps que j'en pince pour lui, mais il ne vient pas du même monde que moi, et j'essaie encore de savoir si je pourrais trouver ma place dans son univers.

Elle se tourna vers moi et se mit à tirer sur les fils de son jean, au niveau du trou à son genou.

— Parce qu'il vit à The Point ?

Je ricanai. Si seulement c'était aussi facile à expliquer.

— Non. Race n'a pas commencé à The Point, mais maintenant qu'il y est, il a plus ou moins décidé qu'il serait responsable de ce qui s'y passe. Ce n'est pas vraiment un citoyen modèle, et même si je pense qu'au fond c'est un mec bien qui fait des choix difficiles, ces choix craignent et affectent d'autres gens que lui. Je ne sais pas si je peux être liée à ça, même si j'ai envie d'être avec lui.

Elle reporta les yeux sur le rétroviseur et baissa la voix.

— S'il est gentil avec toi, s'il prend soin de toi et te rend heureuse, les choix qu'il doit faire et qui affectent les autres ne devraient pas avoir d'importance. Les gens se font toujours du mal les uns aux autres, et si un mec fait tout son possible pour ne pas te faire du mal, eh bien c'est ce qui compte. Qu'il soit riche, pauvre, ou entre les deux.

— C'est un point de vue assez triste pour une jeune fille de seize ans, Karsen.

Elle coinça une mèche de cheveux derrière son oreille, tout comme je le faisais, et se retourna pour me regarder.

— Papa et maman s'aimaient à une époque, mais ils ont fini par se faire du mal, et par nous faire du mal. Les garçons de mon lycée pensent avoir tous les droits parce qu'ils vivent dans un quartier bien particulier et se fichent de faire du mal aux autres. Dovie a failli mourir à cause de mecs horribles et à cause des actes d'autres personnes qui n'avaient rien à voir avec elle. Il y a de la souffrance partout, Brysen. Je ne suis pas aveugle. Les choix de chacun affectent les autres. Regarde l'endroit où on vient de laisser maman.

Merde alors. Moi qui croyais l'avoir mise à l'écart et protégée de tous les maux qui rôdaient à notre porte ! En fait, elle les regardait en face, et avec beaucoup plus de lucidité que moi.

— C'est très bien vu.

Elle releva le coin des lèvres dans un petit sourire qui me chamboula le cœur. J'adorais absolument tout chez cette gamine.

— En plus, Race est ultra-sexy. Ce serait complètement stupide de laisser passer ta chance de sortir avec quelqu'un d'aussi beau.

Cela me fit rire, d'autant plus qu'elle n'avait pas tort. J'aurais été bête de ne pas profiter de tout ce que Race semblait disposé à m'offrir, y compris son corps délicieux.

Plus nous nous rapprochions de son lycée, plus ses paroles me perturbaient. Karsen était une pacificatrice, une fille qui voulait que tout le monde s'entende bien et soit heureux. Ce qu'elle avait dit sur les garçons de son lycée qui pensaient avoir tous les droits me mettait mal à l'aise.

— Au fait, ce garçon que tu aimais bien, qu'est-ce qui s'est passé avec lui ?

Elle haussa une épaule et la laissa retomber. Elle riva les yeux sur la camionnette dans le rétroviseur.

— Il n'est pas aussi sympa que je le croyais.

Je serrai les mâchoires et mes mains se contractèrent automatiquement sur le volant.

— Qu'est-ce que ça veut dire, exactement ? demandai-je sur un ton cinglant, qui la fit tressaillir.

— Sous prétexte que je ne vis pas vraiment à The Hill, je suis assez bien pour qu'il s'amuse avec moi, mais pas assez bien pour sortir avec lui. Quand j'ai fini par m'en rendre compte et prendre mes distances, il est devenu méchant avec moi. Il s'est montré mesquin et a essayé plus d'une fois de m'abaisser à son niveau.

Elle tourna la tête et soutint mon regard avant de reprendre :

— Les types comme Parker sont précisément ceux à qui on ne doit pas confier de décisions difficiles, pour le bien de tout le monde, Brysen. C'est une personne horrible, à tout point de vue, et plus il vieillira, plus il sera mauvais et cruel. Tout le monde y gagne quand le monde est dirigé par des mecs comme Race. Au moins, il y a du bon en lui.

Nous arrivâmes enfin au lycée et, alors que nous ralentissions, elle se pencha vers moi et m'embrassa sur la joue. Puis elle ouvrit la portière, descendit et repassa la tête à l'intérieur pour me regarder une dernière fois.

— A ce que j'en vois, Race nous donne une chance de prendre un nouveau départ. Suis le conseil que tu as donné à maman et ne gâche pas cette opportunité, Brysen. Je t'aime.

Elle claqua la portière et je me retournai pour la voir se mêler à la foule d'adolescents habillés tous pareil. Le coucou joyeux qu'elle adressa au géant ne m'échappa pas. Notre famille ne pourrait pas tourner la page et faire comme si de rien n'était. Pas après que nos parents l'avaient déchirée de façon aussi spectaculaire.

Je réfléchis à ce qu'avait dit Karsen, à sa sagesse étonnante pour quelqu'un de son âge, et à la futilité de mes efforts pour la protéger des dures réalités de notre famille et du monde. Cela me faisait mal que ma petite sœur semble appréhender mieux que moi ce qui se passait réellement autour de nous. Je sortis de la BMW, en colère, et m'approchai de la camionnette qui attendait derrière la place de parking. Je relevai mes lunettes sur ma tête et me forçai à regarder Booker droit dans ses yeux pâles sans jeter un seul coup d'œil à cette horrible cicatrice.

— Je serai en cours toute la journée, alors tu peux partir jusqu'à environ 19 heures.

Il laissa pendre un bras musclé par la fenêtre et haussa un sourcil sombre au-dessus de son œil abîmé. Cela lui donna un air encore plus sinistre.

— Tu es sûre que tu ne veux pas que je t'accompagne en classe et que je porte tes livres ?

Sa voix dégoulinait d'un sarcasme si épais qu'on aurait pu le toucher. Je penchai la tête sur le côté et haussai moi aussi un sourcil.

— Tu n'as manifestement pas envie de faire ça. Qu'est-ce que Race a sur toi ?

Il aboya d'un rire sec et passa une main sur ses cheveux brillants de gel.

— J'ai peut-être l'air d'un imbécile, mais j'ai grandi à The Point, alors je sais sur quel cheval parier si je veux m'en sortir avec mes organes vitaux intacts.

Je levai les yeux au ciel.

— Race n'a rien sur moi, poursuivit-il, et je ne lui dois rien. Je lui ai proposé mes services, Blondie, parce que je veux que ce soit ton joli prince qui me doive quelque chose au final. Et puis, suivre deux belles filles ce n'est pas trop fatigant, même si pour l'instant, c'est carrément chiant.

Mon Dieu. Personne dans le monde de Race ne faisait jamais rien par bonté de cœur. En fait, je commençais à penser que mon blond sexy était la seule personne évoluant parmi les ombres dotée de cet organe particulier.

— Ma sœur n'est qu'une gamine, alors garde les yeux dans ta poche, Hulk, répliquai-je en ajustant mon sac de classe sur mon épaule et en plissant les yeux. Quelles que soient tes raisons, j'apprécie que tu veilles sur moi.

— Chérie, ça ne fait pas longtemps que je suis sorti de taule. Je n'ai pas l'intention d'y retourner pour une jolie jeune fille, et je n'ai pas non plus envie de me retrouver découpé en morceaux et éparpillé dans toute la ville si je me mets ton copain à dos. J'ai peut-être l'air d'un con, mais les apparences peuvent être trompeuses.

Il prêchait une convaincue, alors je le chassai juste d'un geste de la main et me dirigeai vers le bâtiment où avait lieu mon cours de statistiques. Une chose était sûre : les personnes qui faisaient partie de ma vie depuis que je sortais avec Race étaient de loin les plus intéressantes et les plus terrifiantes qu'une fille pourrait jamais rencontrer. Alors que je montais l'escalier d'un pas lourd jusqu'au premier étage du bâtiment, je me demandai ce que cela disait sur moi, que je les préfère aux étudiants des fraternités et aux universitaires qui grouillaient autour de moi.

J'étais tellement perdue dans mes pensées que lorsqu'on me bouscula sur le côté, je ne regardai même pas qui était le coupable. L'escalier était bondé d'étudiants et tous portaient des sacs encombrants, pleins de livres et d'affaires scolaires, si bien que j'étais persuadée que j'avais simplement été heurtée par accident par une personne négligente et pressée. Je tentais de m'écarter du centre de l'essaim lorsque je sentis un autre choc, mais bien plus fort cette fois-ci. Je tournai vivement la tête pour dire au coupable de faire attention. Ce fut une erreur.

J'avais un pied sur la marche, m'apprêtant à monter, et j'étais déséquilibrée par le poids de mon propre sac. Je n'avais pas la rambarde à portée de main et rien à quoi me raccrocher pour m'empêcher de basculer en arrière lorsque quelqu'un me frappa avec force sur le côté et m'envoya valser dans la mauvaise direction, alors que des groupes de gens surpris s'écartaient autour de moi et me laissaient simplement tomber. La chute aurait pu être sans conséquence — après tout, des gens tombent tout le temps dans les escaliers —, mais quand des mains puissantes sortirent de nulle part et me poussèrent pour s'assurer que j'irais m'écraser sur le sol en béton un étage plus bas avec autant de force que possible, je compris que l'issue ne serait pas jolie. Je poussai un cri qui mourut en un halètement, car je savais l'impact imminent.

Heureusement, vers la fin de ma chute libre, un étudiant tête en l'air qui semblait n'avoir pas remarqué la situation ne se décala pas assez rapidement et amortit le choc. J'atterris à moitié sur lui, à moitié sur le sol. Malheureusement pour moi, ce fut la moitié supérieure de mon corps qui s'écrasa sur le béton recouvert de linoléum. Ma tête produisit un son répugnant et la douleur explosa en étoiles dans mon champ de vision. Je perçus un brouhaha de voix inquiètes alors qu'une foule se rassemblait autour de moi. J'entendis quelqu'un m'appeler et je tentai de tourner la tête dans cette direction, ce qui déclencha une souffrance brûlante et électrique dans toutes mes terminaisons nerveuses. L'obscurité commençait à remplir mon champ de vision embrumé, et je voulais crier que quelqu'un m'avait poussée, que quelqu'un voulait me faire du mal. Mais surtout, je voulais dire à quelqu'un d'appeler Race. Je voulais le voir.

J'entendis quelqu'un parler d'une chute et je voulus beugler que non, qu'on m'avait poussée, mais l'odeur âcre et métallique du sang devenait de plus en plus forte dans mes narines et je crois que je commençais aussi à en sentir le goût. C'était tellement plus facile de fermer les yeux et de laisser l'obscurité qui m'enveloppait comme une couverture prendre le dessus. Finalement, je lâchai prise et je laissai simplement les ténèbres m'emplir et m'entourer.

— Je ne vous laisserai pas retourner chez vous après ça.

Je n'arrivais pas à ouvrir les yeux, mais j'entendais la voix de Race et la colère qui l'étreignait depuis le nuage brumeux où je flottais. Karsen lui répondit d'une voix tremblante :

— Plus aucun endroit ne semble sûr.

Race jura et je sentis des doigts délicats danser sur mon front. Même dans le coaltar et dévorée par la douleur, j'aurais reconnu son toucher entre tous.

— Je vais changer ça. Dès qu'elle sera réveillée, j'irai à la fac. Quelqu'un a forcément vu ce qui s'est passé, et si je dois casser le nez ou coller un œil au beurre noir à tous les étudiants de ce campus pour obtenir des réponses, je le ferai.

Karsen renifla et je voulus ouvrir les yeux pour lui dire que ce n'était pas la peine de pleurer, mais je n'y arrivai pas. L'obscurité était chaude, accueillante, et tant que j'étais là, je n'avais pas à me soucier de choses telles que perdre la maison, tomber amoureuse d'un criminel, ou du fait que quelqu'un essayait manifestement de me tuer. Cela me changeait agréablement.

— Quand elle se réveillera, le docteur voudra lui faire passer un scanner, dit Karsen d'une voix tremblotante. Elle s'est cogné la tête très, très fort.

Je sentis les doigts légers qui caressaient mon front passer sur mes sourcils. Je voulais me tourner vers eux, laisser Race m'apaiser et s'occuper de tout à partir de maintenant. Je savais qu'il le ferait si j'acceptais de lâcher prise et de lui confier tous mes problèmes. Et cela me terrifiait. Je ne voulais pas réfléchir à ce que cela signifiait de me reposer sur lui alors qu'il tenait déjà le destin d'une ville entière en équilibre précaire entre ses mains.

— C'est une bonne chose que ta sœur ait la tête dure, alors. Elle va s'en tirer. Il faut juste qu'elle ouvre les yeux. Je sais que tu m'entends, Bry. Ouvre ces beaux yeux bleus pour moi.

Karsen poussa un petit rire triste qui me donna envie de la serrer dans mes bras.

— Elle va flipper quand elle verra ce qu'ils ont dû faire à ses cheveux pour pouvoir recoudre l'arrière de sa tête.

Mes cheveux ! Cela me fit ouvrir les yeux brusquement, et un grognement s'échappa de ma poitrine quand les lumières m'assaillirent. J'avais mal partout.

— Qu'est-ce qui est arrivé à mes cheveux ?

Bien sûr, c'était superficiel de ma part, et il y avait des problèmes bien plus urgents, mais bon sang, j'adorais mes cheveux ! C'était une raison de plus d'être furieuse contre ce harceleur qui avait envahi ma vie. Ma voix était râpeuse, faible et métallique.

Race arrêta subitement de me caresser, et soudain je ne vis plus que ses yeux vert sombre alors qu'il se penchait sur moi. Il avait la bouche serrée et des ombres effrayantes dansaient derrière l'inquiétude que je lisais dans son regard.

— La voilà. Karsen, si tu allais chercher une infirmière pour lui dire qu'elle est réveillée ?

Les deux cercles de forêt se rapprochèrent de moi et il effleura mes lèvres des siennes.

— Tu n'imagines pas comme je me suis inquiété pour toi, Brysen, dit-il d'une voix rauque.

Je voulais toucher son visage, mais le simple fait de cligner mes paupières envoyait des décharges de douleur sur la surface de ma peau.

— On m'a poussée dans l'escalier.

— Je sais. Tu es tombée de la hauteur d'un étage. L'arrière de ton crâne s'est ouvert. Tu as perdu des litres de sang et tu es restée inconsciente pendant quatre heures. Le docteur craignait que tu aies une hémorragie cérébrale.

Cela semblait très sérieux. Je grognai de nouveau et me concentrai sur quelque chose qui ne me paraissait pas trop compliqué.

— Qu'est-ce qui est arrivé à mes cheveux ?

Il soupira contre mes lèvres et se redressa. Il prit ma joue dans sa main et me décocha un sourire qui fit apparaître sa fossette.

— Tu auras besoin d'une bonne coupe quand tu seras sur pied. Pas moins de trente points de suture referment l'arrière de ton crâne. Tu t'es explosé la tête en beauté, ma jolie.

Je jurai dans ma barbe et posai les yeux sur lui.

— Ça craint, Race.

Je savais qu'il comprendrait que je ne parlais pas que de mes cheveux.

— Il monte en puissance. Je ne pense pas que tu sois en sécurité, même avec Booker aux fesses. Je vais trouver un endroit où vous installer, Karsen et toi, jusqu'à ce que j'aie ce type dans mon viseur. J'en ai marre de jouer à ce petit jeu-là et d'attendre de voir ce qu'il te réserve ensuite. Tu n'es pas quelque chose que je suis disposé à perdre.

Voilà qui aurait suffi à me faire fondre le cœur, si j'avais pu le sentir derrière la douleur terrible qui inondait tout mon corps.

— Qu'est-ce que je suis censée faire, maintenant ?

Il se pencha de nouveau vers moi et m'embrassa avec force cette fois.

— Tu vas rester coincée ici pendant un petit moment. On doit s'assurer que tu vas parfaitement bien. Je vais demander à Booker de rester avec toi, et je vais trouver un endroit sûr où mettre ta sœur à l'abri. Ensuite, je remuerai ciel et terre jusqu'à ce que je retrouve ce connard.

Il se redressa et prit ma main toute molle. Je pressai ses doigts et laissai mes yeux se refermer.

— Tu ne peux pas emmener ma sœur dans un atelier de démontage de voitures volées. Merci de vouloir la protéger, mais ce n'est pas un endroit pour elle, Race.

Il ricana un peu.

— On n'y démonte des voitures volées que de temps en temps, mais je sais qu'elle ne peut pas aller là-bas. J'ai autre chose en tête. Fais-moi confiance, Brysen.

J'entrouvris les yeux pour qu'il puisse voir ce que je ressentais dans mon regard. J'espérais que cela se voyait derrière la douleur.

— Je te fais confiance. Je ne pensais pas en être capable, mais désormais tu es la personne en qui j'ai le plus confiance pour m'aider à gérer tout ça.

— Je vais prendre soin de toi.

Je refermai les yeux et serrai de nouveau sa main. J'entendis la voix de Karsen à la porte et une autre voix grave lui posant des questions. J'étais prête à lâcher prise. Je ne pouvais plus continuer à tout gérer, et je ne mentais pas : j'avais confiance en Race, et je savais qu'il était sérieux quand il disait qu'il allait prendre soin de moi. Je crois que j'étais enfin prête à le laisser faire, et encore plus que ça, j'étais prête à le laisser m'aider à prendre soin de ma sœur. J'espérais juste qu'il ne nous décevrait pas, parce que je savais, j'en étais même persuadée, que si Race échouait, personne ne sortirait vivant de cette situation.

Il me murmura au revoir d'une voix douce et me dit qu'il reviendrait dès que possible. Il me rappela aussi que Booker, dans toute sa présence imposante et menaçante, monterait la garde devant ma porte, si bien que je pouvais me reposer tranquillement sans craindre que quelqu'un s'en prenne à moi pendant que je ne pouvais pas bouger. Evidemment, c'était plus facile à dire qu'à faire.

Il partit et ma sœur le remplaça. Je me forçai à lui adresser un sourire grimaçant, mais ne pus soulever mes paupières. Je tirai sur sa main quand elle prit la mienne et demandai :

— Mes cheveux sont vraiment affreux ?

Son silence gêné fut une réponse suffisante. J'espérais que, lorsque Race aurait enfin débusqué mon agresseur, je pourrais passer une minute seule avec lui et une paire de ciseaux. Je lui ferais payer.

16

Race

Je commençais à me sentir frustré et, en conséquence, je me montrais négligent. C'était samedi soir ; j'étais fatigué et j'en avais ras le bol que personne n'ait les réponses dont j'avais besoin. J'étais énervé que ce soit Booker qui ait emmené Brysen dans l'endroit sûr que j'avais trouvé pour elle et Karsen. Les médecins l'avaient gardée en observation à l'hôpital pendant trois jours entiers, mais elle était hors de danger désormais, et les seules séquelles durables de sa chute étaient une migraine sourde et une coupe de cheveux affreuse. J'avais envie d'être avec elle, mais entre la soirée de combats de vendredi et le besoin brûlant de découvrir qui la terrorisait, je n'avais réussi qu'à lui rendre quelques rapides visites et à lui passer quelques coups de fil précipités. Je me sentais nul, mais sa sécurité m'importait plus que tout. C'était moi qui aurais dû aller la chercher à l'hôpital pour la ramener à la maison. C'était moi qui aurais dû la mettre en sécurité, et non Booker. Mais je devais régler d'autres problèmes, et ça craignait. J'étais donc de nouveau dans une fête étudiante. Cette fois, Bax m'accompagnait, et cette fois, j'étais cent fois plus dangereux, car je n'étais pas là pour me faire payer, mais pour obtenir des informations.

J'étais sur la terrasse de derrière, celle-là même où j'avais entraîné Brysen lors de cette soirée qui me semblait remonter à une éternité. La porte de derrière avait été réparée, mais ces étudiants n'étaient manifestement pas devenus plus malins. Celui que j'avais choisi de malmener était un ami du type qui m'avait tiré dessus et qui avait fini avec la nuque brisée. Quand je l'avais traîné, ivre et se débattant, jusqu'à un endroit un peu isolé de la foule, il avait fait tout un numéro, me traitant de tous les noms, me disant qu'il ne me devait rien, et essayant de se faire passer pour un caïd. Cet abruti avait déjà vu ce qui se passait quand on braquait une arme sur moi, et pour le peu que j'en voyais il était trop jeune et arrogant pour avoir la moindre qualité qui aurait compensé sa profonde stupidité. Quand il avait tenté de me balancer un coup de poing maladroit, ma patience déjà bien émoussée s'était effritée.

Il était désormais sur le dos, mon genou fermement planté au centre de sa poitrine. J'avais l'avant-bras plaqué sur sa gorge tandis qu'il me griffait frénétiquement. Ses joues se gonflaient et se dégonflaient alors qu'il s'efforçait de respirer, mais je refusais de desserrer ma prise. Il avait les yeux exorbités et sa peau prenait une teinte bleuâtre maladive, mais je n'avais pas l'intention de le relâcher.

— S'il perd conscience, il ne pourra rien te dire, lâcha Bax sur un ton plein d'ennui.

Il avait raison, alors je soulevai mon bras et serrai le poing. Je le frappai sur le bas de son visage, dans un bruit sourd et répugnant, et ses lèvres se fendirent aussitôt. Des rivières de sang rouge vif recouvrirent ses dents et son menton. Je pris soin d'appuyer mon genou aussi fort que possible sur son sternum en me relevant. Il poussa un grognement et cracha du sang.

— Qu'est-ce que tu veux, Hartman ? Je ne te dois pas d'argent, putain !

Il se redressa sur ses coudes et me foudroya du regard. Je jetai un coup d'œil à Bax, dont le téléphone se mit à sonner. Il le sortit de la poche de son sweat à capuche et haussa un sourcil.

— Titus.

Je hochai la tête alors qu'il s'écartait de quelques pas pour répondre à son frère. Puis je croisai les bras sur ma poitrine et lançai un regard noir à ma proie.

— Tu connais Brysen Carter ?

Il toussa et cracha à nouveau du sang.

— Ouais. Elle est canon, mais elle ne fait pas beaucoup la fête et n'a pas l'air très sympa, alors personne ne l'approche.

— Quelqu'un l'a poussée dans les escaliers alors qu'elle allait en cours, il y a quelques jours. Qui aurait bien pu faire ça ?

Il grogna et s'assit.

— Qu'est-ce que j'en sais, moi ? Comme je l'ai dit, elle ne se mêle pas aux autres, et en toute honnêteté, elle passe un peu pour une garce. Peut-être qu'elle a énervé le mauvais mec.

Je plissai encore plus les yeux.

— Quel mec ?

— Qu'est-ce que ça peut te faire, d'abord ? Tu la baises ?

Sérieusement, ce type devait avoir avalé un grand bol de stupidité au petit déjeuner. Sans même réfléchir, je me penchai un peu et le cognai aussi fort que possible sur le côté du visage. Je sentis s'ouvrir la jointure de mes doigts. La force du coup lui fit pousser un cri de surprise et il tomba sur le côté. Je secouai ma main en me redressant et lui demandai une nouvelle fois :

— Quel mec ?

Il leva les bras en signe de reddition et prit sa tête entre les mains.

— Elle traîne avec un certain Drew Donner. Il la suit partout comme un clebs. C'est évident qu'il veut être plus qu'ami avec elle, mais Brysen ne cède pas. Il est un peu extrême et pas très net. Il est arrivé ici il y a un an et n'a jamais essayé de s'intégrer ou de faire la fête. Tout ce qu'il fait, c'est la coller. Pendant un moment, une rumeur a même circulé, comme quoi il avait fait une espèce de crise de nerfs en apprenant qu'il n'avait pas pu s'inscrire dans tous les cours qu'elle suivait, parce qu'il ne répondait pas aux conditions d'admission. En tout cas, moi je ne péterais pas un câble comme ça pour une meuf qui ne veut même pas coucher avec moi.

Je me contentai de le dévisager pendant une minute, essayant de juger de la validité de ses propos par rapport à tout ce que je savais déjà. Brysen n'avait jamais mentionné ce Drew.

J'allais lui demander où je pouvais trouver ce type quand Bax posa la main sur mon épaule. Quand je me tournai vers lui, mon cœur se serra, car ses yeux étaient encore plus noirs que d'ordinaire. Cela signifiait de mauvaises nouvelles — de très mauvaises nouvelles.

— Il faut qu'on y aille. Tout de suite, dit-il sur un ton n'admettant aucune discussion.

J'inclinai la tête pour indiquer que je comprenais qu'il s'agissait d'une urgence. Je pointai le doigt sur l'étudiant étalé à mes pieds.

— Si tu remarques quoi que ce soit de louche chez ce Drew, appelle-moi.

Je me retournai et suivis Bax à travers la foule de fêtards ivres.

Quand nous arrivâmes à l'Hemi, Bax me regarda par-dessus le toit de la voiture alors que nous ouvrions les portières.

— Ça fait une heure que Nassir essaie de te joindre.

Je retins une série de jurons.

— C'était la soirée des combats hier soir. Il attend probablement ses gains. J'avais d'autres soucis en tête.

— Non. Ce n'est pas ça. Le club, l'arène, ça a explosé.

Je le fixai du regard comme s'il parlait dans une langue étrangère.

— Quoi ?

— Nassir a dit que la boîte a cramé. Les flics sont sur place, et les pompiers et les urgences aussi. Il a dit que l'endroit était bondé, vu qu'on est samedi soir. Ils évacuent les corps.

Putain ! Ceux qui voulaient prouver à Nassir et moi-même que nous ne contrôlions pas The Point étaient passés à la vitesse supérieure. C'était une façon radicale et mortelle de faire passer le message, et on ne pouvait l'ignorer.

— Comment quelqu'un a-t-il pu déjouer le système de sécurité de Nassir ?

Nous montâmes dans la voiture et le moteur rugit avec la férocité d'un animal sauvage. Bientôt, les pelouses soignées et les maisons luxueuses de The Hill ne furent plus qu'un paysage brouillé alors que nous filions à toute allure vers le cœur de la ville.

— Il n'en sait rien. D'après les premiers rapports, des explosifs vraiment vénères ont été utilisés. Nassir dit que la boîte n'est plus qu'une boule de feu et de cendres.

— Comment a-t-il fait pour s'en sortir en un seul morceau ?

Je n'aimais pas Nassir, mais j'étais content qu'il aille bien si la situation était aussi grave que Bax le laissait entendre.

— Il était au Spanky's.

Je lui décochai un regard. Il avait une main sur le volant et glissait de l'autre une cigarette non allumée entre ses lèvres. Ses sourcils épais et froncés trahissaient son inquiétude, tout comme le tic derrière l'encre noire de son tatouage.

— Pourquoi était-il au Spanky's plutôt qu'au club un samedi soir ?

Je me demandai avec un temps de retard si les centaines de milliers de dollars que nous avions fait passer par le club avaient survécu au brasier.

Bax me lança un regard dur et alluma sa clope.

— J'imagine qu'il y était pour les mêmes raisons qui font que tu foutais une raclée à un connard d'étudiant au lieu d'être à la maison avec ta femme.

— Il se fait du souci pour les filles.

— Ouais, enfin, pour une fille en particulier. Personne veut que tout ce merdier retombe sur les filles, surtout pas sur les nôtres. Il faut qu'on trouve qui se cache derrière tout ça. Aucune revendication, aucune tentative de prendre The Point... on dirait qu'ils veulent juste que vous sachiez qu'ils peuvent vous atteindre, qu'ils peuvent vous pourrir la vie, et que vous pouvez rien y faire. Comme si tout ça n'était qu'un putain de jeu tordu.

Pour moi, ça n'avait rien d'un jeu. C'était une question de vie ou de mort. C'était des pierres dans mon ventre et de la fureur dans mon sang. The Point n'était pas grand-chose, il était difficile de justifier qu'on se batte pour cette ville, pour la garder en vie malgré toute la misère et la souffrance qu'elle avait causées à tellement de gens. Mais c'était ma ville. C'était chez moi. Il s'agissait peut-être d'un royaume sur lequel personne d'autre ne voulait régner, mais je le ferais jusqu'à ce que cela me tue, et je ne laisserais pas un intrus le déchirer de l'intérieur. Pas si j'avais mon mot à dire.

Tout en réfléchissant aux actions que j'allais devoir entreprendre, j'envoyai un texto à Stark pour lui demander de déterrer absolument tout ce qu'il pourrait sur Drew Donner. C'était le seul nom qu'on m'avait donné. J'espérais juste qu'il en sortirait quelque chose, afin que je puisse mettre un terme à tout ce bazar avec Brysen.

Nous nous garâmes devant l'entrepôt. On se serait cru dans une scène de film. L'ancienne usine n'avait jamais été très belle, ses murs couverts de graffitis et ses briques croulantes fournissant un parfait camouflage à tous les excès et à la débauche qu'abritait ce bâtiment en friche. Désormais, c'était encore pire. Les murs qui tenaient toujours étaient carbonisés, les poutres en métal tordues et fondues, toutes les fenêtres à barreaux brisées, et le bâtiment n'était plus qu'une coquille brûlée de brique et de mortier. L'odeur de fumée et une autre, bien pire, imprégnaient l'atmosphère. Il y avait des voitures de police partout, et je réprimai une grimace en voyant plus d'une fourgonnette d'expert médico-légal garée devant les décombres.

Bax et moi descendîmes de voiture, un silence pesant s'installant entre nous alors que nous regardions s'agiter les services d'urgence. Je ne voyais Nassir nulle part, mais Bax siffla doucement et inclina la tête en direction de l'endroit où était garée la berline de Titus. L'inspecteur et mon associé criminel se tenaient l'un à côté de l'autre et arboraient tous deux des expressions de fureur absolue. Titus parlait rapidement en faisant des gestes de la main et Nassir avait les yeux rivés sur ce qui avait été son club. Sa mâchoire bougeait d'avant en arrière, et même à cette distance, alors que Bax et moi nous dirigions vers eux, je voyais la rage brûler dans ses yeux couleur caramel.

— Ce n'est pas une blague, dit Titus. On a affaire à des explosifs de type militaire, Nassir. Ça va plus loin que deux cadavres dans une ruelle. Ils ont sorti six corps, pour l'instant. Aucune des victimes n'est plus âgée que Dovie, bon sang. On ne va pas pouvoir ignorer cette affaire.

La mâchoire de Nassir tressaillit nerveusement et son regard se posa sur moi, avant de revenir à l'immeuble détruit.

— Tant mieux. Trouvez qui a fait ça, inspecteur.

Cela n'augurait rien de bon, et je savais que, quand il l'aurait trouvé, Titus ne livrerait pas le coupable à Nassir pour que celui-ci rende lui-même justice à sa façon. Titus n'obéissait pas aux règles de The Point ; seule la loi comptait pour lui.

— Comment a-t-il pu entrer ?

J'avais posé la question aux deux hommes, mais ce fut Titus qui répondit.

Il se tourna vers nous et desserra son nœud de cravate, avant de passer la main dans ses cheveux.

— Il n'est pas entré. Le point d'origine semble être le toit du bâtiment. Il semblerait qu'il y ait eu une explosion là-haut puis une série de déflagrations plus petites dans le bâtiment, ce qui explique qu'il y ait eu autant de victimes. Etonnamment, ce type, ajouta-t-il en désignant Nassir, avait complètement respecté les règles de sécurité anti-incendie. Le système d'extinction à eau a permis de réduire au minimum le nombre de morts.

De mon point de vue, six morts n'étaient pas un minimum, et à en juger par la façon dont les sourcils de Nassir se froncèrent au-dessus de ses yeux furieux, il pensait la même chose.

— L'une des danseuses m'a appelé pour me dire qu'il y avait un groupe de types qui cherchaient des ennuis au Spanky's. Elle a dit que Chuck était débordé, et qu'elles avaient peur. J'y suis allé et je n'avais pas encore passé la porte que j'ai reçu un appel me prévenant que l'arène était en feu. Celui qui a fait ça ne voulait pas que je sois sur place. C'était un coup monté pour que je puisse voir tout ce pour quoi j'ai travaillé être réduit en cendres.

Titus soupira et je demandai :

— Tout l'argent ?

Nassir secoua la tête et s'écarta de la voiture.

— L'argent est en sécurité. Je suis un homme prudent par nature. C'est comme ça que j'ai réussi à rester en vie aussi longtemps.

Il lança un regard sévère à Titus avant de reprendre :

— Je suis sérieux, inspecteur. Si vous avez un nom, je le veux.

Titus ne dit rien alors que Nassir s'éloignait, le téléphone collé à l'oreille. Je regardai Bax, qui échangea un regard avec son frère puis haussa les épaules.

— On n'a rien d'autre à faire ici.

— Non, grommela Titus. Rentrez chez vous et réjouissez-vous de ne pas avoir été ici ce soir, sinon vous seriez à l'arrière d'une de ces camionnettes, ou au commissariat pour y être interrogés.

Je ne pus m'empêcher de grimacer alors que mes yeux se posaient automatiquement sur les camionnettes blanches des experts médico-légaux. Je ne voulais pas penser aux gens qui allaient terminer leur samedi soir par un voyage à la morgue, mais c'était impossible de faire autrement. Voilà le prix que The Point faisait payer à ceux qui s'aventuraient dans ses entrailles. Je me perdis dans mes pensées sinistres ; j'avais l'impression que j'aurais beau travailler dur, affirmer mon emprise sur cette ville, les pires choses et les pires personnes finiraient toujours par l'emporter.

Bax me sortit de mes réflexions en me tapant sur l'épaule.

— Je vais te ramener chez toi auprès de ta femme. Cette soirée est finie.

A l'entendre, on aurait dit qu'il ne s'agissait que d'une autre journée, que d'un autre bug dans le système de cette ville. Cela me donna des frissons dans le dos.

— D'accord.

Une fois dans la voiture qui parcourait les quelques pâtés de maisons jusqu'au garage, où je prendrais la Stingray, il me demanda si j'allais bien. Je pris mon temps pour répondre.

— Je ne sais pas trop. Il s'agit de The Point. Cette ville est censée régler ses problèmes elle-même. Rien ni personne n'est censé être pire que The Point. Je ne sais pas quoi penser du fait qu'elle subit une attaque et qu'elle est en train de perdre.

Il poussa un grognement rauque et déclara :

— C'est plus que The Point. Cet endroit n'est pas qu'un avertissement destiné aux gamins gâtés de The Hill qui se sont égarés du mauvais côté. Même si c'est un coin affreux, vicieux et que c'est dur de vivre ici, c'est quand même chez nous. C'est chez moi, chez toi, et quand on voit son foyer se faire exploser, quand on sait que la menace est réelle et vient de l'extérieur, on a envie de se battre pour lui, même si on sait qu'il nous regarderait crever sans bouger le petit doigt.

Il avait tout à fait raison. The Point était peut-être un royaume pourri, mais c'était *mon* royaume pourri, et je ne pouvais pas tolérer qu'une personne extérieure essaie de le détruire. Je n'aurais jamais cru ça possible, mais sur ce coup-là, j'étais avec Nassir. Quand on tiendrait la personne responsable de cet incendie, du message ensanglanté et meurtrier dirigé directement sur le cœur de ma ville, il n'y aurait pas de justice, pas de tribunaux — il n'y aurait que la contre-attaque et la vengeance au nom de cet endroit qui n'était pas aussi solide qu'il en avait l'air.

Je dis au revoir à Bax avant qu'il ne parte à toute vitesse retrouver ma sœur. Je comprenais un peu mieux ce besoin impérieux maintenant que j'étais obsédé par Brysen et sa sécurité. Elle était ce qui me rattachait à la réalité en dehors de la violence et des machinations qui constituaient ma vie quotidienne. J'avais besoin d'elle si je voulais remporter cette guerre. Elle me permettait de garder en tête l'objectif final.

J'arrivai à l'appartement sur les quais, juste à la limite de la ville. Il était suffisamment éloigné du cœur de The Point pour être sûr, mais suffisamment éloigné de The Hill et des banlieues résidentielles pour que personne ne soupçonne que deux filles de la classe moyenne se cachaient là. Cet appartement avait été la garçonnière de mon père, l'endroit où il emmenait toutes les femmes avec lesquelles il trompait ma mère. Il l'avait payé en espèces, si bien qu'il avait échappé à la saisie par les fédéraux de tous les biens rattachés au nom de Hartman. Je connaissais son existence uniquement parce que Novak avait pris un grand plaisir non seulement à me manipuler, mais aussi à me révéler toutes les saletés qu'il connaissait sur mon père afin de me contrôler. Il m'avait suffi de serrer quelques mains et de graisser la patte du gestionnaire de l'immeuble pour que toute trace de mon père disparaisse de l'acte de propriété, que j'avais mis au nom de Brysen sans y penser à deux fois. Bien sûr, devant les tribunaux, la légalité de ce titre de propriété ne tiendrait pas, mais pour l'instant cet endroit lui appartenait, même si elle n'en savait rien, ou s'il finissait par s'avérer qu'elle n'en voulait pas.

Je me garai dans le parking souterrain et pris l'ascenseur jusqu'au dernier étage. L'appartement donnait sur l'eau, sur les quais de chargement. Si The Point s'était trouvée dans un plus beau site, dans une plus jolie ville, la vue aurait été sublime. En l'occurrence, on ne voyait sur des kilomètres qu'un brouillard de pollution, des bateaux rouillés et des dockers bourrus. Quand je poussai la porte, je fus accueilli par le canon d'un revolver pointé sur mon visage. Booker ne plaisantait plus depuis la chute de Brysen à la fac. Je savais qu'il n'était pas du genre sentimental ou compatissant, mais il n'était pas non plus du genre à aimer passer pour un type qu'on pouvait doubler. Il prenait l'agression de Brysen comme une affaire personnelle, ce qui m'allait très bien.

Il baissa son arme et la cicatrice qui recouvrait la moitié de son visage tressauta.

— Je ne savais pas que tu passerais ce soir.

Il posa son arme alors que je refermais la porte derrière moi.

— Ma copine est ici. Pourquoi j'irais ailleurs ?

Il renifla et prit une bière entamée sur la table basse.

— Tu ferais bien de lui dire ça. Elle n'était pas enchantée que ce soit moi qui la ramène à la maison aujourd'hui. Ça a été un vrai plaisir de passer la journée avec elle.

Je grimaçai un peu. J'aurais dû libérer du temps pour la conduire ici. J'étais nul pour ce qui était des relations amoureuses. Elle aurait toujours dû passer en premier.

— Et la petite… Elle va s'attirer des ennuis, à toujours se balader avec ses grands yeux de chiot, comme si elle cherchait un maître et un bon foyer. Si ça ne tenait qu'à moi, je la garderais enfermée jusqu'à ce qu'elle soit adulte.

— Je garderai ça en tête.

— Tu veux que je reste, ou tu peux te débrouiller tout seul ?

— Tu peux y aller.

Il finit sa bière.

— Il paraît que tu as pris l'habitude de te balader sans arme.

Dovie. Ma sœur se faisait toujours du souci pour tout le monde, sauf pour elle. Il s'approcha de l'arme qu'il avait posée sur le plan de travail.

— Tu sais t'en servir ?

Je me contentai de le regarder fixement. Cela faisait longtemps que je vivais à The Point. J'étais associé avec Nassir, et Bax était mon meilleur ami. Bien sûr que je savais me servir d'un flingue. Seulement, je préférais l'éviter.

— Très bien. Bonne chance avec ta copine. Je crois que tu vas en avoir besoin.

Je le regardai sortir, puis baissai les yeux sur le revolver. On ne pouvait nier que ma vie était en train de changer. Pour le mieux, sous certains aspects, mais surtout pour le pire. Le truc, c'était juste de trouver l'équilibre. Je pris l'arme à feu et la posai en haut du frigo pour la mettre hors de vue, puis je gravis l'escalier menant à la grande chambre, qui occupait tout l'étage supérieur de l'appartement. Les lumières étaient allumées et quand j'entrai, je m'attendais à ce que Brysen soit sur le lit, à regarder la télé ou je ne sais quoi. Je chancelai même un peu en trouvant la grande chambre vide. Je m'y avançai, regardant autour de moi, comme si j'avais pu la rater, quand j'entendis un petit bruit en provenance de la salle de bains, située de l'autre côté de l'étage.

J'enlevai mes chaussures et déboutonnai ma chemise, puis j'allai la retrouver. Elle se tenait devant le miroir, une paire de ciseaux dans une main et un peigne dans l'autre. Son carré blond platine n'était plus, et ses yeux bleus et brillants se braquèrent sur moi quand j'apparus dans le miroir. Elle posa les ciseaux et passa la main sur ses cheveux coupés, l'air gênée. L'armée de petits points de suture noirs décorant l'arrière de son crâne me fit serrer les dents alors que nous nous regardions en silence.

— C'est le mieux que j'ai pu faire.

Elle semblait nerveuse, peu sûre d'elle.

A vrai dire, ce n'était pas si mal, vu de devant. Ses cheveux étaient très courts, ramenés vers son visage, avec une frange hyper-lisse sur son front. Sur l'arrière, ils étaient presque tous coupés au ras du crâne, à part une petite partie suffisamment longue pour couvrir le haut de sa blessure. C'était à la fois avant-gardiste et rétro. On aurait dit une garçonne des temps modernes. Elle n'aurait eu aucun mal à incarner la Bonnie de mon Clyde.

— Je suis désolé de ne pas avoir été là aujourd'hui quand ils t'ont laissée sortir. J'ai passé la journée à tourner en rond pour découvrir qui t'a poussée dans l'escalier. J'aurais dû être là pour te ramener à la maison.

Elle se retourna et s'appuya contre le lavabo, de sorte que je la regardais tout en voyant mon propre reflet dans le miroir derrière elle. Je vis mes yeux s'assombrir simplement parce que je me trouvais dans la même pièce qu'elle.

— A la maison ? Je ne sais même pas où je suis, Race. C'est quoi cet endroit ? Pourquoi on est là ? J'ai des millions de questions et tu n'étais pas là pour y répondre. Sans parler du fait que je ne peux pas faire un pas sans foncer dans Booker, et ce n'est drôle ni pour lui ni pour moi. Je déteste ça.

Je ne pouvais rien faire d'autre que la regarder. C'était normal qu'elle déteste ça, mais je faisais de mon mieux. Elle baissa les yeux et fit un pas pour me prendre la main. J'avais oublié mes doigts craquelés et le sang séché sur le dos de mes mains.

— Tu as plein de sang sur les mains.

J'étouffai un rire.

— Ce n'est rien de le dire.

Elle me fit les gros yeux et je soupirai en la contournant pour aller me laver. Je faisais toujours ça : faire disparaître le sang dans les canalisations.

— Mon père se servait de cet endroit pour retrouver ses maîtresses. C'est suffisamment loin de The Hill pour que ma mère n'en ait jamais entendu parler. Le gestionnaire de l'immeuble est sacrément pourri, alors je l'ai payé, et maintenant aucun document ne peut rattacher cet endroit à quiconque dans ma famille. Je lui ai demandé de mettre le titre de propriété à ton nom. Ce n'est pas légal, mais pour l'instant Karsen et toi pouvez rester ici, même quand on aura arrêté ce type qui te harcèle. Je sais que tu t'inquiétais de ce qui allait se passer quand votre maison aurait été saisie à cause de ton père. Maintenant, vous avez un endroit où loger.

Elle émit un petit bruit de gorge, puis ses mains recouvrirent les miennes dans le lavabo, m'aidant à nettoyer les derniers rappels de cette horrible soirée. Ses yeux croisèrent les miens dans le miroir, et je vis toute la peur, toute l'incertitude, toutes les questions qu'elle gardait en elle, mais aussi de la gratitude, de l'espoir et quelque chose d'encore plus profond, et c'était ce à quoi je voulais me raccrocher.

— J'aurais dû être là aujourd'hui.

Elle coupa l'eau et posa la joue sur l'arrière de mon épaule.

— Non, je sais que tu as beaucoup de choses à faire et que tu essaies de découvrir qui m'a fait ça. Tu m'as manqué, c'est tout, et je me sens mieux quand tu es près de moi. Mais je sais que je dois te partager avec The Point.

Je passai la main sur ses cheveux tout juste coupés. Bien que courts et un peu fous, ils étaient toujours aussi doux alors qu'ils s'attachaient à mes doigts humides.

— Tu ne devrais pas avoir à le faire.

Elle poussa un rire sans humour.

— Dans un monde parfait, peut-être, mais jusqu'à maintenant, ni The Hill, ni The Point, ni aucun endroit entre les deux ne sont parfaits. Il faut juste tirer le meilleur de ce qu'on a.

Je refermai ma main sur sa nuque et demandai :

— Est-ce qu'on est en train de tomber amoureux, Bry ?

Elle rit de nouveau et s'écarta de moi.

— Probablement. Et pourquoi pas ? La vie est pourrie, quelqu'un essaie de me tuer, et tu es en plein milieu d'une guerre. Quelles meilleures conditions pourrait-on imaginer pour tomber amoureux ?

Décidément, elle était bel et bien ma Bonnie. Je la suivis dans la chambre.

— Tu penses qu'on y survivra ?

Je n'avais encore jamais été amoureux et c'était une nouvelle sorte de bataille que je voulais remporter.

Elle poussa un soupir.

— Je ne sais pas, mais je l'espère vraiment.

Il fallait que je change de sujet avant que l'un de nous laisse le bon sens le convaincre de mettre un terme à ce qui se passait entre nous.

— Qu'est-ce que tu sais sur Drew Donner ?

Elle était occupée à replier la couette sur le grand lit king-size, et me répondit par-dessus son épaule :

— On a plusieurs classes en commun, ce semestre. Il est plutôt sympa, alors on révise ensemble de temps en temps.

— Il ne t'a jamais invitée à sortir, ou un truc comme ça ?

Elle retira son pantalon noir, ne restant qu'en débardeur et culotte presque inexistante. Il s'agissait d'une conversation sérieuse, mais mon esprit se vida aussitôt et je ne pus que dévorer du regard ses longues jambes alors qu'elle grimpait sur le lit et s'y asseyait. Elle avait toujours une petite marque rouge sur le genou à cause de sa chute sur le parking, où elle avait frôlé la mort, et ce rappel de ses blessures suffit à me remettre les idées en place alors qu'elle m'étudiait pendant une minute avant de répondre :

— Il m'a clairement fait comprendre qu'il aimerait qu'on soit plus qu'amis, mais je n'en avais pas envie et je le lui ai dit. Cela ne l'enchante pas, mais il n'insiste jamais.

Je m'avançai vers elle et ne m'arrêtai qu'après avoir atteint le côté du lit et m'être positionné entre ses jambes. Je me penchai sur elle jusqu'à ce qu'elle soit appuyée sur ses coudes et que je ne sois plus qu'à un doigt d'être allongé sur elle.

— Et pourquoi est-ce que tu n'en avais pas envie ?

Sa poitrine se souleva et elle relâcha tout son poids, si bien que nous nous écroulâmes tous les deux sur le lit. Je la recouvrais complètement. Elle entortilla ses mains dans mes cheveux et me rendit mon regard sérieux.

— Parce que c'était toi que je voulais, même si je refusais de l'admettre, et je savais que personne ne supporterait la comparaison.

Oh non, personne. Cette fille me faisait un effet que je n'avais pas ressenti depuis très longtemps, et l'attirance entre nous était quelque chose que certaines personnes passaient une vie entière à rechercher. Peu importait que mon univers soit dangereux, qu'elle doive prendre un risque pour être avec moi ; nous étions faits pour être ensemble, et ni un tordu ni la raison ne nous sépareraient.

Je l'embrassai avec force, rapidement, puis fis mine de me relever. Après tout, elle était blessée, et il n'était pas question que je cause plus de dégâts, mais elle resserra ses doigts sur ma tête, refusant de me laisser partir.

— J'ai demandé à quelqu'un de faire des recherches sur lui. Les gars de cette fac semblent avoir du mal à supporter que tu les rejettes. Je veux savoir ce qu'il mijote.

Elle me regardait avec des yeux brillants, et elle enroula une jambe autour de ma taille, ce qui poussa mes mains à toucher sa peau nue, contre ma volonté.

— Il ne mijote rien. C'est juste un étudiant. Il ne me ferait pas de mal. Il n'a aucune raison de le faire.

Je caressai sa cuisse et sentis que mon cœur battait un

peu plus vite. Je ne devais pas oublier que sa tête devait lui faire un mal de chien. J'embrassai la courbe extérieure de son sourcil.

— Je veux quand même m'en assurer. Brysen, tu es sortie de l'hôpital ce matin. Laisse-moi me relever et on ira gentiment se coucher. Je te l'ai dit, je veux prendre soin de toi.

L'une de ses mains relâcha sa prise de fer sur mes cheveux alors qu'elle glissait son bras sur mon épaule et que son autre jambe rejoignait la première, si bien que j'étais désormais complètement plaqué contre elle. Seuls sa culotte et mon jean séparaient mon érection grandissante de son sexe brûlant.

— Tu m'as manqué, Race. Je veux que tu prennes soin de moi. Mais plutôt comme ça.

Mes objections s'effacèrent quand elle m'embrassa comme si nous avions été séparés pendant des mois et non quelques longues journées. Je me laissai prendre par ses lèvres, par sa langue séductrice qui entraînait la mienne dans une danse passionnée. Je cédai désespérément à l'exigence de ses dents quand elle s'en servit pour bien me faire comprendre ses besoins et ses désirs. Je posai les mains sur la courbe de ses hanches et nous déplaçai au centre du lit, ses mains m'agrippant comme si elle craignait que je m'en aille. Elle était presque nue sous moi ; je n'aurais voulu être à aucun autre endroit au monde.

Je fis passer son débardeur par-dessus sa tête en faisant attention à la peau sensible à l'arrière de son crâne et la laissai se battre avec mon jean jusqu'à ce qu'elle ait ouvert la braguette et se servent à la fois de ses mains et de ses pieds pour m'en débarrasser. Je lui souris et me mis à genoux pour pouvoir le retirer complètement, et mon cœur se renversa lorsqu'elle appuya sur ma fossette avec son index. Elle me sourit alors que je passais les doigts au bord de sa culotte et commençais à la faire glisser sur ses jambes. Elle était le plus beau des cadeaux que j'avais jamais reçus, et je prenais un plaisir immense à la redécouvrir.

— Tu n'es pas comme les autres, Race Hartman.

Son ventre se creusa et frémit un peu lorsque je penchai la tête et fourrai le bout de ma langue dans le petit creux de son nombril.

— Je pensais justement la même chose à propos de toi.

Je ne devais pas oublier qu'elle était fragile, cassable, et bien trop humaine. Je ne pouvais me déchaîner sur elle comme j'en avais l'habitude quand je l'emmenais au lit. En temps normal, elle était mon phare dans la tempête tandis que tout faisait rage autour de nous, mais ce soir elle avait besoin d'attention, de délicatesse, et que je lui montre qu'elle était en sécurité avec moi.

Depuis son nombril, je fis descendre ma langue sur l'arête de l'os de sa hanche alors qu'elle se trémoussait impatiemment sous moi. Elle avait déjà les jambes écartées, si bien que je n'eus aucun mal à promener ma bouche sur sa chair qui était déjà humide et glissante de désir. J'adorais qu'elle soit toujours aussi prête pour moi que je l'étais pour elle. Il y avait en elle de la passion, de la faim, et un désir qui me comprimait le bas-ventre et me faisait saliver.

Elle souffla mon prénom dès le premier passage de ma langue sur son sexe. Ses doigts s'agrippèrent à mes cheveux quand je me servis de mes épaules pour lui écarter encore plus les jambes, de façon à ce que mes mains puissent entrer en action elles aussi. Je l'entendis gémir, mais j'étais trop concentré sur ce que je faisais, trop enivré par la façon dont elle fondait dans ma bouche, pour prendre le temps de me demander s'il s'agissait d'un gémissement de douleur ou de plaisir. Elle se contracta autour de mes doigts, son clitoris se durcit lorsque je le pris entre mes dents, et ses cuisses remuèrent contre ma tête alors qu'elle bougeait au rythme de mes caresses. Je la sentis se crisper à l'intérieur, je sentis l'humidité se concentrer autour de mes doigts et je la dévorai alors qu'elle atteignait l'orgasme en soufflant mon nom dans un sanglot. Si j'arrivais à la faire jouir comme ça jusqu'à la fin de ma vie, j'accepterais en souriant toutes les saloperies que le destin me réservait quotidiennement.

Ses jambes se relâchèrent sur mes épaules et je les allongeai de chaque côté de moi alors que je rampais sur elle. Je m'arrêtai en chemin pour sucer ses deux jolis tétons roses et pour frotter mon visage contre la courbe splendide de son cou. Mon sexe était dur comme de la pierre, mes testicules me faisaient mal, et tout ce dont j'avais envie, c'était de m'enfoncer en elle et de rester là à jamais. Je me hissai au-dessus d'elle, appuyé sur mes bras, et attendis que ses yeux bleu ciel s'ouvrent et se posent sur moi. Elle avait les joues rouges et un doux sourire aux lèvres ; elle n'avait jamais été aussi belle. J'aurais abandonné toute ma fortune, combattu dans n'importe quelle guerre et me serais vidé de mon sang encore et encore si on me l'avait promise en récompense.

Elle passa les mains sur mes côtes et enroula de nouveau ses jambes autour de ma taille. Elle se servit de sa prise sur moi pour se redresser afin que seule l'extrémité de mon sexe se glisse dans sa chaleur accueillante.

— J'ai besoin de toi.

Sa voix était rauque et un peu cassée. Je plaçai une main sous ses fesses et l'attirai contre moi en m'installant lentement entre ses jambes. Alors que nous nous enfoncions de nouveau dans le matelas, je posai ma bouche contre la sienne et murmurai :

— Moi aussi j'ai besoin de toi, Bry.

Je l'embrassai avec tout ce que j'avais, avec tout mon cœur, laissant ma bouche lui dire qu'elle était tout ce que j'avais jamais cherché. Il n'y avait rien d'autre qu'elle. Puis, alors que je me mettais à bouger en elle, contre elle, je me servis de ma langue pour imiter les mouvements du bas de mon corps. Elle se tortilla contre moi et enfonça les ongles dans la peau de mes épaules. Je voulais la posséder avec force, la prendre comme je le faisais normalement, mais je ne voulais pas lui faire mal et malgré son plaisir, malgré son regard bleu brûlant et sexy, je distinguais une ombre d'inconfort qui m'empêchait de me laisser aller. Elle avait sans doute très mal à la tête.

Elle tremblait, son cœur battait à tout rompre, comme le mien, et ses tétons étaient durs quand ils se frottaient contre mon torse. Sa langue s'enroulait autour de la mienne, la caressait, et son étreinte était aussi désespérée, aussi affamée que la mienne. Je sentis mon plaisir se nicher et s'intensifier au bas de ma colonne vertébrale, je sentis que mon corps commençait à trembler. Je relevai la tête et lui dis :

— Jouis avec moi.

Elle secoua la tête de droite à gauche et je la sentis remuer ses hanches contre les miennes alors que j'essayais de me retenir de me déchaîner en elle de toutes mes forces.

Elle referma ses bras autour de moi et haussa un sourcil.

— Alors arrête de faire l'idiot et prends-moi vraiment.

Un rire m'échappa, et je lui souris.

— Je ne veux pas te faire mal à la tête, crétine.

— Dans ce cas, fais-moi penser à autre chose, beau gosse.

Merde. Je n'eus aucun mal à relever le défi. Je posai les mains de chaque côté de sa tête, m'assurant qu'elle ne me quittait pas des yeux, et je fis exactement ce qu'elle m'avait demandé.

Je m'enfonçai en elle, bougeai sur elle, me serrai contre elle comme si j'essayais de me fondre en elle – et c'était peut-être le cas. J'étais tellement proche de l'orgasme, rien qu'à la voir nue et consentante sous moi, qu'il ne me fallut que quelques minutes pour exploser en elle, sans savoir si elle m'avait suivi. Heureusement, elle était expressive au lit, et quand j'eus fini de grogner et de décharger en elle, je l'entendis gémir et la sentis palpiter autour de moi.

J'attendis une seconde, le temps que nous reprenions tous les deux une respiration normale, puis je roulai sur le dos et m'étalai à côté d'elle, en travers du lit. Elle entrelaça ses doigts aux miens et embrassa chacune de mes jointures abîmées.

– Merci d'avoir pris soin de moi, Race.

Evidemment, elle ne parlait pas de sexe, même si cela aurait incroyablement flatté mon ego.

– Merci de me donner quelque chose de bien auquel me raccrocher, Brysen.

Elle représentait l'équilibre dont j'avais désespérément besoin.

17

Brysen

Vu mes activités de la veille avec Race, je fus étonnée de ne ressentir qu'un léger mal de tête lancinant quand il me réveilla et me dit qu'il devait y aller. J'étais encore endormie, un peu confuse, si bien qu'il me sembla qu'il me parlait d'un incendie au club de Nassir, mais je n'aurais pu l'affirmer. Je pensais que c'était peut-être un rêve, et dès que la porte de la chambre se referma derrière lui, je me rendormis. Je ne me réveillai qu'en entendant le rire aigu et voilé de ma sœur et en sentant l'odeur du bacon en train de griller. Je n'étais pas censée me frotter la tête avant un jour ou deux, mais mes points de suture me grattaient tellement que je décidai d'ignorer les ordres du médecin et de prendre une douche rapide. J'eus du mal à me regarder dans le miroir couvert de buée en sortant.

Mes cheveux auraient pu être pires, mais j'avais des cernes noirs sous les yeux et des lignes dures de chaque côté de la bouche, que je n'avais jamais vues auparavant. Le fait que quelqu'un veuille ma peau, qu'une ombre sinistre me pourchasse, l'emporte sur moi, commençait à laisser des traces, et cela se voyait sur mon visage. Même si Race était intervenu et avait pris en charge tous les autres problèmes majeurs que la vie avait placés sur ma route — ma mère, nous trouver un logement pour que nous ne soyons pas à la rue, essayer d'assurer notre sécurité —, cela faisait encore beaucoup à gérer, et je paraissais bien plus âgée que mes vingt et un ans.

Puisque je n'avais rien d'autre que mon sac à main et le petit sac que Karsen m'avait préparé en vitesse pendant que j'étais à l'hôpital, je ne pouvais même pas réaliser de tour de magie avec du maquillage pour me donner meilleure mine. Cela dit, je n'avais personne à impressionner. Karsen m'avait vue dans mes pires moments, et le géant maussade, Booker, m'avait clairement fait comprendre que nous ne serions jamais amis. Il se comportait comme si c'était ma faute si on m'avait poussée dans l'escalier et comme si je m'étais ouvert le crâne rien que pour le faire passer pour un bon à rien aux yeux de Race. Il était encore plus hargneux et grognon qu'avant, et je n'arrivais pas à comprendre pourquoi plus il se montrait désagréable, plus ma sœur lui léchait les bottes. Cela ne me plaisait pas du tout.

J'enfilai un pantalon de yoga et un sweat trop large, et entrepris d'aller contrarier les tentatives de séduction totalement inappropriées de ma petite sœur. Arrivée au bas de l'escalier, je fus surprise de voir Booker en train de faire la vaisselle tandis que Karsen était assise à l'îlot de cuisine, un sandwich devant elle. Ses yeux sombres s'écarquillèrent quand elle vit ma coupe de cheveux déstructurée, mais ils pétillaient d'approbation.

— C'est joli, sophistiqué et un peu punk. Je n'en reviens pas que tu aies fait ça toute seule.

Ma sœur ne disait jamais rien de négatif. Elle était trop mignonne.

— C'est n'importe quoi, mais c'est mieux que le carnage qu'ils avaient fait à l'hôpital. Booker t'a préparé à déjeuner ?

Je sautai sur le tabouret à côté du sien et pris l'autre moitié de son sandwich bacon-laitue-tomate.

— Non. J'ai cuisiné et il a dit qu'il ferait la vaisselle.

Le grand type grommela sans se retourner. Karsen me sourit et désigna l'appartement moderne, magnifiquement décoré. Il ne se trouvait pas dans le plus beau quartier de la ville, mais je devais admettre qu'il était cent fois mieux que le loft au-dessus du garage.

— Cet endroit est génial, non ? Race a dit qu'on pouvait rester ici aussi longtemps qu'on en aurait besoin.

— Race est plein de surprises, dis-je d'un ton sec, et j'entendis Booker ricaner.

— Il était pressé de partir ce matin, précisa-t-il. Il m'a posé mille et une questions sur ton ami de la fac.

Booker se retourna et m'adressa un drôle de regard.

Je haussai les épaules.

— Ce n'est qu'un ami.

Il grogna et croisa ses bras massifs sur la poitrine.

— Les filles aussi jolies que toi n'ont pas d'amis garçons. Même les filles moins jolies que toi n'ont pas d'amis garçons. Tu peux me croire, Blondie, tout mec qui traîne longtemps avec une fille attend simplement une opportunité d'y fourrer son engin.

Je m'étouffai avec mon sandwich et jetai un coup d'œil à ma sœur avant de foudroyer Booker du regard.

— Ce n'est pas vrai. Tous les mecs ne sont pas des hommes de Neandertal dans ton genre.

Il haussa le sourcil coupé en deux par son hideuse cicatrice et m'adressa un regard entendu.

— Si. Seulement, certains arrivent mieux à le cacher quand ils veulent se taper une fille.

Je changeai de sujet et me tournai vers Karsen.

— Bref... Drew est inoffensif et il n'a jamais touché à mon ordinateur, alors tout ce système de surveillance malsain ne peut pas venir de lui.

Karsen émit un bruit étranglé. Booker fronça les sourcils et je la regardai, inquiète. Elle agrippa mon avant-bras, ses yeux marron dévorant tout son visage.

— Ce n'est pas vrai. Rappelle-toi, il y a quelques mois, quand tu as dû m'emprunter mon ordinateur parce que tu avais prêté le tien à Adria, dont l'ordi avait planté, pendant environ une semaine. Tu étais en colère parce que c'était Drew qui te l'avait rendu, alors que c'était Adria qui te l'avait emprunté. Il t'avait dit qu'elle le lui avait donné parce qu'elle était trop occupée pour te le rendre elle-même. Tu te plaignais même qu'il était trop lent et tu disais qu'Adria devait avoir téléchargé un virus, ou je ne sais quoi. Tu étais carrément jalouse quand elle a eu un ordi portable tout neuf pour remplacer l'ancien.

Je ne m'en souvenais pas du tout, mais j'avais eu beaucoup de choses en tête ces derniers mois, et Adria se montrait souvent égoïste et exigeante, si bien que ce n'était pas le genre de demande qui m'aurait marquée ou que j'aurais pu trouver inhabituelle. Cependant, maintenant que Karsen en parlait, je me rappelais effectivement que Drew m'avait rendu mon ordinateur et qu'il m'avait paru hyper-content d'avoir été chargé de cette mission. Comme toute adolescente typique, Karsen devait avoir souffert d'être séparée de son ordinateur et des réseaux sociaux, ce qui expliquait qu'elle se souvienne aussi bien de cet épisode.

— Ah, merde.

Booker décroisa les bras et son visage dur prit un air légèrement meurtrier.

— Il faut que j'appelle Race et que je le mette au courant avant qu'il aille coincer ce mec à la fac.

Un frisson glacé descendit le long de ma colonne vertébrale. Je ne pensais pas que Drew soit capable de faire du mal à qui que ce soit. Ce n'était qu'un étudiant BCBG ayant un petit faible pour moi, mais à ce stade, les seules personnes dont j'étais certaine qu'elles n'essayaient pas de me tuer étaient Race et Karsen — et peut-être Booker, même si j'avais encore des doutes à son sujet.

Je me tournai vers Karsen et nous échangeâmes un regard inquiet alors que Booker prenait son téléphone et passait dans la salle de séjour pour appeler Race. Elle semblait à deux doigts de rendre son déjeuner, alors je lui dis, de ma voix la plus assurée :

— Ça va aller. Race va tirer ça au clair et nous reprendrons une vie normale.

Elle ouvrit la bouche pour me répondre, mais fut interrompue par ma sonnerie de téléphone, en provenance de ma chambre. Je me demandais bien pourquoi Dovie pouvait m'appeler alors qu'elle savait que j'étais en isolement, et aussitôt, des images de Race blessé — ou pire — m'assaillirent.

— Allô ?

Je respirais fort, mais même le bruit de ma propre respiration ne suffit à étouffer les sanglots à l'autre bout du fil. Dovie ne m'avait jamais donné l'impression d'avoir des tendances hystériques, et immédiatement mon esprit se mit à bouillonner de scénarios catastrophe impliquant Race et Bax.

— Qu'est-ce qui ne va pas, Dovie ?

Je ne voulais pas lui poser cette question aussi sèchement

alors qu'elle était manifestement bouleversée, mais je n'avais pas pu m'en empêcher.

— Je… Bax et moi… on s'est disputés. Violemment.

Je m'assis sur le lit et poussai un soupir de soulagement.

— A propos de quoi ?

Elle hoqueta et mon cœur se serra. Je n'entendais plus la fille dure à cuire que je connaissais.

— Je lui ai dit qu'il fallait qu'il arrête de travailler pour Race, que je voulais qu'il cesse tout ça. Le club de Nassir a été réduit en cendres hier soir. Des gens sont morts, Brysen. Je ne veux pas passer tous les jours de ma vie à me demander s'il va rentrer à la maison. Je ne peux plus. Ça me tue de toujours m'inquiéter pour Race et lui.

OK, c'était sérieux, et je comprenais totalement pourquoi ça ne s'était pas bien passé. Bax n'avait pas l'air du genre à accepter les ultimatums, même s'il aimait vraiment Dovie.

— Je suis désolée, Dovie. Je suis sûre qu'il va se calmer et que vous pourrez en parler quand il aura eu le temps d'y réfléchir.

Elle renifla à nouveau.

— Je ne sais pas. Il est parti comme un ouragan ce matin et je ne l'avais pas vu aussi furieux depuis le soir où tout est parti en vrille avec Novak.

Je jurai dans ma barbe et passai la main dans mes cheveux ultra-courts. Je ne savais pas quoi dire pour la réconforter. Mais il s'avéra qu'elle cherchait juste une épaule sur laquelle pleurer.

— Brysen, je n'arrive pas à me concentrer sur mes cours et je ne veux pas rester seule à la maison. Je sais que Race t'a placée en isolement, mais tu peux me dire où tu es pour que je vienne et qu'on puisse discuter ?

Je n'allais évidemment pas lui dire non. Dovie était une

excellente amie et elle semblait si triste et flippée que tout ce que je voulais, c'était la prendre dans mes bras.

— Je ne connais pas l'adresse exacte. Mais nous sommes sur les quais, et la résidence est assez jolie. Enfin, bien plus jolie qu'on ne pourrait s'y attendre dans un endroit comme The Point. Elle est juste en face d'un bar qui s'appelle The Rabbit Hole. On est au dernier étage.

Elle émit un bruit étranglé et je l'entendis inspirer brusquement. Elle se comportait très bizarrement, et soudain je sentis un picotement sur ma nuque. Je faisais évidemment confiance à Dovie, mais tout et tout le monde avait voulu me faire du mal ces derniers temps, et je ne devais pas l'oublier.

— Hum... qui ça, « on » ?

On aurait dit qu'elle avait un chat dans la gorge.

— Karsen et le type que je surnomme affectueusement Hulk. Il s'appelle Booker et c'est mon baby-sitter officiel jusqu'à ce que Race mette la main sur le tordu qui veut ma peau.

Elle fit un autre bruit, et cette fois on aurait dit qu'elle souffrait physiquement. Je commençais vraiment à me faire du souci pour elle.

— Est-ce que ça va, Dovie ? Tu n'as pas l'air très bien.

Elle toussa.

— Ça va. Je panique, c'est tout. Est-ce que le type qui te surveille est armé, à tout hasard ?

Il s'agissait d'une question bien précise, et vu la tournure que prenait cette conversation, j'hésitai à lui répondre honnêtement. Je décidai plutôt d'esquiver la question.

— Je ne sais pas. Probablement. Il ressemble à un bourreau des temps modernes, ou alors à un tueur à gages. Je suis quasiment sûre que tous ceux avec qui Race s'associe portent une arme. Y compris ton petit ami.

Sa voix changea un peu quand elle répondit :

— Oui, Bax porte une arme et on harcèle tous les deux Race pour qu'il se mette à en faire autant. Parfois, à The Point, la seule chose qu'on puisse faire est de se préparer au pire.

Elle haleta de nouveau et mon inquiétude grandit. Tous mes instincts me hurlaient que quelque chose ne tournait vraiment pas rond, mais je ne savais pas de quoi il s'agissait, et je ne savais pas quoi y faire au téléphone.

— Brysen, je serai là d'ici peu. Euh... tiens-toi prête, d'accord ?

Elle raccrocha et je gardai les yeux rivés sur mon téléphone pendant une longue seconde. Je me levai et me précipitai soudain dans la cuisine, ce qui n'arrangea pas mon mal de crâne lancinant.

— C'était qui ? demanda Karsen avec inquiétude.

Je me rendis compte que je devais avoir l'air un peu folle alors que des pensées sur ce coup de fil louche tourbillonnaient dans ma tête. J'avais la chair de poule et de la glace commençait à se former dans mes veines.

— Dovie. Mais elle avait vraiment l'air bizarre. Elle a dit qu'elle s'était disputée violemment avec Bax et qu'il fallait qu'elle vienne ici pour en parler.

Je me mis à faire les cent pas, frénétiquement, en passant la main dans mes cheveux, et grimaçai quand j'accrochai mes points de suture. Je rejouais cette conversation dans ma tête, essayant de déterminer ce qui m'avait mis la puce à l'oreille, puis je décidai que la conversation entière n'était pas nette.

A ce moment-là, Booker jura avec une telle force que les murs tremblèrent, et il s'approcha de moi d'un pas raide. Il s'arrêta brusquement devant moi et posa les mains sur mes épaules pour me forcer à m'arrêter de déambuler et à le regarder.

— Est-ce que tu lui as dit où tu étais ?

Je répondis à son regard foudroyant par une grimace.

— C'est ma meilleure amie et elle avait vraiment l'air bouleversée. Bien sûr que je le lui ai dit.

Mais maintenant, je le regrettais profondément.

Booker pointa le doigt sur Karsen.

— Très bien, gamine, tu vas filer dans ta chambre et ne pas bouger. Ferme la porte à clé et pousse autant de meubles que possible devant, et ne sors pour rien au monde. Ni pour moi ni pour ta sœur, pour rien du tout. Tu m'as compris ?

Karsen écarquilla les yeux et m'adressa un regard paniqué. Booker avait parlé d'une voix dure ne laissant aucune place à la discussion.

— Pourquoi ? Que se passe-t-il ?

Il me relâcha et alla pousser Karsen pendant que je secouais la tête de droite à gauche, furieuse contre moi-même et ma propre stupidité.

— Je crois que Dovie a des ennuis et je suis quasiment sûre qu'elle les emmène dans notre direction. Fais ce que dit Booker, Karsen. Je t'enverrai un texto quand tu pourras sortir en toute sécurité. D'ici là, ne bouge pas.

Elle frémit.

— Je ne comprends pas ce qui se passe. Dovie ne ferait jamais de mal à personne.

Je fronçai les sourcils alors que les pièces du puzzle commençaient à s'assembler dans ma tête et que tout ce qui clochait se mettait à briller vivement derrière la peur qui courait dans mes veines.

— Tu as raison. Et elle ne m'appellerait jamais pour me raconter une dispute avec Bax. Elle ne fonctionne pas comme ça. S'il te plaît, fais ce que Booker te demande, dis-je en posant la main sur l'épaule de ma sœur.

Nous nous dévisageâmes pendant un long moment, ses yeux marron brillant d'un éclat qui n'aurait jamais dû s'y trouver à son âge. Finalement, elle hocha la tête et disparut dans le couloir. Booker s'approcha de la porte fermée de sa chambre et attendit que le bruit de meubles qu'on déplace s'élève dans l'appartement avant de revenir vers moi.

Je n'avais jamais vu quelqu'un d'aussi effrayant ni d'aussi déterminé à prendre les choses en main.

— Dovie est d'ici. Elle sait que Race flippe à l'idée que quiconque sache où tu es. Elle est trop intelligente pour demander ce genre d'information. Tout ça ne colle pas. Il faut que tu montes à l'étage et que tu fasses la même chose que ce que j'ai demandé à ta sœur.

Il sortit un revolver de derrière son dos et me le tendit.

— Tu sais t'en servir ?

Je secouai la tête, ahurie. Je n'avais jamais été à proximité d'une arme à feu. Une fois dans ma main, elle me parut froide et mortelle, comme tout dans ma vie depuis que j'étais mêlée à The Point, et pourtant absolument nécessaire.

— Non. Je n'ai jamais touché un flingue de ma vie.

Il jura de nouveau, faisant preuve d'une grande créativité langagière, puis ouvrit et referma une série de tiroirs de cuisine, jusqu'à trouver un couteau de boucher d'allure redoutable. Il le posa brusquement sur le plan de cuisine, devant moi, et dit d'un ton autoritaire :

— Prends-le. Si tu as besoin de t'en servir, c'est que tu seras dans une merde noire, et je ne sais pas quoi te dire d'autre que : bonne chance, Blondie. Maintenant, file à l'étage.

Ces derniers mots furent étouffés par un coup à la porte. J'écarquillai les yeux et déglutis alors qu'il me contournait, tendu, prêt à l'attaque. D'autres coups secouèrent la porte et je n'avais toujours pas bougé, alors je me secouai et courus vers l'escalier avec l'intention de me barricader dans la salle de bains jusqu'à ce que j'aie le « feu vert » de Booker. Mais avant même que j'atteigne la première marche, j'entendis une série de détonations et le bruit du bois qui se fend. Du sang écarlate fleurit sur le torse de Booker et il se tourna vers moi pour me dire de dégager quand la porte fut défoncée par un coup de pied, dans un bruit fracassant. Horrifiée, je vis Booker sortir son arme et d'autres coups de feu retentirent. On se serait cru dans un stand de tir ou au milieu d'une fusillade au Far West, sauf que nous étions en pleine journée, sur les quais, et que cet endroit n'était sûrement pas très réglo si Race avait réussi à le mettre à mon nom aussi facilement. Je ne m'attendais donc pas à ce que les voisins nous viennent en aide, d'autant plus que tout l'appartement sentait la poudre et le sang. A The Point, les gens ne savaient que veiller à leur propre sécurité et regarder ailleurs. Je reculai de quelques pas alors que la silhouette gigantesque de Booker chancelait d'un côté et qu'un cercle cramoisi commençait à s'élargir rapidement dans son dos. Il tomba à genoux. Un autre coup de feu partit et il s'effondra devant la porte, tandis que son arme s'écrasait par terre, inutile. Je hurlai, mais j'eus la présence d'esprit de me détourner et de gravir l'escalier à toute vitesse. Il fallait que j'appelle Race. Il fallait que je trouve de l'aide, et tout ce qui me venait en tête, c'était que je devais mettre autant de portes et autant de distance que possible entre moi et le tireur.

Je m'inquiétais pour Booker. Je m'inquiétais pour Dovie. Je m'inquiétais pour ma sœur, et je m'inquiétais pour moi.

Mon téléphone brillait comme un phare là où je l'avais laissé, sur le lit, après avoir parlé à Dovie. Je me jetai sur lui avec l'intention de l'emporter dans la salle de bains et d'appeler à l'aide, mais un poids me frappa lourdement par-derrière et je m'effondrai par terre. Je poussai un cri alors que ma tête déjà blessée explosait de douleur et tentai de m'éloigner alors que quelqu'un me retournait sur le dos et m'enfourchait, pesant de tout son poids sur ma poitrine. J'allais crier de nouveau tandis que mon assaillant relevait brutalement mes bras au-dessus de ma tête, mais je devins complètement silencieuse lorsque le canon d'un pistolet se pressa entre mes yeux.

Je me forçai à demeurer parfaitement immobile, tandis que le choc déferlait en moi comme un raz-de-marée et que je fixais les yeux bleus dérangés de Drew. J'avais mal à la tête, tout tournait autour de moi, mais cela ne faisait aucun doute : le type qui venait de tirer sur Booker et qui pointait maintenant un pistolet au centre de mon front était celui que je considérais comme un ami seulement quelques minutes plus tôt. Disparu, l'étudiant avec qui j'allais en cours. Disparu, le mec sympa dont j'empruntais les notes. Disparue, l'apparence d'un être humain stable et attentionné. Il avait l'air enragé. Ses joues étaient écarlates et il soufflait comme un bœuf. Je sentais la haine qui se déversait de lui alors qu'il appuyait son arme encore plus fort contre mon front.

— Merci de m'avoir prévenu que tu avais un garde du corps, Brysen. Cela va tellement me faciliter les choses.

Je le regardais, haletante, sous le choc.

— Où est Dovie ? demandai-je dans un filet de voix terrifiée.

Il rit comme un dément et se pencha vers moi pour que nos yeux soient au même niveau, juste au-dessus du pistolet. Je vis son doigt tressaillir sur la détente, et j'eus soudain la certitude que j'allais mourir.

— Elle a rempli son rôle. Tout ça ne concerne personne d'autre que toi et moi. Il fallait juste que je me débarrasse du type qui te protégeait. Il n'est plus qu'un des nombreux cadavres laissés sur ta route.

Je ne comprenais rien à ce qu'il racontait.

— Quoi ?

Je tentai de remuer mes doigts, qui s'engourdissaient,

mais il releva encore plus mes bras au-dessus de ma tête et pressa son arme plus fort contre mon front. On aurait dit qu'il essayait de me transpercer le visage. Il se redressa un peu et fit descendre le pistolet sur ma joue, sur mon nez, et s'arrêta au niveau de la peau tendre de mon cou, au-dessous de mon menton.

— Tu ne te sens jamais responsable des gens que tu tues. Tu ne prends jamais la peine de laver tes mains pleines de sang, pas vrai, Brysen ?

Je ne comprenais toujours pas, alors je gardais la bouche close, sans le quitter des yeux. J'étais au bord des larmes, mais après tout ce qu'il m'avait fait subir, après qu'il avait prétendu être mon ami pour pouvoir me tourmenter, il n'était pas question que je lui donne la satisfaction de me voir pleurer. Je remuai les hanches pour voir si je pouvais déloger son poids et faillis vomir quand il m'adressa un regard lubrique.

— Je n'ai pas de sang sur les mains, Drew. C'est toi qui as essayé de me renverser, qui m'as espionnée, qui m'as poussée dans l'escalier. C'est toi qui es couvert de sang. Qu'est-ce que j'ai bien pu te faire pour mériter ça ?

Je poussai un hurlement de douleur quand il me donna un coup sur le côté de la tête avec la crosse de son pistolet. La douleur terrible, aiguë et aveuglante, fut aussitôt suivie de points noirs dansant devant mes yeux. Drew tira sur mes mains pour me mettre en position à demi assise et se pencha vers moi.

— Tu ne respectes pas les règles du jeu, aboya-t-il. Tu te crois mieux que tout le monde. Tu te crois spéciale.

Ce n'était absolument pas vrai, mais il aurait été stupide de discuter alors que j'entendais encore sonner des cloches dans mes oreilles et que des explosions de douleur se succédaient dans ma tête.

— C'est parce que je n'ai pas voulu sortir avec toi ? Tu veux me tuer parce que je ne suis pas amoureuse de toi ?

J'étais confuse, et pas seulement à cause des échos douloureux secouant mon cerveau. Tout cela n'avait aucun sens, et il fallait que je m'éclaircisse les idées et que je trouve une solution. Ma sœur avait besoin de moi, Race avait besoin de moi, et je n'avais pas l'intention de les laisser tomber en continuant d'être une victime entre les mains d'un cinglé.

— Non, espèce de garce stupide.

Le pistolet heurta de nouveau le côté de ma tête, et cette fois je sentis ma peau s'ouvrir. Une odeur de cuivre et de rouille, l'odeur de mon sang, s'infiltra dans mes narines. J'avais l'impression que mon cou ne soutenait plus ma tête, qui retomba lourdement en arrière et s'écrasa contre le lit.

— C'est parce que ta famille et toi vous croyez au-dessus des lois. Vous croyez, sous prétexte que vous avez de l'argent et des relations, que la loi et la justice ne s'appliquent pas à vous. Ta mère a gâché ma vie en se comportant comme une merde alcoolique, et que s'est-il passé ? Que dalle ! Ton père a balancé de l'argent à cette famille pathétique de The Point. Il a parlé à certaines personnes, et pouf, tout s'est arrangé. Et pendant ce temps, ma mère est devenue accro aux anti-douleurs et mon petit frère s'est tiré une balle parce qu'il ne supportait pas l'idée de rester en fauteuil roulant jusqu'à la fin de sa vie. Et qu'est-il arrivé aux Carter ? Rien, vous avez simplement continué votre vie comme si rien ne s'était passé. Ton père et ta mère, même ta petite sœur parfaite, tous heureux et en sécurité dans une putain de bulle. Vous vous croyez intouchables.

OK. A sa place, moi aussi je serais furieuse contre ma famille. Il relâcha mes mains et je retombai en arrière, portant mes doigts tremblants à mes tempes. Si je n'avais pas eu autant la tête qui tourne, j'aurais pu me servir de mes jambes pour prendre la fuite, mais j'avais déjà du mal à combattre l'obscurité qui menaçait de me submerger. Il posa alors son arme sur le côté et referma ses deux mains autour de ma gorge, commençant à serrer. Je n'allais pas pouvoir me battre. Je tentai de griffer ses mains, mais il était déterminé, perdu dans sa fureur et sa rage. Pour lui, je n'étais pas une personne ; je n'étais qu'un moyen d'arriver à ses fins.

— J'ai quitté North Crest pour rentrer à la maison et essayer d'aider ma mère. Elle a accepté l'argent sale que ton père lui a donné, et a pris l'assurance vie de mon père et s'en est servie pour acheter des cachets au lieu de penser à l'avenir. Au lieu de penser à moi. North Crest est une université prestigieuse. Mais entre la mort de mon père et l'addiction aux opiacés de ma mère, je n'avais pas les moyens d'y rester. Je suis rentré à la maison, j'ai vu ce que ta famille avait fait à la mienne, et j'ai su qu'il fallait que j'agisse. Je me suis fait transférer à la fac sous le nom de jeune fille de ma mère et j'ai fait en sorte de me retrouver dans les mêmes cours que toi.

Tout en parlant, il continuait de serrer, et l'obscurité commençait à l'emporter. Je n'arrivais pas à respirer, je ne sentais plus rien au-dessous de mon cou, et mes mains retombèrent mollement de chaque côté de mon corps.

— J'ai vu les failles. Je savais que ton père était accro aux paris et qu'il devait beaucoup d'argent à toutes sortes de personnes peu recommandables. Je savais que ta mère ne valait pas mieux que la mienne, une ivrogne au bord du précipice. Je savais que ta sœur se faisait embêter au lycée parce que les Carter tout-puissants n'appartiennent pas vraiment à The Hill et que les autres élèves s'en rendent bien compte. Tout le monde était en échec, malheureux, en bonne voie pour finir comme ma propre famille ; tous, sauf toi.

Il me secoua doucement, comme si j'étais une poupée de chiffon, et je couinai faiblement. Puis il continua :

— Tu étais censée tomber amoureuse de moi. J'allais te séduire et te détruire, te ruiner, réduire en cendres toute ta vie, mais tu ne m'as pas laissé ma chance. Et puis tu es retournée vivre chez tes parents et tu as collé un gros sparadrap sur la situation pour que le reste du monde oublie à quel point les Carter sont horribles. Tu as tout maintenu en place alors que je voulais que tout s'effondre, et pour ça, tu dois mourir. Tu dois souffrir, et quand j'en aurai fini avec toi, je m'occuperai de ta sœur.

Il me secoua de nouveau et je sus que si je n'arrivais pas à me dégager, il allait me tuer et qu'il s'en prendrait ensuite à Karsen. Je ne pouvais pas laisser faire ça. J'essayais de rester éveillée, de rassembler un peu d'énergie pour me débattre, quand Drew poussa un beuglement et me relâcha. Il se releva difficilement, ce qui me donna l'opportunité de bondir à quatre pattes et de m'éloigner de lui.

Karsen se tenait derrière lui, les mains sur la bouche, les yeux pleins de larmes, et elle tremblait comme une feuille. Le couteau de boucher que j'avais oublié sur le plan de travail de la cuisine était planté dans l'épaule de Drew, qui jurait et s'agitait en tous sens. Karsen me prit la main et m'aida à me relever alors que je lui hurlais de s'enfuir. Le pistolet de Drew était trop proche de lui pour que j'essaie de m'en saisir et, titubante, je laissai ma sœur m'entraîner dans l'escalier. J'avais des taches de lumière devant les yeux et l'impression qu'une rivière coulait entre mes deux oreilles, mais je savais qu'il fallait que je fasse sortir Karsen de l'appartement avant de m'évanouir.

Elle hurla quand elle vit Booker allongé à plat ventre, ensanglanté, dans l'entrée. Elle s'arrêta brusquement et je lui fonçai dedans, ce qui nous fit toutes deux vaciller.

— Il est blessé.

— Je sais, mais il faut que tu t'en ailles !

Elle refusait de bouger, alors même que je la poussais par-derrière. J'entendis un rugissement qui semblait provenir d'un animal blessé et sus que notre seule chance de nous enfuir allait disparaître.

— Karsen, bouge ! Il faut que tu sortes d'ici !

Je lui attrapai le bras et tentai de la traîner vers la porte brisée qui pendait sur ses gonds.

Des bruits de pas retentissaient dans l'escalier et je n'avais plus le temps de réfléchir. Je n'allais pas le laisser nous faire du mal. Je regrettais terriblement la tragédie qui nous liait, mais je ne comptais pas payer pour les péchés de mes parents, et il n'était pas question que Karsen souffre plus qu'elle n'avait déjà souffert à cause de leurs erreurs.

Le pistolet que Booker avait sorti quand Drew avait commencé à tirer à travers la porte avait atterri derrière le canapé. Je ne savais peut-être pas comment m'en servir, mais s'il le voyait dans ma main, cela pourrait nous faire gagner un peu de temps et nous permettre de sortir de l'appartement et d'appeler à l'aide.

Karsen se libéra de mes tentatives désespérées de la mettre hors de danger pour s'agenouiller à côté de Booker, les mains sur son dos couvert de sang, tout en murmurant son nom.

Je ramassai le pistolet et le braquai sur le bas de l'escalier, veillant à me placer juste devant ma sœur et Booker, même s'il était déjà à terre, en sang. Je n'avais encore jamais utilisé d'arme à feu, mais je le ferais pour mettre un terme à cette folie une bonne fois pour toutes.

Drew trébuchait et tanguait comme un ivrogne dans

l'escalier. Son pistolet pendait dans l'une de ses mains, le couteau de boucher dans l'autre. L'une de ses épaules était abaissée dans un angle bizarre et il arborait une expression monstrueuse, inhumaine. Il était méconnaissable.

Il leva le bras tenant le pistolet et me regarda en plissant les yeux.

— Lequel d'entre nous est le plus rapide d'après toi, Brysen ?

Je n'avais pas envie de le découvrir. Je repliai un doigt autour de la détente et dus plisser les yeux pour faire le point, car des lignes ondulantes et des étoiles noires dansaient dans tout mon champ de vision. La rivière coulant entre mes oreilles s'était transformée en cascade et je devais me concentrer de toutes mes forces pour rester debout.

— Je ne tiens pas à le savoir, Drew. N'y a-t-il pas eu assez de dégâts comme ça ? N'avons-nous pas assez perdu, tous les deux ?

Mon doigt tressauta sur la détente et je me dis que j'allais devoir tirer, même si je n'en avais pas vraiment envie.

Il rugit de nouveau et je vis le canon de son pistolet produire un éclair juste avant qu'une explosion ne retentisse à côté de ma tête. Je sentis de l'air chaud effleurer ma joue, et j'aurais juré avoir vu la balle filer près de moi, mais au lieu de ressentir encore plus de douleur, ou de me rendre compte que j'avais été touchée, je vis un trou parfaitement rond apparaître juste au-dessus d'un des yeux de Drew alors qu'il tombait à genoux. Haletant, il lâcha le couteau et le pistolet et s'effondra en avant alors que du sang commençait à couler de l'impact de balle.

Je me retournai et fondis immédiatement en larmes en voyant Dovie debout dans l'embrasure de la porte défoncée, tenant un petit pistolet noir.

Elle avait une mine épouvantable. Ses deux jolis yeux verts étaient entourés de contusions noir et bleu, elle saignait du nez, et une affreuse balafre décorait sa joue. Elle était plus pâle que d'ordinaire et ses taches de rousseur ressortaient vivement sur son nez et ses joues. Elle semblait avoir pris une raclée, mais son arme ne tremblait pas entre ses mains et sa bouche formait une ligne sévère.

Quand elle me vit la dévisager, bouche bée, elle se secoua un peu et réprima un petit cri en voyant Booker.

— J'ai déjà appelé Bax. Race et lui sont en route.

Elle lança son téléphone à Karsen et lui demanda d'appeler une ambulance pour notre garde du corps en sang. Puis elle s'approcha de moi et, doucement, elle appuya sur mes bras et me força à baisser le pistolet auquel je m'agrippais toujours comme si ma vie en dépendait. Elle me le prit des mains et l'examina en fronçant les sourcils.

— Tu n'avais pas enlevé la sécurité.

Je la regardai une seconde avant d'éclater en sanglots hystériques. Elle me prit dans ses bras et je la laissai m'étreindre alors que je tremblais de tous mes membres. Il y avait deux hommes blessés par balle, en sang, à mes pieds. J'avais vu ma vie défiler devant mes yeux, et ma sœur s'inquiétait plus pour un malfrat blessé que pour sa propre sécurité. Je n'en revenais pas que Dovie se conduise comme si ce genre de choses se produisait tous les jours. C'était trop pour moi.

— Je craignais qu'il t'ait fait du mal, lâchai-je.

Elle laissa tomber le pistolet de Booker et rangea le sien dans son pantalon en me frottant les bras.

— Il m'a sauté dessus sur le parking de l'université. Bax m'avait dit que Race en avait après lui, alors j'ai tout de suite compris ce qui se passait. Il a braqué un flingue sur moi et m'a forcée à t'appeler. J'espérais que tu sentirais que quelque chose n'allait pas, mais je devais rester discrète. Cet idiot voulait prendre ma voiture au cas où il y aurait une caméra devant la résidence. Il m'a frappée avec son arme quand on est arrivés et j'ai perdu connaissance pendant quelques minutes. Mais j'ai passé suffisamment de temps à The Point pour ne pas me déplacer sans arme. J'ai sorti mon flingue de la boîte à gants en priant pour qu'il ne soit pas trop tard. Apparemment, je suis arrivée trop tard pour Booker, mais pas pour toi. Il faut que tu apprennes à te servir d'une arme, Brysen. Demande à Race de te montrer.

Je n'en revenais pas qu'elle soit aussi calme. Je n'arrivais qu'à pleurer tandis qu'elle tentait de m'apaiser.

Quelque part au loin, des sirènes commencèrent à hurler et cela tombait bien, car Booker gémit doucement juste à ce moment-là.

Karsen releva brusquement la tête et s'écria « Il est en vie ! » juste au moment où des bruits de pas retentissaient et où des voix masculines aboyaient : « C'est quoi ce bordel ? » et « Bordel de merde ! » Race et Bax se bousculèrent pour entrer dans la pièce.

Bax se précipita vers Dovie, jeta un coup d'œil au pistolet coincé dans la ceinture de son pantalon et au corps immobile de Drew avant de hausser un sourcil.

— Ça va finir par devenir une habitude.

Il posa un doigt sous son menton et observa son visage meurtri, les yeux froncés.

— Il ne t'a pas loupée, Red.

Il prit le pistolet et le fit disparaître.

Je m'effondrai contre Race alors qu'il me prenait dans ses bras. Il me serra contre son torse et frotta sa joue contre la mienne.

— J'ai essayé de t'appeler pour te prévenir de te méfier de lui. J'ai compris que quelque chose clochait quand je n'ai pas réussi à te joindre, d'autant plus que Dovie ne répondait pas non plus au téléphone. Dieu merci, tu vas bien.

Je l'étreignis aussi fort que possible alors que les sirènes se rapprochaient.

— Je ne crois pas que j'irai bien un jour.

Tout ce à quoi je pouvais penser, c'était à cette tragédie qui aurait pu être évitée. Cela me brisait le cœur.

— Qu'est-ce qu'on va faire de lui ?

Je ne voulais même pas appeler Drew par son prénom. Il me semblait tellement inhumain désormais qu'utiliser un prénom pour me référer à lui me paraissait impossible. Je me blottis encore plus contre Race et sentis sa main sur mes cheveux.

— Bax a déjà appelé Titus. Il est au courant pour le harcèlement et les tentatives de meurtre. Il est en route et il va s'occuper de tout. Ne t'inquiète pas, Brysen. Je sais que j'ai été nul jusqu'à maintenant, mais je te promets de prendre soin de toi.

Je ricanai un peu contre son cou.

— Tu as plus pris soin de moi que n'importe qui dans ma vie, Race. Tu ne peux pas être partout à la fois, et qui aurait pu prédire que Drew s'en prendrait à Dovie ? Il était fou, et le pire, c'est qu'il avait des raisons de l'être.

Je crus qu'il allait répondre quelque chose, mais juste à ce moment-là, un essaim d'ambulanciers envahit la pièce et un grand type qui ressemblait à une version un peu plus âgée et raffinée que Bax entra dans la pièce d'un pas assuré, comme s'il était automatiquement en charge de la situation. Il avait des yeux bleu vif qui semblaient avoir tout vu et laissaient penser que plus rien ne pouvait le surprendre. Il chercha machinalement Bax et Dovie des yeux, puis nous regarda, Race et moi.

— Chaque fois que tu m'appelles pour une urgence, Bax, je m'attends à te trouver criblé de balles à mon arrivée.

J'entendis Bax ricaner, vis Dovie lever les yeux au ciel, et me rendis compte que pour tout le monde, ce n'était vraiment qu'une journée comme les autres dans The Point. Comment allais-je pouvoir m'habituer à ce genre de vie ? Je fermai les yeux et enfouis mon visage dans le cou de Race, me laissant submerger par l'obscurité flottante qui m'appelait. J'avais juste besoin d'une minute dans le noir pour attendre que tout cela passe. Plus tard, j'affronterais la vérité : les choses se passaient comme ça à The Point.

18

Race

Quand Brysen s'évanouit dans mes bras, mon cœur s'arrêta de battre et je faillis la lâcher. J'appelai en hurlant l'un des ambulanciers qui tournaient autour de Booker alors qu'ils le hissaient sur une civière. Titus avait déclaré le décès de Drew, si bien que les services d'urgence ne s'occupaient pas de lui. J'allongeai Brysen par terre et poussai un soupir soulagé quand ses yeux se rouvrirent.

Je voulais m'éloigner d'elle pour que les ambulanciers puissent la prendre en charge, mais elle refusait de desserrer ses bras autour de mon cou. Maintenant que la peur et la panique commençaient à refluer, je voyais un bleu hideux en train d'éclore sur sa tempe et un autre sur sa joue.

— J'ai mal à la tête.

A sa voix, on aurait dit qu'elle avait mangé du verre et son regard était trouble, confus.

— Je sais. Laisse ces types t'examiner, Bry. Il faut que tu retournes à l'hôpital.

Je me tournai vers le jeune ambulancier le plus proche de moi et lui précisai :

— Elle a subi une grave commotion cérébrale il y a quelques jours.

Il hocha la tête et tenta de s'approcher d'elle, mais elle ne voulait pas me lâcher.

— Elle a sans doute besoin d'un autre scanner.

Brysen gémit et j'eus l'impression qu'on me donnait un coup de poing dans le ventre. Encore une fois, je l'avais laissée tomber et je n'avais pas été là quand elle avait eu besoin de moi. Stark m'avait appelé plus tôt, alors que Bax et moi étions occupés à transporter nos fonds du Spanky's au garage.

Nassir s'était renfermé. Il avait toujours été froid et dangereux, mais maintenant qu'une menace non identifiée se rapprochait de lui, il s'était transformé en un prédateur à part entière. Il voulait se venger, il voulait du sang et des cadavres, et rien ne l'empêcherait de les obtenir. Il ne semblait pas du tout inquiet que Bax et moi déplacions près de deux millions de dollars pour les stocker hors de sa vue. Ceux qui pensaient que le crime ne payait pas n'avaient manifestement jamais essayé de gagner leur vie du mauvais côté de la loi. Le crime payait beaucoup ; voilà pourquoi il était aussi présent dans le monde moderne. Je m'étais dit qu'il valait mieux s'occuper de ça au plus vite en attendant d'avoir des nouvelles de Stark concernant les infos que je lui avais demandées. Je comptais aller à la fac dès que j'aurais tout ce que je voulais savoir sur Drew Donner.

Stark m'avait annoncé qu'il n'avait trouvé aucun Drew Donner dans les registres. Ce type n'existait pas avant de se pointer à l'université, un an auparavant. On aurait dit qu'il s'était matérialisé comme par magie. Je lui avais demandé de faire une recherche simplement sur le prénom Drew, ou Andrew, en lien avec la famille de Brysen. Il ne lui avait fallu qu'une seconde pour repérer un certain Andrew Bohlen, le fils du type que la mère de Brysen avait tué en conduisant en état d'ivresse. Ce salopard avait une sacrée bonne raison de partir en vrille, mais cela ne lui donnait pas le droit de s'en prendre à ma copine.

J'avais tout laissé tomber, dit à Bax que nous devions y aller, et nous étions partis en direction de l'appartement. La tension avait augmenté, lourde et épaisse, quand je n'avais réussi à joindre ni Brysen, ni Karsen, ni Booker. J'avais cru que Bax allait transpercer le plancher de la voiture avec la pédale d'accélérateur après qu'il avait appelé Dovie non pas une, ni deux, ni même trois, mais dix fois pour tomber invariablement sur son répondeur. Quelque chose ne tournait pas rond, rien ne tournait rond, et quand, en arrivant à la résidence, nous avions vu la Road Runner de Dovie garée à la va-vite, portières ouvertes, je n'avais pu m'empêcher de penser que j'allais trouver ma sœur et ma copine dans une mare de sang, parce que je n'avais pas été au bon endroit au bon moment.

Je m'étais figé en voyant Karsen en sanglots au-dessus de Booker, dont le sang coulait sans discontinuer des impacts de balles décorant son dos. Bax n'avait eu aucun scrupule à me pousser pour passer la porte défoncée avant moi. J'avais dû me forcer à chercher Brysen, terrifié à l'idée de ce que je pourrais trouver.

Elle tremblait et ressemblait à un fantôme, mais elle était debout et ne saignait qu'au niveau d'entailles sur son visage et sa tête. Elle dévisageait Dovie, sous le choc, et quand Bax avait retiré le pistolet de la ceinture de sa petite amie et l'avait fait disparaître, j'avais compris pourquoi. Ma sœur s'était manifestement fait tabasser, mais elle n'avait pas l'air effondrée ; elle semblait en colère, agacée. Comme si sauver la vie de Brysen et se faire cogner par un type enragé n'était qu'un désagrément mineur dans sa journée. Lorsqu'elle avait regardé

Bax et lui avait adressé un sourire ironique, je m'étais rendu compte à quel point elle s'était intégrée dans ce quartier et dans cette vie. Elle faisait autant partie de The Point que Bax.

Alors que je prenais Brysen dans mes bras et la serrais contre moi, toute tremblante, j'avais su qu'elle allait devoir décider à quel point elle voulait s'investir dans cet endroit, elle aussi. Comme ma sœur l'avait fait.

— Ne me laisse pas.

Elle avait murmuré d'une voix si basse que je crus l'avoir rêvé. Alors, je me baissai pour l'embrasser et répondis contre ses lèvres tremblantes :

— Jamais.

Titus aboyait des ordres et essayait de diriger les opérations alors que Booker et Brysen étaient transportés dans des ambulances. Il me dit qu'il allait devoir interroger les filles et prit le pistolet des mains de Bax tandis que tout un tas de gens portant des vestes d'experts médico-légaux se joignaient au chaos. N'y prêtant aucune attention, je montai dans l'ambulance avec Brysen et Karsen. La petite avait voulu monter avec Booker, mais Brysen m'avait lancé un regard sévère, alors j'avais gentiment refusé et l'avais fait monter avec nous. Je ne savais pas si Booker allait s'en sortir, mais je ne m'inquiétais pas pour lui. Il savait comment les choses se passaient par ici, et il s'était quand même porté volontaire.

Brysen poussa un petit gémissement quand l'ambulance se mit à bouger, alors je m'approchai d'elle et pris ses doigts dans ma main. Karsen se blottit contre moi alors que nous regardions tous les deux la personne blessée et meurtrie que nous aimions.

Je poussai un soupir et passai un bras sur les épaules de la jeune fille.

— J'aurais dû rester à la maison. J'aurais dû être là.

Ou au moins, j'aurais dû prévenir Brysen que j'avais laissé le pistolet que Booker m'avait donné sur le frigidaire. Elle aurait ainsi eu une protection contre son agresseur. Brysen ouvrit la bouche pour dire quelque chose, mais ses paroles se perdirent dans un grognement affreux. L'ambulancier me regarda, puis posa les yeux sur elle.

— Restez tranquille et essayez de ne pas bouger. Vous avez une vilaine bosse sur la tempe et j'ai remarqué que quelques points de suture s'étaient défaits à l'arrière de votre crâne. Essayez de vous détendre jusqu'à ce qu'on vous amène à un médecin.

Je pressai sa main et regardai Karsen quand elle me dit doucement :

— Tu ne peux pas vivre comme ça. Pendant un an, Brysen a essayé de me protéger du fait que notre famille était en train de se désintégrer. Je ne suis pas aveugle, et je ne suis pas stupide. Bien sûr, le fait qu'elle rentre à la maison a repoussé l'inévitable, mais les choses allaient dégénérer, qu'elle soit là ou non. C'est la même chose pour toi. Si tu avais été là aujourd'hui, peut-être que ce type ne serait pas venu, peut-être qu'il aurait attendu que Brysen soit toute seule à la fac et qu'il l'aurait forcée à monter dans une voiture, comme Dovie. Peut-être qu'il aurait encore essayé de l'écraser, ou qu'il l'aurait poussée d'encore plus haut dans un escalier. Des choses horribles se produisent, et on doit juste trouver un moyen de les affronter sur le moment. Il voulait lui faire du mal et il t'aurait attaqué comme il a attaqué Booker pour l'atteindre. Ce n'est pas ta faute, ce n'est pas notre faute. Je refuse de me sentir coupable parce que ma mère — une adulte responsable — a choisi de conduire alors qu'elle avait bu et a détruit la famille de ce garçon. Voilà ce qui se passe quand des gens mauvais font de mauvais choix. Ce n'est pas juste que Brysen ait dû payer pour l'erreur de quelqu'un d'autre.

Je vis les yeux de Brysen s'ouvrir difficilement pour se poser sur sa sœur et se remplir de larmes. Je relâchai ma respiration ; je ne m'étais même pas rendu compte que je la retenais.

— Tu trouves ça normal d'être aussi cynique à seize ans ? demandai-je sur le ton de la plaisanterie, même si au fond j'étais sérieux.

Karsen poussa un ricanement.

— Je ne suis pas cynique, je suis réaliste.

Elle pouvait appeler ça comme elle voulait. Elle était bien trop lucide et perspicace pour une jolie jeune fille issue de la classe moyenne.

L'ambulance s'arrêta et Brysen fut transportée aux urgences. Je la suivis et me rendis compte que Karsen regardait dans tous les sens, tout agitée.

— Ils ont sans doute dû l'emmener en chirurgie.

Elle rougit et se mit à jouer avec ses cheveux, comme le faisait Brysen.

— Tu ne veux pas savoir s'il va s'en sortir ? Il s'est fait tirer dessus en essayant de nous protéger.

Je ne connaissais pas bien Booker, mais je savais de quelle étoffe il était fait. Il était trempé dans le même acier que Bax. Les types comme lui ne prenaient pas une balle par chevalerie, par altruisme ou par courage. Les types comme lui se jetaient devant des armes à feu parce qu'ils pensaient qu'ils termineraient comme ça de toute façon. Ils prenaient ce risque chaque fois qu'ils sortaient dans la rue, cela faisait partie intégrante de leur identité, mais je n'étais pas sûr de pouvoir l'expliquer clairement à une jeune fille de seize ans ayant manifestement le béguin pour lui. Ni même qu'elle me comprendrait si je trouvais les mots justes. Je voyais son cœur tendre briller dans ses yeux sombres quand elle me parlait de cette grosse brute.

— Je ne veux pas laisser ta sœur, mais je suis sûr qu'elle comprendrait si tu prenais une minute pour aller prendre des nouvelles de Booker. Mais ne sois pas trop longue, d'accord ? Quand on sera sûrs que Brysen va bien, on devra contacter Titus pour que tu lui fasses une déclaration sur ce qui s'est passé.

Je ne doutais pas qu'il s'agisse d'un cas flagrant de légitime défense, mais en présence d'un cadavre, je comprenais que Titus se sente obligé de faire les choses dans les règles. Je doutais qu'il fasse traîner cette affaire en longueur, surtout avec Dovie en plein milieu d'une autre scène de crime. Il ne prendrait surtout pas le risque de remettre Bax dans une position dangereuse en s'en prenant à ma sœur. Karsen hocha la tête et s'éloigna en direction du bureau des infirmières.

Je me dirigeai vers le petit coin où ils avaient installé Brysen et repoussai le rideau juste au moment où une infirmière enfonçait une aiguille dans son bras. Elle grimaça et posa les yeux sur moi.

— Il faut encore qu'on m'ausculte le cerveau.

— C'est sans doute une bonne chose.

Je m'approchai d'elle et pris son menton dans ma main. J'effleurai du pouce sa joue meurtrie.

— Il t'a frappée avec son pistolet ?

Ses yeux bleus se firent orageux et lancèrent des éclairs.

— Oui, et je n'ai rien pu faire pour l'arrêter. Ma petite sœur a dû le détacher de moi et ma meilleure amie a dû me sauver. N'est-ce pas pathétique ? Je n'ai absolument rien fait, j'ai juste attendu que les autres volent à mon secours.

Elle semblait écœurée. Je relâchai son visage pour passer

doucement les doigts sur les horribles bleus violet et noir autour de son cou. Si je les avais regardés d'assez près, je jure que j'aurais pu voir les marques de doigts de ce salopard sur sa peau délicate.

— Tu es restée en vie, et quand je suis entré dans cette pièce, j'ai bien vu que tu t'étais placée entre ta sœur et lui. Tu as fait ce que tu pouvais et tu t'en es sortie en un seul morceau. C'est tout ce qui compte.

Elle prit mon poignet et porta ma main à ses lèvres afin d'y déposer un petit baiser, avant de la coller contre sa joue.

— Dans ce cas, c'est tout ce qui doit compter pour toi aussi. Ce n'est pas ton boulot de me sauver, Race, et ce n'est pas ton boulot de sauver The Point. Je sais que tu t'es attribué ce rôle, mais ce n'est pas la peine.

Je soupirai.

— Je n'arrête pas de dire que je vais prendre soin de toi, et pourtant on dirait que je fais tout l'inverse. Je ne suis jamais là quand les emmerdes arrivent.

Elle leva les yeux au ciel, ce qui la fit grimacer.

— Non, mais tu m'as mise à l'abri de coups de feu, tu m'as ramenée chez moi et tu as nettoyé mes plaies pour que je ne fasse pas peur à Karsen, tu m'as acheté un nouvel ordinateur, tu as réglé ma situation à la fac, tu as réparé la BMW, tu as trouvé de l'aide pour ma mère, ce dont je n'aurais jamais eu les moyens, tu m'as trouvé un logement, et grâce à toi je me sens normale et heureuse, ce que je n'avais pas ressenti depuis très longtemps. Je n'ai pas besoin d'un héros, Race. J'ai juste besoin que tu aies envie d'être avec moi et que tu m'aimes. J'ai besoin de quelqu'un qui sera là pour moi quand tous les petits soucis commenceront à s'accumuler, parce que c'est ça, la vraie vie. Nous ne serons pas toujours confrontés à un tordu ou à une crise majeure, mais il y aura toujours des obstacles et des accrocs, parce que c'est ça, la vie de couple. Il faut juste qu'on en ait suffisamment envie pour que ça marche.

Je lui souris et vis son regard s'illuminer quand ma fossette apparut sur ma joue.

— Bry, il s'agit de The Point. Cette ville se nourrit de crises majeures et de tarés assoiffés de vengeance. Je comprends ce que tu me dis. Les petites choses sont aussi importantes que les grosses. Je choisirai toujours d'être avec toi, mais je ne peux pas tourner le dos à ce que je fais ici, même si cela signifie que tu ne peux pas rester.

Elle écarquilla les yeux et je repoussai sa frange avant de continuer :

— Je t'aime et j'ai besoin que tu m'empêches de me transformer en ce que je déteste, mais je ne peux pas te demander de t'abandonner à the Point, à cette vie, si ce n'est pas ce que tu veux.

Elle plissa les yeux et frotta ses lèvres contre ma paume.

— Alors ne me le demande pas.

Mon ventre se serra et quelque chose se tordit avec une telle force dans ma poitrine que cela empêcha presque mon cœur de battre.

— D'accord, répondis-je, même si j'avais l'impression que cela allait me tuer.

— Bien, et quand j'y serai, dans la rue, dans the Point, quand je serai là à chaque fois que tu rentreras à la maison, tu sauras que c'est le seul endroit où je veux être. C'est l'endroit où tu es, Race, alors c'est là que je dois être.

J'aurais voulu m'effondrer de soulagement, mais tout ce que je pus faire, ce fut de l'embrasser d'une manière sûrement inappropriée étant donné son état.

J'allais m'accrocher à elle avec tout ce que j'avais et je

veillerais à ce qu'elle reste telle qu'elle était. Je ne prendrais jamais les petites choses pour acquises, et tout aussi férocement que je m'accrocherais à elle, je m'accrocherais à cet endroit sombre et dangereux qui était mon foyer. Tous deux m'appartenaient, et je donnerais tout pour les garder.

— Personne n'a vraiment envie de faire de cet endroit son foyer, mais si tu me donnes du temps, si tu me laisses régler certaines choses, je pourrai faire de toi la reine de mon royaume brisé. Je peux le transformer en un endroit moins terrible.

C'était un projet très ambitieux, mais j'étais disposé à remuer ciel et terre pour y parvenir. Bax était prêt à mettre la cité à feu et à sang pour Dovie. Je voulais le contraire. Je voulais la faire grandir, lui donner des jambes, faire en sorte qu'elle se tienne droite, fière et grande.

— Il y a du bon dans ces rues. Je sais que c'est pour ça que tu te bats, même si tu es obligé de le faire d'une façon peu traditionnelle.

— Comment peux-tu accepter ça après toutes les horreurs qui te sont arrivées depuis que tu me fréquentes ? Pourquoi tu ne t'enfuis pas en courant dans la direction opposée ?

Ça aurait été l'option la plus sage et ce qu'elle aurait dû faire, juste après que je l'avais embrassée. Son destin avait été scellé dès cet instant.

— Ces choses-là ne venaient pas de toi. Comme l'a dit Karsen, des trucs horribles se produisent et on doit juste les affronter, et je le vois parce que cela fait longtemps que je t'observe, Race. Je sais exactement qui tu dois être et qui tu veux être.

Si j'avais pu m'arracher le cœur et le lui offrir pour qu'elle le garde en sécurité, je l'aurais fait. Pendant longtemps, j'avais tout fait pour éviter d'amasser des choses, de m'attacher à quoi que ce soit, de peur qu'on me les enlève. Je voyais à son regard et à la ligne de sa bouche que rien ne pourrait m'enlever cette fille. Et je n'hésiterais pas à risquer tout ce que j'avais pour elle.

— Je ne te dirai plus que je vais prendre soin de toi. Mais à partir de maintenant, ma mission sera de veiller à ce que tu prennes soin de toi-même. Tu es déjà une battante ; il faut juste qu'on te donne un peu de peps et qu'on t'apprenne les règles de la rue.

Elle haussa un sourcil et la conversation fut interrompue par l'arrivée du médecin. Il l'ausculta et la tripota jusqu'à ce qu'elle lui grogne dessus, et il annonça qu'il voulait effectivement lui faire passer un autre scanner de la tête. Cette bosse sur sa tempe semblait les inquiéter, mais tant qu'elle était réveillée et qu'elle me regardait, je ne voulais pas paniquer. Avant que deux infirmières ne se présentent pour l'emmener en radiologie, elle me décocha un sourire qui ressemblait dangereusement à celui que Dovie avait lancé à Bax et me demanda :

— J'aurai droit à une couronne si je suis ta reine ?

J'éclatai de rire, et l'une des infirmières me fit les gros yeux.

— Tout ce que tu veux.

Et je le ferais, jusqu'à ce que les deux parties de l'homme que j'étais n'aient plus rien à donner.

Peu de gens auraient parié sur nous, mais j'aimais les défis que j'avais peu de chances de remporter. J'espérais que le fait que nous soyons indéniablement amoureux jouerait en notre faveur.

Ils voulaient que Brysen passe la nuit à l'hôpital. Son scanner n'avait révélé aucun problème, mais cette bosse sur le côté de sa tête continuait de les inquiéter, si bien qu'ils préféraient la garder en observation. Comme une seule personne pouvait rester avec elle dans sa chambre, je laissai Karsen se recroqueviller dans le fauteuil pour la nuit et je sortis pour me renseigner sur ce qui était arrivé à Booker.

Karsen m'avait dit qu'il avait pris deux balles dans la poitrine. L'une avait traversé son épaule et l'autre s'était logée dans une côte, près d'un poumon. Apparemment, comme les balles avaient été tirées de derrière la porte, elles avaient été ralenties et n'avaient pas causé de dommages irréparables. Le géant allait s'en sortir ; il fallait juste qu'il supporte l'opération visant à extraire la balle de sa cage thoracique. Il était toujours en salle de réveil quand je localisai l'aile de l'hôpital où il se trouvait, et puisque je n'étais pas de sa famille et qu'il était toujours inconscient, personne ne m'autorisa à le voir. Bien que contrarié, je comprenais, et je crois avoir sacrément choqué l'infirmière au visage de marbre en lui demandant qu'on me fasse parvenir toutes ses factures médicales.

Les anciens détenus qui se proposaient pour servir de gros bras à d'autres criminels n'étaient pas le genre de types à avoir une assurance médicale, et même s'il avait agi par intérêt, Booker avait quand même pris des balles pour défendre ma copine alors que je n'étais pas là. Il n'était pas question que je ne le remercie pas, et c'était la seule façon possible. Et puis, je l'aimais bien ; il me faisait penser à Bax et je comprenais ses motivations, comment il fonctionnait. C'était le genre de type que je voulais avoir auprès de moi à l'avenir.

Je passai la nuit dans la salle d'attente. Je n'étais pas encore prêt à laisser Brysen seule, même si je savais que toute menace directe avait disparu. Je dus m'assoupir, car quand quelqu'un donna un petit coup à la main calée sous mon menton, ma tête tomba sur le côté et je sursautai. Titus était debout devant moi, deux gobelets de café à la main. Je clignai des yeux, bâillai et pris celui qu'il me tendait alors qu'il me regardait d'un air désapprobateur.

— Tu as dormi comme ça ?

Je bâillai de nouveau et secouai un peu la tête pour chasser la brume de sommeil qui avait envahi mon cerveau.

— Oui. Une seule personne pouvait rester avec elle et j'ai laissé la place à sa sœur. Qu'est-ce que tu fais là aussi tôt ?

Il but une gorgée de café et me regarda par-dessus son gobelet.

— Il fallait que je prenne la déposition des filles, et maintenant que Booker est réveillé, il faut que je lui parle aussi. Ça m'a tout l'air d'un cas classique de tentative d'enlèvement et de tentative de meurtre. Je pense qu'on n'aura aucun problème à classer l'affaire rapidement comme un cas de légitime défense.

— Tant mieux. Il faisait une fixation sur elle. Il reprochait à Brysen le fait que sa mère avait causé un accident impliquant ses parents alors qu'elle avait bu. Sa rage était mal placée. Brysen n'était pas coupable de ce qui nourrissait sa fureur.

Titus ricana et réajusta sa cravate.

— On paye toujours un jour ou l'autre pour les péchés de ses parents.

Je ne connaissais pas toute son histoire, mais je savais que sa mère avait un gros problème de boisson et la réputation de coucher avec des hommes très dangereux. Le père de Bax avait été un gangster cruel et sans pitié, et celui de Titus était emprisonné à vie pour une tuerie incluant trois flics parmi ses victimes. Mon propre père avait laissé un héritage de tromperie et de malhonnêteté auquel je ne voulais pas être associé. Je comprenais donc ce qu'il voulait dire.

— Les choses ne deviennent jamais plus faciles, pas vrai ? demanda-t-il d'une voix bourrue.

Je n'imaginais pas à quel point ce devait être encore plus dur pour lui, qui tentait constamment de se battre pour le bien et de rester du côté de la moralité dans un endroit qui s'enlisait sans cesse dans le vice et la pourriture. Il avait déjà dû compromettre ses idéaux en feignant d'ignorer la teneur exacte de mes activités et de celles de Bax, et je ne savais pas trop à quel point le fil sur lequel il marchait pouvait encore être tendu avant de craquer sous ses pieds.

Juste à ce moment-là, Karsen apparut au bout de la pièce, poussant une Brysen à l'air mécontent dans un fauteuil roulant. Elle était échevelée et débraillée, mais ses yeux s'illuminèrent quand elle me vit. Je me levai et posai la main sur l'épaule musclée de Titus.

— Non, ça ne devient jamais plus facile, mais certaines choses et certaines personnes font que le combat en vaut la peine.

Je m'approchai des filles et embrassai d'abord Karsen sur la joue, puis je me penchai pour déposer un baiser au sommet du crâne de Brysen.

— Tu es prête à décoller ?

Elle hocha la tête et regarda sa sœur.

— On était justement en train de parler de ça. Où va-t-on aller, au juste ? L'appartement est dans un état épouvantable, je ne sais pas si la banque a déjà saisi notre maison, et il n'y a pas assez de place pour nous tous au loft.

Je me frottai la nuque et réfléchis un instant.

— Vous pouvez dormir chez Bax et Dovie. Ils ont une chambre d'amis assez grande pour vous deux en attendant que je remette l'appart en ordre.

Brysen se mit aussitôt à secouer la tête.

— Non. Où vas-tu aller, toi ?

— Je vais retourner au garage pendant une semaine ou deux. Il faut juste que je fasse enlever le sang et d'autres trucs de l'appart.

Titus fit un bruit derrière moi et je lui décochai un regard par-dessus mon épaule. Il haussa les épaules et m'adressa un sourire ironique.

— Il semblerait que nettoyer le sang soit en train de devenir ton activité principale.

Je devais effectivement le faire bien plus souvent que je ne voulais l'admettre. Mais je n'avais pas l'intention de lui dire qu'il avait raison.

— Et si tu emmenais Karsen chez ton frère ? Je garderai Brysen avec moi en ville jusqu'à ce que les choses soient réglées de façon plus permanente, proposai-je à Titus en jetant un coup d'œil aux filles. Ça vous irait ?

Brysen se contenta de me dévisager pendant une minute, puis elle regarda Karsen.

— Bax et Dovie ne vivent pas loin du lycée, alors je suppose que ça pourrait faire l'affaire, pour l'instant, à moins que tu veuilles aller voir si papa est toujours à la maison.

Le ton de sa voix laissait entendre qu'elle doutait que son père soit toujours dans les parages maintenant que le rideau avait été levé sur ses actions égoïstes.

Encore une fois, Karsen prouva qu'elle était trop sage et clairvoyante pour quelqu'un de son âge.

— Non, je vais aller chez Dovie pendant un moment. Je crois que j'ai eu ma dose de papa et maman, pour l'instant.

Quand ce fut réglé, nous sortîmes tous de l'hôpital et partîmes dans des directions opposées sur le parking. J'aidai Brysen à monter dans la Stingray et répondis à sa rafale de questions sur l'état de santé de Booker et de Dovie. Elle semblait plus s'inquiéter du bien-être de tout le monde que du sien, mais elle était alerte et lucide et affirmait que, malgré son vilain œil au beurre noir et l'énorme bleu sur sa tempe, elle se sentait bien. Elle n'était pas secouée, ne semblait pas déprimer ni ruminer le fait qu'elle avait été attaquée et qu'elle avait vu un homme se faire tuer sous ses yeux. En fait, elle me demanda surtout de l'emmener chez un coiffeur et semblait prête à reprendre le cours de sa vie comme si rien de grave ne lui était arrivé.

Je n'y croyais pas du tout. Dovie avait fait la même chose, au début, après avoir été enlevée et torturée par Novak. Il n'avait fallu que quelques jours pour que les cauchemars s'installent, puis les moments de silence, quand il devenait évident qu'elle était perdue dans ses pensées et revivait sans cesse ces moments de terreur. J'allais juste devoir me préparer au moment où la tempête frapperait ma belle blonde.

Pourtant, je l'emmenai chez le coiffeur, qui lui fit une coupe encore plus stylée, dans le genre garçonne des années 1920, je l'emmenai déjeuner, je la ramenai au loft pour qu'elle puisse se doucher et faire une sieste, et elle semblait toujours solide comme un roc. Le lendemain, elle me demanda de l'emmener faire du shopping pour qu'elle s'achète quelques affaires de première nécessité, puis elle voulut passer au restaurant pour expliquer ses absences répétées et s'assurer qu'elle avait encore un travail, puis à l'université pour mettre les choses au clair avec ses professeurs. Le soir, elle se blottit contre moi et s'endormit comme si rien dans sa vie n'aurait pu la tenir éveillée. Le lendemain, elle me demanda de la conduire chez Dovie pour pouvoir la remercier et voir sa sœur. Je la déposai avec un baiser, m'attendant à la retrouver dans un état émotionnel déplorable, étant donné que Dovie était encore bien amochée et qu'elle avait tué un homme pour elle. Pourtant, quand je revins la chercher après avoir vu Nassir et Bax pour des questions de business, elle était calme, comme toujours, et me surprit en se jetant sur moi dès notre retour au loft. Je ne risquais pas de repousser Brysen si elle voulait coucher avec moi, mais j'étais perplexe ; j'essayais de la traiter avec prudence et délicatesse, mais elle n'avait pas l'air d'accord. Elle poussait, tirait, embrassait, suçait, griffait et se tortillait contre moi, jusqu'à ce que je n'en puisse plus et finisse par perdre tout contrôle et la prendre comme je le faisais d'habitude. Quand ce fut terminé, je haletais et elle se blottit, nue et satisfaite, contre ma poitrine. Un petit sourire sexy sur son visage, les paupières lourdes et sensuelles, elle me caressait paresseusement le torse. Je voulais l'interroger, lui demander comment elle se sentait et la forcer à être honnête, mais avant que je puisse formuler une question, voilà que sa respiration devint plus lente et régulière. Elle s'était de nouveau assoupie sur moi comme un bébé, me laissant à mes interrogations sur ce que ses réactions, ou plutôt ses non-réactions, signifiaient. Quand elle se réveilla, une heure ou deux plus tard, elle roula sur moi et me chevaucha, les mains plaquées sur mon torse. Ses yeux bleus m'évoquaient toujours un superbe jour d'été et, même avec son visage tuméfié, elle était encore la plus belle fille que j'avais jamais vue. La façon dont elle tenait le coup, sa résistance, la rendaient encore plus exceptionnelle à mes yeux, et d'une certaine manière, je l'enviais. Après que les brutes de Novak m'avaient tabassé et laissé pour mort, je m'étais terré dans cette forteresse pendant des mois et des mois, craignant de perdre encore plus dans cette partie que je jouais contre The Point. Elle était bien plus forte et courageuse que moi.

— Demain, je veux commencer à mettre les choses en route à l'appartement. On devrait faire enlever toute la moquette et mettre du parquet à la place. C'est plus facile de nettoyer du sang sur du parquet que sur de la moquette.

Je me contentai de la dévisager, jusqu'à ce qu'elle prenne mes mains et les plaque d'un air décidé sur ses seins nus.

— Arrête de te comporter comme si j'allais m'effondrer, Race. Au début, c'était mignon, mais ça commence à m'agacer.

Je pressai sa magnifique poitrine et frottai mes pouces sur ses tétons doux comme du velours, qui se durcirent aussitôt.

— Je ne pense pas nécessairement que tu vas t'effondrer, mais tu as vécu un gros traumatisme, qui t'a forcément affectée. Je veux juste être là pour toi si tu as besoin de moi.

Elle approcha son visage du mien et m'embrassa avec force, avant de frotter le bout de son nez contre le mien.

— Je ne me sens pas mal. Ça craint que Dovie ait dû abattre quelqu'un, que Booker ait été blessé, que Karsen ait assisté à toute cette scène. Et ça craint vraiment que ma mère se soit soûlée et ait déclenché tout ça, mais Drew avait perdu la tête et je n'éprouve aucune culpabilité à l'idée qu'il ne soit plus là alors que nous, oui.

Elle se redressa et tendit la main derrière elle pour l'enrouler autour de mon sexe qui, bien plus malin que le reste de ma personne, s'était déjà redressé, prêt à faire tout ce qu'elle lui demanderait.

— Race, si on veut se lancer là-dedans, si on veut que ça marche, si je dois devenir ta reine, alors tu dois croire que je suis capable de supporter ces choses-là. J'ai survécu de peu à un tordu qui s'est fait passer pour mon ami pendant un an. Ma mère est en cure de désintoxication. Mon père est accro aux paris et s'est sans doute enfui pour échapper à mon petit ami, ma meilleure amie s'appelle Annie Oakley[1] et vit avec un voleur de voitures et ma petite sœur a complètement craqué pour un ex-détenu qui a la tête d'un type qui s'amuse en frappant des bébés. Je peux gérer tout ça et je gérerai tout ce qui se mettra sur notre chemin. D'accord ?

1. Femme légendaire de l'Ouest américain au XIXe siècle, connue pour sa précision au tir.

— D'accord...

Ma réponse était étranglée et tenait plus du grognement : Brysen s'était mise à bouger sa main de haut en bas, frottant son pouce sur mon gland qui commençait à perler d'excitation. Si elle pouvait supporter ça, alors moi aussi, et si c'était ça, le résultat final, je n'allais pas me plaindre.

Elle se décala pour pouvoir s'agenouiller à côté de moi et se pencher sur mon sexe très excité qu'elle continuait de masser. Elle me lança un regard qui fit battre mon cœur à toute vitesse et hurler d'impatience ma libido.

— Mais le fait que tu veuilles être là pour moi, que tu te fasses trop de souci pour moi, ça m'excite vraiment et ça me donne envie de te faire des choses pas très catholiques.

Cela me fit rire, et je faillis m'étouffer lorsque ses lèvres chaudes remplacèrent sa main et qu'elle prit mon sexe dur et palpitant dans sa bouche. Au début, j'avais voulu la souiller, la secouer pour faire fondre cette glace qui semblait l'envelopper. Désormais, alors qu'elle s'occupait de moi, qu'elle me rendait fou à chaque coup de langue, je comprenais qu'elle était parfaite, juste foutrement parfaite telle qu'elle était, et qu'elle n'avait pas besoin d'être salie ou secouée. Elle avait juste besoin que je fasse ressortir ce côté-là de sa personnalité. Avec moi, elle devenait audacieuse. Et tout ce que je pouvais faire, c'était remercier celui qui avait veillé sur nous pendant tout ce temps parce que, tandis qu'elle bougeait sur moi, jouait avec moi, me tourmentait, m'amenait à deux doigts de perdre le contrôle, elle ne me quitta pas des yeux une seule fois et je sus que cette fille n'était pas seulement mon équilibre et ma boussole, mais aussi mon égale, à tout point de vue. Non seulement elle allait accepter ce que je lui donnerais, mais elle me rendrait toujours la pareille.

Elle ajouta ses mains à ses caresses, les plaça entre mes

jambes et referma ses doigts à la base de mon sexe alors qu'elle effleurait du bout des dents la partie sensible, sous mon gland, et que je cessais de penser à tout ça pour simplement profiter d'elle et de nous, et me laisser aller, sachant qu'elle serait là pour me rattraper.

19

Brysen

Il fallut quelques semaines pour remettre l'appartement en état afin qu'il ne ressemble plus à une scène de crime. Alors que nous étions en train de changer les sols, Race décida qu'il voulait se débarrasser de tous les meubles et tout remplacer pour que rien ne rappelle ce qu'avait été cet endroit auparavant. Il m'observait toujours avec attention et me traitait comme si je risquais de me briser à tout moment, mais chaque soir il m'emmenait au lit, et à chaque jour qui passait sans que je m'écroule, il s'apaisait un peu plus. J'étais déterminée à lui montrer, et à me montrer à moi-même que je pouvais y arriver — vivre cette vie sans la laisser me broyer. Je n'avais pas le choix si je voulais rester avec Race, et nous le savions tous les deux. En toute honnêteté, j'allais vraiment bien. Drew m'avait harcelée, il avait failli détruire ma vie, et avec un effort, je pouvais me rappeler la sensation de ses doigts sur mon cou lorsqu'il avait essayé de m'ôter la vie à mains nues. Ce n'était pas quelqu'un de bien. Même s'il avait eu de bonnes raisons d'être furieux contre ma famille, cela ne justifiait pas ses actes.

Avant de nous réinstaller dans l'appartement, je demandai à Race s'il pouvait nous aider à entrer dans la maison de nos parents pour que nous puissions récupérer le reste de nos affaires. Je voulais aussi prendre les affaires de ma mère, car même si elle n'allait pas ressortir de cure avant longtemps, elle aurait alors besoin de retrouver des choses familières auxquelles se raccrocher. Race et Bax passèrent à la maison et me dirent qu'il y avait un panneau à vendre dans le jardin et que les lieux semblaient être vides depuis un moment. Les cadenas que les agents immobiliers utilisent pour empêcher les gens de rentrer avaient été posés sur toutes les portes, mais ils ne faisaient pas le poids face à un voleur de voitures professionnel et, quelques jours plus tard, ma sœur et moi passions en toute hâte de pièce en pièce pour retrouver autant de notre ancienne vie que possible. Je ne voulais que des objets rattachés à de bons souvenirs, mais je n'empêchai pas Karsen de prendre plusieurs photos de famille et d'autres choses que, personnellement, j'aurais préféré abandonner.

Quand je passai la tête dans le bureau de mon père, je ne fus pas surprise de voir qu'il l'avait vidé. Il nous avait laissées en plan, ainsi que toutes ses responsabilités. Le regard noir de Race et ses mâchoires serrées ne m'échappèrent pas lorsqu'il regarda dans la pièce vide par-dessus mon épaule. Je savais que mon père lui devait beaucoup d'argent, ainsi qu'à Nassir, mais sa colère était liée à moi, pas à cette dette. Je ne comptais pas lui demander de laisser tomber, de laisser mon père disparaître et de tout oublier. Non parce que je savais, tout au fond de moi, qu'il ne pouvait pas faire ça et s'attendre à ce que tous les gens qui lui devaient de l'argent le remboursent, mais parce que je commençais vraiment à penser que les gens devaient assumer les conséquences de leurs actes. Peut-être que si ma mère était allée en prison après l'accident, on l'aurait forcée à se soigner, et qu'elle n'aurait pas fini dans un tel état. Et peut-être, peut-être que Drew aurait eu l'impression que la mort de son père et celle de son frère n'avaient pas été vaines, que justice avait été rendue, et tout ce cauchemar n'aurait pas eu lieu. En tout cas, je me retrouvais dans les bras de Race, et si c'était ça, le résultat final, je n'allais pas me plaindre des difficultés que j'avais rencontrées jusque-là.

Je fis une mini-crise de panique la première fois que j'entrai dans l'appartement. Je crus que je reverrais toujours le corps ensanglanté de Booker, et Dovie dans l'embrasure de la porte, son arme pointée sur Drew. Mais grâce au nouveau parquet luisant et à tous les meubles modernes aux couleurs vives que Race nous avait laissées choisir, Karsen et moi, on avait l'impression d'entrer dans un espace complètement nouveau, et je m'y sentis plus chez moi, malgré son passé horrible et sanglant, que nulle part ailleurs depuis bien longtemps.

Race et moi prîmes rapidement nos habitudes. J'allais toujours en cours, j'allais toujours bosser au restaurant, et il parcourait toujours la ville, rentrait toujours à la maison avec du sang sur les mains et sur ses vêtements. Certaines nuits, il m'appelait pour me dire qu'il passerait la nuit au loft parce que l'aube était proche et qu'il était crevé. Je savais lire entre les lignes ; cela signifiait qu'il avait dû faire quelque chose de vraiment grave, quelque chose dont il ne s'était pas encore libéré, et qu'il n'était pas prêt à ramener ça dans notre appartement, son havre de sécurité. Je n'étais pas comme Dovie. Je ne le laissais pas simplement partir sans savoir où il allait, ni avec qui, et je voulais qu'il rentre à la maison même s'il était encore à vif et couvert des saletés de la ville. Si je devais m'impliquer dans sa vie, je voulais m'y impliquer entièrement, et il n'essayait jamais de me servir des réponses rassurantes ou d'ignorer mes questions. Même si cela me hérissait et me donnait mal au ventre de savoir ce qu'il fabriquait à la nuit tombée, il me le disait toujours sans prendre de pincettes et je m'efforçais de ne pas rester éveillée toute la nuit à me faire du souci pour lui jusqu'à ce que je l'entende monter l'escalier.

Il me fallut quelques semaines de plus pour me rendre compte que Karsen ne se faisait pas aussi bien que moi à cette nouvelle routine et à cette nouvelle vie. Je commençai à remarquer qu'elle était très silencieuse, qu'elle semblait apathique et ne s'intéressait pas à ce qui se passait autour d'elle. Je demandai à Race ce qu'il en pensait, sachant qu'il avait pris Dovie sous son aile et l'avait pratiquement élevée alors qu'elle n'avait que seize ans. Il me suggéra de simplement lui parler au lieu d'essayer de deviner ce qui n'allait pas, car l'esprit des adolescentes était un labyrinthe. Je pris donc ma sœur à part un après-midi et lui demandai ce qui se passait.

D'abord, elle tenta de me faire croire qu'il fallait juste qu'elle s'habitue à ce nouvel endroit, que maman lui manquait, mais plus j'insistais, plus je sentais qu'autre chose la préoccupait. Je la laissai tranquille pendant quelques jours, jusqu'à ce que je rentre du travail un soir et remarque non seulement qu'elle avait la lèvre enflée, mais qu'il lui manquait aussi une grosse touffe de cheveux. On aurait dit moi à ma sortie de l'hôpital. Puisqu'elle ne pouvait pas me cacher les dégâts, elle fondit en larmes et m'avoua que sa situation au lycée s'était encore dégradée depuis que la maison avait été saisie. Les gamins riches l'embêtaient, les garçons la harcelaient, et quand une fille s'en était prise à elle parce que maman était en cure de désintoxication, elle avait pété les plombs, ce qui avait conduit à un crêpage de chignon dans le couloir. Elle me dit qu'elle allait sans doute se faire renvoyer et qu'elle ne voulait plus jamais remettre les pieds à The Hill. Elle était si sérieuse à ce sujet qu'elle s'était déjà renseignée sur une solution alternative, parce qu'elle savait que je ne la laisserais jamais quitter l'école, et que Race et moi ne serions pas d'accord pour l'envoyer dans la zone de guerre que représentait le lycée public de The Point. Elle s'était chargée de trouver un établissement privé très proche de l'endroit où vivaient Dovie et Bax. Même si elle allait devoir porter un uniforme, elle était convaincue que c'était la meilleure solution et voulait que je l'accompagne pour l'y inscrire. Je ne m'habituerais jamais à sa maturité, à sa façon de faire face aux obstacles de la vie, et à s'adapter comme un poisson dans l'eau.

Je lui répondis que je voulais me renseigner sur cet établissement avant de lui donner mon accord, mais je crois qu'elle savait que c'était dans la poche. Je ne trouvai rien à redire après l'avoir visité et avoir parlé au proviseur et aux professeurs. Karsen semblait penser que cet endroit lui conviendrait, alors je remplis tous les papiers et son transfert fut approuvé en quelques jours seulement.

Je rentrais juste à la maison après l'avoir emmenée chez le coiffeur et avoir acheté son uniforme kaki et noir lorsque mon téléphone sonna. Je m'apprêtais à retirer mes chaussures et à jeter mes clés sur le plan de travail, mais je m'arrêtai, car je ne reconnaissais pas ce numéro. Ce n'était pas inhabituel, étant donné que mon petit ami avait environ cinq portables sous la main à tout moment et que ma meilleure amie se servait toujours d'un téléphone prépayé.

— Allô ?

J'entendais beaucoup de bruit en arrière-fond ; des cris, des hurlements, puis le bruit d'une porte qui claquait, et enfin, une voix grave qui demanda :

— Brysen ?

Je fronçai les sourcils.

— Qui est à l'appareil ?

— C'est l'inspecteur King, le frère de Bax.

— Oh ! Que puis-je faire pour vous ?

Je pensais qu'il poursuivait juste son enquête sur tout ce qui s'était passé avec Drew, mais mon cœur se mit à battre à tout rompre lorsqu'il soupira et m'annonça, d'un ton dénué d'émotion :

— Je viens de convoquer Race et Dovie au commissariat. J'ai des nouvelles à leur donner et je pense que ce serait bien que vous et Bax veniez aussi. Je l'ai déjà appelé, parce qu'il m'aurait botté les fesses si je ne l'avais pas fait.

Mes mains se refermèrent sur les clés, jusqu'à ce que le métal s'enfonce brutalement dans ma peau.

— Que s'est-il passé ?

— Je ne peux pas vous le dire avant d'avoir parlé à Race et Dovie. Mais faites-moi confiance, il vaut mieux que vous veniez le plus vite possible.

Je raccrochai et me précipitai vers la porte, Karsen sur les talons, me demandant ce qui n'allait pas. J'arrivai au commissariat en un temps record et n'eus pas à chercher longtemps pour trouver Bax rôdant autour du bureau d'admission tel un dangereux prédateur. Ses yeux couleur nuit s'enflammèrent quand il me vit et il arrêta de faire les cent pas pour s'approcher de moi.

— Titus t'a appelée aussi ?

J'acquiesçai et tournai la tête dans tous les sens, à la recherche de Race ou de Dovie. Il y avait un monde fou. Des gens en uniforme, d'autres en tenue de travail ; la plupart étaient habillés normalement et ils étaient bien trop nombreux à être menottés et à donner l'impression d'avoir été arrêtés dans The Point pour que je me sente à l'aise.

— Tu as une idée de ce qui se passe ?

Bax grogna et se frotta brusquement la tête. De toute évidence, il était aussi agité que moi, mais son inquiétude se manifestait par une violence à peine contenue.

— Non, mais si je ne vois pas Dovie dans les cinq prochaines minutes, je vais trouver le bureau de mon frère et obtenir des réponses.

Cela me convenait très bien. Bax pouvait foncer tête baissée et je le suivrais. Je m'apprêtais à lui dire que j'approuvais ce plan quand il se redressa brusquement ; tout son corps massif se figea. Il serra les dents avec une telle force que je les entendis grincer, et l'étoile tatouée près de son œil se mit à palpiter alors que le rouge envahissait son cou et son visage.

Je me retournai pour voir ce qui avait provoqué une réaction aussi violente et ne pus que froncer les sourcils, perplexe, en voyant une superbe jeune femme, dotée d'une énorme masse de cheveux noir de jais et d'un corps qui aurait pu causer un embouteillage, hésiter à sa vue puis tenter de passer devant nous.

Bax me contourna subitement, manquant de me renverser en se plantant devant la femme, la forçant à s'arrêter et à le regarder. Elle avait des yeux vraiment incroyables, presque bleu marine, et elle tressaillit lorsque Bax apparut devant elle et lui grogna littéralement dessus, comme un animal sauvage.

— Hé..., tentai-je d'intervenir, parce que nous nous trouvions dans le hall d'un commissariat, après tout.

Il m'ignora et aboya :

— C'est quoi ce bordel ?

— Bonjour, Shane.

Sa voix était étonnamment calme face à la rage sombre qui émanait de lui. C'était étrange d'entendre quelqu'un d'autre que Dovie l'appeler par son prénom, et manifestement, cela ne lui plaisait pas.

— Espèce de salope. Je devrais t'enfoncer la tête dans le mur après ce que tu as fait à Dovie. Elle te prenait pour son amie.

Ses yeux flamboyaient comme l'enfer et je voyais presque la rage s'écouler de lui en vagues épaisses, suffocantes.

La femme battit lentement des paupières et devint très pâle, mais elle ne détourna pas les yeux. Elle avait du cran. Bax était effrayant, et à sa façon de la regarder, on aurait cru qu'il lui avait déjà creusé une tombe quelque part en ville.

— Personne n'a d'amis dans The Point. Du moins c'est ce que je pensais. J'essaie de me rattraper.

Sa voix se brisa un peu et je vis sa lèvre inférieure se mettre à trembler légèrement. Elle était bien plus effrayée qu'elle ne voulait le laisser paraître. Ce que Bax s'apprêtait à lui balancer fut interrompu quand Titus apparut soudain et lui donna une claque sur l'arrière du crâne, ce qui le surprit suffisamment pour le faire s'écarter de la jeune femme et se frotter la tête.

— Fous-lui la paix, crétin. Elle essaie d'aider.

Titus semblait agacé et frustré.

Le regard de la femme passa d'un frère à l'autre, se posa sur moi, puis elle fut assez maligne pour filer tant qu'elle avait une ouverture. Elle partit sans rien dire.

— C'était qui, cette fille ?

Bax se vengea en enfonçant le coude dans le ventre plat de Titus, qui inspira brusquement en jetant un regard mauvais à son frère. Bax posa ses yeux sombres sur moi et cracha :

— Ça ? C'est Reeve Black. C'est elle qui a indiqué à Novak que Dovie était seule, la nuit où il a envoyé ses hommes l'enlever en pleine rue — elle lui devait un service depuis qu'elle l'avait recruté pour régler une dette de sang. Ensuite, Novak s'est servi d'elle pour s'en prendre à Race et à Dovie. Cette fille devrait être en taule pour meurtre avec préméditation, mais vu qu'elle a accepté de collaborer à fond avec les féds, ils l'ont intégrée dans leur programme de protection des témoins. Ils étaient censés l'expédier à l'autre bout du pays... J'avais déjà dit à ce crétin, ajouta-t-il en pointant Titus du doigt, que si jamais je la recroisais dans le coin, je ne répondrais plus de mes actes.

— Et moi, je t'ai déjà dit d'arrêter de me sortir ce genre de conneries. Je suis flic, je te rappelle.

— Qu'est-ce qu'on fait ici, *inspecteur* ? demanda Bax.

Titus lui lança un regard noir et me regarda en plissant les yeux. Il nous fit signe de nous approcher de lui et je le vis déglutir alors qu'il croisait le regard dur de son frère.

— J'ai reçu un appel d'un des marshals chargé de la protection des témoins dans l'affaire Novak. Le père de Race et de Dovie a été assassiné cette nuit, dans la résidence que lui avait assignée le programme fédéral. Hartman était prêt à tout balancer : les noms des principaux trafiquants d'armes et marchands de drogue au sud de la frontière, l'endroit où est caché le fric, et à nous filer toutes sortes d'infos que la brigade des stups attendait de pied ferme pour pouvoir récupérer l'enquête. Il bénéficiait de la protection des fédéraux, d'une planque au milieu de nulle part, et pourtant quelqu'un est quand même parvenu à l'éliminer.

Je me mordis la lèvre et échangeai un regard inquiet avec Bax avant de demander :

— Comment ont-ils pris la nouvelle ?

— Dovie, c'est une gentille. A mon avis, c'est surtout pour Race qu'elle s'inquiète : pour le moment, il n'a pas décroché trois mots. Mais pour en revenir à elle, son enfoiré de père a quand même voulu recruter Novak pour la tuer... Non, Dovie doit être plus soulagée qu'autre chose. Finalement, ça fait une menace de moins, pour elle. Mais ce n'est pas tout.

Il se balança d'avant en arrière et posa la main sur le pistolet attaché à sa ceinture avant de reprendre :

— Hartman était tellement isolé que le coup est forcément venu de l'intérieur. De quelqu'un qui s'est occupé de son déménagement et de sa relocalisation.

Bax jura avant de grogner :

— Un flic ?

— Probablement, répondit Titus en hochant la tête.

Bax balança tous les pires jurons que j'aie jamais entendus et serra les poings.

— Comme si on n'avait pas déjà assez à faire avec les méchants, faut aussi qu'on s'occupe des gentils, maintenant ?

— En gros, oui.

— Qu'est-ce que Reeve foutait ici, Titus ?

C'était un changement de sujet assez marqué ; de toute évidence, Bax n'était pas content que cette femme sublime soit dans les parages.

— Elle a des informations dont je vais avoir besoin si je veux avoir la moindre chance de débusquer ce flic pourri.

Cette réponse provoqua une nouvelle série de jurons.

— Quel genre d'infos ?

Titus secoua la tête et passa les mains sur ses cheveux courts.

— C'est là que s'arrête le frère et que commence le flic, Shane. Laisse-la tranquille. J'ai besoin d'elle pour faire mon boulot et ça va vraiment m'énerver si tu te mets en travers de mon chemin.

J'en avais assez de ce combat de coqs alors que je voulais m'occuper de mon homme. Cela faisait beaucoup de choses à digérer et je voulais juste voir Race.

— Où est Race ?

— Dans mon bureau, avec Dovie.

Titus arrêta Bax d'une main au centre de sa poitrine alors que celui-ci tentait de le contourner.

— Ecoute, Bax, j'ai besoin de cette fille pour mettre un terme à cette vague de crimes. Les incendies, les passages à tabac, les destructions... tout est lié. Reeve est indispensable à mon enquête. J'ai déjà tout expliqué à Dovie et elle a pigé, elle. Alors, sers-toi de ta tête et n'agis pas de façon impulsive. Sinon, je te foutrai au trou avant que tu aies eu le temps de dire ouf. C'est bien clair ?

Celui-ci ne répondit pas et se contenta de le bousculer énergiquement et de se diriger d'un pas lourd vers une porte vitrée sur laquelle le nom « Inspecteur King » était écrit au pochoir en lettres noires. Je lui emboîtai le pas, la tête tourbillonnant de l'excès d'informations qu'on venait de lui asséner, quand Titus m'arrêta.

— Race est un mec bien. Pour le moment, il en bave et il se retrouve face à des choix sacrément difficiles, mais il a toujours eu meilleur fond que Bax. Son père était une merde, un meurtrier et un fils de pute mielleux, mais quand il réalisera vraiment qu'il est mort, il aura besoin d'aide pour gérer ça.

Je relevai le menton d'un air de défi.

— Je n'ai l'intention d'aller nulle part.

— Bien.

J'allais chercher mon beau blond lorsqu'il sortit du bureau, Dovie et Bax sur les talons. Bax enlaçait Dovie, et même si elle avait les yeux secs, elle était bien plus pâle que d'ordinaire et s'accrochait à Bax comme à une bouée de sauvetage. Race avait le même air que d'habitude. Sa superbe fossette se creusa quand il me vit, ses cheveux blonds scintillaient comme de l'or, et quand il arriva devant moi, il posa les mains sur mes joues et m'embrassa doucement. Si je l'avais moins bien connu, j'aurais cru qu'il allait vraiment bien, mais de fines rides de tension encadraient ses yeux verts, et malgré sa fossette, je voyais qu'il avait les dents serrées derrière son sourire. Il prit ma main et commença à m'entraîner vers la sortie avant même que je puisse demander à Dovie si elle allait bien ou la serrer dans mes bras.

Sans me regarder en face, il dit doucement :

— Je dois régler certaines choses. Je te rejoindrai plus tard à la maison, d'accord ?

J'observai son visage, vis toute l'obscurité et la mauvaise humeur derrière le vert de ses yeux, et je le serrai fort contre moi.

— Tant que tu me promets de rentrer ce soir.

Il détourna le regard et je sentis qu'il n'était pas d'accord.

— Sérieusement, Race. Rentre à la maison.

Au bout d'un moment, il finit par hocher la tête, puis il déposa un baiser vif et piquant sur ma bouche avant de s'éloigner vers la Stingray. Je ne le quittai pas des yeux jusqu'à ce qu'il monte dans sa voiture et sorte en trombe du parking. Je marmonnai quelques mots bien sentis et m'apprêtais à partir dans la direction opposée quand je fus arrêtée par la lourde main de Bax sur mon bras. Dovie me fit un sourire de travers et frotta sa joue contre l'épaule de Bax.

— Ça va aller, dit-il d'un ton bourru. Il faut juste qu'il accuse le coup. Je suis content que quelqu'un d'autre s'en soit chargé, parce que j'aurais tué ce salaud si j'en avais eu l'occasion.

Je frémis et regardai Dovie qui leva les yeux sur lui. Elle soupira doucement et me regarda.

— Ne le laisse pas dire que c'est sa faute, parce que c'est ce qu'il va faire.

Je hochai la tête.

— Appelle-moi si tu as besoin de quoi que ce soit, lui dis-je.

— Je vais bien. J'ai tout ce qu'il me faut.

Elle se blottit un peu plus contre Bax alors qu'il la guidait vers le redoutable monstre chromé et noir qu'il conduisait.

Je jurai lorsqu'il démarra et que le moteur fit autant de bruit qu'un million de démons rugissant pour qu'on les libère de leur prison souterraine.

Je n'étais pas d'humeur à aller à la fac, mais je n'avais pas de bonne excuse pour sécher les cours alors que j'en avais déjà raté beaucoup. J'y allai donc et me retrouvai à vérifier mon téléphone toutes les cinq minutes. Chaque fois, je n'avais rien, et cela me faisait mal au cœur. Je ne travaillais pas ce soir-là, alors je rentrai à l'appartement, aidai Karsen à faire ses devoirs, préparai un dîner tout simple et n'envoyai pas moins de cinq messages à Race pour savoir où il était et comment il allait. Tous restèrent sans réponse. Cela m'inquiétait, mais cela commençait aussi à m'énerver. Je regardai une émission de téléréalité romantique débile avec Karsen, me fis une pédicure et fis les cent pas jusqu'à ce que minuit arrive et reparte. Les yeux rivés sur mon téléphone, affichant zéro appel et zéro message, je décidai que c'en était trop. J'étais certaine que Race était au garage, qu'il souffrait seul, et je n'allais pas tolérer ça.

Je frappai à la porte de Karsen et lui dis que je m'absentais pour la nuit. Elle m'adressa simplement un regard entendu et reprit ce qu'elle était en train de faire sur son téléphone. Je crois qu'elle avait eu sa dose de drames pour tenir jusqu'à l'âge adulte.

Je me rendis au garage et tapai brusquement le code au portail de sécurité en acier, soulagée de voir la Stingray à l'endroit où il garait autrefois la Mustang. Je gravis presque en courant les marches menant au loft. Quand j'entrai dans le grand espace ouvert, je faillis trébucher sur Race, assis par terre, une bouteille de scotch à moitié vide à la main, le regard brûlant et vitreux. Je m'agenouillai à côté de lui et lui pris la bouteille.

— Tu avais promis de rentrer à la maison.

Sa poitrine se souleva puis s'abaissa et il passa la langue sur sa lèvre inférieure. Même ivre et morose, il était le plus bel homme que j'aie jamais vu. Je posai la main sur sa joue et il ferma les yeux avant de frotter son visage contre ma paume.

— « Etre là », ça marche dans les deux sens, mon beau.

— Je me sens comme une merde parce que je me sens comme une merde.

Son haleine sentait l'alcool, mais il articulait bien, et je me demandai depuis combien de temps il buvait. Peut-être avait-il bu toute la journée et n'était-il pas aussi soûl qu'il en avait l'air.

— Qu'est-ce que tu racontes ?

Je passai la main dans ses cheveux. On aurait dit de la soie dorée.

— Il voulait tuer Dovie. Il était sous la coupe de Novak. Il trompait tout le temps ma mère et a rompu tout contact avec moi sans aucun remords. C'était un sale type manipulateur et sans cœur. Il méritait de mourir, j'aurais laissé Bax le tuer si on avait dû en arriver là… mais maintenant…

Sa tête tomba en avant et son épaule se contracta avant de s'affaisser. Il murmura :

— Je me sens mal.

Je lui massai la nuque et tentai d'en libérer les tensions.

— C'était ton père. C'est normal que tu te sentes mal. Même s'il était horrible, il n'en restait pas moins ton père. Tu as le droit de te sentir triste, mais par contre, tu n'as pas le droit de te sentir coupable.

Il releva brusquement la tête et me regarda alors que je me rapprochais de lui et grimpais sur ses genoux. Il posa les mains sur ma taille et haussa les sourcils.

— Qu'est-ce que tu veux dire ?

— Ce n'est pas ta faute s'il s'est adressé à Novak pour

sauver sa propre peau et ce n'est donc pas ta faute si Novak a encore du poison à cracher alors qu'il est mort depuis longtemps. Ton père a fini comme ça à cause de ses propres choix, pas à cause de toi.

Il grogna et se releva, sans me lâcher. Etant donné qu'il ne trébuchait ni ne tanguait, je commençais sérieusement à douter qu'il soit aussi soûl que je l'avais cru au premier abord.

— Je sais, j'avais juste besoin d'un peu de temps et peut-être que tu le dises à voix haute pour que ça rentre vraiment.

Il se dirigea vers le canapé-lit déplié et me jeta dessus avec beaucoup moins de délicatesse qu'il n'en avait fait preuve à mon égard depuis l'attaque de Drew.

— Et j'allais rentrer à la maison, reprit-il. Il fallait juste que je dessoûle un peu et que je me remette les idées en place. C'est le genre de trucs qui n'a rien à faire là-bas.

Puisqu'il se tenait au bout du lit, au-dessus de moi, je passai les mains sous son T-shirt à manches longues et me mis à caresser son torse impressionnant. Je ne me lasserais jamais de voir ses abdominaux se contracter quand je passais le bout des doigts sur ces merveilles bien dessinées.

— Tu as tort. Je te dis depuis le début que je te veux tout entier ; y compris cette partie-là de toi. Je comprends, Race, tu fais ce que tu as à faire, pas toujours ce que tu as envie de faire, mais avec moi, ça ne peut pas être comme ça. Tu dois être avec moi parce que tu en as envie, et non parce que tu le dois. Tu peux ramener tout ça à la maison et on le combattra ensemble, comme tu me l'as dit.

Puisqu'il était maintenant torse nu, je décidai qu'il fallait aussi que je le débarrasse du reste de ses vêtements. Je déboutonnai son jean et baissai sa braguette, heureuse de voir que, même lorsqu'il était mélancolique et assailli par les doutes, son désir pour moi ne s'en trouvait pas affecté. Je glissai mes mains sous le tissu et pressai ses fesses tout en lui décochant un regard coquin.

Il me fit un petit sourire triste puis sa fossette apparut, me faisant du charme. Cette fois, il s'agissait d'un vrai sourire et mon cœur se remplit de joie.

— J'ai envie d'être avec toi depuis le début, Bry. Comment pourrais-tu seulement en douter ?

Je me rapprochai un peu de lui pour pouvoir l'embrasser juste au niveau du cœur et je baissai son jean sur ses jambes.

— Alors rentre à la maison pour qu'on puisse faire l'amour dans un lit et que je prenne soin de toi comme tu prends toujours soin de moi... tu te rappelles ?

Il se débarrassa de son jean et se tint devant moi dans toute sa perfection et sa gloire dorée, puis il baissa la tête pour me donner le baiser le plus doux et le plus poignant que j'avais jamais reçu. Si j'avais eu le moindre doute sur l'avenir de notre couple, il disparut lorsque nos souffles se mêlèrent et que je goûtai sa dévotion sur sa langue parfumée au whisky fumé.

— D'accord, je ramènerai ça à la maison et on pourra le combattre ensemble.

Je pressai ses biceps et poussai un petit couinement de surprise lorsqu'il me redressa et commença à faire glisser mon pantalon sur mes jambes.

— Je n'ai pas peur.

J'étais un peu essoufflée et mon rythme cardiaque s'emballait.

Ses yeux passèrent du vert mousse au velours noir d'encre et sa fossette se creusa un peu plus. J'aurais voulu l'embrasser.

— Tant mieux.

De ses mains rugueuses et impatientes, il ôta le reste de mes vêtements et enfin, enfin, le Race avec qui j'avais l'habitude de partager mes nuits fit son grand retour. Ses doigts me brûlaient, sa bouche était partout et laissait des marques dans son sillage, il me chuchotait des promesses indécentes et s'accrochait à mes cheveux. C'était génial, et tellement bienvenu. Il me fit gémir, me coupa le souffle, me fit hurler son nom encore et encore quand il mit sa bouche entre mes jambes et ne me lâcha pas jusqu'à ce que je me brise sur sa langue infatigable et ses doigts caressants. Je pensais que c'était fini, qu'il allait s'enfoncer en moi pour nous conduire tous les deux à une issue mutuellement satisfaisante, mais il était déchaîné, en feu, et il avait d'autres projets. Je lui avais dit que je n'avais pas peur, et il allait me forcer à le prouver.

Ses doigts s'enfoncèrent dans mes hanches alors qu'il me retournait et me tirait vers l'extrémité du lit. Il me plaça comme il le désirait, à quatre pattes, et debout derrière moi, il déposa un baiser à la courbure de mes reins. L'une de ses mains se referma sur mes cheveux courts et l'autre plongea entre mes jambes, où j'étais encore trempée et hyper-sensible après l'orgasme qu'il venait de m'offrir.

Je murmurai son prénom et j'eus le souffle coupé quand il me pénétra sans crier gare. Dans cette position, je sentais le moindre centimètre de sa chair qui ondulait et se contractait en moi. Il était énorme, puissant et me prenait à un rythme effréné. Ses doigts caressants et glissants me rendaient folle ; je n'allais pas pouvoir tenir très longtemps.

— Race !

Il grogna, tira un peu plus sur mes cheveux et je m'efforçai vraiment de ne pas me perdre dans le bruit incroyablement érotique de sa peau claquant contre la mienne et la façon dont ses mouvements entêtants faisaient trembler mes bras. Je sentis le plaisir commencer à se dérouler à la base de ma colonne vertébrale, j'entendis Race jurer et répéter mon prénom. Juste quand mes bras cédaient sous la force, la toute-puissance de mon orgasme, il poussa un grognement et relâcha sa prise d'homme des cavernes sur mes cheveux en s'écroulant sur moi. Je sentis ses lèvres effleurer ma nuque et ses mains courir sur mes flancs tremblants, alors que j'essayais de reprendre mon souffle.

— Merci d'être venue me chercher.

Je repensai à la fois où je l'avais supplié de ne pas me laisser alors qu'on m'emmenait à l'hôpital. Il m'avait répondu qu'il ne me laisserait jamais.

— Toujours.

Il roula sur le côté et m'attira sur son torse, frottant son menton sur ma tête.

— Je pensais qu'on n'avait pas beaucoup de chances, mais maintenant je pourrais parier gros sur nous.

Je le pinçai juste au-dessus de ses fesses.

— Et si tu ne pariais pas du tout sur nous, puisque tu sais que ça va marcher ?

Il ricana, ce qui fit trembler sa poitrine sous ma joue.

— Je t'aime, Brysen. Tu m'aides à rester moi-même.

— Je t'aime, Race, qui que tu doives être, et tel que tu es.

Il n'y avait rien à ajouter, et il ne faisait aucun doute que nous allions survivre à tout ça, même si The Point continuait de nous mettre à l'épreuve. Cette saleté de ville allait en avoir pour son argent si elle pensait pouvoir m'enlever mon homme.

20

Race

Cette ville, c'était un peu The Point, à qui on aurait refilé des chaussures de strip-teaseuse et du rouge à lèvres rouge putain avant de recouvrir le tout de paillettes. Les lumières fluorescentes et le tintement des cloches étaient agaçants et attirants à la fois, et les touristes désœuvrés, si disposés à se débarrasser de leur argent, inondaient les trottoirs et se déversaient des casinos, me donnant la chair de poule. Pour moi, jouer, prendre des risques, parier de l'argent, ce n'était pas un jeu, et cet endroit avait transformé ce que je faisais dans des ruelles sombres en une activité familiale que les gens prenaient bien trop à la légère à mon goût. J'avais hâte de rentrer à la maison, ce qui me surprenait. Qui aurait cru qu'un jour dans ma vie, je serais pressé de retourner à The Point ?

Je jetai un coup d'œil à Brysen, qui observait le décor du club de strip-tease devant lequel nous nous tenions, la bouche plissée, les sourcils froncés. J'ignorais si c'était ce lieu ou ce que nous étions venus y faire qui donnait une expression aussi amère à son joli visage. Bon sang, c'était peut-être les deux. Quand je lui avais dit où j'allais et quel était mon plan, je m'étais attendu à ce qu'elle soit bouleversée et me supplie de ne pas partir. Elle m'avait surpris en demandant à m'accompagner et en me disant qu'elle voulait être celle qui exposerait le plan à ma dernière cible. D'abord, j'avais refusé, mais quand elle m'avait expliqué que c'était la dernière étape avant de refermer toutes les portes sur son passé, j'avais cédé. Je lui avais fait promettre pas moins de cent fois de ne pas me quitter, de ne pas me détester si les choses partaient en vrille et si je devais avoir recours à la force physique. Elle m'avait simplement regardé comme si j'étais stupide et m'avait répondu qu'elle ferait toujours partie de l'équipe Race et qu'il fallait que je me détende. Nous avions donc emmené Karsen chez Dovie et Bax pour un long week-end et nous avions pris la route.

Booker avait proposé de garder un œil sur la petite, mais elle le regardait toujours avec des yeux de chiot énamouré et lui léchait les bottes, ce qui allait causer des problèmes dès qu'elle serait assez âgée pour qu'il oublie qu'elle n'était qu'une gamine.

— Tu es prête ?

Elle posa brièvement sur moi ses yeux bleu clair, puis elle regarda la porte et hocha sèchement la tête.

— Finissons-en.

Je l'embrassai au milieu du front puis plaçai la main dans le bas de son dos alors que nous entrions. Nous étions à des années-lumière du District. On se serait cru au Disneyland des clubs de strip-tease et cela me donnait presque envie de rire. Tout était fait pour le spectacle et il était évident que les danseuses étaient là pour se procurer de l'argent et des frissons faciles, et non pour survivre, comme les filles de The Point.

L'homme que nous étions venus voir n'était pas assis à l'une des tables près de la scène ou dans l'un des box en velours sur les côtés. Non, il était assis au bar, la tête penchée sur un verre à whisky. Il ne releva pas la tête quand Brysen s'assit sur un tabouret à côté du sien tandis que je restais en arrière, prêt à intervenir au cas où elle aurait besoin de moi.

Brysen se tourna sur son siège et secoua la tête quand le barman lui demanda si elle voulait quelque chose. Finalement, l'homme releva les yeux et je vis ses épaules se tendre puis s'abaisser rapidement.

— Brysen.

— Papa.

Il sursauta visiblement au son de sa voix douce.

— Je suis là pour t'offrir une échappatoire, papa. Race m'a emmenée ici pour te faire une offre, te donner une chance, et si tu ne la saisis pas… eh bien, ce qui se passera ensuite, ce sera ton problème.

Elle émit un bruit de gorge écœuré et croisa mon regard alors que je la regardais par-dessus la tête de son père.

— Je vais bien, au fait, et Karsen aussi. Maman sortira bientôt de sa cure de désintoxication et je l'encouragerai à demander le divorce, juste au cas où tu te demanderais comment va ta famille.

On aurait dit que le poids de ces mots le blessait physiquement, et il s'avachit encore plus au-dessus de son verre.

— Je n'ai pas cet argent. Je ne l'ai tout simplement pas.

Il semblait abattu, pathétique. Brysen leva les yeux au ciel.

C'était intéressant qu'il parle d'argent, car ce club chic n'était pas donné, mais je n'avais pas l'intention de le faire remarquer, à moins qu'on ne m'y oblige.

— Tu es pathétique. Tu as empoisonné maman, tu as perdu tout ce que nous avions. Tu t'es servi de moi quand est venu le moment de payer pour tes erreurs, et au lieu de les affronter comme un homme, tu t'es enfui. Il faut vraiment être idiot pour penser pouvoir échapper à un bookmaker. Sérieux, papa, tu ne sais pas que tous ceux qui ne peuvent pas payer s'enfuient ? Race ne serait pas aussi bon dans son job s'il les laissait simplement partir, tu ne crois pas ?

Elle poussa un gros soupir et lui dit d'un ton ne laissant aucune place à la négociation :

— Je veux que tu comprennes que cette offre n'a rien à voir avec Karsen et moi. Franchement, rien ne me ferait plus plaisir que de te voir souffrir, ne serait-ce qu'un dixième de ce que nous avons souffert cette année à cause de toi.

Il se contentait de fixer son verre, comme s'il ne l'entendait pas. Je posai mon coude sur le bar, de l'autre côté de lui, et haussai un sourcil lorsqu'il me regarda du coin de l'œil.

— Vous ferez mieux de l'écouter, sinon vous allez poursuivre cette conversation dehors avec moi.

Il déglutit et regarda sa fille.

Brysen comprenait qu'il me devait plus de trois cent mille dollars et que les intérêts s'élevaient à plus de soixante-quinze mille dollars. Il n'y avait qu'un moyen de les récupérer, et c'était le même que celui qui les lui avait fait perdre : en pariant.

— Nassir et Race cherchent à monter un site offshore. Des paris en ligne qu'on ne pourra pas retracer jusqu'à nous ni fermer comme on pourrait le faire avec une adresse physique. Je parle de gros paris en ligne, sans limites. La mise d'entrée commencera à cent mille par place. Race a chargé un type de s'occuper de la sécurité du site, pour le rendre intraçable et s'assurer que les fonds seront invisibles, mais il ne veut pas qu'il perde du temps avec la programmation à proprement parler. C'est là que tu interviens. Tu le construis, tu le gères, et les gars sont prêts à t'offrir un pourcentage une fois que tu auras remboursé ta dette. Sois conscient que c'est ta tête qui tombera si le FBI réussit à le pirater. C'est ton unique chance d'échapper à ta propre stupidité.

Son père nous regarda tour à tour, l'air songeur.

— Quel serait mon pourcentage ?

Peut-être que j'allais lui écraser les testicules, juste pour le plaisir. Je serrai les dents et plissai les yeux, puis je répondis, parce que Brysen semblait trop déçue et dégoûtée.

— Dix pour cent.

On aurait dit qu'il allait s'étouffer.

— Quarante pour cent.

Je m'écartai du bar et inclinai la tête en direction de la porte.

— Allons-y, Bry. On s'est déplacés pour rien.

Elle se leva pour venir me rejoindre et repoussa la main de son père quand il voulut la retenir.

— Vingt pour cent, et dès que la dette aura été payée, se hâta-t-il d'ajouter.

Nous nous défiâmes du regard pendant une longue minute avant que j'accepte à contrecœur.

— D'accord.

Avant de me diriger vers la porte, Brysen ouvrant la marche, je lui dis :

— Vous allez rester à l'écart de Brysen et de Karsen, et vous accorderez un divorce à votre femme sans lui causer d'ennuis, ou je reviendrai. Inutile de revenir à The Point pour monter le site, mais si vous choisissez de le faire, rappelez-vous ces conditions, et si vous décidez de vous enfuir à nouveau, n'oubliez pas comme il nous a été facile de vous retrouver.

L'histoire s'arrêtait là, en ce qui me concernait. A partir de maintenant, ce serait le boulot de Booker de veiller à ce que ce type fasse ce qu'il était censé faire, et au moindre faux pas, je lui donnerais l'autorisation de le faire saigner... abondamment.

Je sortis du parking et me dirigeai vers l'hôtel où nous passions le week-end. Le trajet n'était pas très long, un peu plus de six heures, mais nous ne savions pas comment allaient se passer les choses avec son père, nous nous étions donc organisés pour rester quelques jours dans un casino à l'écart du Strip.

Brysen posa sa main sur la mienne, sur le levier de vitesse.

— Tu n'étais pas obligé de le laisser s'en tirer à si bon compte. Pas pour moi.

Elle pensait peut-être ça maintenant, mais la mort de mon père des mains de quelqu'un d'autre, méritée ou non, m'avait tellement retourné que je n'avais pas l'intention de lui infliger ça.

— S'il tient parole, c'est gagnant-gagnant. Sinon, il n'aura qu'à affronter les conséquences, et nous, on continuera d'aller de l'avant, comme toujours. On se concentrera sur ta mère, on veillera à ce qu'elle poursuive son traitement, à ce qu'elle suive une thérapie et essaie de rester sur la voie de la guérison afin que Karsen et toi ayez au moins une chance d'avoir un parent à sauver.

Je faisais la même chose avec ma propre mère. Nous étions loin de la réconciliation, mais après la mort de mon père et le blocage de tout son argent par le gouvernement, elle n'avait rien ni personne et je ne pouvais pas la laisser en plan. C'était ce que m'avait fait mon père, et si j'avais appris quelque chose au cours de ces derniers mois, c'est que j'agirais de bien des manières dans ma vie, mais jamais comme mon père. Je l'avais installée dans un appartement, dans le même immeuble que celui où les filles et moi vivions, et lui avais dit que tant qu'elle ferait un effort, qu'elle essaierait de s'adapter à la vie dans The Point, je lui viendrais en aide. Pour l'instant, la situation était aléatoire. Elle demandait de l'argent à tout bout de champ, mais elle s'était aussi trouvé un emploi de secrétaire dans un bureau pour aider à subvenir à ses besoins.

Voyant les conflits que cela créait en moi de devoir dire non à ma mère lorsqu'elle se montrait frivole, Brysen avait pris sur elle de servir d'intendante. Elle avait informé ma mère d'un ton neutre que toute somme d'argent devrait être approuvée par elle avant que je la lui remette. Brysen avait beaucoup moins de mal que moi à faire la sourde oreille aux demandes de Madame Hartman, qui se faisaient de plus en plus rares et qui, sinon, concernaient des choses qu'elle ne pouvait vraiment pas se payer toute seule.

Arrivé à l'hôtel, je remis à contrecœur les clés de la Stingray. Je n'aimais pas que ma voiture soit hors de ma vue depuis la fin prématurée de ma Mustang. Je suivis Brysen jusqu'à la chambre et poussai un grognement surpris lorsqu'elle se jeta sur moi dès que la porte se fut refermée derrière nous. Je posai une main sous ses fesses et elle grimpa dans mes bras et se mit à m'embrasser sur tout le visage.

— Tu es tellement sexy, ronronna-t-elle.

Je ris et la conduisis jusqu'au lit. Je pris ses mains enfouies dans mes cheveux et embrassai le centre de chaque paume. J'étais content que bien me comporter avec elle la rende aussi heureuse.

— Tu veux toujours être la reine d'un royaume sur lequel personne ne voudrait parier ?

Elle gloussa et plissa les yeux lorsque je glissai la main dans ma poche de devant. J'en sortis la petite bague bon marché que j'avais trouvée au magasin de souvenirs quand je m'étais promené ce matin tout en parlant à Nassir de mes projets. C'était une petite couronne dorée, kitsch et complètement ridicule, mais Brysen devint silencieuse quand je la glissai à son annulaire et lui dis :

— Un jour, je t'achèterai une vraie couronne et tu la porteras pour toujours.

Elle regarda la bague, puis moi, les yeux embués et brillants.

— C'est ton geste le plus audacieux jusqu'à maintenant, beau gosse.

Je ne me sentais pas audacieux, juste bien. Elle me convenait parfaitement, elle convenait aux deux identités qui cohabitaient en moi : au gamin riche qui s'ennuyait à The Hill et au bookmaker qui faisait tourner la ville avec du sang et de l'argent sale.

— Je suis un mec audacieux.

J'embrassai l'endroit où son pouls battait à tout rompre, sous la peau délicate de son poignet, et elle s'installa plus confortablement sur mes genoux, ce qui donna des idées à une certaine zone de mon anatomie quant à la façon dont nous pourrions passer le reste du week-end.

— C'est tout à fait vrai. Tu sais, Race, tant que ton royaume se trouvera là où tu es, ce sera là que je voudrai être, peu importe à quoi il ressemble. Je ne crois pas que ce soit un pari risqué ; je pense que si vous vous battez pour lui, vous avez toutes vos chances, toi, Bax, Titus, et même Nassir.

Je n'en étais pas convaincu. La menace extérieure demeurait inconnue. Bax et moi avions beaucoup à perdre, désormais ; Titus se laisserait toujours limiter par le cadre de la loi ; Nassir était un survivant, alors si le vent se mettait à tourner, j'ignorais s'il continuerait à servir la bonne cause. Seul le temps nous dirait qui s'en sortirait, mais pour l'instant, Brysen passait mon T-shirt par-dessus ma tête et regardait la petite bague en plastique comme si je lui avais vraiment donné une partie du trésor de Midas. Voilà où je voulais être, qui je voulais être, et The Point devrait attendre son tour pour voler un peu plus de mon âme.

REMERCIEMENTS

Je remercie en premier lieu toute l'équipe qui m'accompagne et m'aide à m'améliorer jour après jour. Il faut beaucoup de travail pour publier un bon livre et j'ai vraiment de la chance d'avoir à mes côtés des gens merveilleux, avec lesquels je prends plaisir à travailler. J'adore toutes mes amies chez HarperCollins. Mon éditrice, Amanda Bergeron, est un amour, et nous ne nous sommes même pas disputées au sujet de la fin de ce livre ! J'adore travailler avec elle ; elle améliore toutes les histoires que j'écris. Elle est très douée et c'est toujours un plaisir de collaborer avec elle... jusqu'à ce que je reçoive les premières corrections et que j'aie envie de tuer tout le monde !

Jessie Edwards se dépense sans compter pour s'assurer que ces livres finissent aux bons endroits et entre les bonnes mains, et je suis persuadée que si j'étais un jour au cœur d'un affreux scandale, elle ferait en sorte que cela se transforme en une excellente publicité. C'est elle qui m'a permis de voyager dans le centre des Etats-Unis pour vous rencontrer, et pour ça, je lui tire mon chapeau.

C'est Alaina Waagner que vous devez remercier pour tous les super cadeaux et concours : tous les posters que tout le monde adore et les livres offerts, c'est elle. C'est un ange qui s'occupe non seulement du marketing de mes livres, mais aussi de moi et de mes folies d'auteur — et elle le fait avec un calme et une facilité que je lui envie. Personnellement, je ne pourrais pas travailler avec une fille comme moi !

J'adore tous les gens de ma maison d'édition qui travaillent dur afin que mes livres soient un succès, et je sais que je ne serais dans aucune bibliothèque ni publiée dans le monde entier sans eux. Je leur serai éternellement reconnaissante !

Mon agent, Stacey Donaghy, est formidable, et je ne pourrais rien faire sans elle. Parfois, je me dis que nous avons le même cerveau, et j'aime qu'elle me réponde, quand je lui dis que je suis super intelligente : « Evidemment, je le sais depuis le début. » J'aime qu'elle me trouve talentueuse et qu'elle n'essaie pas de changer ma façon de faire. Je ne pensais pas que j'atteindrais un jour un tel succès en étant simplement moi-même et en faisant ce qui me passionne, mais Stacey m'a aidée à rendre cela possible. J'adore qu'elle me dise qu'elle est lectrice d'abord, agent ensuite. Elle a toujours défendu mes choix créatifs et ce soutien est très important pour moi.

Je suis quasiment sûre que je ne pourrai jamais exprimer à quel point j'aime et estime KP Simmon. Je n'aurais jamais cru avoir un jour besoin d'un agent publicitaire... J'avais tort ! Sainte KP rend la vie de Jay tellement plus facile... C'est un mentor... Sérieusement, je veux être elle quand je serai grande. C'est une amie. Une confidente. Une amoureuse des livres. Un génie des médias et la femme d'affaires la plus futée que j'aie jamais rencontrée. Elle n'a pas eu peur de moi ni d'aucun de mes *bad boys*. Elle s'est plongée la tête la première dans la série The Point et n'a plus arrêté de foncer droit devant depuis : l'agence www.inklingerpr.com est formidable et je suis honorée qu'elle me représente.

Mon bras droit, Melissa Shank, est un ange texan. Je ne sais pas comment je ferais sans elle. Elle gère ma page de fans. Elle m'aide sur les événements. Elle s'occupe des cadeaux aux lecteurs. Elle organise mes fêtes. Elle m'écoute déblatérer à tout bout de champ. Elle est tout simplement merveilleuse, irremplaçable et il n'y a pas assez d'adjectifs pour décrire mon bonheur de l'avoir dans mon équipe. Si vous voulez passer du temps avec Mel et moi, n'hésitez pas à rejoindre Crownovers's Crowd : *facebook.com/groups/crownoverscrowd.*

Nous essayons que ce groupe soit drôle et vous tienne informé, et par « nous », j'entends Mel.

Je tiens aussi à remercier mes parents et ma meilleure amie. J'ai vraiment de la chance d'avoir des proches aussi fidèles et solidaires. J'adore partager mes succès et mes aventures avec eux, et je sais que, si tout s'arrêtait demain, ils m'aimeraient et me soutiendraient toujours, quoi que je choisisse de faire… mais Seigneur, faites que tout ne s'arrête pas demain !

Mon amie Carolyn Pinard a corrigé le livre de Race avant que je l'envoie à Amanda. C'est elle qui corrige les fautes et retravaille toutes mes phrases mal construites. C'est une femme charmante et je suis heureuse de l'avoir non seulement comme correctrice, mais aussi comme amie. Lorsqu'on nous a viré du Book Bash d'Orlando à 2 heures du matin et que nous avons dû descendre puis remonter douze étages à pied, nous n'avons même pas eu envie de nous entre-tuer. Ça veut tout dire… Si vous voulez la contacter pour quelques corrections… carolynpinardconsults@gmail.com.

Comme toujours, je dois remercier en douce Mike Maley qui veille sur ma famille poilue et à quatre pattes quand je suis sur la route. C'est vraiment un type bien et, sans lui, je ne pourrais pas aller passer du temps avec mes lecteurs aussi souvent.

Bon, les gens du monde des livres, vous êtes si nombreux que je ne sais pas comment vous étreindre tous à la fois. Les auteurs, les blogueurs, les lecteurs, les organisateurs d'événements… les amis des livres. Il y a tant d'amour pour les mots, les livres, les histoires que cela me remplit de bonheur. Pour moi, il n'y a rien de mieux que les livres, alors comment ne pourrais-je pas aimer ceux qui les aiment autant que moi ? Et pour ceux d'entre vous qui n'aiment pas ce livre-ci… ou ce livre-là… ou aucun de mes livres, je vous aime quand même, parce qu'au moins vous lisez et que c'est tout ce qui compte vraiment pour moi. Au moins vous avez essayé, et si ce n'est pas votre truc, très bien. Passez à autre chose.

Je ne cite jamais les blogs parce que je crois que tous les blogueurs, sans distinction, méritent un immense merci pour ce qu'ils font... Mais certains d'entre eux occupent une place spéciale dans mon cœur, et je suis très honorée de partager non seulement une relation littéraire avec eux, mais aussi une véritable amitié qui a énormément d'importance pour moi. J'espère que vous vous reconnaîtrez, et si ce n'est pas le cas... eh bien, j'ai dû rater quelque chose !

Comme toujours, j'aime communiquer avec mes lecteurs et je mets toujours un Point (ha, vous avez repéré le jeu de mots !) d'honneur à essayer de répondre à tous les messages que je reçois.

Vous pouvez me retrouver à toutes ces adresses sur Internet :

jaycrownover@gmail.com
facebook.com/jay.crownover
facebook.com/AuthorJayCrownover
@jaycrownover sur Twitter
www.jaycrownover.com
jaycrownover.blogspot.com
www.goodreads.com/Crownover
donaghyliterary.com/jay-crownover.html
www.avonromance.com/book-author/jay-crownover

A paraître

Tournez vite la page et découvrez un extrait de

Bad : Amour coupable

le troisième tome de la série BAD,
également disponible dans la collection &H.

Extrait

1

Reeve

Il y a deux endroits sur cette planète où je n'aurais jamais cru remettre les pieds. L'un était cette partie carrément pourrie de la ville que tout le monde appelait The Point. L'autre, le poste de police situé au cœur de cette zone et qui abritait en ses murs autant de crimes et de corruption que The Point dans ses rues. Je haïssais les raisons qui m'amenaient ici, et pourtant je continuais d'avancer comme un automate, sachant que si jamais je voulais arriver un jour à vivre en paix avec mon reflet dans le miroir, je devais, pour une fois, faire les choses bien. Faire les choses, sans être poussée ni par mes désirs égoïstes, ni par ma soif de vengeance sur toutes les cruelles injustices que cet endroit peut réserver à ses habitants. Que tu sois bon ou mauvais, si tu vis dans The Point, tu n'es plus qu'une cible sur pattes : pour faire souffrir et détruire des vies, The Point ne fait pas dans le détail.

D'une main tremblante, je poussai la porte. Je n'étais pas censée me trouver ici. Dans cette ville. Devant ce bâtiment. Au sein de cette existence qui n'était plus la mienne.

Extrait

J'étais supposée me cacher. Etre devenue quelqu'un d'autre, une personne à qui l'on avait donné une chance de repartir de zéro. Une fille censée tout ignorer de la mort et de la vengeance, même si les deux étaient profondément ancrés dans ma chair. Mon nouveau moi était supposé être en sécurité, à l'abri, et si éloigné du crime et de la débauche — les deux carburants de The Point — qu'il n'aurait jamais pu tenir cinq minutes dans cet endroit abominable.

Sauf que cette nouvelle identité n'avait pas vraiment pris sur moi — pour être honnête, je n'avais jamais été fan de cette fille fragile et douce que j'étais censée devenir. Se cacher, c'est bon pour les faibles, et au fond je savais que c'était inutile : jamais, non jamais, je ne serais réellement en sécurité quelque part. Tout au long de ma vie, j'avais entretenu trop de démons intérieurs, passé trop de pactes avec le diable pour m'imaginer un jour pouvoir quitter The Point sans devoir payer mes fautes par quelque sanglante pénitence.

Les jambes en coton, je demandai au jeune flic de l'accueil, bien à l'abri dans sa cage à barreaux et vitres blindées, d'aller chercher un homme précis, l'unique être droit que j'aie croisé dans ce coin pourri. Si je devais foutre en l'air ma nouvelle vie, si je devais sauter à pieds joints en enfer, l'inspecteur Titus King était la seule personne à pouvoir me protéger des flammes.

Certains hommes veulent voir le monde brûler. Titus, lui, voulait éteindre l'incendie de l'intérieur et sans l'aide de personne. C'était le seul à qui je pouvais confier les infos auxquelles je me raccrochais. Le seul capable de me dégoter une planque sûre, une fois que j'aurais balancé mon nouveau moi à la poubelle, dépoussiéré l'ancien et renfilé ma vieille loque. Combien de temps resterais-je en vie maintenant que j'étais revenue ? Mystère. Mais avec Titus dans mon camp, les probabilités pour que j'assiste au dernier acte, à la scène finale, étaient tout de suite plus élevées. Ça tombait bien : ce ne serait qu'au tomber de rideau que je pourrais réparer l'un de mes nombreux crimes. Une goutte d'eau parmi tous ceux qui se commettaient dans cet enfer.

Les habitants de The Point allaient s'entredéchirer, et moi j'allais devenir l'atout indispensable aux gentils s'ils voulaient avoir une chance de se défendre face aux méchants.

Le jeune flic me demanda mon nom. Je marmonnai « Reeve Black » et son regard qui, jusque-là, avait louché sur mes longs cheveux noirs et mes courbes moulées par le T-shirt — des courbes bien plus dangereuses que tout ce qu'il pouvait imaginer — se fit distant, limite dégoûté. Ma réputation me précédait, et elle n'était pas reluisante. Même ici, dans ce quartier peuplé d'ordures de la pire espèce, il y avait encore de la place pour la lie de la lie. J'étais une moins que rien. Et je n'avais jamais prétendu le contraire.

Le flic décrocha son téléphone et murmura quelques mots dans le combiné. Il répéta mon nom à plusieurs reprises, puis secoua la tête. Non, décidément, je n'étais pas censée me trouver ici... Titus allait être tout sauf ravi de me voir. Pas grave. Je ne lui demandais pas de sauter au plafond, juste d'écouter ce que j'avais à lui dire et d'accepter l'aide que je pouvais lui apporter.

Je replaçai une mèche derrière mon oreille et obligeai mes mains à cesser de trembler. Ce n'était pas le moment de me montrer vulnérable. Je n'avais pas peur de lui. J'avais peur pour lui.

Du coin de l'œil, je vis s'ouvrir une porte où son nom et son grade étaient inscrits en lettres noires à moitié écaillées. Mon cœur et mon ventre frémirent quand sa tête apparut par l'embrasure. Malgré la distance et toutes les barrières qui nous séparaient, ses yeux outrageusement bleus et la fureur qu'ils contenaient me frappèrent de plein fouet.

Non... pas ravi du tout de me voir.

Il déboula de son bureau et, sans me lâcher du regard, s'avança vers l'endroit où j'attendais, à l'écart des flics qui allaient et venaient dans le poste, certains en uniforme, d'autres en civil. Titus, lui, ne portait jamais l'uniforme de la police. Du moins, il ne le portait pas les fois où je l'avais vu. Non, Titus s'habillait comme un homme qui a un job à faire, un job qui l'usait et lui rongeait l'âme, lentement mais sûrement.

Il se dirigeait droit sur moi. Son nœud de cravate était desserré. Ses poings crispés de rage faisaient saillir les muscles de ses avant-bras sous ses manches retroussées. Son pantalon sombre était tout froissé, conséquence d'une journée passée à neutraliser un sale type ou un sale coup. Je continuais de le mater, c'était plus fort que moi. J'en étais à admirer le bout de ses vieilles rangers noires, tout éraflées, lorsqu'il stoppa pile devant moi, me dominant de toute sa hauteur. Titus King n'aurait jamais de voiture astiquée au Polish. Ni de tennis immaculées pour sportif du dimanche. Non, il était condamné à porter des chaussures pratiques pour son boulot, des chaussures imperméables à la crasse et à la boue dans lesquelles il était forcé de patauger au quotidien pour maintenir un semblant d'ordre dans The Point.

J'avalai ma salive et me retins tout juste de reculer d'un pas. Titus était vraiment très grand et très baraqué. L'intensité de son regard me donnait envie de me recroqueviller devant lui, mais si je me dégonflais maintenant, il saurait à quel point j'avais peur. Et je ne pouvais pas me permettre de lui laisser cet avantage.

Extrait

Alors, je battis lentement des cils, pris une profonde respiration destinée à faire pigeonner ma poitrine sous son nez, avant de soupirer et d'esquisser du coin de ma bouche soigneusement maquillée un sourire qui avait conduit plus d'un homme à aller me décrocher la lune.

— Bonjour, inspecteur King.

J'aimais son nom, même précédé de ce grade. Je l'imaginais bien en chef d'une ancienne tribu barbare régie par la loi du plus fort.

— C'est quoi, ce bordel ?

C'était à la fois une question et une affirmation, jetée suffisamment fort pour faire tourner la tête à tous les agents et à tous les criminels qui circulaient dans le bâtiment.

Un étau d'acier se referma sur mon coude et je me retrouvai poussée sans ménagement à travers le poste, devant les autres flics assis à leur bureau... bref, devant un public captivé qui ne pouvait s'empêcher de spéculer sur ce qui pouvait bien mettre ce colosse dans une telle rogne. Les débordements, ça n'était pas son genre : Titus était plus un homme d'action. Autant dire que nos retrouvailles ne passèrent pas inaperçues, entre la rage qui se lisait sur son beau visage dur, et la brutalité avec laquelle il me fit avancer entre ses collègues et la racaille qui squattait dans le poste. Ma soudaine réapparition le rendait furieux et il ne faisait rien pour le cacher.

Il me poussa à l'intérieur de son bureau comme si j'étais une criminelle et claque la porte derrière nous avec bien plus de force que nécessaire. The Point était au bord de l'explosion, mais rien ne serait jamais aussi volcanique que la fureur qui faisait étinceler les yeux couleur ciel de Titus. Il était fou de rage, comme prévu, mais également inquiet et, à mon avis, c'était ça qui exacerbait sa colère. Personne n'avait envie de se prendre la tête pour une fille comme moi. J'étais censée encaisser bien sagement toutes les crasses que la vie m'envoyait. Après tout, je l'avais bien cherché — c'était le principe même du karma. Sauf que Titus ne pouvait s'empêcher d'aider les cas désespérés, chez lui c'était viscéral. Sa sollicitude s'adressait même à ceux qui ne la méritaient pas ou qui n'en avaient rien à faire. Et ça, ça le rendait dingue. Forcément.

Je le dévisageai durant une bonne minute, fixant plus particulièrement sa mâchoire carrée qui semblait vouloir mordre. Qu'est-ce qu'il était beau… C'est ce que je m'étais dit la première fois que j'avais posé les yeux sur lui, le jour où j'étais venue tout lui déballer, dans l'espoir d'une sorte de rédemption. Titus était tout ce qu'on attendait d'un homme. Tout ce qu'on attendait d'un guerrier censé sortir victorieux de son combat, un combat pour des valeurs oubliées depuis longtemps dans ce quartier pourri. Face à lui, je me sentais chaque fois partagée entre désir et vénération.

Il était bâti comme une forteresse imprenable. Si grand et si large d'épaules que rien, semblait-il, n'aurait pu se forcer un passage en lui. Tout son corps était dur — depuis l'expression de son visage jusqu'aux muscles qui jouaient sous sa peau lorsqu'il effectuait un mouvement aussi simple que celui de s'appuyer à son bureau. Ses cheveux, coupés ras sur les côtés, étaient plus longs sur le dessus et presque du même noir de jais que les miens, à l'exception d'une mèche qui détonnait à l'une de ses tempes, blanche comme neige. C'était pour moi un rappel constant de la nuit qui m'avait vue renaître sous une autre identité, cette fameuse nuit où Titus King avait regardé son frère pointer une arme sur sa propre tête en menaçant d'en finir. Ses sourcils étaient du même noir corbeau que ses cheveux et une barbe de trois jours, sombre et sexy, faisait ressortir sa peau naturellement tannée.

Il avait les yeux bleus, plutôt clairs, ce qui aurait dû atténuer la rudesse de ses traits masculins, sauf que quelque chose en eux, quelque chose de dur et de froid, les faisait luire comme une lame aiguisée, si tranchante que les fixer trop longtemps finissait par te faire mal. Ce beau regard, frangé de cils trop longs et trop doux pour un visage aussi rigide, était à lui seul capable de provoquer toutes sortes de ravages, indépendamment de la dangereuse menace que représentait le corps d'athlète de son propriétaire. Titus n'était pas un homme à prendre à la légère et toute son attitude l'indiquait clairement. Seul un idiot se serait frotté à lui.

Il croisa les bras sur son torse puissant et je ne me gênai pas pour mater ses muscles. Je n'aurais pas dû me trouver là, mais puisque j'y étais, autant profiter du spectacle.

— Ça fait un bail, l'inspecteur.

Il se rembrunit et sa mâchoire se contracta.

— On n'était pas censés se revoir, Reeve. C'est le principe même du programme de protection des témoins. C'est au marshal fédéral de s'occuper de toi, maintenant. Moi, c'est plus mon problème.

Je transférai mon poids d'une jambe sur l'autre et hochai lentement la tête.

— C'est vrai, mais il s'est passé quelque chose, quelque chose qu'il faut que vous sachiez.

Il jura dans sa barbe et passa rageusement les mains dans ses cheveux. Ses mèches en bataille et l'expression de son visage lui conféraient une sorte de sauvagerie animale. Il y avait un côté indompté chez cet homme. En avait-il seulement conscience ?

Extrait

— Ecoute, Reeve.

Il fit le tour du bureau et posa une main sur mon épaule.

— Tu dois te mettre en rapport avec le marshal chargé de ton dossier. Il y a eu une fuite. L'un des témoins dégotés au cours de l'enquête sur Novak et sa bande a été assassiné cette nuit. Il venait de changer de camp ; les fédéraux ne l'avaient intégré dans leur programme de protection que depuis quelques semaines. Ce meurtre pourrait bien compromettre tous ceux qui sont liés à cette affaire. Alors, revenir ici, c'est stupide et beaucoup trop risqué.

J'émis un petit soupir et contournai sa masse imposante pour aller m'asseoir sur l'une des chaises bancales, devant le bureau encombré qui avait connu des jours meilleurs. J'essuyai mes paumes moites sur mon jean et relevai le menton. Pourvu que Titus ne remarque pas mes efforts pour l'empêcher de trembler...

— Hartman. C'est Hartman qui a été assassiné la nuit dernière.

Assassiné. Quel terme ignoble ! Oppressant et désagréable à l'oreille, même en pensée. Composé de toutes sortes d'instruments pointus, tranchants, qui s'enfonçaient dans ma chair et altéraient ma respiration. Ce mot avait le pouvoir de faire souffrir, le pouvoir de tout changer, et des années durant il m'avait poursuivie, présent comme une pierre attachée à mon cou.

Titus se raidit et sa bouche se pinça en un pli impitoyable.

— Quoi ?

Je dus détourner les yeux. Ses prunelles bleu glacier essayaient de me transpercer et je ne voulais surtout pas qu'il devine ma nature profonde, ce moi tendre et romantique que je dissimulais derrière ma carapace.

Extrait

— Je sais que Hartman a été assassiné la nuit dernière, c'est pour ça que je suis ici, lâchai-je. Et si j'ai quitté le programme de protection des témoins, c'est que je sais qui a fait le coup.

Son air renfrogné aurait fait fuir n'importe quelle femme sensée. Il me tourna autour comme un fauve, puis, se collant à moi, il inclina la tête sur le côté, m'obligeant à rencontrer son regard inquisiteur.

— C'est quoi ce délire ? Je te préviens : tu as intérêt à te montrer particulièrement convaincante, parce que je suis à deux doigts de te foutre en cellule avec éthylotest et analyse toxico en prime.

Je n'avais pas bu et je n'avais jamais touché à la drogue. Excédée, je levai les yeux au ciel et rejetai mes cheveux en arrière. Il me considéra avec méfiance et consentit à s'écarter d'un pas. Je laissai échapper un souffle inaudible. Soulagée.

Je pouvais affronter pas mal de choses, mais Titus King risquait d'être un peu trop dur à gérer pour moi.

— Je suis au courant pour Hartman… Allez, inspecteur, dites-moi ce que vous savez.

J'attendis que ses yeux croisent les miens avant de reprendre :

— Je n'aurais pas renoncé à la planque bien peinarde que me fournit le programme de protection des témoins sans une excellente raison de le faire. Et je ne vous parle même pas de ma jolie maison et de ma pelouse nickel, dans cette banlieue où pour tout le monde je suis Jill Parker, la fille qui coiffe les ménagères de moins de cinquante ans au centre commercial ! J'étais en sécurité là-bas, Titus. Et tout ce que j'ai toujours voulu depuis la minute où j'ai confié mon âme à Novak, c'est être en sécurité. Pour rien au monde je n'aurais quitté ça… et pourtant, je suis là. La guerre vient d'éclater pour le contrôle de la ville et je connais le traître qui a engagé les hostilités. Vous avez besoin de moi.

Il me considéra longuement. Entre nous, la tension était si forte qu'elle emplissait le bureau minuscule. Titus ne voulait pas me croire, il ne voulait pas de ma présence ici, il ne voulait pas savoir ce qui se passait, ni le lien que ça avait avec moi. Pourtant, les faits étaient là, indéniables. Je disais la vérité : il y avait un cadavre et du sang pour le prouver. Titus se laissa aller contre son bureau et ses épais sourcils se froncèrent.

— Commence par me dire ce que tu sais. Ensuite, je verrai si j'ai besoin de toi ou pas.

Il était brutal. Désagréable. Stoïque. Comment lui en vouloir ? The Point faisait l'objet d'une attaque en règle et tous ses habitants, du plus au moins innocent, allaient en être les victimes. Or, s'il y a bien une chose que ne supportent pas les hommes comme Titus, c'est qu'il y ait des victimes.

C'était une longue histoire, une histoire dont lui seul connaissait le début ; de mon côté, je préférais glisser sur certains passages. Sur la fin, par exemple, qui m'avait vue tomber amoureuse du traître. Là-dessus, je préférais garder le silence. Car si je m'étais laissé avoir par celui qui avait déclenché la guerre, c'est qu'au physique il me rappelait terriblement l'homme imposant qui me faisait face dans ce bureau.

Conner Roark avait fondu sur moi comme un rapace sur sa proie et m'avait fait miroiter la seule chose après laquelle je courais depuis toujours. La sécurité. L'absence de danger. La possibilité d'une vie où des mots comme « meurtre » ne planeraient plus au-dessus de ma tête. La tentation était grande et j'avais avalé la ligne, le bouchon et l'hameçon. Mais le véritable appât, le leurre qui m'avait fait marcher à fond dans cette folie, c'était le fait que Roark était grand, large d'épaules, qu'il avait des boucles sombres, des yeux rêveurs d'un noir d'encre et l'accent irlandais le plus doux qui soit. Rien que pour ça, j'aurais dit oui à tout. Et comme ça m'était proposé par un homme portant l'insigne, un homme qui s'était engagé à maintenir l'ordre et à faire le bien par principe et par conviction, je m'étais empressée d'offrir à Roark mon cœur d'idiote sur un plateau. Un cadeau qui n'intéressait pourtant pas grand monde...

Sauf que Conner Roark ne ressemblait en rien à Titus King. Personne ne ressemblait à Titus King, et j'avais été stupide de croire le contraire.

— Le marshal qui m'a fait intégrer le programme de protection des témoins...

Je dus détourner le regard. Comment avais-je pu tomber amoureuse d'une si pâle imitation de l'homme que je ne pourrais jamais avoir ? Une moins que rien ne peut espérer obtenir ce qu'il y a de mieux, et Titus était le top du top, c'était plus qu'évident.

— Conner Roark. Il est ripou jusqu'à la moelle. Dès que lord Hartman est sorti de prison, dès que le FBI lui a fourni une planque, Roark a lancé un de ses hommes après lui. Histoire de bien faire comprendre à Race Hartman que prendre le pouvoir après la mort de Novak, c'était un mauvais plan.

Les yeux braqués sur moi, Titus resta un long moment sans rien dire, mais j'entendais son cerveau carburer à cent à l'heure.

— Pourquoi ? Pourquoi Roark irait provoquer le mec qui contrôle The Point ? Quel rapport avec lui ? Et quel intérêt il aurait de foutre en l'air sa carrière de marshal pour ça ?

Je croisai les jambes et me mis à pianoter sur mon genou,

feignant d'être calme, alors qu'une tempête de doutes faisait rage à l'intérieur de moi.

— Ça, je n'en sais rien. Il hait cette ville. Il hait ses habitants. Chez lui, c'est limite du fanatisme. Je ne peux pas vous dire pourquoi Roark a fait ça, mais je suis certaine que c'est lui qui est derrière tout ça.

Je me mordillai la lèvre, ravagée d'angoisse. Titus, lui, essayait d'assembler toutes les pièces du puzzle.

Malgré tous mes efforts, je finis par craquer. Ma lèvre inférieure se mit à trembler et une boule douloureuse me monta dans la gorge. Titus ne se décidait pas à me croire, c'était ça qui me faisait le plus mal. Il mit les mains sur ses hanches et, tête en arrière, regarda le plafond.

— Tu te fous de moi.

Lentement, je fis non de la tête et me mordis carrément la lèvre.

— Si seulement...

Titus poussa un gros soupir et se plia en deux, les mains sur les cuisses, comme si on l'avait frappé à l'estomac.

— Et comment tu sais tout ça, toi ? demanda-t-il. Pourquoi est-ce qu'un marshal ripou irait faire part de ses projets et de ses crimes à une femme placée sous sa protection ? Qu'est-ce qui l'empêchait d'éliminer Hartman et de retourner tranquillement à son petit business, ni vu ni connu ? Qu'est-ce qui fait qu'il a suffisamment confiance en toi pour te raconter ce qu'il trafique ?

Pas de doute, c'était bien de la déception que j'entendais dans sa voix, une déception doublée d'une certitude : la situation était encore pire que tout ce qu'il avait imaginé et Roark n'était pas le seul agent mouillé dans cette affaire. Mais

Extrait

vu que j'étais au centre de tout ce merdier, Titus était forcé de me donner raison sur un point : il avait besoin de moi.

— Qu'est-ce qui pousse ce genre de tarés à faire ce qu'ils font, inspecteur ?

— L'amour, répliqua-t-il d'un ton catégorique, sans émotion.

Je hochai gravement la tête.

— J'ai commencé à fréquenter Conner dès qu'il m'a fait déménager d'ici ou presque. Après tout ce qui était arrivé à Dovie, je culpabilisais à mort. Je n'ai jamais voulu qu'on lui fasse du mal. C'est le contrat que j'avais passé avec Novak qui m'a forcée à faire ce que j'ai fait. Avec Conner, je me sentais aimée, même si j'avais trahi mon amie, même si j'étais un monstre. Et puis avec lui, je me sentais en sécurité.

En fait, c'était toi que je voulais, Titus. Mais comme je savais que ça ne marcherait jamais entre nous, je me suis rabattue sur celui que je pensais être un second choix...

Bien sûr, ce chapitre-là de l'histoire, je le gardai pour moi, tout en espérant que Titus ne pourrait le lire dans mes yeux.

— Putain ! Tout ça est complètement dément !

Ça, j'en savais quelque chose... Moi qui pensais bien faire en me repentant, j'avais obtenu tout le contraire.

— Je peux vous aider à faire tomber Conner, Titus. C'est pour ça que j'ai quitté le programme de protection des témoins. C'est pour ça que je suis revenue. Je déteste The Point. Je déteste la personne que cet endroit a fait de moi, mais cette aide, je vous la dois à vous, inspecteur, à vous et à tous ces gens qui n'auront jamais la possibilité de se tirer d'ici. Je dois faire tout mon possible pour empêcher Roark de causer encore plus de dégâts. Les bons méritent de gagner, pour une fois.

Titus méritait de gagner.

— Et comment tu penses pouvoir m'aider, exactement ?

Extrait

Parce que pour le moment, tout ce que j'ai, Reeve, c'est tes déclarations : Roark serait un ripou qui aurait enfreint le protocole fédéral en ayant une liaison avec un témoin protégé. Au final, ça sera ta parole contre la sienne et les ex bafouées en mal de vengeance n'ont pas vraiment la cote, tu sais.

J'avais prévu le coup. Je cherchai au fond de mon sac le téléphone que j'avais volé à Conner la dernière fois qu'il était passé me voir dans ma planque en banlieue. C'était hier, mais pour moi, c'était il y a une éternité. Sans un mot, je me levai de ma chaise pour tendre le portable à Titus. Une légère décharge d'électricité me parcourut le bras quand mes doigts frôlèrent sa paume rugueuse.

— C'est le portable de Conner. Commencez par l'examiner, après vous me croirez peut-être. Je suis dans votre camp, maintenant, King.

Il lâcha un autre juron. J'allais sortir du bureau quand il m'appela d'une voix nettement radoucie.

Je jetai un regard par-dessus mon épaule.

Les yeux fixés sur moi, il tournait et retournait le téléphone entre ses doigts, comme s'il essayait de lire dans mes pensées. Pourtant, mieux valait que Titus King ne voie pas ce qui se passait sous mon crâne : mon esprit était un lieu encombré et tortueux, et le bel inspecteur aurait été bien étonné de découvrir tout l'espace qu'il y occupait déjà.

— Tu dis ne pas connaître le mobile de Roark — à condition bien sûr qu'il soit effectivement mouillé dans toute cette affaire. Mais toi, Reeve, qu'est-ce qui te pousse à m'aider ?

La réponse se tenait là, devant moi, et elle me considérait avec un mélange si puissant de désir et de haine que mes genoux menaçaient de me lâcher.

— Parce que c'est mon devoir de le faire et que, depuis le

temps, j'ai oublié le sens de ce qui est bien. Je ne veux plus être cette personne-là, Titus. Ce n'est pas moi.

Je franchis le seuil du bureau et manquai de percuter la jeune femme que j'avais bien failli tuer il n'y a pas si longtemps, en agissant de manière stupide et égoïste.

Dovie Pryce était un amour de fille. Une fille bien et pure jusqu'au bout des ongles. Nos regards se croisèrent et elle me reconnut. Ses yeux verts s'écarquillèrent, son teint laiteux devint encore plus pâle et je me sentis soudain la créature la plus vile qui ait jamais foulé cette terre.

— Qu'est-ce que tu fais ici, Reeve ?

Sa voix était pleine d'inquiétude, ce qui ne fit qu'augmenter mon sentiment de culpabilité. Cette fille aurait dû me détester, me haïr, mais non ! elle se souciait de mon bien-être. Dovie était trop gentille pour être mon amie. Trop gentille pour cette ville perdue.

Je glissai une mèche de cheveux derrière mon oreille et lui adressai un petit sourire en coin.

— J'avais un truc à régler avec Titus. Le programme de protection des témoins et moi, ça fait deux.

J'avais envie de la serrer très fort dans mes bras, de lui dire que j'étais désolée que son connard de père ait été exécuté par un autre connard tout aussi ravagé que lui — mon ex. Pourtant, je m'abstins : l'inspecteur King ferait ça sûrement beaucoup mieux que moi. D'autant que Dovie avait de l'affection pour lui et qu'elle était amoureuse de son bad boy de demi-frère, Shane Baxter. La mort de ton père, c'est le genre de chose que tu préfères apprendre par quelqu'un de ta famille.

Dovie émit un murmure d'inquiétude, mais avant qu'elle ait pu me questionner sur ma soudaine réapparition, un blond élégant se matérialisa à son côté et passa un bras protecteur autour de ses frêles épaules. C'était la première fois que je rencontrais Race, le frère aîné de Dovie, et je n'avais pas la moindre envie de faire sa connaissance maintenant. Il ignorait qui j'étais, mais il savait très certainement quel rôle j'avais joué dans l'enlèvement de sa sœur et dans son propre tabassage par un gang de voyous sans pitié. Ce jour-là, il avait bien failli y rester. Tout ça pour dire que Race Hartman avait vraiment toutes les raisons du monde de souhaiter qu'il m'arrive des choses vraiment moches. De même que tous ceux qui étaient sortis vivants du massacre final orchestré par Novak.

Si on ajoutait à ça que Conner allait vouloir se venger de moi dès qu'il aurait découvert que je l'avais doublé et donné aux flics, mes chances de survie se réduisaient carrément — et ça, quelles que soient les retombées du plan que je venais de mettre en place. Putain ! Avec le bol que j'avais, ce serait un miracle que j'arrive à sortir de ce poste en un seul morceau et que je puisse regagner le motel de passe ultra-glauque qui me servait actuellement de domicile.

Mon nouveau moi avait eu la cuirasse fragile. L'ancien, lui, était fait d'un matériau plus résistant ; mais aucune brique, aussi solide soit-elle, ne peut supporter à elle seule le poids de la Terre entière.

Composé et édité par HARLEQUIN

Achevé d'imprimer en mars 2016

BRODARD & TAUPIN

La Flèche
Dépôt légal : avril 2016

Pour l'éditeur, le principe est d'utiliser des papiers composés de fibres naturelles, renouvelables, recyclables, et fabriquées à partir de bois issus de forêts gérées selon un système d'aménagement durable. En outre, l'éditeur attend de ses fournisseurs de papier qu'ils s'inscrivent dans une démarche de certification environnementale reconnue.

Imprimé en France